권정생의 문학과 사상

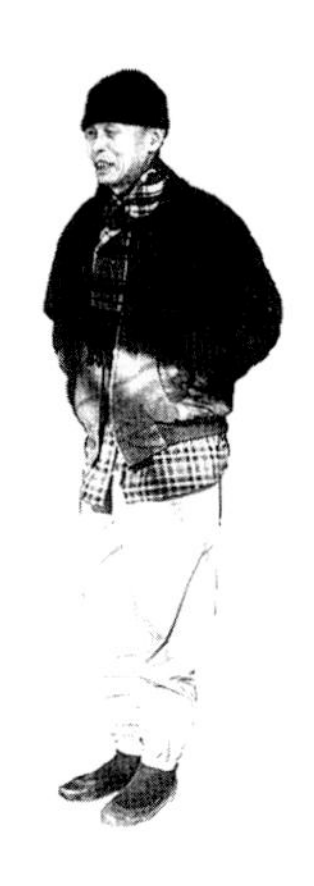

지은이_엄혜숙(嚴惠淑, Eom Hye-Suk)

연세대 독문학과 및 동대학원 국문학과(석사), 인하대 대학원 국문학과(박사)를 졸업했다. 웅진, 비룡소, 보림, 한솔교육에서 아동도서를 기획하고 편집했다. 저서로는 『보름간의 문학여행』, 『나의 즐거운 그림책 읽기』가, 번역서로는 『개구리와 두꺼비는 친구』, 『깃털 없는 기러기 보르카』, 『나』, 『너』 등 수백 권이 있다.

권정생의 문학과 사상

초판1쇄발행 2017년 5월 15일
초판3쇄발행 2019년 6월 15일
지은이 엄혜숙 **펴낸이** 박성모 **펴낸곳** 소명출판
출판등록 제13-522호 **주소** 서울시 서초구 서초중앙로6길 15, 1층
전화 02-585-7840 **팩스** 02-585-7848 **전자우편** somyungbooks@daum.net **홈페이지** www.somyong.co.kr

값 23,000원
ISBN 979-11-5905-160-9 93810

권정생의 문학과 사상

Kwon Jeong-Saeng's
Literature and Ideas

엄혜숙 지음

소명출판

1987년 어린이 책을 만들기 시작할 때 「강아지 똥」을 처음 읽었다. 보잘것없는 강아지 똥이 거름이 되어 별처럼 예쁜 민들레꽃을 피운다는 이야기. 우연히 읽은 이 작품이 내 인생의 작품이 될 줄은 그때는 몰랐다. 가끔 힘들 때면, 강아지 똥이 하늘의 별을 바라보는 장면을 떠올리곤 했다. '영원히 꺼지지 않는 아름다운 불빛.' 그 불빛을 그리워하던 강아지 똥의 심정이 되어보곤 했다. 무기력증에 시달릴 때면, 흙덩이의 말을 떠올리곤 했다. "아니야. 하나님은 쓸데없는 물건은 하나도 만들지 않으셨어. 너도 꼭 무엇엔가 귀하게 쓰일 거야." 삶이 막막하게 느껴질 때면, 귀하게까지는 아니더라도 누군가에게 소중한 존재가 되고 싶었다.

권정생 선생은 생전에 딱 한 번 뵈었다. 1993년 문학기행 중에 권정생 선생과 만나는 시간이 있었다. 빌뱅이 언덕에 여러 사람이 둘러앉아 권정생 선생에게서 이런저런 이야기를 들었다. 작고 마른 몸, 고개를 약간 한쪽으로 기울인 채 이야기하던 모습은 떠오르는데, 어떤 이야기를 들었는지는 기억이 나지 않는다. 그때는 아마 「강아지 똥」하고 「몽실 언니」 정도 읽었던 것 같다.

권정생과 다시 만난 것은 2000년 가을, 대학원에 입학해서이다. '문학과 사상' 과목에서 과제를 내야 했는데, 책장에 가장 많이 꽂혀 있는 작품이 권정생의 작품이었다. 웬만한 작품은 다 읽었다는 생각에서 권정생 문학의 사상적 기반을 살펴보게 되었는데, 그러자 이전에 보이지 않던 게 보였다. 권정생과 톨스토이의 유사점을 발견하게 된 것이다. 「바보 이반」의 주제가 여러 작품에서 변주되고 있었다. 그러다가 다시 한 번 「강아지 똥」을 읽었는데, 이전에 눈에 띄지 않던 구절이 눈에 성큼 들어오는 것이었다. "너의 몸뚱이를 고스란히 녹여 내 몸 속으로 들어와야 해. 그래서 예쁜 꽃을 피게 하는 것은 바로 네가 하는 거야"라는 민들레의 말. 이 말에 강아지 똥은 민들레 싹을 꼬옥 껴안으며 이렇게 말한다. "내가 거름이 되어 별처럼 고운 꽃이 피어난다면, 온몸을 녹여 네 살이 될게." 요청과 대답이라고 할까, 인생의 대화가 둘 사이에서 이루어지는 순간을 보면서, 이미 다 아는 이야기인데도 가슴이 뭉클했다.

이 책은 「강아지 똥」의 작가 권정생의 문학을 나의 시선으로 읽어낸 것이다. 「강아지 똥」에서 표현되었던 '죽음'과 '삶'의 메시지는 그의 전 작품을 통해 다양한 방식으로 변주된다. 나는 권정생의 작품과 권정생과 영향을 주고받았던 이들의 글들을 읽으면서, 권정생이야말로 개인적 경험을 바탕으로 시대와 사회를 아우르는 작품을 쓴 작가임을 깨닫게 되었다. 그러므로 권정생 작품에 관한 연구는 '권정생과 그의 시대'를 연구하는 과정이기도 했다. 권정생의 작품 쓰기는 자신의 사상과 감정을 하나의 이야기로 표현하는 과정이기도 했기 때문이다. 권정생이 기독교 사상에 바탕을 둔 작가임은 일찍부터 알려져 있었으나, 그 사상의 궤적을 작품 분석을 통해 드러낸 연구는 이제까지 없었다. 이 점이 이 책의 새로운 성과라고 자부하고 싶다.

권정생은 말로 전해 내려오는 이야기가 글로 정착되는 시대를 경험한 작가다. 그의 문학은 말과 글이 혼재하는 커다란 저수지와도 같다. 그의 문학이 지닌 미학은 전근대와 근대를 아우르고 있고, 그의 문학이 담고 있는 내용은 농경 사회가 근대화되어 가는 과정을 담고 있다. 우리 사회가 돈, 곧 자본에 의해 변모해 가는 과정을 담고 있는 것이다. 권정생은 사회의 적나라한 모습을 드러냈으며, 우리가 지향해야 할 가치를 작품 속에서 구현하고자 했다. 그렇기 때문에 그는 현실비판과 함께 이상적인 사회를 구현하고자 하는 의지를 보여준다.

올해는 권정생이 세상을 떠난 지 10년이 되는 해이다. 그가 여러 작품을 통해 보여주고자 했던 '죽음'과 '삶'의 메시지는 여전히 유효하다. 개인적으로, 사회적으로 생명을 억압하는 모든 것들을 고발하고 드러냈던 권정생. 그의 작품을 읽으면서 "생명이란 무엇인가?" "가치 있는 삶이란 어떤 것인가?" "어떤 관계를 맺을 것인가?" 등의 질문을 스스로에게 던지곤 했다. 권정생 작품을 사랑하는 여러 분들에게 이 작은 책이 또 다른 대화의 창을 여는 계기가 되었으면 좋겠다.

이 책을 쓰기까지 도움을 주셨던 여러분께 감사 인사를 드린다. 우선, 모든 걸작의 뒤편에는 죽음의 그림자가 드리워져 있다고 말씀하셨던 최원식 교수께 감사드린다. 그 말씀 덕분에 권정생 문학 연구를 시작하게 되었다. 권정생의 「강아지 똥」이 '죽음'과 '삶'의 문제를 다루고 있다는 것을 떠올릴 수 있었기 때문이다. 또 권정생 문학이 지닌 풍자와 유머가 알레고리 및 우언에 상당히 기대고 있다는 것을 알게 해 주신 김영 교수께도 감사드린다. 그분의 글을 통해 권정생 문학의 미학적 성격을 규명할 수 있는 계기를 얻었다. 부족한 글을 읽고, 적절하게 조언했던 김상욱, 권혁준, 원종찬 교수께도 감사드린다. 가족과 친구들에게도 감사하고 싶다. 부족한 글을 읽고, 기탄없이 의견을 개진해 준 권희선, 박성란 두 동학에게 고맙다는 말을 전하고 싶다. 뒤늦게 문학 연구를 시작했을 때, 응원과 격려를 아끼지 않았던 남편에게 고맙다는 말을 전하고 싶다. 내 인생에서 늘 기꺼이 '강아지 똥'이 되어주셨던 사랑하는 부모님께 '민들레 꽃' 같은 이 작은 책을 선물로 드린다.

2017년 5월

엄혜숙

목차

권정생 문학으로 들어가기

1. 왜 권정생을 다시 읽는가

한국 아동문학의 대표적인 작가 권정생(權正生, 1937~2007)의 문학을 연구하는 것은 이 분야를 공부하는 사람으로서는 매혹적인 일이 아닐 수 없다. 1969년에 작가 생활을 시작한 이래로 2007년 5월 타계할 때까지 권정생은 아동문학가로서 동화·동시·소년소설·소설·판타지·그림책·산문 등 광범위한 장르의 글을 쓰며 활발한 작품 활동을 펼쳤다. 권정생의 작품 세계는 강한 현실성과 종교성, 사실성과 판타지(fantasy)성이 혼합되어 있는 데다가, 작가의 파란만장한 생애와 남다른 이력, 폭넓은 사상적 스펙트럼, 그의 문학이 지닌 문학교육적 가치 등이 주목을 받아 왔기 때문에, 기왕의 연구 역시 다양한 시각과 방법에서 폭넓게 이루어져 왔다. 그러나 그의 문학을 관통하는 핵심적인 문제의식을 추출해내고, 그것을 바탕으로 권정생 문학 세계를 일관성 있게 조명한 경우는 흔치 않았다. 문학 활동의 시기가 무려 40년에 달하고 작품의 영역도 광범위할 뿐 아니라 작품에 드러나는 사상적 면모 또한 가볍지 않아, 권정생 문학 전체를 조망하는 일은 그만큼 쉬운 일이 아니기 때문이었을 것이다.

그러나 한국 아동문학사에서 권정생이 차지하는 위치를 고려해 볼 때, 그의 문학 세계와 사상적 기반, 사상의 변모 과정은 반드시 규명해야 할 과제라고 생각한다. 권정생의 작품은 지금도 '어린이도서연구회'를 비롯한 여러 연구교육기관 및 언론 매체를 통해 자주 필독도서로 선정되는 것은 물론이고, 대표작 「강아지똥」 같은 작품은 교과서에도 실려 있는 만큼 그는 이 시대의 가장 영향력 있는 작가 중의 하나이기 때문이다. 또한 그림책 『강아지똥』은 1995년 출간된 이래 줄곧 베스트셀러 그림책으로서 유년 독자들을 견인해 왔고, 그의 작품을 읽은 독자들은 여러 경로를 통해 자신의 감상과 감동을 표현하고 있어 그의 문학이 아동문학계에서 여전히 큰 영향력을 미치고 있음을 확인할 수 있다.

또한 그가 활동했던 시기로 보아 권정생은 이원수를 비롯한 앞 세대 작가의 영향을 이어받음과 동시에 현재 활동하고 있는 여러 작가들에게 지대한 영향을 끼쳤다. 그의 문학은 아동문학사에서 하나의 분수령을 이루고 있으며, 그는 독자와 작가 모두에게 큰 영향력을 가진 작가이다. 근래에 권정생은 단순히 뛰어난 아동문학가을 넘어서서 사상가이자 문명비평가로서의 면모도 두드러지게 보여 주었다. 산문집 『우리들의 하느님』(1996)과 소설 『한티재 하늘』 1·2(1998)이 발간된 이후 그의 독자층은 아동뿐 아니라 성인에까지 확대되었고, 성인 독자를 대상으로 한 산문집과 소설 또한 그의 아동문학 작품만큼이나 문제적이어서 자주

인구에 회자되었다.[1] 나아가 그는 기독교인으로서 근대 한국을 변화시킨 선구자, '창조적 영성가'의 하나로 평가되기도 한다.[2]

이처럼 권정생의 문학 세계가 폭넓고 접근이 쉽지 않은 만큼, 그의 문학 세계는 물론 그의 사상적 기반과 변모 과정에 주목을 할 필요가 있다. 더구나 2007년 권정생이 타계함으로써 그의 문학 창작 활동은 일단락되었으므로, 현시점에서는 기왕의 연구를 바탕으로 더욱 심도 깊은 연구가 요청된다고 하겠다. 그의 문학은 종교성과 현실성, 사실성과 판타지가 조화를 이루고 있다고 평가되는데, 그의 문학 세계의 구체적인 면모와 함께 그 바탕을 이루는 문학 사상은 여전히 제대로 규명되지 못한 상태이다. 그의 문학이 기독교 사상을 바탕으로 하고 있음은 익히 알려져 있으나, 기독교 사상의 구체적인 면모는 충분히 밝혀져 있다고 보기 어렵다. 그러므로 그의 문학 세계를 전체적으로 조망함과 동시에 그의 문학을 형성하고 있는 작가의식과 문학 사상의 실체, 문학 사상의 변모 과정을 확인하는 것은 아주 중요한 연구 과제라 하겠다.

---

1 예를 들면 그의 산문집 『우리들의 하느님』은 문학 외적인 이유로 매스컴을 타기도 했는데, 한 시대를 풍미했던 TV 프로그램 〈느낌표 : 책, 책, 책을 읽읍시다〉(2001.11~2003.12)에서 추천도서로 이 책을 선정하려고 하자, 독자들이 책을 선택할 권리를 빼앗는 것이라며 필자와 출판사가 동의하지 않아 화제가 된 적이 있었다. 또 이 책이 2008년에는 군인들이 읽어서는 안 되는 국방부 금서목록에 들어가서, 오히려 일반인들의 관심을 끌기도 했다. 그만큼 「우리들의 하느님」은 문제적인 책이었던 것이다. 한편 『한티재 하늘』은 동학이 무너지고 나서 기독교가 이 땅에 들어온 시점을 배경으로 하고 있는데, 수많은 사람들의 삶을 실타래처럼 엮어내고 있는 독특한 이야기문학 작품이다.

2 조현, 「권정생 : 동화를 남기고 간 가난한 종지기」, 『울림—우리가 몰랐던 이 땅의 예수들』, 詩作, 2008.

2. 권정생 문학을 바라보는 다양한 시선들

익히 알려진 바와 같이 권정생은 평생 불치병인 결핵과 싸워가며 독신자로서 가난하고 고독한 환경 속에서 창작에 몰두했던 작가이다. 이처럼 특이한 이력으로 인해 권정생 연구는 작가의 삶 자체를 대상으로 한 비문학적 영역의 것들도 다수를 차지한다. 여기에는 독신과 병고로 고통받아온 그의 삶의 이력과 함께 대강의 작품세계를 소개한 신문이나 잡지에 실린 글들[3]과, 물질적 가치를 거부한 채 병마와 싸우며 문학 창작으로 일관한 그의 삶에 초점을 맞춘 주변 인사들의 성찰적 글들[4]이 있다. 그러나 작가의 삶 자체가 문학 연구의 궁극적 목표가 될 수 없고, 작가의 삶을 그대로 작품에 직결시켜 작가의 의도가 곧 작품이 의미하는 바라고 주장할 수 없음은 이미 상식이 된 지 오래이다. 중요한 것은 권정생 문학이 담고 있는 내용과 형식의 특성, 사상적 특질을 '작품을 통해' 밝히는 일이다. 작가는 작품을 통해 자기를 증명하는 존재이기 때문이다.

권정생의 생애에 주목하면서도 이를 작품론으로 연결시킨 가장 최초

3 이수언, 「흙담집 너머로 꽃피는 참사랑의 꿈」, 『동아약보』, 1986.3; 이시헌, 「가난, 병고 속의 순수 동화작가」, 『동아일보』, 1986.12; 손수호, 「아, 권정생」, 『책을 만나러 가는 길』, 열화당, 1996; 정현상, 「전우익 · 권정생 20년 교유기」, 『신동아』, 동아일보사, 1997.11; 홍선근, 「명작의 무대 문학기행 54 · 권정생의 『몽실 언니』 노루실 마을」, 『한국일보』, 1987.8.23.

4 이오덕, 「대추나무를 붙들고 운 동화작가」, 『새생명』, 1977.1; 이현주, 「동화작가 권정생과 강아지똥」, 『한송이 이름 없는 들꽃으로』, 종로서적, 1984; 주중식, 「통일의 밑바탕을 다지는 어린이 문학」, 이철지 편, 『오물덩이처럼 딩굴면서』, 종로서적, 1986; 최완택, 「부고(訃告)인생」, 『아름다운 순간』, 당그래, 1991; 김용락, 「사과밭의 박애주의자」 · 「영혼의 울림과 내면의 불빛」, 『지역, 현실, 인간, 그리고 문학』, 문예미학사, 1999.

의 연구는 이오덕의 평문들이다. 이오덕은 권정생의 첫 동화집 『강아지똥』의 해설을 통해 기존 아동문학계의 경향과는 전혀 다른 권정생 동화의 출현을 높이 평가하였는데,[5] 그는 권정생이라는 작가를 발굴하고 독려하고 지원했던, 어떤 면에서는 권정생의 문학적 스승이라고 불러도 무방할 만한 존재였다. 이후 권정생의 많은 작품들에 대한 해설과 평문들[6]을 통해 그의 아동문학을 한국 아동문학의 한 정점으로 이끌었던 이오덕의 선구적인 평가는 추후 권정생 문학에 대한 논의의 바탕이 되었다. 이후 최지훈, 이재복, 신헌재, 원종찬, 김상욱[7] 등에 의해 지속적으로 주목받은 권정생 문학의 다양하고도 특징적인 면모는 단순한 작가론·작품론의 차원을 뛰어넘어 다각적인 비평적·학술적 접근을 통해 폭넓게 드러난바, 이들의 연구는 권정생 문학을 본격적으로 연구하는 계기를 제공하기에 충분한 것이었다.

권정생 문학에 대한 통시적이고 종합적인 고찰은 주로 학위논문들을 통해 시도되어 왔다. 2010년 7월까지 확인되는 권정생 문학에 관한 학위논문은 석사논문만 30편 남짓에 이르는데,[8] 이 논문들을 대별해보자

---

5 이오덕, 「학대받는 생명에 대한 사랑」, 권정생, 『강아지똥』, 세종문화사, 1974, 266쪽.

6 이오덕, 「독을 풀어주는 문학—합동작품집 '황소 아저씨'에 대하여」·「소박한 삶과 따스한 인정—권정생 동화 「달맞이산 너머로 날아간 고등어」에 대하여」, 『어린이를 지키는 문학』, 백산서당, 1984; 이오덕, 「인간과 생쥐의 대화로 엮은 철학」, 『삶, 문학, 교육』, 종로서적, 1987; 이오덕, 「참된 삶의 세계」, 권정생, 『사과나무밭 달님』, 창작과비평사, 1978; 이오덕, 「머리말」, 권정생, 『어머니 사시는 그 나라에는』, 지식산업사, 1987 등.

7 최지훈, 「비통한 역사의 서정적 증언」, 『한국현대아동문학론』, 아동문예, 1991; 이재복, 「시궁창도 귀한 영혼이 숨쉬는 삶의 한 귀퉁이」, 『우리 동화 바로 읽기』, 한길사, 1995; 신헌재, 「권정생의 한과 낙원지향의식」, 『한국 현대아동문학 작가작품론』, 집문당, 1997; 원종찬, 「속죄양 권정생—「강아지똥」과 「몽실 언니」」, 『어린이문학』, 2000.11·12; 김상욱, 「낮은 곳에서의 흐느낌」, 『숲에서 어린이에게 길을 묻다』, 창비, 2002.

면 ① 권정생 문학의 양식 연구, ② 문학교육 및 매체교육에 관한 연구, ③ 권정생 문학 전반 및 작가의식에 관한 연구, ④ 문학사상이나 종교, 이념 등과 관련된 연구 등으로 나눌 수 있다.

첫째, 권정생에 관한 석사논문 중 가장 연구가 많이 집중된 분야는 문학양식에 관한 연구로서, 우선 동화와 판타지에 관한 것들이 두드러지게 나타난다.[9] 다음으로 소년소설에 관한 연구[10]와 장편소설에 관한 연구[11]가 있으며, 권정생의 동시에 관한 연구[12]도 눈에 띈다. 이 연구들은 권정생 문학이 지닌 문학(양식)적 특성과 주제의식을 다각도로 드러내고는 있으나, 그 기저에 흐르는 문학 사상에 대해서는 거의 다루지 않고 있다.

둘째, 문학교육 및 매체 교육에 관한 연구를 들 수 있다.[13] 이들은 권정생 문학 텍스트의 교육적 가치, 다른 매체와의 연관성 탐구 등 흥미로운 주제를 다루고 있으나, 필자의 당면한 주제와 논지로부터는 다소 거리가 있는 것들이다.

셋째, 권정생 문학 전반 및 작가의식에 관한 연구[14]로서, 필자의 관심

---

8 처음 백영현의 논문이 나온 1991년부터 2014년까지 필자가 확인한 바로는 권정생과 관련한 주제의 석사논문이 총 48편이 나왔다. 본 논문이 발표된 2010년 8월 이후는 15편 정도 된다. 그리고 권정생 문학을 본격적으로 다룬 박사논문은 본 논문 이전에는 한 편도 나오지 않다가 후에 두 편이 나왔다. 양연주, 「권정생 연구」, 단국대 대학원, 2010.8 및 한양하, 「권정생 서사문학 연구－'시련'을 중심으로」, 경상대 대학원, 2012.2. 이상 본서의 참고문헌란을 참조할 것.

9 백영현(1991), 황경숙(2003), 정설아(2005), 이주현(2006), 최남미, 박금숙(2008), 김성혜(2009) 등의 논문이 이에 해당한다. 각 논문의 제목 등 출판사항은 참고문헌란을 참조할 것.(이하 유사한 내용의 각주 동일)

10 노연경(2000)과 최희구(2004)의 논문이 이에 해당한다.

11 이옥금(2003), 홍진영(2008), 김상임, 이수연(2009)의 논문이 이에 해당한다.

12 장영애, 「권정생 동시 연구」, 경인교대 석사논문, 2007.

13 성갑영(2003), 박미옥(2005), 이건화, 유수산나(2007) 등의 논문이 있다.

14 오길주(1997), 이계삼(2000), 정지훈(2005), 류명옥(2008) 등의 논문이 있다.

사와 상당히 관련된 것들이라 하겠다. 이것들은 권정생 문학이 지닌 기독교 사상의 면모, 현실인식, 작가의식과 체험과의 관계를 밝히고 있어 주목할 만한데, 특히 권정생 문학이 지닌 종교적 성격과 인간학적 성격을 고찰한 이계삼의 논문이 돋보인다.

넷째, 문학사상이나 종교, 이념 등과 관련된 연구[15]로서, 이들은 권정생 문학이 지닌 생태적인 측면이나 모성성 따위의 문제를 생태학(ecology)이나 페미니즘적 시각으로 다루거나 신학적 내지 종교적 관점에서 고찰하기도 한다. 이들 연구는 작가론 및 작품론 중심의 연구를 벗어나 연구 방법과 관점의 다변화를 모색했다는 점에서 일정한 의의를 가지나, 권정생 문학의 전체상을 파악하는 데는 여전히 한계를 보이고 있다.

이밖에도 문체적 특성을 통해 작가정신을 탐구한 문체론적 접근[16]도 있고, 권정생의 『몽실 언니』와 베트남 작가 풍꾸안의 작품을 비교한 비교문학적 접근[17]도 있다. 또 문학 연구와는 직접적인 연관이 없지만, 권정생이 살던 토담집을 근대문화유산으로 보고 이를 보전・활용하는 방안을 건축조경학적 관점에서 접근한 독특한 성과도 있다.[18]

권정생 문학에 관한 이상과 같은 기존의 연구들은 권정생 문학의 특성을 문학 양식, 문학교육적 측면, 작가의식과 사상 등 다양한 각도에서

---

15 박수경, 조경아(2005), 윤석문(2007), 장여옥(2008), 허난희(2009) 등의 논문이 있다.

16 장경혜, 「권정생 단편동화의 문체 연구」, 부산대 석사논문, 2009.

17 황 티 타인화, 「한・베 전쟁 배경 소년소설 비교 연구—권정생의 『몽실 언니』와 풍꾸안의 『격렬한 어린 시절』을 중심으로」, 인하대 석사논문, 2009.

18 박성민, 「안동 아동문학가 권정생 유적 보전 및 활용 계획」, 서울대 석사논문, 2009. 박성민은 권정생의 생애와 문학작품을 검토하여 작품에 등장하는 동식물 테마 공원을 조탑마을에 만들어 이곳을 찾아오는 사람들에게 권정생의 문학 속의 세계를 체험하도록 하자는 제반 계획을 이 논문에서 제안하고 있다.

이루어지고 있어, 각 연구들이 밝혀낸 부분적 성과들을 종합해보면 더 이상 새롭게 조망할 부분이 없는 듯이 보일지도 모른다. 그러나 그 연구 성과들은 권정생의 광범위한 문학 세계를 관통하는 일관된 핵심을 추출하여 "각 작품들을 잇는 연결고리가 무엇인지 압축"[19]하는 데에는 아직 미치지 못하고 있다고 할 수 있다. 이는 곧 권정생 문학에 대한 다양한 부분적 성과들에도 불구하고 권정생의 문학과 사상을 전체적으로 조망하는 일이 목하 매우 요긴하고 필요한 것임을 알려주고 있다.

3. 어떻게 권정생을 새롭게 읽을 것인가

기존 연구 성과들에 대한 검토를 통하여 몇 가지 중요한 착안점을 발견할 수 있었다. 첫째, 권정생의 문학과 체험의 관계, 문학적 원체험의 문제이다. 류명옥에 따르면, 권정생의 작가의식을 형성한 체험은 전쟁과 가난, 병으로 인한 육체적 고통이라고 한다.[20] 이러한 지적은 일견 타당해 보이나, 그의 문학적 원체험을 적확하게 지적하고 있지 못하다. 이러한 체험과 함께 중요하게 고려해야 할 것이 바로 '죽음'의 체험이기 때문이다. 권정생이 스스로 밝힌 바 있거니와, 어린 시절에 경험한 "목

19 임성규, 「권정생 안동문학의 흐름과 연구 방향」, 원종찬 편, 『권정생의 삶과 문학』, 창비, 2008, 321쪽.
20 류명옥, 「권정생 문학에서 경험과 형상화 관계 연구」, 동아대 대학원, 2008 참조.

생 형님의 죽음"과 "예수의 십자가 죽음"은 그에게 지울 수 없는 강렬한 인상을 남겨 놓았다.[21] 게다가 자신의 불치병으로 인한 죽음의 위협은 그에게 항상 중요한 문제였을 것이다. 이러한 추측을 뒷받침하는 것은 바로 오길주가 지적한 바로서, 그것은 권정생 동화의 인물들이 '원죄적 존재들'이라는 점이다.[22] 그런데 원죄란 성서에 기반을 둔 개념으로, 잘 알다시피 인류의 조상인 아담과 하와가 에덴동산에서 하느님이 먹지 말라고 한 선악을 알게 하는 열매를 먹음으로써 죄를 범했고, 이로 인해 모든 인간과 생물은 반드시 죽을 수밖에 없는 존재가 되었다는 것이다. 물론 권정생의 문학에서 원죄의식은 그의 문학 전반에 걸쳐 나타나는 사유가 아니라 초기의 동화에 집중적으로 나타나지만, 그의 문학이 죽음과 밀접한 관계가 있고 종교성을 띠고 있다는 것을 확인하게 해준다는 점에서 충분히 문제적이다.

둘째, 권정생 문학의 양식 연구를 보면 대부분이 서사 양식인 동화, 소년소설, 소설, 판타지를 다루고 있다. 이들 작품들이 권정생 문학의 본령을 이루고 있기 때문일 것이다. 그런데 논문마다 동화와 소년소설, 동화와 판타지에 관한 개념 규정이 제각기 다르다는 문제점이 있다. 특히 동화와 판타지는 유사한 점이 많아서 서로 혼용되기 일쑤이고, 동화와 소년소설도 구분 없이 사용되고 있는 경우가 많다. 이것은 개별 연구자들의 탓이라기보다는 최근까지 아동문학계에서 장르 개념에 관한 활발한 논의가 없이 연구자에 따라 자의적으로 개념을 사용해왔기 때문이

21 권정생, 「목생(木生) 형님」, 이철지 편, 『오물덩이처럼 딩굴면서』, 종로서적, 1986, 160쪽.

22 오길주, 「권정생 동화 연구」, 가톨릭대 대학원, 1997 참조.

라 생각한다. 그러므로 본고는 논의의 혼선을 줄이기 위해 작품 분석을 하기 전에 동화, 소년소설, 판타지에 관해 개념 규정을 분명히 하고 논의를 개진하고자 한다.

셋째, 권정생 문학과 사상과의 관계이다. 권정생은 일반적으로 기독교 사상에 기반을 둔 아동문학가로 알려져 있으나, 그 구체적인 면모가 아직 충분하게 밝혀진 바가 없다. 민중신학적 입장에서의 접근, 권정생 문학에 나타나는 종교적 성격과 인간학적 성격의 맞물림, 그의 문학에 나타나는 원죄의식이나 모성성 등은 그의 기독교 사상을 표현한 중요한 개념들이지만, 그의 문학 사상을 총체적으로 조망한 것으로는 보이지 않는다. 권정생의 문학 사상은 그의 작품 속에서 나선형으로 심화・확대해가고 있으므로 그 변모과정을 섬세하게 기술하는 것이 필요하다고 본다. 또 사상의 변모와 함께 작품의 주제의식도 변모하는바, 초기 동화에 나타난 문제의식이 이후에 소년소설이나 소설, 판타지에서 주안점을 달리해서 나타나는 것은 그의 문학 사상과 주제의식, 문학 양식이 일정한 상관성을 지니고 있음을 보여주는 것이다. 그러므로 본고는 권정생의 문학을 동화, 소년소설과 소설, 판타지와 같은 문학 양식으로 나누어 살펴보고, 여기에 담긴 주제의식과 더불어 주도적인 문학 사상을 고찰하고자 한다. 이러한 문학 사상의 고찰을 위해 그의 작품뿐 아니라 그가 남긴 산문 및 대담도 적극적으로 활용할 것이다.

기왕의 연구성과들에서 권정생 문학을 전체적으로 조망하지 못하고 있다고 말한 것은 그의 문학을 하나로 꿰는 핵심 고리를 찾지 못한 때문이라고 앞에서 언급한 바 있다. 그런데 그의 문학은 체험에 바탕을 두고 있으며 이 체험은 모두 죽음과 연관되어 있음을 기왕의 연구들이 대부분 간과하고 있다.

권정생 문학에 일관하는 핵심 고리, 즉 키워드는 바로 '죽음'이다. '죽음'의 문제는 그의 문학적 출발 지점이자 데뷔작인 「강아지똥」에서부터 나타나기 시작하여 거의 모든 작품에 관통하고 있다. 권정생에게서 죽음은 원초적인 문학 충동인바, 기존의 아동문학에서는 예외적이라 할 만큼 그의 작품에는 '죽음'이라는 상황이 반복적으로, 그것도 전면에 등장하고 있다. 그도 그럴 것이 권정생의 생애 자체가 '죽음'과 맞선 것이었다고 해도 과언이 아닐 만큼, 그에게 죽음은 육체적 · 정신적 · 사회적 · 정치적 삶을 위협하는 형태로 다가왔고, 그의 문학은 삶을 위협하는 죽음을 자각하고 죽음을 비판하고 죽음을 넘어서는 대안을 제시하는 행위였다. 이 '죽음'의 문제는 초기 동화뿐 아니라 그의 문학 전반에 걸쳐 줄곧 다양한 형태로 변주되고 있기 때문에, 권정생의 문학 세계와 사상의 변모 과정을 전체적으로 살펴보는 데 있어 중요한 연결고리라 할 수 있다. 그러므로 본고는 그의 문학에서 '죽음'이라는 핵심어가 어떻게 표현되고 있는지를 눈여겨 살펴보고자 한다.

이러한 문제의식 및 연구시각 아래, 본고는 다음과 같이 전개될 것이다. 우선 권정생의 삶과 문학의 관계에 주목하고자 한다. 권정생 문학은 체험과 매우 밀접한 관계가 있기 때문이다. 권정생의 삶은 극빈, 전쟁, 불치병인 결핵, 이 세 가지로 요약할 수 있다. 또 '목생' 형과 예수의 죽음, 어머니의 존재가 그의 인생관과 종교관에 큰 영향을 미쳤다. 권정생의 생애는 '죽음'과 매우 긴밀한 관계가 있는 것이다. 나아가 그의 문학 활동과 삶에 깊은 영향을 미쳤던 교유관계에 대해서도 살피고자 한다.

다음으로 초기-중기-후기 문학과 사상으로 나누어 고찰한 부분은 본

논문에서 가장 중심적인 영역으로서, 권정생의 광범위한 문학 세계가 내용과 형식, 작가 의식과 사상 면에서 어떻게 변모되어 가는가를 시기별로 구분하여 살펴보고자 한다. 즉 권정생 문학에서 '죽음'이라는 키워드가 초기의 단편 동화, 중기의 소년소설과 소설, 후기의 장편 판타지에 어떻게 양상을 달리하면서 나타나며, 이를 통해 드러나는 문학 사상을 추출하고자 하는 것이다. 먼저 동화(초기)의 주제들이 기독교 실존주의와 상당히 깊이 연관되어 있음을 살펴보고, 다음에 소년소설과 소설(중기)의 주제들이 기독교 아나키즘과 연관되어 있음을 밝히고자 한다. 마지막으로 장편 판타지(후기)의 주제들이 기독교 아나키즘 및 생태 아나키즘과 연관되어 있음을 밝혀낼 것이다.

그다음으로는 권정생 문학의 미적 특성을 규명하고자 한다. 그의 문학에는 알레고리(寓意, allegory), 구술문화적 특성(orality), 상호텍스트성(intertextuality)이 발견된다. 이러한 특성들은 모두 구술문화와 긴밀한 관계가 있다고 하겠는데, 권정생은 구술문화와 문자문화가 만나는 지점에 위치해 있는 작가임을 증명하고, 또한 그것이 권정생만이 가지는 고유한 작가적 특성임을 해명하고자 한다.

그리고 마무리 부분에서는 앞서의 논의들을 총괄하고, 아울러 권정생 문학이 지닌 문학사적 의미와 한계를 가늠해 보고자 한다. 권정생이 평생 '죽음'이라는 화두를 붙잡고 문학 활동을 해온 것은 역설적으로 그가 '죽음'에 맞서 온전한 '생명'을 추구했음을 의미하는 것이다. 삶과 죽음이라는 실존적 화두로부터 출발한 그의 문학은 문제의식을 사회와 역사의 지평으로 확대해 나갔고 기존 아동문학의 관습적 틀을 훌쩍 뛰어넘었다. 즉 전근대 / 근대적 양식과 현실 / 판타지의 경계를 넘나들며 아동

/ 어른의 인식과 사상의 벽을 허물어뜨렸다는 점에서, 동심천사주의적 경향에 강박되어 있던 한국아동문학의 외연을 확장시키고 사상과 내용의 깊이를 확보했다고 할 것이다.

이제 끝으로 본고에서 사용한 텍스트들에 대한 문제점을 살펴보겠다. 권정생은 40여 년 동안 여러 매체에 작품을 발표하고 수많은 작품집을 펴냈다. 그러나 아직 그의 문학 텍스트로서의 정본 확정은 이루어지지 않은 상태이다. 본고는 그의 문학 세계를 시기별로 대별하여 주도적인 문학 양식과 문학 사상의 변모 과정을 살펴보는 것이 중심적인 연구영역인지라, 작품의 창작 연도 및 출간 연도를 확정하는 일이 상당히 중요하다. 그러나 최초의 작품 발표일자는 정확하게 확인하기 어려우므로 단행본으로 출간된 작품을 중심으로 작품 목록을 작성하고 내용을 확인해 보았다. 현재까지 출간된 단행본을 중심으로 작품 현황을 살펴보니 몇 가지 점이 눈에 띄었다.

먼저 단편의 경우다. 첫째, 어떤 작품집이 절판되어 같은 작품집이 다른 출판사에서 재출간될 때다. 이때는 최초 작품집에 수록된 작품을 텍스트로 사용했다. 예를 들어 작품집 『하느님의 눈물』은 1984년 인간사에서 출간되었는데, 이후에 절판되자 1991년 도서출판 산하에서 같은 이름으로 다시 출간되었다. 이에 이 책에서는 1984년에 출간된 인간사판 『하느님의 눈물』을 텍스트로 사용했다.

둘째, 같은 출판사에서 출간된 작품집은 최초의 판본을 텍스트로 삼았다. 작품집 『벙어리 동찬이』는 1985년 웅진출판에서 출간되어 절판되었다가 1991년 동일한 출판사인 웅진닷컴에서 『짱구네 고추밭 소동』이란 이름으로 제목이 바뀌어 출간되었다. 그런데 『짱구네 고추밭 소동』(1991)에 실린 작품을 살펴보면, 『벙어리 동찬이』(1985)에 비해 작품 7편(「옥수수나무와 반딧불」, 「외딴집 감나무 작은 잎사귀」, 「밀짚잠자리」, 「아기 토끼와 채송화꽃」, 「하얀 배」, 「마음」, 「묶여있는 하느님」)이 빠져 있다. 나아가 고친 판인 『짱구네 고추밭 소동』(2002)에는 작품 2편(「두민이와 문방구점 아저씨」, 「어느 추수 감사절에 있었던 일」)이 더 빠져 있다. 종교적 색채가 두드러지거나 추상적 내용의 작품이어서 아동 독자의 관심을 끌지 못한다고 판단되는 작품이 재편집 과정에서 빠지게 된 것이다. 그러나 본고는 권정생 문학을 시기별로 대별하여 주도적 문학 양식과 사상의 변모를 추적하는 것이 관건이기 때문에, 최초의 작품집에 실린 텍스트(1985년판 『벙어리 동찬이』)를 연구 대상으로 삼았다.

셋째, 같은 작품이 여러 작품집에 실린 경우인데, 여기서는 단행본에 실린 최초의 수록작을 텍스트로 삼았다.

넷째, 「강아지똥」과 「금복이네 자두나무」처럼 작가가 나중에 다른 작품집에 실으면서 내용을 일부 개고한 경우가 있다. 이 경우 최초의 작품과 나중에 출간된 작품 사이에는 상당한 시간이 흘러 작가의식의 변모를 살펴보는 데는 참고가 되겠지만, 본 연구의 주제나 방향과는 큰 연관성이 없어 여기에서는 최초로 수록된 단행본의 작품을 기본 텍스트로 삼았다.[23]

다음으로, 장편의 경우 동일한 작품이지만 작가가 개고한 후 제목을 바꾸어 재출간한 경우가 있다. 이때도 최초의 작품을 기본 텍스트로 삼

23 이상 기본 텍스트 목록은 본서 참고문헌란의 '1. 기본자료'를 참조할 것.

았다. 장편 『꽃님과 아기 양들』(대한기독교서회, 1975)이 이런 경우인데, 이 작품은 한동안 절판되었다가 작품의 내용을 일부 수정하여 2002년에 우리교육 출판사에서 『슬픈 나막신』이란 이름으로 재출간되었다. 이 작품은 일본을 배경으로 하고 있는 권정생의 자전적 작품으로 1975년도 판에서는 출판 관행상 주인공의 이름을 일본어로 쓰지 못해 '꽃님'으로 하고 있으나, 2002년도 판에서는 이름을 '하나코'로 바꾸어 작품의 리얼리티를 더하고 있다. 그러나 이 두 작품은 내용상 동일한 작품이라 판단되어 본고에서는 최초에 출간된 『꽃님과 아기 양들』을 텍스트로 삼았다.[24]

24 다만 대한기독교서회에서 출간된 초판(1975)을 구하지 못해, 본고에서는 부득이 성서교재사에서 출간된 1986년도판 『꽃님과 아기 양들』을 텍스트로 삼았음을 밝혀둔다.

권정생의 삶과 문학

1. 권정생 문학의 키워드—가난 · 전쟁 · 질병과 '죽음'

권정생(權正生, 1937~2007)은 1937년 8월 18일 일본 도쿄[東京] 시부야[渋谷] 하따가야[播ヶ谷] 혼마찌[本町] 3쪼오메[町目] 595방[番] 헌옷장수 집 뒷방에서 태어나 어린 시절을 시부야의 빈민가에서 보냈다.[1] 그는 아버지 권유술(權有述)과 어머니 안귀순(安貴順) 사이에서 태어난 5남 2녀 중 여섯째로, 어릴 때는 권경수로 불렸다.

그의 아버지는 거리의 청소부였고 큰 형과 셋째 형, 큰 누나는 공장 노동자였으며 어머니는 삯바느질을 했는데, 늘 집세가 밀릴 정도로 가난했다. 그러나 유년 시절 도쿄 뒷골목의 가난하지만 따뜻한 사람들의

---

1 이하 권정생의 생애에 대해서는 다음 세 권의 자료를 토대로 재구성하였다. 이철지 편, 『오물덩이처럼 딩굴면서』, 종로서적, 1986; 권정생, 「유랑걸식 끝에 교회 문간방으로」, 『우리들의 하느님』, 녹색평론사, 1996; 원종찬 편, 『권정생의 삶과 문학』, 창비, 2008. 이하 권정생이 쓴 모든 글은 '작품명, 책명, 쪽수'로 표기한다.

인정, 아버지가 주워온 쓰레기더미 속에 있었던 이솝·그림형제·오스카 와일드·오가와 미메이·미야자와 겐지의 동화책을 찾아 읽은 체험이 그에게는 문학적 자양분이 되었다.[2] 그의 작품에서 거의 대부분 버려진 사물이나 가난한 사람이 주인공으로 설정되는 것은 누구보다도 적빈의 삶을 살았던 자신의 실제 체험과 밀접한 관계가 있다. 가난은 평생 그에게 삶의 벗이었던 셈이다. 그래서 가난은 그에게 불편하고 남루한 것이 아니라 오히려 따스한 인간의 삶을 살 수 있게끔 한 조건이자 문학적 자양분이었다.

그의 가족은 1944년 12월 미군 폭격으로 시부야의 셋집이 불타는 바람에 가난한 사람들이 모여 사는 나가야[長屋][3]로 이사했으나, 그 집도 폭격으로 불타자 다시 군마켄[軍馬縣] 쯔마고이[妻恋]라는 시골로 이사하여 거기에서 해방을 맞이했다. 그 이후 후지오카[富岡]로 이사했다가 조총련에 가까웠던 큰형과 셋째 형은 일본에 남고, 나머지 가족들은 1946년 3월 조선으로 돌아왔다. 그러나 이때에도 가족들은 같이 살 형편이

2 권오삼·권정생·이오덕·이현주, 「좌담 : 아동문학의 나아갈 길」, 이철지 편, 『오물덩이처럼 딩굴면서』, 종로서적, 1986, 321쪽 참조. 권정생이 최초로 쓴 장편 소년소설인 『꽃님과 아기양들』(뒤에 『슬픈 나막신』으로 재출간)은 이때의 이야기를 담은 것이다.

3 나가야는 에도시대부터 20세기 초까지 도시민의 기본적인 주거형태였다. 규모와 구조는 다양하지만, 전형적인 나가야는 약 3~12평쯤 되는 세대가 판자벽 하나를 사이에 두고 나란히 붙어 있는 공동주택이다. 평수가 큰 나가야는 3~5호, 작은 평수는 10여 호가 한 동을 이루고, 주로 단층이며 각 세대마다 골목으로 난 출입구가 있다. 작은 평수의 경우 현관 겸 부엌과 살림방 하나로 구성되는 것이 보통이니, 요즘말로 '쪽방' 혹은 '원룸'에 가깝다. 기본적으로 화장실과 우물은 공동이고 욕실은 공중탕을 이용한다. 살림살이는 단출했고, 화재 염려 때문에 난로가 금지되어 겨울이면 화로에 의지해서 춥게 지내고, 여름이면 방 뒷문을 열어 맞바람을 쐬면서 더위를 견디는 곳이다. 이러한 나가야로 이루어진 서민 동네를 시타마치[下町]라고 했다. 안도 다다오, 이규원 역, 『나, 건축가 안도 다다오』, 안그라픽스, 2009, 425~426쪽 참조.

안 되었다. 결국 아버지와 둘째 누나는 안동에서 살고, 어머니와 첫째 누나, 권정생과 남동생은 청송 외가댁에서 살았는데, 1년에 여섯 번이나 이사를 해야 할 만큼 형편이 어려웠다.

1947년 가족들은 안동에 다시 모여 고향 땅에 삶의 기반을 마련하고자 열심히 일했으나 6·25전쟁으로 인해 다시 흩어지게 된다. 두 차례에 걸친 전쟁 체험은 가난의 문제와 더불어, 폭력 및 권력에 대해 혐오하고 평화와 공존을 추구하는 권정생 문학의 바탕을 형성하게 된다. 그는 자신의 어린 시절이 전쟁으로 온통 회색 빛깔이 되었고, 두 번씩이나 겪은 전쟁의 상처가 평생 아물지 않았다고 말한 바 있다. 가난과 전쟁의 체험은 비단 그에게만 국한된 문제는 아니었다. 어쩌면 우리 민족 대다수가 일제 강점기와 6·25전쟁을 거치면서 겪었던 보편적인 경험일 것이다. 그러나 이러한 가난과 전쟁의 체험을 바탕으로 수미일관하게 하나의 문학 사상으로까지 발전시킬 수 있었던 것은 아동문학사에서는 거의 그만이 갖는 독자적인 영역이었다.

전쟁과 더불어 권정생의 유년 시절에 가장 큰 영향을 미친 것은 어머니의 존재와 둘째 형의 죽음, 그리고 '십자가에서 죽은 예수'의 모습이다. 그는 어머니에 대해서는 "자장가 대신에 어머니의 슬픈 타령을 들으면서 자라났고, 슬픈 타령과 함께 항상 젖어 있는 어머니의 눈동자는 나의 성격 형성기에 가장 많은 영향을 끼쳤음을 부인하지 못한다"[4]라고 말하고 있다. 권정생의 작품에서 볼 수 있는 강한 모성성과 생명력, 타인에 대한 헌신 등은 어머니의 영향이라고 추정해 볼 수 있다.

---

4 이철지 편, 앞의 책, 157쪽.

또한 둘째 형의 죽음에서 받은 정서적 자극과 '십자가에서 죽은 예수'의 모습은 권정생의 종교적 원체험을 형성하고 있다. 1936년 가족들이 일본으로 떠날 때에 가족 숫자대로 여권이 나오지 않아 다 같이 떠나지 못하자, 그의 둘째 형인 '목생'은 남아서 할머니와 문둥병에 걸린 삼촌과 함께 살고 있었는데, 그 2년 뒤에 공사장에서 일하다가 다이너마이트가 터지는 바람에 바위에 치여 열일곱 살의 나이에 그만 죽고 말았다. 어린 권정생에게는 큰 충격이 아닐 수 없었던 이 사건은 그가 다섯 살 때 우연히 들었던, 십자가에서 가시관을 쓰고 피 흘리며 죽은 예수의 이야기와 함께, 그의 의식 세계에 매우 큰 영향을 남겼던 것이다.

이 둘의 이미지는 권정생에게 하나로 중첩되어져, 스스로 밝히고 있듯이 자신을 "어릴 적부터 유형의 세계에 이내 싫증을 느끼고, 보이지 않는 무형의 세계를 동경하게 되었고, 외곬으로만 비껴나가려는 못된 인간이 되어"[5]버린 것으로 인식하게끔 만들었다. 또 그에게 "살아있는 것은 무형의 그림들이다. 그것이 더욱 또렷이 내 마음 속 깊숙이 향기를 뿜으며 생동하고 있는 한 나는 덜 외로울 수 있다"[6]는 믿음을 심어주기도 하였다.

그는 1953년 안동 일직초등학교를 졸업한 직후부터 가족들과 헤어져 객지 생활을 했다. 나무장수 · 고구마 장수 · 담배 장수 · 점원 노릇을 하다가 잠시 집에 들어와, 교회에서 하는 야간학교에서 영어와 수학을 배우면서 다시 독학으로 공부할 마음을 먹고 집을 떠났다. 그래서 부산에서 재봉기 상회의 점원으로 일하면서 다양한 독서도 하고 친구들을

5 위의 책, 160쪽.
6 위의 책.

만나 어울리기도 한다.[7]

그러나 열아홉 살인 1956년 늑막염에 걸렸고 폐결핵까지 겹쳐, 결국 집 떠난 지 5년만인 1957년에 어머니에게 끌려 고향으로 돌아오고 만다. 그는 고향에서 결핵에 걸린 친구들이 하나둘씩 죽어 가는 것을 보았고, 자신도 폐결핵에서 방광결핵으로, 전신결핵으로 병이 점점 번져갔다. 어머니의 간병으로 병이 얼마간 호전되기도 했으나, 1964년 어머니가 몸져누워 돌아가시자 혼자 남은 "동생이라도 우선 결혼시켜 가계를 이어 나가야 된다"[8]는 아버지의 권유를 받아들여 그는 다시 집을 떠나게 된다.

1965년 그는 집을 떠나 대구・김천・상주・점촌・문경・예천 등지를 돌아다니면서 3개월가량 구걸 생활을 하는데, 이때 그의 몸을 괴롭히던 결핵은 부고환결핵으로 번져 그의 건강은 더 돌이킬 수 없을 만큼 쇠약해졌다. 그러나 이 과정에서 그는 삶과 죽음에 대한 종교적인 성찰을 체험하게 되었고, 분수를 지키면서 자기 처지에서 사람을 사랑하는 신앙을 갖게 되었다고 한다. 권정생은 이 시절을 "예수님의 40일간의 금식 기도"[9]와 비교하면서, "가장 가깝게 나의 주 예수님을 사귈 수 있었던 기간"[10]이라고 말하고 있다.

이후 집으로 돌아오고 그해 12월에 아버지마저 세상을 떠났으며,

---

7 이 친구들은 이북에서 피난 와서 혼자 자동차 정비소에서 일하던 오기훈과, 전쟁 중에 고아가 된 최명자였다고 한다. 오기훈은 결국 자살을 했고, 최명자는 식모살이를 떠났다가 몸 파는 신세가 되었다고 한다. 그런데 오기훈은 사춘기 시절 그와 독서를 공유했던 문학적 동지였고, 최명자는 한때 신앙을 떠나 살고 있던 그에게 다시 교회에 나갈 것을 권유했던 종교적 동지였다. 이때의 경험을 담은 작품이 「별똥별」이다.

8 이철지 편, 앞의 책, 214쪽.

9 위의 책, 221쪽.

10 위의 책, 222쪽.

1966년 그는 두 차례에 걸쳐 콩팥과 방광을 들어내는 대수술을 받았다. 1967년 동생이 결혼을 해서 독립하자, 그는 1968년부터 안동에 있는 일직교회 문간방에서 종지기 일을 하면서 이후 줄곧 혼자 지내며 살아왔다. 후술하겠지만, 이후 1977년과 1983년에 각각 이사를 했고 1979년 1월에는 정호경 신부의 권유로 경북 칠곡군의 한 요양원에서 거의 반 년 동안 요양 생활을 하기도 했다.

그리고 마침내 2007년 5월 17일 권정생은 70세의 나이로 대구 가톨릭 병원에서 영면했다. 어려서부터 여러 질병으로 고생한 탓에 자신은 곧 죽을 것이라는 생각에 시달리며 고통스러운 삶을 이어오던 그는, 특히 29세가 되던 1966년에 큰 수술을 받고 의사로부터 2년은 살 것이라는 말을 들었으나, 병마와 싸워가면서도 그보다 훨씬 긴 40여 년의 세월을 더 살면서 어린이들을 위한 수많은 문학작품들을 남겼던 것이다.

죽기 두해 전인 2005년 5월 10일 그는 유언장을 미리 썼다고 한다. 이 유언장에서 그는 최완택 민들레교회 목사, 정호경 신부, 박연철 변호사에게 인세 관리를 부탁하면서, "내가 쓴 모든 책은 주로 어린이들이 사서 읽는 것이니 여기서 나오는 인세는 어린이에게 돌려주는 것이 마땅"하다고 했다는 것이다.[11] 이어 2007년 3월 31일 그는 정호경 신부 앞으로 한 번 더 유언장을 남겼다. "제 예금 통장 정리되면 나머지는 북측 굶주리는 아이들에게 보내 주세요. 제발 그만 싸우고, 그만 미워하고 따뜻하게 통일이 되어 함께 살도록 해주십시오. 중동, 아프리카, 그리고 티벳 아이들은 앞으로 어떻게 하지요. 기도 많이 해주세요. 안녕히 계십

11 원종찬 편, 『권정생의 삶과 문학』, 창비, 2008, 399쪽.

시오"[12]라는 말을 남겼는데, 그는 마지막 죽는 순간까지 전쟁과 굶주림으로 고통받는 아이들을 걱정했던 것이다.

2. 등단 과정 및 창작 활동

권정생은 1969년 월간 『기독교교육』의 제1회 기독교아동문학상 현상 모집에 「강아지똥」이 당선되면서 동화작가로 등단한다. 어릴 때부터 문학에 관심이 있고 습작을 하기도 했던 권정생은 교회에서 아이들과 접하게 되는데, 그것이 동화를 창작하는 계기였던 것이다. 이 시기부터 동화작가로서 그의 본격적인 창작활동이 시작되어 1971년에는 대구 『매일신문』 신춘문예에 「아기양의 그림자 딸랑이」가 가작으로 입선하고, 1973년에는 동화 「무명저고리와 엄마」가 『조선일보』 신춘문예에 당선되었다. 이후 그는 줄곧 기독교 사상에 바탕을 두고 작품을 창작하면서 한국의 대표적인 아동문학 작가로서 자리 잡게 되었다.

1974년에 그의 첫 단편동화집 『강아지똥』이 출간되었다. 이 작품집에는 죽음에 대한 실존적 자각, 분단과 통일의 문제, 빈부의 문제 등을 다룬 작품들이 실려 있는데, 이후 권정생 문학의 방향을 예고하는 것으로 그 의미가 크다. 1975년에는 「금복이네 자두나무」로 한국아동문학

12 위의 책, 401쪽.

가협회에서 제정한 제1회 한국아동문학상을 받았다. 그는 시상식을 마치고 돌아오는 길에 이현주와 함께 영주역에서 한 거지를 만나는데, 가난하지만 착한 마음씨를 지닌 이 거지로 인해 당분간 동화를 쓰지 않고 소설을 쓰기로 마음먹는다. 권정생의 첫 번째 장편소년소설인 『꽃님과 아기양들』도 같은 해에 출간되었다.

1977년 1월, 40세가 되던 해에 그는 조용히 글을 쓰고 싶어 조그만 집을 사서 10년 가까이 살던 교회 문간방을 나와 이사한다. 이 집은 20년 전 부모님과 동생과 자신이 함께 살던 그 집 바로 앞집이었다. 평생 자기 집이 없이 사셨던 부모님을 떠올리면서 그는 '솔직한 글을 쓰고자' 스스로에게 다짐한다. 그러다가 그는 1983년 빌배산 빌뱅이 언덕에 동네 청년들이 지어준 여덟 평짜리 작은 흙집으로 이사했다. 이오덕에게 보내는 편지에서 "따뜻하고, 조용하고, 그리고 마음대로 외로울 수 있고, 아플 수 있고, 생각에 젖을 수 있어"[13] 이사 간 집이 참 좋다고 그는 말했다. 이후 권정생은 자신의 상징처럼 된 빌뱅이 언덕 밑에 있는 이 집에서 살며 세상을 떠날 때까지 수많은 작품들을 썼다.

권정생은 1978년 『소년』 1월호에 장편소년소설 「초가삼간 우리 집」 연재를 시작하여 1980년 7월까지 계속했다. 이 작품은 훗날 1985년 단행본으로 펴내면서 제목이 『초가집이 있던 마을』로 바뀌었다. 또 그는 1981년 울진에 있는 시골교회 청년회지에 소년소설 「몽실 언니」 연재를 시작했다가, 이듬해 잡지 『새가정』으로 연재를 옮겨 연재했다(1982년 1월~1984년 3월). 이 작품은 인민군이 나오는 이야기가 문제가 되어

13 권정생 · 이오덕, 『살구꽃 봉오리를 보니 눈물이 납니다』, 한길사, 2003, 274쪽.

1982년 12월과 1983년 2월에는 『새가정』 연재가 일시 중단되기도 했으나, 문제가 된 부분을 삭제하기로 하고 연재가 재개되었다. 이후 장편 소년소설 『몽실 언니』는 1984년 단행본으로 출간된다. 한편 불교잡지 『해인』에 소년소설 「점득이네」를 연재한다(1987년 3월~1989년 1월). 이 작품은 『공존』이라는 팸플릿에 몇 번 연재하다가 『해인』으로 옮겨 연재한 것으로, 단행본 『점득이네』는 1990년에 출간된다. 작품의 창작 시기는 「초가삼간 우리 집」→「몽실 언니」→「점득이네」의 순서이나, 단행본 출간은 『몽실 언니』→『초가집이 있던 마을』→『점득이네』의 순서이다. 1978년에 시작한 권정생의 이른바 '6·25전쟁 3부작'은 1990년에 이르러 마침내 완성된 것이다.

그 사이에 그는 단편동화집 『사과나무밭 달님』(1978), 『까치 울던 날』(1979), 『하느님의 눈물』(1984), 『달맞이산 너머로 날아간 고등어』(1985), 『벙어리 동찬이』(1985), 연작 동화집 『도토리 예배당 종지기 아저씨』(1985)를 펴내고, 1986년에는 글모음집 『오물덩이처럼 딩굴면서』를 펴냈다. 이 책은 창작, 평론, 산문, 편지 등 다양한 장르의 글이 실려 있어 권정생의 삶과 문학을 입체적으로 이해하는 데 많은 도움을 준다. 1988년에는 시집 『어머니 사시는 그 나라에는』과 단편동화집 『바닷가 아이들』을 발간하였다. 1989년 1월 안동 가톨릭농민회관에서 이오덕·권오삼·전우익·이현주 등이 참석한 가운데 『어머니 사시는 그 나라에는』의 출판기념회를 열기도 하였다.

1989년 『새가정』 7·8월호에 동화 「수박밭에 떨어진 하느님」을 발표했다. 1991년 12월까지 2년 반 동안 『새가정』에 총 27회를 연재한 이 동화는 1994년에 장편 판타지인 『하느님이 우리 옆집에 살고 있네요』로 출판된다. 연재 당시에는 소제목이 그달의 동화 제목이 되었는데, 단행본으로 묶으면서 첫 장 「하느님이 세상으로 내려오다」를 넣고 새 제목을 달았다. 1990년에는 단편동화집 『할매하고 손잡고』가 출간되고, 『몽실 언니』가 MBC-TV에서 36부작 드라마로 만들어져 1990년 9월 1일부터 1991년 1월 5일까지 인기리에 방영되었다.

1991년에는 단편동화집 『짱구네 고추밭 소동』을 펴냈다. 이 책은 1985년에 펴냈던 『벙어리 동찬이』에서 7편을 빼고 다시 펴낸 것이다. 또 장편 판타지 『팔푼돌이네 삼형제』를 발간하고, 옛이야기모음집 '남북어린이가 함께 읽는 전래동화' 시리즈(사계절출판사) 6~10권을 이현주와 함께 엮었다. 이 시리즈의 남쪽 이야기는 권정생이 민들레교회 주보인 「민들레 이야기」에 연재했던 옛이야기와 거의 일치하는 것으로 보아, 남쪽 이야기는 권정생이, 북쪽 이야기는 이현주가 담당한 것으로 보인다. 또 1984년 인간사에서 출간했으나 절판되었던 단편동화집 『하느님의 눈물』(산하)을 다시 펴냈다.

1994년에는 장편 판타지 『하느님이 우리 옆집에 살고 있네요』가 출간되었다. 이 작품으로 권정생은 1995년 새싹회가 제정한 제22회 새싹문학상 수상자로 결정되었으나, 수상을 거절했다. 1996년에는 글 모음집 『우리들의 하느님』과 이원수의 일생을 다룬 인물이야기 『내가 살던 고향은』을 펴냈다. 1998년에는 소설 『한티재 하늘』 1·2를 펴냈다. 『몽실 언니』의 드라마화, 산문집 『우리들의 하느님』, 소설 『한티재 하늘』 1·2를 통해 권정생은 이제 단지 아동문학가로서만이 아니라 이 시대에 가장 영향력 있는 작가로 주목받게 된다. 또 이전에 나왔던 작품들을 독자의 연령대에 따라 엮은 단편동화집 『깜둥바가지 아줌마』이 1998

년에, 『먹구렁이 기차』가 1999년에 출간되었다. 1999년에 장편 판타지 『밥데기죽데기』가 출간되었고, 2001년에는 동화집 『비나리 달이네 집』이 출간되었다. 권정생은 잡지 『개똥이네 놀이터』에 「랑랑별 때때롱」을 연재(2006년 1월~2007년 2월)했는데, 이 작품은 그의 사후인 2008년 4월에 단행본 『랑랑별 때때롱』으로 출간되었다.

3. 사회적 · 문학적 교유와 작가의식의 형성

이상 간략하게 살펴본 권정생의 생애를 굳이 나누자면, 작가로 등단하기 이전과 등단한 이후의 삶으로 대별할 수 있다. 그는 평생 극빈 속에서 치유할 수 없는 불치병을 앓으며 살았으나, 자기의 삶과 문학을 일치시키려고 했던 보기 드문 작가이다. 초기에 그는 죽음에 당면하게 된 존재의 실존적 자각을 보여주는 동화들을 많이 썼다. 그러나 등단 이후 주변의 많은 사람들과 교류하면서 차츰 개인사적 체험에서 벗어나 민중사적 체험으로 자신의 작품 세계를 확대해 나아갔다.

특히 권정생의 생애에서 등단 이후의 사회적 · 문학적 교유관계에 주목할 필요가 있다. 그의 문학적 성취를 제대로 이해하기 위해서는 우선 그와 가까이 살았던 마을 사람들과의 교류 방식에 착안하여야 한다. 그의 주변에는 글을 읽거나 쓰지 못하는 거의 무학에 가까운 문맹자들이 많았다. 그가 쓴 「편지대필」이란 글을 보면, 마을 사람들에게 편지를 써

주다가 그들의 사연은 물론 현대사의 아픈 질곡을 속속들이 알게 되었음을 고백하고 있는데, 이를 통해 권정생이 마을 사람들과 더불어 구술문화에 가까운 생활을 했다는 것을 알 수 있다. 즉 그의 문학은 이웃 사람들의 삶을 그들을 대신하여 이야기한 것에 지나지 않는다는 셈이다.

이처럼 그는 '이야기꾼'에 가까운 작가였다. 실제로 권정생의 초기 동화는 자기반영적 작품으로 알레고리성이 강한 의인화 동화가 많다. 여기에는 그가 읽었던 성서의 비유, 주변 사람들에게 들었던 옛이야기와 구전동요 등이 문학적 텍스트로 일정하게 작용했을 것이다. 다음으로는 중기의 소년소설들인데, 이것은 자신이나 타인이 체험하거나 들었거나 목격한 이야기, 즉 실화를 바탕으로 한 것으로, 권정생이 '이야기'라고 했으면 좋겠다고 한 작품들이다. 또한, 자신이 전하고자 하는 메시지나 사상을 '이야기'로 만든 후기의 장편 판타지 작품을 들 수 있다. 그의 장편 판타지 작품은 '지금 · 여기'의 현실을 비판하면서 대안을 제시하는 형식을 취하고 있다. 이처럼 권정생은 자신이 전달하고자 하는 '이야기'의 메시지와 내용에 따라 각기 상이한 양식을 취하고 있는 것이다.

그리고 그의 문학적 성취에 큰 영향을 미친 사회적 교유에는 특별한 지식인들 혹은 새로운 지식과의 만남이 있다. 이중에서 가장 먼저 중요하게 언급하지 않을 수 없는 인물은 교사이자 아동문학비평가, 교육운동가인 이오덕(李五德, 1923~2003)이다. 이오덕은 1972년 가을, 『기독교교육』에 실린 「강아지똥」을 읽고 권정생을 찾아간다. 이후 이오덕은 권정생을 세상에 알리기 위해 백방으로 뛰어다녔고, 권정생은 글을 쓰는 대로 이오덕에게 보냈다. 권정생의 작품은 이오덕을 만나 더 넓은 세상으로 나오게 되었던 것이다. 나이차(14년)가 상당히 많았지만, 두 사람은 서로 존경하며 평생 편지를 주고받으면서 친동기간처럼 왕래했다. 이오덕이 권정생의 문학적 스승이자 평생의 문학적 동지라고 해도 과언이 아닐 것이다.

또 이오덕은 목사이자 동화작가인 이현주(李賢周, 1944~)를 권정생에게 소개하는데, 그는 이현주와도 문학과 신앙에 대해 편지를 주고받으며 깊은 친분을 오랫동안 쌓는다. 이현주와 주고받은 편지에서 일본의 카톨릭 작가인 엔도 슈사쿠[遠藤周作, 1923~1996], 역시 일본인으로 목사이자 작가이며 빈민운동가인 가가와 도요히꼬[賀川豊彦, 1888~1960], 실존주의 작가이자 철학자인 사르트르 등에 대해 언급하고 있는데, 이들의 삶과 사상은 권정생에게 상당한 영향을 미친 것으로 추정된다. 이처럼 이현주도 권정생의 절친한 신앙적 · 문학적 동지였을 것이다.

농사꾼 전우익(1925~2004)과의 교우 관계도 주목할 만하다. 전우익은 경성제국대학 출신의 지식인이지만 반제통일운동을 하다가 6 · 25 전쟁 이후 사회안전법으로 6년간 징역을 산 뒤 줄곧 경북 봉화군에서 농사를 지으며 살았던 인물이다. 1980년대 초부터 중반까지 그들은 서로 자주 만나며 편지를 주고받았는데, 거기에서 권정생은 밑바닥 생활을 경험했던 장 주네와 하야시 후미꼬, 노신을 언급하고 있다. 또 『제3세계 연구』에 나오는 '해방신학'을 언급하기도 하고, 전우익에게 사르트르의 『자유에로의 길』을 읽어보기를 권유하기도 한다. 권정생이 현실 비판과 더불어 대안으로 제시하는 '통일'과 '농사'의 문제가 전우익에게서도 적잖게 발견되어, 권정생의 농본주의적 생태사상이 이로부터 생겨난 것이 아닐까 추정해 볼 수 있다.

이상에서 우리는 권정생이 언급한 작가나 도서들이 대개 현실비판 내지는 현실참여와 일정한 관계가 있음을 알아챌 수 있다. 권정생이 1984년에 노동사목을 했던 정호경 신부에게 보낸 편지를 보면, 그는 정호경 신부의 『나눔과 섬김의 공동체』를 읽고 이 책을 개신교 목사님들과 농민들도 읽었으면 좋겠다는 의견을 피력하는데, 이 책 또한 공동체를 통한 교회의 현실 참여를 다루고 있음에 주목할 만하다. 또 목사이자 환경운동가인 최완택, 장로이자 농민운동가인 김영원, 그리고 생태아나키스트라고 할 수 있는 김종철과 그가 발행하고 있는 잡지 『녹색평론』과의 만남은 권정생이 추구하는 현실참여의 성격을 더욱 확장시켰다고 할 수 있다. 이들과의 만남을 통해 그는 사람만이 아니라 모든 생명체가 함께 잘 사는 것이 진정으로 잘 사는 것이라는 생각을 확고하게 견지하게 되었다.

그러면 권정생의 현실참여는 어떤 방식으로 이루어졌는가? 그것은 말할 것도 없이 작품을 통해 이루어졌다고 할 수 있다. 작가는 작품으로 말을 하는 법이다. 그에게 평생의 화두는 '죽음'이었다. 그 자신이 언급한 것처럼 목생 형의 죽음과 십자가에 달린 예수의 죽음, 친구 오기훈의 자살과 극빈으로 인한 최명자의 타락, 자신의 불치병, 이 모두가 그에게는 죽음의 여러 다른 모습이었을 것이다.

권정생의 동화가 죽음에 당면한 존재의 실존적 자각에서 출발했다면, 그의 소년소설은 자신이 체험하고 목격한 거대한 죽음인 전쟁을 증언하고자 하는 역사의식에서 출발했다. 전쟁은 인간뿐만 아니라 온갖 생물에게 죽음을 가져오는 것이므로 이 세상에서 반드시 사라져야 한다고 그는 굳게 믿고 있었다. 『꽃님과 아기양들』, 『몽실 언니』, 『점득이네』에서는 전쟁을 반대하며 사라지기를 바라는 간절한 염원이 기도처럼 나타나는데, 이것은 치열한 작가의식의 발로라 할 수 있다. 나아가 그는 장편 판타지를 통해 우리의 현실인 '지금 · 여기'에 편재한 온갖 죽음의 현상을 비판하여 이를 극복하고 생명을 가져오는 방식으로 민족의 통일과 농사짓는 삶을 제시한다. 통일이야말로 언젠가 터질지 모르는 전쟁의 위험을 종결짓고 이 땅에 평화를 가져오며, 농사짓는 가난한 삶이야말로 반인간적이며 반생명적인 삶을 청산하고 사람답게 살아가는 길이라고 보았기 때문이다.

권정생의 창작 행위는 '죽음에 맞선 싸움'이라고 할 수 있을 것이다. 이야기꾼 세헤라자드가 날마다 '이야기'를 이어나감으로써 죽음의 시간을 연장하고 마침내 자신의 목숨을 구한 것처럼, 권정생은 평생 꾸준히 창작 활동을 함으로써 가난과 질병과 전쟁으로 인한 '죽음'과의 대면을 극복하고 '죽음에서 생명으로' 나아가는 길을 확보했던 것이다.

이상 살펴본 바와 같이 자연인으로서의 권정생의 삶과 작가로서의 활동 및 교유관계를 통해 그의 문학 세계를 크게 세 시기로 구별해 볼 수 있다. 그리고 그 시기별로 문학적 주제와 주도적인 문학적 형식(혹은 장르)이 뚜렷하게 나누어지는 것도 알 수 있다.

권정생은 40년에 가까운 세월 동안 동화, 동시, 소년소설과 소설, 판타지, 산문 등 다양한 양식의 글을 남겼다. 여기에서는 그의 문학 중에서 본령을 이루는 서사 문학 장르, 즉 동화, 소년소설과 소설, 판타지를 중심으로 작품이 지닌 주제 의식과 사상적 기반을 살펴보고자 한다. 그의 작품을 일별해 보면 문학 양식은 상이하나 내용이나 주제가 유사하기도 하고, 문학 양식은 동일하나 내용이나 주제가 제각기 다르기도 하여 작품 세계를 일목요연하게 정리하기가 그리 쉽지 않다. 그러나 작품을 전체적으로 대별하여 살펴보면, 그의 문학은 시기별로 주도적인 문학 양식과 주도적인 문학 사상이 존재함을 알 수 있다. 서로 중첩되기도 하지만 시기별로 주도적인 문학 양식과 주제, 문학 사상이 나타나는 것을 고려해볼 때, 권정생의 문학 세계는 다음의 표와 같이 대별해볼 수 있다.

〈표 1〉 권정생의 문학 세계

구분	기간	주제의식	사상적 기반	형식 / 장르적 특징
초기	1969~1980	죽음과 실존의식	기독교 근본주의, 기독교 실존주의	알레고리 형식의 동화 / 동화 우세, 소설 일부
중기	1981~1990	현실비판의식	민중신학, 기독교 아나키즘	리얼리즘 형식의 소설 / 소설 우세, 동화 유지
후기	1991~2007	현실비판과 대안	기독교 아나키즘, 에코 아나키즘	복합 형식의 판타지 / 동화, 소설 유지

이에 이후부터는 권정생의 문학 가운데서 내용과 형식, 메시지 면에서 뚜렷한 차이를 보여주는 초기의 동화, 중기의 소년소설과 소설, 후기의 판타지를 중심으로 권정생의 문학세계와 사상의 변모 양상을 자세히 살펴보고자 한다. 또 상이한 양식의 문학 작품 속에서 '죽음'이라는 키워드가 어떻게 양상을 달리하여 나타나며, 어떤 역할을 하는지도 아울러 살펴보고자 한다.

초기 문학과 사상(1969~1980)

동화와 기독교 실존주의

권정생의 초기 작품들은 주로 자신의 개인사적 체험을 단편동화 양식으로 표현하고 있다. 여기서 동화란 이재철에 따르면[1] "동심을 바탕으로 어린이를 위해 쓴 산문문학의 한 장르"이다. "옛날이야기, 민담, 우화, 신화, 전설 등과 같은 설화의 종류가 아니라 그러한 것을 재구성, 개작하거나 또는 그러한 특징을 동화라는 형태 속에 포용한 것"으로서, "종래 있어온 단순히 어린이를 위한 이야기의 재구성이라기보다는 시정신에 입각한 인간 보편의 진실을 상징적으로 표현"하는 문학 양식이다.

한편 이원수는 전래동화에서 유래된 동화가 소설의 영향으로 전래동화에는 없는 정경 묘사와 심리 묘사를 하게 되었다고 한다.[2] 그러면서 "짐승이나 초목이나 무생물을 의인화하여 행동하고 생각하는 것도 동화의 한 특징"이지만, 전래동화처럼 추상적인 것이 아니라 "구상적인 것으로 등장하여 하나의 독특한 성격을 가지게 됨으로써 리얼한 존재가

1 이재철, 『세계아동문학사전』, 계몽사, 1989, 76쪽.
2 이원수, 『아동문학입문』, 한길사, 2001, 84쪽.

된다"고 했다. 또 현대 동화에서는 의인화 없이 인간만으로도 진행되는 경우가 있는데, 이럴 때 소설과 본질적인 차이를 드러내는 것이 바로 '공상성'이라고 하여 공상성을 동화의 큰 특징으로 꼽고 있다.

권정생은 초기 동화에서 삶의 터전을 송두리째 잃은 상황, 치유할 수 없이 망가지고 훼손된 몸, 피할 수 없는 죽음, 이러한 죽음을 통해 깨닫게 된 삶의 새로운 의미 등을 다루고 있다. 특히 죽음은 되풀이해서 등장하는 '라이트모티프(Leitmotiv)'[3]라고 할 만한데, 권정생의 초기 작품들은 대부분 죽을 수밖에 없는 운명을 지닌 존재의 실존적 자각과, "그렇다면 과연 어떤 삶의 자세를 취할 것인가"라는 자기 결단의 문제를 다루고 있기 때문이다. 이는 결핵으로 인해 시한부 삶을 살고 있던 자신의 처지와도 무관하지 않은 것으로 보인다. 실제로 1968년경 권정생이 수술을 받고 퇴원할 때 의사는 2년, 간호사는 6개월을 못살 것이라고 했다고 하니,[4] 그에게 '죽음'은 당면한 현실이었기 때문이다. 권정생은 죽음을

3 '라이트모티브(Leitmotiv)'란 용어는 반복되는 주제 혹은 특정한 대상, 인물, 감동 및 생각 등을 표시하는 음악적 요소를 말한다. 주로 19세기 후반 독일 음악계에서 두루 쓰이던 용어로서, 특히 바그너의 오페라를 분석할 때 자주 사용되었다. 문학에서는 토마스 만의 작품 분석에 원용되기도 하였다. 한국어로는 '주도동기(主導動機)' 혹은 '지도동기(指導動機)'라고 번역된다. 인터넷의 영어판 위키 사전(http://en.wikipedia.org/wiki/Leitmotif)에 의하면, 'Leitmotif' is a "short, constantly recurring musical phrase" associated with a particular person, place, or idea. It is closely related to the musical concepts of idée fixe or motto-theme. The spelling leitmotif is an anglicization of the German Leitmotiv, literally meaning "leading motif", or perhaps more accurately, "guiding motif."

4 권정생 · 원종찬, 「인터뷰–저것도 거름이 돼가지고 꽃을 피우는데」, 『창비어린이』 11호, 2005년 겨울. "그때 제 자신이 죽음이라는 것에 대해 아주 많이 생각했어요. 66년도에 병원에서 두 번째 수술했을 때 간호사가 그 소변주머니요, 그걸 이래 끼워주면서 뭐라 그랬냐면, '이거 얼마 전에 죽은 사람 건데, 아저씨하고 똑같았는데 그 아저씨 6개월 못 살았어요. 아저씨도 6개월 못 사는데 뭐하러 수술했냐'고 그러면서 끼워주더라고. 병원에서 퇴원할 때 의사는 약 잘 먹고 그러면 한 2년까지는 안 가겠나, 그러고. 68년도 되니까, 2년 다 돼가니까 이젠 죽는가보다고 생각을 했는데, 그때만 해도

앞두고 일직교회 문간방에 들어가 살게 되었는데, 그곳에서 그는 작품을 쓰기 시작했다. 권정생은 "세상에 태어났다가 그냥 죽는다는 게 억울"해서 작품을 썼다[5]고 술회한 적이 있다. 그만큼 권정생에게 죽음은 절실한 문제였던 것이다.

권정생 문학에서 초기(1969~1980년)에는 알레고리성이 짙은 동화가 우세한 문학 양식으로 나타나는바, 이 시기에 출간된 『강아지똥』(세종문화사, 1974 / 동화 15편, 소설 1편)과 『사과나무밭 달님』(창작과비평사, 1978 / 동화 6편, 소설 6편), 『까치 울던 날』(제오문화사, 1979 / 동화 8편, 소설 5편)을 보면 그러한 경향을 확인할 수 있다. 또 유년동화집인 『하느님의 눈물』(인간사, 1984 / 동화 16편, 소설 1편)도 시기적으로 초기에 속하지 않지만 경향적으로는 초기에 포함시켜 볼 수 있다.

초기의 단편 동화는 그 주제를 크게 ① 죽음과 원죄의식, ② 실존적 자각과 자기 결단, ③ 확장된 삶의 지평으로 나눌 수 있다. 여기에는 기독교 실존주의자 키르케고르의 영향이 두드러지게 나타난다.[6] 키르케

그러면서 그 「강아지똥」을 썼으니까 감나무 잎사귀가 굉장히 절실했죠."(15~16쪽) "그림책 『강아지똥』(길벗어린이, 1996) 뒤에다 발문을 써놓은 걸 보면은 '우리 민족의 역사……' 뭐라고 써놨는데 그거는 아니거든요. 저는 그렇게 생각하고 쓰지는 않았어요. 보는 사람에 따라 다른가? 하지만 저는 그때 그런 역사의식은 없었고, 내가 워낙 비참했기 때문에 죽음이란 것하고, 아무것도 못하고 이래 죽는가보다 하는 생각……."(22쪽, 강조는 인용자)

5 권정생, 「'사람'으로 사는 삶」, 『어린이문학』, 1999.2, 112쪽. "그래 인제 68년도 가을이 되니까요 이제 난 죽어지는구나 그러면서 그때 교회 문간방에서 살았기 때문에 (…중략…) 그해 68년 가을이 되면서 그때만 해도 내가 뭐 쓰고 싶은 생각이 있었거든요. 그래 가지고 써야 되는데 써야 되는데 하면서……. 그 먼저에 작품을 써 가지고 신문사에 보냈다가 떨어졌어요. 「깜둥바가지 아줌마」인가 그럴 거예요. 아마 예심에 올라갔다가 떨어졌든가 그래요. 그래 세상에 태어났다가 그냥 죽는다는 거 얼마나 억울합니까."(강조는 인용자)

6 존 D. 카푸토, 임규정 역, 『키르케고르』, 웅진지식하우스, 2008.

고르는 성서에 입각하여 기성 기독교를 비판했는데, 그의 사상을 간단히 요약하면, 인간은 하느님 앞에서 '단독자(외톨이)'로서 삶을 결단해야 하고, 그리스도는 세상에서 가장 비천한 모습—사생아이자 십자가의 죄인—을 취했으며, 사회적 신분의 고하는 단지 겉치레에 불과하고, 결국 인간은 하느님 앞에서 누구나 죽을 수밖에 없는 죄인이며 평등하다는 것이다.

이러한 키르케고르의 사상에 비추어볼 때, 권정생의 초기 동화에서 이와 유사한 사유를 종종 발견할 수 있다. 먼저 죽음과 원죄의식이 두드러진 작품으로 「슬픈 여름밤」, 「떠내려간 흙먼지 아이들」, 「어시장 이야기」, 「오누이 지렁이」를 꼽을 수 있는데, 이 작품들 속에서 죽음은 등장인물이 결코 피할 수 없는 실존 조건이며, 이러한 죽음은 원죄로 인한 것이라는 것을 잘 보여준다.

다음으로 실존적 자각과 자기 결단을 드러내는 작품으로 「강아지똥」, 「똘배가 보고 온 달나라」, 「깜둥바가지 아줌마」, 「장대 끝에서 웃는 아이」, 「사슴」, 「눈길」 등이 있는데, 이 작품들 속에서 등장인물은 죽음이라는 실존조건을 회피하지 않고 기꺼이 감싸 안는 모습을 보여준다. 이렇게 기꺼이 죽음을 감싸 안음으로써, 등장인물은 죽음을 극복하고 삶이 지닌 영원한 의미를 획득하게 된다. 이러한 권정생 문학의 바탕에는 키르케고르적인 기독교 실존주의가 깔려 있다고 할 수 있다.

셋째로 확장된 삶의 지평을 보여주는 작품들이 등장하는데, 「남쇠의 파란 눈의 아이」에서는 분단의 문제가 다루어지고, 사실적 표현과 환상적 표현이 절묘하게 배합된 「금복이네 자두나무」에서는 부자의 탐욕과 부도덕함이 고발된다. 또 서정성이 두드러진 「무명저고리와 엄마」에서는 엄마와 일곱 아이들의 삶이 담긴 '무명저고리'라는 표상을 통해 가난과 전쟁으로 고통받는 민중의 삶을 그려내고 있다. 이 작품들에서 드러나는 현실 비판의식은 중기의 소설과 후기의 판타지로 죽 이어진다.

1. 죽음과 원죄의식

1) 성서적 원죄의식

'죽음'의 문제가 권정생 문학을 이해하는 키워드임은 이미 밝혔듯이, 죽음에 관한 권정생의 의식은 일차적으로는 결핵으로 인한 자신의 불치병과 주변에서 자주 목격했던 죽음에 기인하겠지만,[7] 죽음에 대한 그의 해석은 성서의 원죄의식에 맞닿아 있다. 「슬픈 여름밤」은 종교성이 짙어서 그런지 이후에 묶인 그의 작품집에서는 수록되어 있지 않으나 초기 권정생 문학의 성격을 이해하는 데 반드시 살펴야 할 작품이다.[8]

---

7 권정생의 수기 「오물덩이처럼 딩굴면서」를 보면, 마을에는 객지에서 병 — 대부분이 폐결핵 — 을 얻어 돌아와 있는 사람이 많았는데 제대로 약을 먹지 못해서 죽는 일이 많았다고 한다. 그런데 이들은 대부분 권정생 또래의 젊은 청년들이었다. 권정생, 이철지 편, 『오물덩이처럼 딩굴면서』, 종로서적, 1986, 210~212쪽 참조.

8 이 작품은 『까치 울던 날』(제오문화사, 1979)과 『달맞이 너머로 날아간 고등어』(햇빛출판사, 1985)에 실려 있다. 작품 인용은 최초로 수록된 『까치 울던 날』에 따른다.

울음소리가 들립니다.

무더운 여름들판에서 할딱거리는 가쁜 숨소리 같이 울음소리가 들립니다.

(우리들은 하느님이 먹지 말라 하신 선과 악을 알게 하는 나무열매를 먹지 않았어요.)

꿀벌들이 꽃가루뭉치를 힘겹게 나르면서 붕붕 흐느끼고 있습니다. 여치가 아카시아 숲에서 울고, 매미가 느티나무, 감나무, 떡갈나무 숲에서 울고 있습니다.

베짱이의 가냘픈 울음소리도, 땅강아지의 구슬픈 소리도 들렸읍니다.

(우리들은 하느님이 먹지 말라 하신 선과 악을 알게 하는 나무열매를 먹으라고 꾀지도 않았어요.)[9](강조는 인용자)

이 작품에서 권정생은 무더운 여름 들판에 있는 벌레들의 울음소리를 '가쁜 숨소리' 같다고 표현한다. 간신히 숨이 붙어있는 존재가 내는 숨소리라는 것이다. 「똘배가 보고 온 달나라」에서 땡감이 "아아 숨차!" 하면서 숨이 끊어지고 만 것과 유사한 상황으로, 벌레들은 이렇게 "가쁜 숨소리"를 내다가 죽고 마는 것이다. 그런데 우리가 여기에서 주목할 것은, 권정생이 벌레들의 울음소리를 "우리들은 선과 악을 알게 하는 나무열매를 먹지 않았"고 "우리들은 선과 악을 알게 하는 나무열매를 먹으라고 꾀지도 않았"다는 뜻이라고 본 부분이다. 이 문장은 성서의 원죄설을 알지 못하면 이해할 수 없는 대목이다.[10]

9 「슬픈 여름밤」, 『까치 울던 날』, 55~56쪽.

10 『성경전서』(대한성서공회, 1997)의 창세기 제2장 16절~제3장 6절. "여호와 하나님이 그 사람(아담)에게 명하여 가라사대 동산 각종 나무의 실과는 네가 임의로 먹되 선악을 알게 하는 나무의 실과는 먹지 말라 네가 먹는 날에는 정녕 죽으리라 하시니라

성서에 따르면, 최초의 인간 아담은 죽음이 없고 영원한 생명이 있는 낙원인 에덴동산에서 살았는데, 하느님으로부터 선악을 알게 하는 나무를 먹으면 반드시 죽을 것이라는 경고를 받았다고 한다. 그런데 아름다운 모습을 한 뱀이 선악을 알게 하는 열매를 먹으라고 하와를 꼬이고, 그 꼬임에 넘어간 하와가 선악을 알게 하는 열매를 먹고는, 남편인 아담에게도 먹기를 권해 아담도 선악을 알게 하는 열매를 먹었다는 것이다. 이로 인해 하느님은 인간에게 원죄를 선언하는데, 이때 인간이 처하게 된 상황을 성서는 다음과 같이 기록하고 있다.

여호와 하나님이 뱀에게 이르시되 네가 이렇게 하였으니 네가 모든 육축과 들의 모든 짐승보다 더욱 저주를 받아 배로 다니고 종신토록 흙을 먹을지니라. (…중략…) 또 여자에게 이르시되 내가 네게 잉태하는 고통을 크게 더하리니 네가 수고하고 자식을 낳을 것이며 (…중략…) 아담에게 이르시되 (…중략…) 땅은 너로 인하여 저주를 받고 너는 종신토록 수고하여야 그 소산을 먹으리라 (…중략…) 네가 얼굴에 땀이 흘러야 식물을 먹고 필경은 흙으로 돌아가리니 그 속에서 네가 취함을 입었음이니라.[11]

즉 선악을 알게 하는 열매를 먹음으로써 인간은 낙원인 에덴동산에서

(…중략…) 여호와 하나님이 지으신 들짐승 중에 뱀이 가장 간교하더라. 뱀이 여자(하와)에게 물어 가로되 하나님이 참으로 너희더러 동산 모든 나무의 실과를 먹지 말라 하시더냐. 여자가 뱀에게 말하되 동산 나무의 실과를 우리가 먹을 수 있으나 동산 중앙에 있는 나무의 실과는 하나님의 말씀에 너희는 먹지도 말고 만지지도 말라 너희가 죽을까 하노라 하셨느니라 뱀이 여자에게 이르되 너희가 결코 죽지 아니하리라 (…중략…) 여자가 그 실과를 따먹고 자기와 함께 한 남편에게도 주매 그도 먹은지라."

11 『성경전서』, 창세기 3장 14절~19절.

영원히 쫓겨났고, 이와 동시에 여자에게는 잉태하는 고통이 생겼고, 인간은 고된 노동을 해야만 먹을 것이 생기며, 반드시 죽을 것(=흙으로 돌아갈 것)이라는 것이 선언된다. 또 아담과 하와로 인해 땅이 저주를 받았고, 모든 육축과 들의 짐승이 저주를 받았다는 내용도 나온다. 뱀과 하와, 아담으로 인해 모든 인간과 생물은 하느님의 저주를 받아 누구나 '죽을 수밖에 없는 존재'가 되었다는 것이다.

「슬픈 여름밤」은 원죄로 인해 벌레들이 고통받는 모습을 그리고 있다. 이 작품에는 아기를 배어 배만 불룩한 엄마 모기가 작중 인물로 나온다. 엄마 모기는 잉태의 고통을 당하는 존재(여자)인 것이다. 엄마 모기와 아주머니 모기는 반드시 사람의 피를 먹어야 하는데, 사람 근처에는 이미 모기를 막는 모깃불이 피워져 있다. 그래서 엄마 모기는 숨 막히게 하는 모깃불을 뚫고 가서 사람의 피를 빨아야 한다. 죽음을 무릅쓰고 살아가는 상황인 것이다. 결국 엄마 모기와 아주머니 모기는 사람의 피를 빨러 방 안으로 들어갔다가 모기약 때문에 그만 죽고 만다. 엄마 모기 뱃속에 있던 아기들은 태어나지도 못한 채 죽고 마는 것이다.

> 엄마 모기는 남은 기운을 다 해 오던 길로 되돌아 나왔습니다. 그러나 벌써 늦었습니다. 앞 뜰 꽃밭에서 엄마 모기는 기운이 다했습니다.
>
> 새빨간 봉숭아꽃이 만발한 꽃밭 사이로 엄마 모기는 하늘하늘 꽃잎처럼 떨어져 있었습니다.
>
> 뒤따라 아주머니 모기가 역시 그렇게 봉숭아의 보드라운 꽃잎 위에 떨어졌습니다.
>
> 엄마 모기의 뱃 속에선 아기들이 함께 몸부림을 했습니다. (…중략…)

빨간 봉숭아 꽃잎 위에 엄마 모기와 아주머니 모기의 시체가 가즈런히 누워 있었읍니다. 풀벌레들이 울기 시작했읍니다.[12]

엄마 모기가 원죄로 인한 잉태의 고통과 죽음을 표현하고 있다면, 또 다른 작중인물인 엄마 쇠똥구리는 고단한 노동을 해야만 살아갈 수 있는 상황을 보여준다. 엄마 쇠똥구리는 아기들을 집에 눕혀 놓고 일찍 집을 나서서 일을 하러 나간다. 엄마 쇠똥구리는 "까마득히 먼 곳"까지 가야 소들이 금방 눈 말랑말랑한 쇠똥을 구할 수 있다. 거기까지 가려면 엄마 쇠똥구리는 "새까만 얼굴에 빤지르르 땀이 흐"르고, "숨이 차서 헐떡거려야" 한다. "흘러내리는 땀을" 닦아가며 엄마 쇠똥구리는 쇠똥뭉치를 만들고, 이것을 집에까지 굴려 갖고 가야 하는 것이다. 이런 엄마 쇠똥구리를 보고 아저씨 여치가 말을 거는데, 이들의 대화는 고된 노동과 이에 따른 고통의 의미를 생각하게 한다.

"엄마 쇠똥구리 님, 무거우시겠어요."

아카시아 나무가지에서 아저씨 여치가 내려다 보고 있읍니다.

초록빛 아저씨 여치의 눈동자가 구슬프게 마주 봅니다.

"아기들 때문이에요. 먹구 살아간다는 것은 과연 힘들어요. 허리가 아픈걸요."

"그럴 거예요. 햇님도 내려다 보면 괴로울 거예요. 자라게 한다는 건 결국 울음소리 같은 것이니까요." (…중략…)

12 「슬픈 여름밤」, 『까치 울던 날』, 65~66쪽.

"하지만 여름에도 울지 않는 이가 있다잖아요."

"울지 않는 것, 그건 허수아비에요. 허수아비는 슬프지 않으니까요."[13](강조는 인용자)

엄마 쇠똥구리는 "먹구 살아가는 것"이 "허리가 아픈" 만큼 "힘들"다고 말한다. 우리는 보통 힘이 들 때 '허리가 휠 지경'이라고 하는데, 이 문장은 그 정도로 힘든 상황을 떠올리게 한다. 아저씨 여치는 누군가를 "자라게 한다는 건 결국 울음소리 같은 것"이라고 말한다. 이들의 말에 따르면 살아가는 것 자체가 슬픔이자 고통이며, 슬픔과 고통을 겪지 않는 것은 "살아 있지 않은 존재"인 "허수아비"밖에 없다. 바꾸어 말하면 슬픔과 고통은 바로 생명이 있다는 증거이며, 살아 있는 증거인 셈이기도 한 것이다. 이러한 생명이 지닌 근원적인 고통은 왕잠자리에게서도 발견된다.

황금빛 보리밭 위로 따가운 햇볕이 활활 타고 있었읍니다.

왕잠자리는 이따금 술취한 것 같은 눈알을 디룩거리며 벌판을 날아가고 있었읍니다.

(우리들은 동생을 쳐죽인 카인의 피 한 방울 받지 않았어요.)

연보라빛 무장다리꽃이 만발한 언덕 위로 하루살이들이 쫓겨 달아났읍니다. 그러나 바람결에 부딪쳐 사방 어둠으로 길을 막았습니다.

왕잠자리는 닥치는 대로 삼키고 또 삼켰읍니다. 눈빛이 붉게 번득였읍니다. 입언저리에 가엾은 하루살이들의 울음소리가 겹으로 겹으로 쌓였읍니다.

---

13 「슬픈 여름밤」, 『까치 울던 날』, 59~60쪽.

(우리들은 형에게 맞아죽은 아벨의 피 한 방울도 받지 않았어요.)

왕잠자리는 차츰 정신이 드는 듯 했읍니다.[14] (강조는 인용자)

배가 고픈 왕잠자리는 닥치는 대로 하루살이를 삼킨다. 살아 있는 생명체는 살아가기 위해서 반드시 무엇인가 먹어야 하는데, 그것은 바로 상대방에게 죽음이 되는 것이다. 남의 생명을 빼앗아야만 자신의 생명을 유지할 수 있는 것을 권정생은 존재의 근원적인 슬픔으로 표현하고 있다. 권정생은 성서에 기록된 최초의 살인인 카인과 아벨의 일화를 예로 들어 생명체가 자신의 생명을 유지하는 상황은 곧 먹고 먹히는 관계이며, 이것은 형제 살해와도 같은 것이라고 표현한다. 내가 살기 위해서는 어쩔 수 없이 남을 죽여야만 한다는 것을 깨닫게 되면, 살아간다는 것은 그 자체가 잔인하기 이를 데 없는 행위라는 것이다.[15] 이러한 관계를 우리는 간단히 '먹이사슬'이라고 말하지만, 그것은 죽어가는 생명의 "울음소리가 겹으로 겹으로 쌓"인 처참한 것이기 때문이다. 그런데 이렇게 자신의 생명을 영위하던 왕잠자리도 아이들 손에 붙잡혀 죽을 수밖에 없는 처지가 된다는 데 아이러니가 있다. 어느 누구도 죽음을 피해갈 수

---

14 「슬픈 여름밤」, 『까치 울던 날』, 61~62쪽.

15 생명 자체가 서로 먹고 먹히는 관계라는 인식은 「하느님의 눈물」에서도 표현되어 있다. "어느 날 돌이 토끼는, 문득 생각했습니다. '칡넝쿨이랑 과남풀이랑 뜯어 먹으면 맛있지만 참말 마음이 아프구나. 뜯어 먹히는 건 모두 없어지고 마니까.' (…중략…) "풀무꽃풀아, 널 먹어도 되니?" (…중략…) "죽느냐 사느냐 하는 대답을 제 입으로 말할 수 있는 사람이 이 세상에 몇이나 있겠니?" "정말이구나. 내가 잘못했어. 풀무꽃풀아, 나도 그냥 먹어 버리려니까 안되어서 물어본 거야." "차라리 먹으려면 묻지 말고 그냥 먹어." 풀무꽃풀이 꼿꼿한 목소리로 말했습니다. 먹힌다는 것, 그리고 죽는다는 것, 모두가 운명이고 마땅한 일인 것입니다." 권정생, 『하느님의 눈물』, 인간사, 1984, 9~12쪽 참조.

없는 것이다. 생명력이 용솟음치는 한여름 들판에도 죽음은 존재한다는 것을 권정생은 간과하지 않고 있는 것이다.

이 작품에서 원죄의식과 관련하여 눈여겨볼 것은 반복되는 벌레들의 울음소리이다. 권정생은 벌레들의 울음소리를 다음과 같은 뜻으로 해석한다. "우리들은 하느님이 먹지 말라 하신 선과 악을 알게 하는 나무열매를 먹지 않았어요." "우리들은 하느님이 먹지 말라 하신 선과 악을 알게 하는 나무열매를 먹으라고 꾀지도 않았어요." "우리들은 동생을 쳐죽인 카인의 피 한 방울 받지 않았어요." "우리들은 형에게 맞아죽은 아벨의 피 한 방울도 받지 않았어요." 이러한 구절 또한 성서적 인식과 결부되어 있다.

성서에 따르면, 선과 악을 알게 하는 나무열매를 먹기 전에 인간은 죽음을 모르는 존재였다. 인간도 신처럼 영원불멸의 존재였던 것이다. 그런데 에덴동산에서 쫓겨난 인간이 처음으로 경험한 죽음은 형 카인이 동생 아벨을 쳐 죽인 것이었다. 즉 형제살해이다. 벌레들은, 자기들이 이런 저주를 받을 만한 일을 전혀 하지도 않았는데도 인간의 원죄로 인해 이렇게 처참한 상황에 처해 있다는 것을 울음소리를 통해 말한다. 이 작품에서 단적으로 원죄의식을 드러내는 부분이 있는데, 그것은 바로 아기를 밴 엄마 모기에게 아주머니 모기가 하는 말인 "우린 태어나면서부터 죽은 몸이에요"[16]라는 구절이다. 모든 존재는 탄생하는 순간부터 언젠가는 반드시 죽을 수밖에 없는 유한한 존재라는 것인데, 이러한 상황을 "죽은 몸"이라는 말로 표현하고 있는 것이다.

---

16 「슬픈 여름밤」, 『까치 울던 날』, 63쪽.

2) 낙원상실의식과 부활의 사상

원죄의식과 함께 주목할 것은 권정생의 작품에 나타나는 낙원상실의식이다. 고향 상실과 더불어 나타나는 낙원상실의식은 여러 작가에게서 나타나지만, 권정생의 낙원상실의식은 원죄의식과 결부되어 있다. 그의 작품에서 작중 인물들은 대개 불가항력적인 힘에 의해 고향을 떠나게 된 존재이다. 성서에 따르면, 인간은 원죄로 인해 죽을 수밖에 없는 존재가 됨과 동시에, 생명의 열매를 따먹고 영원히 살 수 없도록 에덴동산에서 내쫓기게 된다. 그러므로 에덴동산에서 내쫓긴 인간은 즉시 죽음과 맞닥뜨리게 되는 것이다.

권정생의 동화에서는 어느 날 갑자기 작중인물이 행복하게 살던 삶의 터전을 송두리째 잃어버리고, 부모형제나 동무들과 헤어져 살아가게 되는 상황이 자주 나타난다. 그런데 고향을 떠나자마자 작중 인물은 죽음의 위협에 직면한다.

> 장대비가 퍼부었습니다. (…중략…)
>
> 흙 먼지 아기들은 비 내리는 것이 가장 무서웠습니다.
>
> 씻겨난 흙 먼지들은 홍수가 되어 개울물을 따라 시내로 흘러갑니다.
>
> 그 붉은 물 속에 아주 조그맣게 보일 듯 말 듯한 흙 먼지 아기들은 어디를 가는지도 모르고 흘러가고 있었습니다. (…중략…)
>
> "하나님이 우리를 버리셨나 봐."
>
> "그러게 말야. 무서운 장대비를 시켜 우리들을 정든 고향에서 쫓아냈어."

흙 먼지 아기들은 하나님께 버림 받은 몸이라고 자꾸 서러워집니다.[17] (강조는 인용자)

흙먼지 아기들은 "무서운 장대비" 때문에 갑자기 정든 고향에서 쫓겨난 존재다. 이들은 자신이 어디로 가는지도 모른 채 홍수가 되어 흘러가고 있다. 현재가 이렇게 불안하고 공포에 가득한 상태인 데 비해, 과거 고향에서의 삶은 안전하고 행복하다. 그곳은 "별빛"이 땅 가까이 다가오는 아주 평온한 곳이다. 흙먼지 아기들은 하느님이 "무서운 장대비를 시켜 우리들을 정든 고향에서 쫓아냈"다고 생각한다. 스스로 고향을 떠나온 것이 아니라 힘센 누군가에 의해 고향에서 쫓겨나고 만 것이다. 현재의 삶이 얼마나 무섭고 불안한지 흙먼지 아기들은 자신들이 "하느님께 버림받은 몸"이라고 생각한다. 그만큼 현재의 상황은 두렵고 비참한 것이다.

그런데 단지 이것만 두려운 것이 아니다.

"우리가 이렇게 떠 내려가고 있는 것을 하나님도 보고 계실까?"

"웬 걸 보시겠니? 까짓거 저런 꼬마 쯤이야 하시고 곁눈짓도 안 하실 거야."

"맞았어!"

"그럼 우린 진짜 마지막이구나." (…중략…)

어쩌다 높은 벼랑에 이르게 되면 세찬 물결에 휩싸여 금방 숨이 넘어갈 것처럼 괴롭습니다. (…중략…) 흙 먼지 아기들은 그만 소리쳐 앙앙 울고 싶습니다.[18] (강조는 인용자)

---

17 「떠내려간 흙먼지 아이들」, 『강아지똥』, 28~29쪽.
18 「떠내려간 흙먼지 아이들」, 『강아지똥』, 29~30쪽.

흙먼지 아기들에게는 자기들이 워낙 작고 보잘것없는 존재이기 때문에 이렇게 큰 고통을 받고 있어도 하느님이 전혀 눈여겨보지 않을 것이라는 절대적 고립감과 고독감이 있다. 이것이야말로 이들에게는 더 큰 두려움인 것이다. 이들은 자기들이 처한 상황을 "진짜 마지막"이란 말로 표현한다. 이들에게는 삶에 대한 그 어떤 희망도 남아있지 않은 까닭이다.

낙원상실의식은 「어시장 이야기」에서도 동일하게 나타난다. 「어시장 이야기」에는 어시장의 어떤 가게에 있는 물고기들이 등장한다. 이들은 모두 자유롭게 살던 고향 바다에서 잡혀와 이 가게에서 자신들이 앞으로 어떻게 될지 모른 채 그저 하루하루 살아가고 있다. 이들은 고향 바다로 다시 돌아가고 싶어 하지만 그 방법을 모른다. 멸치나 조기 같은 물고기들은 이렇게 기다리다 보면 "곧 바다로 가게 된"다고 믿기도 한다. 그러나 이들을 기다리는 운명은 너무나도 명약관화하다. 그것은 언젠가 누군가에게 팔려가서 죽게 되는 것이다.

> 문어 할아버지는 오랜 세월 세상에 살아왔기 때문에 모든 일을 자세히 다 압니다.
>
> 이렇게들 있다가 제마다 손님이 오면 팔려간다는 건 너무도 훤히 압니다. 팔려가서는 이글이글 타는 숯불에 구워지기도 하고, 남비 속에 끓여지기도 합니다. 그 다음은 어쩔 수 없이 모두가 끝장인 것입니다.
>
> (그게 우리들의 운명인 거야. 또 맡겨진 의무이기도 하지만…….)[19] (강조는 인용자)

19 「어시장 이야기」, 『강아지똥』, 98쪽.

물고기들에게 다가올 미래는 사람들에게 팔려간 다음에 "방망이로 탕탕 두들겨 맞"거나 사람들이 자신들을 죽여서 "구워서 먹"거나 "끓여서 먹"는 것이다. 어시장의 물고기들은 그저 죽을 날만을 기다리는 존재, 즉 "살아있어도 죽은 것과 다름없는 존재"인 것이다. 어시장의 물고기들이 처한 상황에 대해 명태가 적나라하게 폭로하자 가게 안 물고기들은 "모두 기절해 버렸는지 한꺼번에 조용해"진다. 절망하고 마는 것이다. 그러나 문어 할아버지만은 절망하지 않는다. 그는 다가올 죽음을 "운명"이자 "의무"로 받아들인다.

그렇다면 문어 할아버지가 생각하는 '죽음'은 어떤 것일까. 죽음과 고향 바다로 돌아가는 것은 어떤 관계가 있을까. 사람들에게 팔려가 죽을 수밖에 없는 물고기들에게 문어 할아버지는 참으로 터무니없는 말을 한다. "모두가 소원대로 바다로 가게 될"[20] 거라고 말이다. 문어 할아버지는 물고기들에게 "그리운 바다로 갈 수 있는" 방법을 가르쳐주겠다고 말한다. 도저히 일어날 수 없는 '역설'을 말하는 것이다.

> "너희들은 지금 모두 잠을 자고 있는 거야. 그 잠 속에서 아주 무서운 꿈을 꾸고 있단다."
>
> 갑자기 가게 안이 수런대었습니다.
>
> "뭐야, 우리가 잠자고 있다니?" (…중략…)
>
> "꿈은 각자의 마음대로 꿀 수 있는 거야. (…중략…) 너희들은 마음껏 즐거운 꿈을 꾸어라. 몸은 마음대로 움직일 수 없지만 마음만은 자유롭지 않으

20 「어시장 이야기」, 『강아지똥』, 101쪽.

냐. (…중략…)"

모두 조용히 생각에 잠겼읍니다.

하늘 꼭대기에 해님이 걸렸읍니다.[21]

그것은 바로 옴짝달싹할 수 없는 현실을 "잠"으로 생각하고, 현실에서 벌어지는 끔찍한 일을 자면서 꾸는 "무서운 꿈"으로 여기는 방법이다. 그렇기 때문에 자유로운 마음으로 "즐거운 꿈"을 꾸라고 한다. 그렇다면 이것은 꿈을 통한 현실도피를 의미하는 것일까. 아닐 것이다. 그것은 바로 자신이 처한 고통스러운 현실을 운명으로 받아들이고, 그것을 고스란히 감내할 때만이 비로소 또 다른 세계가 오롯이 펼쳐진다는 '권정생식 현실대응법'인 것이다. 즉 상상력을 발휘하여 "즐거운 꿈"을 꾸는 것이야말로 옴짝달싹할 수 없는 현실을 벗어나는 유일한 방법인 것이다.[22]

물고기들에게 이런 말을 들려주던 문어 할아버지가 그만 "다리를 모조리 잘"린다. 극한 상황에 처하게 된 것이다. 이때 문어 할아버지는 절망하거나 괴로워하지 않고 "이제 나도 내가 할 일을 다 마쳤어. 얼마 안 있어 그리운 고향 바다로 가게 되었구나" 하고 말한다. 그리고 이어서 문어 할아버지는 물고기들에게 '몸뚱이'와 '영혼'의 관계에 대해 이야기를 들려준다.

---

21 「어시장 이야기」, 『강아지똥』, 103~104쪽.

22 비슷한 사유를 보여주는 구절이 「똘배가 보고 온 달나라」에서도 나온다. 한 눈을 가리고 보면, 달나라는 우주인의 발자국이 남은 사막이다. 그러나 두 눈을 뜨고 보면, 달나라는 계수나무 아래 옥토끼들이 떡방아를 찧고 오순도순 마을을 이루어 살고 있는 곳이다.

"그래 맞았어. 우리들이 아름다운 영혼을 가지려면 거치장스러운 몸뚱이를 아낌없이 써야 한단다. 하나님이 맡기신 우리들의 임무를 다하여 내 몸을 남을 위해 바쳐 일하면, 저절로 영혼은 꽃처럼 곱게 피어 난단다. 눈에 보이지는 않지만, 저 푸른 바다 속 숨어 있는 진주알처럼 반짝이고 있어. 그것을 가지고 우리는 고향 바다로 가는 거야. 영원히 죽지 않는 생명을 가지고 우리는 정답게 살아가는 거야."

고기들은 숨 죽이며 듣고 있었읍니다.

"너희들도 얼마 남지 않아 아름다운 영혼을 가지고 그리운 바다로 가게 될 거야. (…중략…) 남을 위하여 내 몸을 쓰게 하려고 하나님은 우리들을 세상에 보낸 거야. 보이지 않는 영혼에다가 조기는 조기 모양의 옷을 입히고, 명태는 명태 모양의 옷을 입혀서 말이야. 이제 우리는 겉치레한 옷을 벗고 본래의 모양대로 고향에 돌아간단다."[23] (강조는 인용자)

여기서 현실에서의 몸은 "거추장스러운 몸뚱이", "겉치레한 옷"으로 불린다. 진정한 자신은 바로 "거추장스러운 몸뚱이"나 "겉치레한 몸"을 벗어버린 "아름다운 영혼"이며, 이 "영혼"이야말로 "영원히 죽지 않는 생명"이라는 것이다.

이렇게 육체와 영혼을 나누어 생각하는 표현은 권정생의 기독교 사상을 단적으로 드러낸 부분이라고 할 수 있다. 또한 키르케고르의 사상과도 일치하는 부분인 바, 키르케고르 역시 유사한 말을 하고 있다. 현실에서의 차이는 모두 무대에서 "배우가 입는 의상", 즉 "겉치레"라는 것이다.

23 「어시장 이야기」, 『강아지똥』, 107~108쪽.

여기에서 여러분은 오직 개인이 나타내는 것과 또 그가 그것을 나타내는 방식을 볼 뿐이다. 그것은 꼭 무대에서와 같다. 그러나 막이 내리면, 왕을 연기한 자와 거지를 연기한 자 등등은 모두 같다. 똑같은 배우들이다. 죽음에 이르러서 현실이라는 무대의 막이 내릴 때 (…중략…) 그럴 때 그들은, 또한, 모두 하나이며, 그들은 인간들이다. (…중략…) 우리는 지상의 삶의 차이점이 꼭 배우의 의상과 같다는, 혹은 꼭 여행자의 외투 같다는, 그래서 저마다 개별적으로는 대기하고 있으면서 또 겉에 입은 외투를 조이는 끈이 헐거워지지는 않았는지 또, 무엇보다도, 꽉 묶은 매듭이 풀리지는 않았는지 그래서 변환의 순간에 쉽게 벗겨질 수 있는 것은 아닌지 조심해야 한다는 사실을 잊어버린 것 같다. (…중략…) 그렇지만 만일 누군가가 진실로 자신의 이웃을 사랑하고자 한다면, 그의 차이점은 일종의 겉치레라는 사실을 항상 잊지 말아야 한다.[24] (강조는 인용자)

키르케고르와 권정생은 모두 성서에 근거하여 육체의 죽음이야말로 진정한 삶, 즉 아름다운 영혼의 삶을 가능하게 하는 조건이라고 말하는 것이다. 이 작품에서 그는 현실에서의 삶은 한시적이며 영원한 삶은 육체의 죽음 뒤에나 가능하다는 인식을 보여준다.

그런데 권정생의 작품에 표현된 부활사상은 성서에서도 동일하게 나타난다.

누가 묻기를 죽은 자들이 어떻게 다시 살며 어떠한 몸으로 오느냐 하리니 (…중략…) 하나님이 그 뜻대로 저에게 형체를 주시되 각 종자에게 그 형체

24 존 D. 카푸토, 임규정 역, 『키르케고르』, 웅진지식하우스, 2008, 151~152쪽에서 재인용.

를 주시느니라 육체는 다 같은 육체가 아니니 하나는 사람의 육체요 하나는 짐승의 육체요 하나는 새의 육체요 하나는 물고기의 육체라 (…중략…) 죽은 자의 부활도 이와 같으니 썩을 것으로 심고 썩지 아니할 것으로 다시 살며 (…중략…) 육의 몸으로 심고 신령한 몸으로 다시 사나니 육의 몸이 있은즉 또 신령한 몸이 있느니라 기록된 바 첫 사람 아담이 산 영이 되었다 함과 같이 마지막 아담(인용자 주 – 예수를 가리킴)이 살려주는 영이 되었나니 (…중략…) 보라 내가 너희에게 비밀을 말하노니 우리가 다 잠잘 것이 아니요 마지막 나팔에 순식간에 홀연히 다 변화하리니 나팔 소리가 나매 죽은 자들이 썩지 아니할 것으로 다시 살고 우리도 변화하리라.[25] (강조는 인용자)

또 남을 위해 사는 삶의 의미를 성서는 이렇게 기록하고 있다.

우리 중에 누구든지 자기를 위하여 사는 자가 없고 자기를 위하여 죽는 자도 없도다 우리가 살아도 주를 위하여 살고 죽어도 주를 위하여 죽나니 그러므로 사나 죽으나 우리가 주의 것이로다 이를 위하여 그리스도께서 죽었다가 다시 살으셨으니 곧 죽은 자와 산 자의 주가 되려 하심이니라.[26]

「오누이 지렁이」도 또한 죽음과 구원에 관한 기독교 사상을 드러내고 있다. 기독교 교리의 핵심이라고 할 수 있는 죽음과 부활의 사상을 표현하고 있는 작품인 것이다. 동생 지렁이는 살구꽃잎의 넋과 이야기를 나누다가 삶과 죽음의 관계에 대해 불현듯 깨닫고 이렇게 말한다.

25 『성경전서』, 고린도전서 15장 35~52절.
26 위의 책, 로마서 14장 7~9절.

"누나, 어쩌면 바깥 세상의 모든 것이 그 목숨이 다해지면 땅 속으로 깊숙이 스며 들어와 잠자는가 봐. 거기서 들린다는 흐르는 물 소리도, 물레 소리도, 보석처럼 밝은 햇살도 모두 잠깐 동안 반짝이었다가 이리로 들어오고 있어."

누나 지렁이는 동생의 목을 감고 나직하게,

"우리도 기다리자꾸나. 영원한 아름다운 새 봄이 올 때까지, 이렇게 조용히 눈을 감고."

정답게 속삭였읍니다.

과연 땅 속에 잠들고 있는 모든 생명들이 되살아 날 때, 자기들도 이 갑갑한 어둠 속을 벗어나 환히 눈을 뜨고, 하늘 높이 훨훨 날아 갈 것이라 생각했읍니다.[27] (강조는 인용자)

오누이 지렁이는 어두운 땅 속에서 살아있으나 죽은 것과 다름없는 상태의 삶을 살고 있다. 아름다운 바깥세상을 전혀 경험하지 못한 채 어둡고 축축한 땅 속에서만 살 수 있기 때문이다. 그러나 오누이 지렁이는 이런 삶을 살고 있기에 죽은 살구꽃잎의 넋과도 대화할 수 있고, 삶이란 그저 '잠깐 동안 반짝이는 것'이고, 죽음이란 '목숨이 다해지면 땅 속으로 스며들어와 (자는) 잠'과 같다고 말할 수 있다. 오누이 지렁이는 '영원히 아름다운 새 봄'을 기다리는데, 이것은 기독교에서 말하는 부활의 순간을 가리킨다고 할 수 있다. 마지막 문장에 나오는 '땅 속에 잠들고 있는 모든 생명들이 되살아날 때'라는 구절은 이러한 해석을 뒷받침한다. 성서에도 이와 비슷한 구절이 있기 때문이다.

27 「오누이 지렁이」, 『강아지똥』, 117쪽.

보라 내가 너희에게 비밀을 말하노니 우리가 다 잠잘 것이 아니요 마지막 나팔에 순식간에 홀연히 다 변화하리니 나팔 소리가 나매 죽은 자들이 썩지 아니할 것으로 다시 살고 우리도 변화하리라.[28]

성서에 따르면, 첫 사람 아담이 지은 '원죄'로 인해 죽은 인간이 마지막 아담인 예수로 인해 구원을 받아 부활하게 된다고 한다. 그때 인간은 예수와 마찬가지로 죽음을 이긴 불멸의 존재가 되는데, 이런 동일한 사유가 「오누이 지렁이」에 표현되고 있는 것이다.

2. 실존적 자각과 자기 결단 – 기독교실존주의

1) 죽음에 대한 실존적 인식

앞에 언급한 작품보다 종교적 색채가 덜하지만 「강아지똥」에도 죽음에 대한 실존적 자각이 나타난다. 강아지똥과 흙덩이의 대화를 살펴보면 죽음에 관한 인식이 표현됨을 알 수 있다. 흙덩이는 강아지똥에게 "(너는) 똥 중에서도 가장 더러운 개 똥"이라고 놀린다. 그러나 흙덩이도 강아지똥과 그다지 다를 바 없는 존재이다. 흙덩이 자신도 "너(강아지똥

28 『성경전서』, 고린도전서 15장 52절.

-인용자)처럼 못 생기고 더럽고 버림받은 몸"이기 때문이다.[29] 흙덩이는 강아지똥에게 현재 자신이 처한 처지에 관해 이렇게 말한다.

> "내가 본래 살던 곳은 저 쪽 산 밑 따뜻한 양지였어. (…중략…) 그러던 것을 어제, 밭 임자가 소달구지를 끌고 와서 흙을 파 실었어. 집 짓는 데 쓴다지 않니. (…중략…) 그런데, 여기까지 오다가 나 혼자 달구지에서 떨어져 버렸단다."
>
> "어머나!"
>
> "난 이젠 그만이야. 조금 있으면 달구지가 이리로 또 지나갈 거야. 그러면 바퀴에 콱 치이고 말지. 산산이 부숴져서 가루가 된단다."
>
> "산산이 부숴져서 가루가 된다니? 그럼 그 다음엔 어떻게 되니?"
>
> "어떻게 되긴 어떻게 돼. 그걸로 **끝이야**." (…중략…)
>
> 그러다가 흙덩이가 다시,
>
> "**누구라도 죽는 일은 정말 슬퍼.**"[30] (강조는 인용자)

흙덩이는 "저쪽 산밑 따뜻한 양지"에 살고 있었는데, 어느 날 "밭 임자가 소달구지를 끌고 와서 흙을 파 실었"고 흙을 싣고 가는 도중에 "나 혼자 달구지에서 떨어져 버"렸다고 한다. 흙덩이는 이제 곧 "산산이 부숴져서 가루가 된" 다음에 "그걸로 끝"이라고 한다. 흙덩이 역시 삶의 터전

29 이것은 성서의 '지극히 작은 자'와 연관되어 있다. "지극히 작은 자에게 한 것이 곧 내게 한 것이다"라는 성서의 사유가 권정생에게는 중요한 문학적 키워드가 된다. 이에 관한 자세한 내용은 졸고, 「권정생 문학과 사상에 관한 일고찰-기독교 아나키즘과 관련하여」, 원종찬 편, 『권정생의 삶과 문학』, 창비, 2008에 구체적으로 언급되어 있다.

30 「강아지똥」, 『강아지똥』, 85~87쪽.

에서 갑자기 옮겨져서 혼자 속절없이 죽어갈 존재인 것이다. 그런데 죽음은 단지 흙덩이에게만 해당되는 것이 아니다. 흙덩이는 자신이 목격한 또 다른 죽음을 증언한다. 그것은 바로 아기 고추나무의 죽음이다. 흙덩이에 따르면, 어느 여름에 아기 고추나무가 "말라 죽고 말았"[31]다고 한다. 땡볕과 가뭄에 "견디다 못해" 죽고 말았다는 것이다. 권정생의 초기 작품에서 죽음은 약하고 어린 생명을 위협하는 강력한 힘으로 표현된다.

그런데 이러한 죽음에 관한 인식은 비단 「강아지똥」에서만 나타나지 않는다. 같은 작품집에 실린 「똘배가 보고 온 달나라」에서도 죽음은 삶을 위협하는 절대적인 실존 조건으로 나타난다. 작품의 서두를 보면, 가지마다 휘어지도록 열린 똘배들이 희망에 찬 미래를 그리며 서로 종알종알 이야기한다.[32] 그러나 주인공 똘배의 운명은 전혀 예기치 못한 데로 흘러간다. 개구쟁이 돌이가 설익은 똘배 한 개를 따서 먹다가 맛이 없으니까 휙 '내던져 버'리고, 그 바람에 똘배는 그만 '시궁창에 털썩 떨어'지고 마는 것이다. 똘배는 졸지에 살던 곳에서 떨어져 나와 생각지도 못한 곳으로 오게 된 것이다. 이제 시궁창은 전적으로 똘배의 삶을 규정하는 실존적 장소가 된다.

---

31 「강아지똥」, 『강아지똥』, 87쪽.

32 이 작품의 서두는 안데르센의 「완두콩 다섯 형제」를 떠올리게 한다. 안데르센의 작품에서는 한 꼬투리에 든 완두콩 다섯 알이 서로 자기가 바라는 미래에 관해 이야기를 나누는데, 꼬투리 밖으로 나오자 모두 바라던 것과는 전혀 다른 삶을 살게 된다, 어떤 완두콩은 싹이 터서 자라 병든 아이가 건강한 삶을 살도록 하고, 어떤 완두콩은 하수도에 들어가 퉁퉁 불어 그만 썩고 만다. 「똘배가 보고 온 달나라」의 서두는 안데르센의 작품과 유사하지만 결말은 전혀 다르다. 하수도에 들어가 퉁퉁 불어 썩는 완두콩의 이야기를, 똘배로 바꾸어 다르게 쓴 것이라고 볼 수 있기 때문이다.

"넌 마지막이야."

실거머리가 고개를 삐뚜름히 똘배 쪽으로 돌려대곤 쫑알거렸습니다. (…중략…)

똘배는 참 기분 나쁜 말이라 화가 났습니다.

"내가 어디 거짓말을 하는 줄 아니? 여태까지 이 시궁창에 빠진 것 중에 다시 바깥으로 살아 나간 건, 알록 구슬알 두 개하고, 옥이네 엄마 은가락지 뿐이였어. 그 밖의 것은 전부 들어와선 물컹물컹 썩어버린 다음 끝장이 났단다. 내 눈으로 똑똑히 봤으니까 난 가루가 된대도 겁 안 난다."[33] (강조는 인용자)

시궁창은 누구든지 들어오면 '마지막'이 되는 곳이고, '물컹물컹 썩어버린 다음 끝장'이 나는 곳이다. 모두가 죽고 마는 곳, 살아나갈 희망이 전혀 없는 곳이다. 실거머리의 말을 증명이라도 하듯 조금 뒤에 똘배의 귀에 웬 가냘픈 신음 소리가 들려온다. 그것은 바로 "거의 죽게 된 지경"[34]이 된 땡감이다. 땡감은 '보름 전에 돌이한테 내던져져서 이리로 온' 것인데, 앓다가 "아아, 숨차" 하면서 숨이 끊어지고 만 것을 보면, 똘배도 땡감처럼 곧 죽을 수밖에 없는 운명인 것을 쉽게 짐작할 수 있다.

'똘배'나 '땡감'처럼 자신의 의지와는 상관없이 누군가에 의해 갑자기 어떤 상황에 처한 존재가 권정생의 초기 작품에는 자주 등장한다. 작중인물인 똘배나 땡감은 자신이 당면한 실존 조건과 마주할 수밖에 없는데, 그것은 바로 자신들이 망가지고 훼손된 채 '죽을 수밖에 없는 존재'라는 것이다.

---

33 「똘배가 보고 온 달나라」, 『강아지똥』, 14쪽.
34 「똘배가 보고 온 달나라」, 『강아지똥』, 16쪽.

이러한 인식은 「깜둥바가지 아줌마」에서도 동일하게 나타난다. 이 작품에는 나미네 부엌의 그릇들이 등장하는데, 그릇들은 부엌에서 일정한 역할을 하는 평범한 그릇과 할아버지 밥상에 오르는 귀한 그릇으로 대별된다. 맛있는 반찬이 놓이는 쬐그만 사기접시, 그 옆에 놓이는 간장 종지, 오목탕끼,[35] 수저는 할아버지의 밥상에 오르는 귀한 그릇들이고, 그중에서도 사기접시는 가장 맛난 음식이 담기는 가장 귀한 그릇이다. 반면에 밥주걱, 자배기, 된장 뚝배기 같은 그릇은 밥상에는 오를 수 없는 그릇들이다. 이 중에서도 가장 하찮은 그릇은 보리밥이 담겨져 "부엌 바닥에 새끼 끄나플로 아무렇게나 만든 또아리 위에" 놓이는 깜둥바가지다. 이 깜둥바가지를 쬐그만 사기접시는 늘 놀려대고 비웃는다. 그러던 어느 날 깜둥바가지는 개울에 나갔다가 큰 상처를 입게 된다. "커다랗게 금이" 가서 "무명실로 보기 싫게 꿰매" "더욱 천한 몸"이 된 깜둥바가지를 쬐그만 사기 접시는 "째보 아줌마"라고 대놓고 놀린다.[36] 깜둥바가지는 놀림감이 되고 만 것이다. 그런데 천한 존재인 깜둥바가지만 망가지는 것이 아니다. 귀한 존재인 쬐그만 사기 접시도 망가지게 된다. 나미네 집에서 귀하게 여기던 쬐그만 사기접시 또한 "몸뚱이가 조각 조각 바스러지고"[37] 만다. 귀한 사기 접시 또한 언젠가 '죽을 수밖에 마는 존재'인 것이다. 이 작품에서 권정생은 누구나 죽음을 맞을 수밖에 없다는 인식을 분명히 드러낸다. 죽음은 빈부귀천을 막론하고 누구에게나 공평한 실존 조건인 것이다.

35 원문대로임(sic). 오목탕끼는 '오목탕기'를 소리나는 대로 쓴 것인데, 이것은 "오목하게 생긴 탕그릇"을 말한다.
36 「깜둥바가지 아줌마」, 『강아지똥』, 75쪽.
37 「깜둥바가지 아줌마」, 『강아지똥』, 79~80쪽.

2) 죽음 인식을 통해 본 권정생의 아동관과 문학관

나아가 권정생은 삶 자체가 곧 죽음을 무릅쓴 위태로운 행위라고 표현한다. 「장대 끝에서 웃는 아이」에서는 서커스에서 장대타기를 하는 아이 난이가 등장한다. 난이는 장대 끝에서 웃으며 재주를 부려 사람들의 박수갈채를 받는데, 언제라도 장대 끝에서 떨어지면 크게 다치거나 죽을 수밖에 없다. 그러나 아무도 난이를 걱정하지 않고, 장대만이 유일하게 난이를 염려한다. 어린 아이가 목숨을 걸고 하는 재주를 보며 어른들이 즐거워하며 웃는 것을, 장대는 결코 이해하지 못한다. "나무나 풀"은 생각하지도 못할 것이고, "호랑이나 늑대 같은 짐승들"도 그렇게나 위태로운 일을 자기 새끼들에게 시키고서 웃지 않을 것이기 때문이다. 그러나 "고향"도 모르고 "엄마아빠가 돌아가"신 바람에 사고무친이 된 난이는 자신이 "이렇게 거짓웃음도 웃어야" 어른들이 "밥도 주고 옷을 입혀 주는" 것을 알고 있다.[38] 이런 상황을 견디다 못한 난이가 이 상황을 벗어나고자, 즉 '해방'을 찾아 서커스단을 도망치지만 곧 단장에게 붙들려 와서 까무러칠 지경으로 매를 맞는다.

이 작품에서 우리는 어른에 대한 권정생의 시각을 주목해봐야 한다.

"실컷 두들겨 맞았어, 이것 봐."

난이는 멍투성이로 물든 종아리를 보였읍니다.

"어른들은 있으란 자리에 가만 있지 않고 달아나려는 애를 이렇게 두들겨

38 「장대 끝에서 웃는 아이」, 『강아지똥』, 42~43쪽.

패는 거야."

"난이야, 어른들은 애들을 두둘겨 패기 위해 힘이 센가 봐."[39] (강조는 인용자)

이 작품에서 어른들은 아이들이 자유롭게 살기를 바라지 않고 어른들이 정한 대로 살기를 바란다. 또 아이가 어른들이 정한 규정을 어길 때, 그 아이에게 폭력을 행사하기도 한다. 아동문학이 아동의 입장에서 아동의 처지를 표현하고 대변하는 문학이라고 볼 때, 이 작품에 드러난 권정생의 아동관은 매우 주목할 만한 것이 아닐 수 없다. 어른과 아이 사이에는 엄연히 힘(권력)의 크기가 다른데, 권정생은 힘없는 약자인 아이의 입장에서 힘있는 강자이자 권력자인 어른을 비판하고 있기 때문이다.[40] 결국 난이는 서커스단에서 달아나기를 포기한 채, 장대 끝에서 춤을 추고 웃는 값으로 "세 끼 밥"을 먹고, "잠자리"를 얻을 수 있게 된다.[41] 약자

39 「장대 끝에서 웃는 아이」, 『강아지똥』, 47쪽.

40 이러한 인식은 성서의 어린이관과도 비교해 볼 수 있다. "그때에 제자들이 예수께 나아와 가로되 천국에서는 누가 크니이까. 예수께서 한 어린 아이를 불러 저희 가운데 세우시고 가라사대 진실로 너희에게 이르노니 너희가 돌이켜 어린 아이들과 같이 되지 아니하면 결단코 천국에 들어가지 못하리라. 그러므로 누구든지 이 어린 아이와 같이 자기를 낮추는 그이가 천국에서 큰 자니라."(『성경전서』, 마태복음 18장 2~4절) 여기서 천국은 큰 자가 작아지고 낮은 자가 큰 자가 되는, 즉 뒤바뀐 권력의 세계를 의미하는데, 권정생의 아동관 역시 바로 이와 같은 인식을 보이고 있다.
이와 함께 성서의 어린이관을 함께 생각해 볼 수 있겠다. "사람들이 예수의 만져주심을 바라고 어린 아이들을 데리고 오매 제자들이 꾸짖거늘 예수께서 보시고 분히 여겨 이르시되, 어린 아이들의 내게 오는 것을 용납하고 금하지 말라 하나님의 나라가 이런 자의 것이니라. 내가 진실로 너희에게 이르노니 누구든지 하나님의 나라를 어린 아이와 같이 받들지 않는 자는 결단코 들어가지 못하리라 하시고."(『성경전서』, 마가복음 10장 13~15절, 강조는 인용자)

41 이러한 '난이' 캐릭터는 힘들고 고단한 삶을 살아도 늘 웃음을 잃지 않는 '창남이'(방정환의 「만년샤쓰」의 등장인물)와도 비교된다. 또 현덕, 이원수의 여러 작품에 등장하는 서민적인 캐릭터와도 연관성이 있다. 한편 권정생이 좋아했던 화가 루오의 그림에서 서커스의 삐에로는 예수를 상징하는 인물이었는데, '난이의' 캐릭터는 이와 더

인 어린이는 권력자인 어른의 뜻대로 해야만 간신히 살아갈 수 있는 존재인 것이다.

이처럼 어린 것을 힘없는 약자로 보는 것은 권정생 초기 작품이 지닌 특색 중의 하나인데, 권정생은 「강아지똥」의 당선소감에서 이렇게 말한 바 있다.

> 강변의 돌멩이, 들꽃, 지저분하게 널려 있는 골목길의 지푸라기랑 강아지똥까지 나는 미소로서 바라보며 그들과 대화를 나눕니다. 외로움과 슬픔이 엄습해올 때마다 그것들의 울부짖음에 공감을 가지며 스스로를 발견합니다.
>
> 내게 찾아오는 어린이들, 내게서 멀어져가는 어린이들 모두가 메마른 바람결에 목말라하고 있습니다. 눈물이 없는 곳엔 참된 기쁨도 없습니다. 누군가 따슨 손길로 어루만지며 함께 울어줄 친구를 그리워하고 있습니다.
>
> 나도 그런 어린 것의 하나입니다.[42] (강조는 인용자)

권정생은 어린이는 물론 모든 어리고 힘없는 것들에 공감하며 그들의 울부짖음을 듣고 그것에서 "스스로를 발견"한다고 말한다. 나아가 자기 자신도 "함께 울어줄 친구"를 그리워하는 그런 "어린 것의 하나"라고 한다. 앞에서 언급한 여러 작품의 등장인물인 강아지똥, 어린 고추나무, 똘배, 땡감, 쬐그만 사기접시, 난이 등도 모두 아직 채 성장하지 못한 어린 존재이다. 권정생은 초기 작품에서 약하고 어린 존재의 삶을 위협하

불어 생각해볼 수도 있다.

42 권정생, 「당선 소감—끝없는 사랑을」, 『기독교 교육』 35집, 대한기독교교육협회, 1969.6, 47쪽.

는 죽음을 반복해서 표현하고 있다.

주어진 조건에서 벗어날 수 없는 어리고 약한 존재에 관한 인식은 「오누이 지렁이」에서도 동일하게 발견된다.[43] 이 작품의 주인공은 날 때부터 장님인 오누이 지렁이인데, 엄마 아빠조차 일찍 죽어서 없다. 이들은 땅속 캄캄한 방에서 사는데 따뜻한 봄이 와도 밖에 나갈 수가 없다. "햇빛이 쬐는 바깥 세상"에 나가면, "뜨거운 햇빛이 몸을 금방 태워 죽게" 하기 때문이다. 오누이 지렁이는 자기 눈으로 세상을 볼 수도 없고 바깥에 나가면 죽을 수밖에 없는 약한 존재인 것이다. 오누이 지렁이는 언제나 어두운 땅 속 방에서만 지내야 하는데, 이런 갑갑하고 지루한 생활을 오누이 지렁이는 함께 나누는 이야기와 노래로 이겨나간다.

> 앞이 보이지는 않지만, 그리고 손도 발도 없는 기이다란 몸으로 단정히 앉아, 오뉘는 소곤소곤 이야기를 하며 언제나 사이좋게 살았습니다.
>
> 쓸쓸한 밤이면 아름다운 목소리로 노래를 부르기도 했습니다. 방울 소리같은 누나 지렁이의 노래 소리는 바깥 세상의 달빛을 타고 살구나무 가지를 스치고 높이 하늘로 피어 오르기도 했습니다.[44] (강조는 인용자)

---

43 「오누이 지렁이」는 등장인물의 성격 및 구성에 있어서 나중에 발표된 작품인 『점득이네』와도 상동성을 띠고 있어 흥미롭다. 또한 성서 요한복음 9장에는 날 때부터 소경인 자를 예수가 안식일에 낫게 한 일이 기록되어 있다. "예수께서 길 가실 때에 날 때부터 소경된 사람을 보신지라. 제자들이 물어 가로되 랍비여 이 사람이 소경으로 난 것이 뉘 죄로 인함이오니까 자기오니이까 그 부모오니이까 예수께서 대답하시되 이 사람이나 그의 부모가 죄를 범한 것이 아니라 그에게서 하나님의 하시는 일을 나타내고자 하심이니라."(『성경전서』, 요한복음 9장 1~3절, 강조는 인용자) 여기서 유대인들은 죄로 인해 병이 걸렸다고 생각했다는 것을 알 수 있다.

44 「오누이 지렁이」, 『강아지똥』, 113쪽.

이 작품에서 우리는 삶에 관한 실존적 인식과 더불어 권정생 문학관의 일면을 살펴볼 수 있다. 땅속 어두운 곳에 사는 지렁이 오누이가 오순도순 이야기를 나누고, 쓸쓸한 밤이면 노래를 부르는 데서 알 수 있듯이 권정생에게 이야기와 노래, 즉 문학은 쓸쓸하고 슬픈 삶을 아름답게 만드는 것이기 때문이다.

사실 이러한 문학관은 비단 이 작품에서만 표현되어 있지 않다. 「똘배가 보고 온 달나라」에서도 비슷한 구절이 발견된다. 은하수 강물을 사이에 두고 견우와 직녀가 떨어져 있는 것을 보고 똘배와 아기 별이 묻고 대답하는 구절이다.

> "아기 별아, 저 두 별님들은 언제나 한 자리에 모여 살도록 할 수 없을까?"
>
> 똘배는 측은한 마음이 들어 물어 봤습니다.
>
> 아기 별은 언제나처럼 생긋 웃으며,
>
> "모여 살게 할 수도 있어. 그러나, 그렇게 되면 얘기가 없어지잖니?"
>
> 하고, 뜻 모를 대답을 했습니다.
>
> "얘기가 없어지다니?"
>
> "슬픈 일과 기쁜 일, 그런 아름다운 얘기가 영원히 사라져 버린다는 거야."
>
> "슬픈 일이 어째 아름다울 수 있니?"
>
> "만약, 견우 별님과 직녀 별님이 함께 모여 살게 되면 저 은하수 강물은 필요 없게 되잖니? 그리고, 우리는 행복한 그들을 어느 새 잊어버리고 말 것 아냐."[45] (강조는 인용자)

---

45 「똘배가 보고 온 달나라」, 『강아지똥』, 26쪽.

위의 인용에서 보듯이 행복한 삶은 금방 잊게 되고, 그렇게 되면 "아름다운 얘기"가 사라진다는 것, "아름다운 얘기"에는 "슬픈 일과 기쁜 일"이 함께 있다고 작가는 말하고 있다. 이것은 권정생이 초기부터 지니고 있던 문학관의 일면이라고도 할 수 있는데, 그는 자신의 작품을 가리켜 "나의 동화는 슬프다. 그러나 절대 절망적인 것은 없다"[46] 고 말한 바 있다. 그의 초기 작품에는 슬프고 고통스러운 삶, 병과 죽음이 줄곧 등장한다. 하지만 권정생은 그 슬픔과 고통, 병과 죽음을 '이야기'와 '노래'로 만들어 문학으로 승화시킴으로써 절망을 극복하고 이겨낸다.

3) 키르케고르의 기독교실존주의와의 연관성

죽음에 관한 권정생의 사유는 기독교 실존주의자 키르케고르의 사상과도 유사하다. 키르케고르는 『죽음에 이르는 병』에서 기독교인에게 죽음은 생명 얻음에 대한 책임의 결단이라고 말한 바 있다.[47] 다시 말해 죽

46 「나의 동화 이야기」, 『오물덩이처럼 딩굴면서』, 155쪽.

47 이에 관한 더 자세한 내용은 쇠렌 키르케고르, 「실존과 절망에 관하여」, 임규정 역, 『죽음에 이르는 병』, 한길사, 2007 참조. 성서에는 마리아와 마르다의 오라비인 베다니의 나사로를 죽은 지 나흘 만에 예수가 살린 일이 기록되어 있다. "어떤 병든 자가 있으니 (…중략…) 이에 그 누이들이 예수께 사람을 보내어 가로되 주여 보시옵소서 사랑하시는 자가 병들었나이다 하니 예수께서 들으시고 가라사대 이 병은 죽을 병이 아니라 하나님의 영광을 위함이요.(강조는 인용자) (…중략…) 예수께서 가라사대 네 오라비가 다시 살리라 마르다가 가로되 마지막 날 부활에는 다시 살 줄을 내가 아나이다 예수께서 가라사대 나는 부활이요 생명이니 나를 믿는 자는 죽어도 살겠고 무릇 살아서 나를 믿는 자는 영원히 죽지 아니하리니 이것을 네가 믿느냐 (…중략…) 큰소리로 나사로야 나오라 부르시니 죽은 자가 수족을 베로 동인 채로 나오는데 그 얼굴은 수건에 싸였더라 예수께서 가라사대 풀어 놓아 다니게 하라 하시니라."(『성경전서』, 요한복음 11장 25~44절) 키르케고르의 유명한 저서 『죽음에 이르는 병』은 이 일화

음의 암흑을 새로운 삶의 시작으로 믿고 희망하며 살아가는 것이 바로 기독교인의 신앙이라는 것이다. 이는 인류의 구원을 위해 인간으로 이 세상에 오신 예수 그리스도의 십자가 죽음과 부활 신앙에 기초를 두고 자기 자신이 예수와 관계됨을 알게 한다. 그러므로 죽음과 삶은 오로지 인간의 자유 의지에 의한 선택에 달려 있는 것이다. 인간은 본래 하나님의 형상대로 지음을 받은 존재이다. 그런데 원죄로 인해 창조되었을 때 지녔던 하나님의 모습을 잃고 하느님과의 관계가 단절되어 버린다. 이것이 바로 성서에서 말하는 죽음인 것이다.

그러나 키르케고르는 죽음 안에 무한히 많은 희망이 존재한다고 언급한다. 그에 따르면 사람들은 죽음의 부정적 측면만 생각한 나머지 죽음에 관해 이야기하는 것을 꺼린다고 한다. 그러나 죽음은 인간에게 가장 자연스런 현상이며, 인간을 가장 인간답게 만들어주는 존재라는 것이다. 또 죽음은 빈부귀천, 남녀노소를 가리지 않고 다가와서 인간을 가장 평등하게 만들어주는 존재이기도 하다. 키르케고르는 인간의 죽음이 그리스도 안에서 승화될 때 인간의 가치를 높여준다고 보았다. 이 세상에서 인간은 죽지만, 그것은 마치 휴식을 취하는 수면 상태와 같은 것으로 새 하늘과 새 땅에서 하나님의 형상을 입은 새 사람이 된다는 것이다. 그러므로 세상에서 겪는 육체의 죽음은 진정한 죽음이 아니며, 진정한 죽

에서 비롯된 것이다. 키르케고르(1813~1855)는 덴마크의 종교적 실존철학자로, 1813년 코펜하겐에서 상인의 아들로 태어났다. 그의 형 두 명과 누나 세 명이 모두 젊은 나이에 세상을 떠나자 아버지가 이를 자신의 죄에 대한 신의 벌이라고 받아들인 것이 그에게 큰 영향을 주었다. 그의 저서 『죽음에 이르는 병』은 그의 개인적인 사정과 당시 시대상을 견주어 볼 때 성서 요한복음에 견주어 쓰인 것이다. 요한복음에는 날 때부터 소경된 자를 예수가 낫게 한 것, 죽은 나사로를 예수가 살린 것이 기록되어 있다.

음은 절망이라는 것이다.

또한 키르케고르는 '인간이란 관계 맺는 존재'라고 규정하면서 그 관계 양상을 세 가지로 구분하였는데, 자기와 자기 내면이 맺는 관계, 자기와 타인이 맺는 관계, 자기와 신이 맺는 관계가 그것이다.[48] 결국 바람직한 기독교인의 삶은 자기 내면을 살피고, 자기 밖의 타인과 공감하며, 신과 관계하는 삶인 것이다. 유한한 인간은 무한한 신과의 관계 속에서 자신의 유한성을 극복하고 영원성을 지니게 되는데, 이러한 양상은 권정생의 초기 작품 속에서 되풀이해서 등장하는 모티프이기도 하다.

그것은 '죽을 수밖에 없는 존재가 어떻게 절망하지 않고 삶의 의미를 지니게 되는 것인가'라는 문제인데, 「강아지똥」, 「똘배가 본 달나라」, 「깜둥바가지 아줌마」, 「슬픈 여름밤」에서 주인공들은 모두 죽음을 앞둔 극한 상황에서 절망하지 않고 자기에게 주어진 조건을 기꺼이 감싸 안는 모습을 보인다. 즉 이들은 자신들이 처한 조건을 회피하지 않고 기꺼이 수용함으로써 자기와 자기 내면과의 관계를 재정립한 것이다.

① 밤이 되자, 하늘에는 수많은 별들이 나왔습니다. 반짝반짝 고운 불빛은 언제나 꺼지지 않습니다. 바람이 불고 비가 내려도 다음날이면 역시 드높은 하늘에서 아름답게 반짝이고 있습니다.

강아지 똥은 눈부시게 쳐다보다가 어느 틈에 그 별들을 그리워하게 되었읍니다.

48 이하의 내용은 변주환, 「자기관계의 자기됨―키에르케고오의 『죽음에 이르는 병』을 중심으로」, 『해석학연구』, 2008 참조. 키르케고르의 표기가 제각기 다른 것은 발표된 논문이나 발간된 책의 표기법에 따랐기 때문이다.

'영원히 꺼지지 않는 아름다운 불빛.'

이것만 가질 수 있다면 더러운 똥이라도 조금도 슬프지 않을 것 같았습니다.

강아지 똥은 자꾸만 울었습니다. 울면서 가슴 한 곳에 그리운 별의 씨앗을 하나 심었습니다.[49]

② 똘배는 울다가 지쳐 잠이 들었습니다.

얼마나 잤는지, 갑자기 눈 앞이 화안하게 밝아오는 바람에 저절로 눈이 뜨였습니다. 시궁창 안은 꽃밭처럼 수많은 별들이 반짝반짝 눈부시게 수놓여 있었습니다. 낮에 보았던 더러운 자취는 요술쟁이처럼 간 곳이 없었습니다.

"내가 꿈을 꾸는 걸까?"

똘배는 혼잣소리로 중얼거려 보았습니다.[50]

③ 그 날 밤, 깜둥바가지 아줌마는 어느 낯선 강물 위에 떠 내려가고 있었읍니다.

나미네 집 앞 개울물에 던져진 후, 줄곧 흘러흘러 여기까지 온 것입니다.

강물은 몹시 차가왔읍니다. 물결은 사정없이 깜둥바가지의 뺨을 후려치며 떠밀고 갔읍니다. 다만 캄캄한 밤하늘에 많은 별들이 아름답게 반짝이고 있었읍니다.[51]

④ 문득 엄마 모기의 눈 앞에 낮에 보았던 찬란한 무지개가 떠 올랐읍니다.

49 「강아지똥」, 『강아지똥』, 92쪽.
50 「똘배가 보고 온 달나라」, 『강아지똥』, 17쪽.
51 「깜둥바가지 아줌마」, 『강아지똥』, 81쪽.

먼 곳에서 볼수록 아름답고 그리운 빛깔이었습니다.

아주머니 모기가 멍하니 앉아 있는 엄마 모기의 얼굴을 들여다 보았습니다.

"밤이 깊었어요. 어서 일어나셔요."

엄마 모기는 더욱 서글픈 마음이 되었습니다.

"별들이 아름답잖아요?"[52] (강조는 인용자)

위 ①~④의 인용에서 보듯이 죽을 수밖에 없는 존재들인 강아지똥, 똘배, 깜둥바가지 아줌마는 모두 반짝이는 별을 가슴에 품는다. 또 엄마 모기는 무지개를 떠올리며 별을 바라본다. 여기서 별은 죽음과는 무관한 신 또는 신이 지닌 영원성을 상징한다고 볼 수 있다. 이들은 모두 고통에 시달리며 살아가는 유한한 존재들이지만 반짝이는 별을 바라보고 가슴에 품음으로써 영원성을 선취하는 것이다. 영원성을 선취했기 때문에 이들은 자신이 죽을 수밖에 없는 존재라는 것을 더 이상 괴로워하지 않는다. 이제 이들은 자신의 죽음을 두려워하는 대신에 타인과의 관계 속에서 영원성을 실현하고자 한다.

"너는 뭐니?"

강아지 똥이 내려다보고 물었습니다.

"난 예쁜 꽃이 피는 민들레란다."

"예쁜 꽃이라니! 하늘에 별 만큼 고우니?"

"그럼!" (…중략…)

52 「슬픈 여름밤」, 『까치 울던 날』, 65쪽.

"네가 거름이 되어 줘야 한단다."

강아지 똥은 화들짝 놀랐습니다.

"내가 거름이 되다니?"

"너의 몸뚱이를 고스란히 녹여 내 몸 속으로 들어와야 해. 그래서 예쁜 꽃을 피게 하는 것은 바로 네가 하는 거야."

강아지 똥은 가슴이 울렁거려 끝까지 들을 수가 없었습니다.

(아, 과연 나는 별이 될 수 있구나!)[53](강조는 인용자)

강아지 똥 자신은 거름이 되어 사라져버리지만, 그냥 사라지는 것이 아니라 민들레의 몸속으로 들어가 "별처럼" 예쁜 꽃을 피우게 된다.[54] 강아지 똥 입장에서 보면 한편으로는 죽는 순간이지만, 다른 한편으로는 강아지 똥이 하늘의 별을 보며 품었던 "그리운 별의 씨앗"이 싹 트고 자라서 드디어 이 땅에서 "별"이 되는 순간인 것이다. 다시 말하면, 강아지 똥을 통해 하늘의 별이 땅으로 내려와 민들레꽃으로 피어나는 역설의 순간인 것이다.[55]

이러한 역설은 다른 작품에서도 발견된다. 똘배는 한밤중에 시궁창에 내려온 아기별을 따라 달나라에 다녀오는데, 거기서 옥토끼들이 계수나

---

53 「강아지똥」, 『강아지똥』, 93~94쪽.

54 권정생에게서 이러한 사유는 근본적으로는 기독교 사상에 바탕하지만, 순환과 재생을 우주의 원리로 삼고 있는 불교 사상과도 무관하지 않다고 할 것이다. 나아가서 권정생의 후기 작품에서 더욱 두드러지게 드러나는 생태 사상(에코 아나키즘)과도 연관되어 있다. 권정생의 문학은 "똥이 꽃이 되는 세계"인 바, 후기 작품인 『밥데기죽데기』에서도 똥은 분단의 상징인 철조망을 무너뜨리고 쇠로 된 무기를 모두 녹여버리는 역할을 한다.

55 '강아지똥'의 모습은 자신의 죽음으로 죽을 수밖에 없는 인간에게 영원한 생명을 얻도록 한 '예수'의 모습과도 중첩된다.

무 아래서 즐겁게 떡방아를 찧는 것을 본다. 또 우주인들이 달의 사막에 남기고 간 쓸쓸한 발자국도 본다. 다시 시궁창으로 돌아온 똘배는 죽을 수밖에 없는 존재인 자신의 처지를 더 이상 슬퍼하지 않는다. 이제 똘배에게 시궁창은 삶의 막장이 아니라 살 만한 곳으로 새롭게 인식되는 것이다.

"아아, 꿀 냄새 봐."

"아냐, 선녀님의 분 냄새야."

"진짜는 하늘 냄새야. 아니면, 산딸기 골짜기를 스치고 불어 온 바람 냄새야." (…중략…)

"나한테서 그런 냄새가 난단 말이지?" (…중략…)

"그래, 시궁창은 참 좋은 냄새로 가득 찼어." (…중략…)

"저 뒷쪽에 죽은 땡감도 살았을 땐 참 달짝한 냄새를 풍겨 줬어. 그러다가 차츰 그 냄새가 다하고 나니 죽어버린 거야."

똘배는 고개를 저었읍니다.

"아냐, 땡감은 죽지 않았어."

"응, 아마 그럴 거야. 우린 땡감의 달콤한 냄새를 아직도 기억하고 있어. (…중략…)

똘배는 어느 새 눈시울이 젖어 들었읍니다. 슬퍼서 나온 눈물이 아니었읍니다.

골목길 담 너머 푸른 하늘을 쳐다보았읍니다.[56] (강조는 인용자)

56 「똘배가 보고 온 달나라」, 『강아지똥』, 26~27쪽.

똘배는 자신도 언젠가 죽을 수밖에 없지만, 자신이 살아있는 동안 시궁창에서 풍겼던 좋은 냄새가 장구벌레들에게 오래도록 기억될 것을 알게 된다. 이제 똘배는 자신의 죽음에 대해 슬퍼하지 않고 유한한 자신의 삶이 풍성한 의미를 지니고 있다는 것을 깨닫게 된다. 똘배에게 시궁창은 더 이상 "지옥"이나 "세상의 끝"이 아니다. 시궁창은 "좋은 냄새로 가득찬 곳"이며, 자기 자신도 시궁창에서 "좋은 냄새"를 풍기는 일부인 것을 알기 때문이다. 이렇게 삶을 긍정하게 될 때 죽을 수밖에 없는 유한한 존재는 역설적으로 무한한 의미를 지니게 된다. 영원성을 지니게 되는 것이다.

여기서 권정생 작품에서 주목할 만한 점은 유한한 존재가 유한성을 벗어나는 방식이다. 그것은 곧 타인(타자)과의 관계 맺음을 통해서이다. 타인에 관한 공감 또는 타인을 향한 사랑이라고도 할 만한 이 관계 맺음은 죽을 수밖에 없는 존재에게 개체인 자신의 죽음을 넘어 그 이상의 것이 있음을 깨닫게 해준다. 강아지똥은 민들레와의 관계 맺음을 통해서, 똘배는 장구벌레와의 관계 맺음을 통해서 자신의 유한성을 벗어난다.

「깜둥바가지 아줌마」라는 작품을 보면, 깜둥바가지는 강물에 떠내려가면서 자신을 놀려대던 쬐그만 사기접시를 떠올린다.

> 깜둥바가지는 문득 쬐그만 사기접시 생각을 했읍니다. 그 귀엽던 눈동자는 어쩌면 저 하늘의 별처럼 어디에서 말똥거리며 있을 것 같았읍니다.
>
> 조각조각 바스라지던 그 순간, 한 개의 별이 되어 드넓은 하늘 위에서 반짝반짝 살아 있는 것이라 생각했읍니다. (…중략…)
>
> 깜둥바가지 아줌마는 이제 슬프지 않았읍니다. 일그러진 얼굴에 곱게 웃

음을 머금고 반짝이는 별을 쳐다보며 귀여운 사기접시가 간 곳을 찾아 어두운 강물 위를 흘러가고 있었읍니다.[57] (강조는 인용자)

깜둥바가지는 '조각조각 바스러진 쬐그만 사기접시'가 '한 개의 별'이 되어 있을 거라고 생각하고 '별을 쳐다보며' '어두운 강물 위를 흘러가고' 있다. 타자와의 관계를 통해 깜둥바가지 아줌마의 삶은 죽음으로 종결되는 것이 아니라 그 이상의 의미를 지닌다. '별'로 표상되는 영원성을 얻게 되는 것이다.[58] 여기서 깜둥바가지가 쬐그만 사기접시를 대하는 자세는 마치 어머니가 아기를 대하는 것과 비슷하다는 것을 알 수 있다. 깜둥바가지 아줌마는 철없는 사기접시를 귀엽고 사랑스럽게 여기는 것이다. 「강아지똥」에 등장하는 흙덩이가 불볕 가뭄에 아기 고추나무가 죽은 것이 자기 잘못이라고 생각하는 것처럼, 깜둥바가지 아줌마는 쬐그만 사기접시에 대해 늘 관심과 연민을 지니고 있다.[59]

---

57 「깜장바가지 아줌마」, 『강아지똥』, 81~82쪽.

58 이 상황은 윤동주의 시 구절을 연상시킨다. "별을 바라보는 마음으로 / 모든 죽어가는 것들을 사랑해야지 / 오늘밤에도 별이 바람에 스치운다".(윤동주, 「서시」) 또한 권정생은 "지극히 작은 자 하나에게 한 것이 바로 나에게 한 것"이라는 성서의 말씀에 기대어 힘없고 약한 어린 것들에게 한 것이 바로 하느님에게 한 것이라는 사유로 넘어가게 된다. 즉 힘없는 약자에게 무한한 사랑으로 대하는 것이 바로 하느님을 대하는 것과 동일한 의미인 것이다. 자세한 내용은 졸고, 「권정생의 문학과 사상—기독교 아나키즘을 중심으로」, 원종찬 편, 『권정생의 삶과 문학』, 창비, 2008 참조.

59 '깜둥바가지 아줌마'는 권정생의 소년소설과 소설에서 반복해서 나타나는 '어린 생명을 보듬어 키우는 어머니'의 원형이기도 하다. 이것은 그의 개인사와도 관련이 있다고 할 수 있는데, 그의 어머니는 벌레 한 마리 못 죽이는 분이었는데도, 권정생이 병에 걸리자 그 병을 낫게 하기 위해 수많은 개구리를 잡아서 껍질을 벗겨 먹게 했다고 한다. 또 약초도 캐오고, 메뚜기도, 뱀도, 병에 좋다는 것은 다 구해서 병구완을 했다고 한다. 이러한 '어머니'의 모습은 권정생의 '예수상'과도 밀접한 연관성이 있다. 권정생, 이철지 편, 『오물덩이처럼 딩굴면서』, 종로서적, 1986, 213쪽 참조.

4) 자기결단 - 키르케고르적 역설

권정생 문학의 한 축이 고통받는 힘없고 약한 어린 것들을 보여준다면, 또 다른 한 축에는 어리고 약한 것들을 보듬는 넘치는 사랑을 보여준다. 흙덩이나 깜둥바가지들은 자신도 힘없는 약자이다. 그래서 약자인 어린 것들 — 어린 고추나무나 쬐그만 사기접시 — 을 죽음에서 구하지는 못하지만 최선을 다해 살리려고 하며, 죽어가는 어린 존재에 대해 넘치는 관심과 애정을 보인다. 그는 약자야말로 약자와 진정한 공감과 사랑을 표현할 수 있다고 여겼을지도 모른다. 공감과 사랑은 같은 위치에 있어야만 나눌 수 있기 때문이다.

이러한 사상을 잘 보여주는 작품이 곧 「사슴」과 「눈길」이다. 「사슴」에는 아홉 마리 손자 사슴이 하느님의 명령을 어기고, 죽어서 하늘에 있는 엄마 아빠 사슴을 찾으러 간다고 구름을 탔다가 그만 구름이 되고 마는 내용을 담고 있다. 할아버지 사슴은 삼 년을 하루 같이 사라진 손자 사슴들을 기다리는데, 어느 날 꿈속에 아홉 마리 손자 사슴들이 나타나 자기들이 정처 없이 떠도는 구름이 되었다고 하며, 저녁 때 구름이 되어 지나갈 테니 한번만이라도 보아 달라고 부탁한다. 그날 해질녘, 아홉 덩이의 구름을 본 할아버지 사슴은 자신도 구름이 되어 손자들 곁에 있기로 결심하고 높은 산으로 올라간다. 할아버지 사슴은 "아버지, 아이들이 불쌍하지만 어쩔 수 없는 일입니다. 그러니까, 아버지도 아이들을 잊으셔요"라고 하는 하늘에 있는 아들의 음성, "할아버지, 우리들을 버리지 말아 주세요. 구름이 되어 우리들의 곁에 계셔 주세요"라고 하는 손자들의 음성이 번갈아 들리자 어찌할 바를 모른다.[60] 할아버지 사슴은 괴로움을 이기지 못해 쓰러지고 만다.

> "하나님, 어찌하면 좋겠읍니까?"
>
> 조용히, 그러나 엄숙한 음성이 들렸읍니다.
>
> "스스로 택하는 대로……." (…중략…)
>
> 할아버지 사슴의 모습은 죽은 시체처럼 가엾었읍니다.
>
> 드디어 산봉우리가 눈 앞에 가까워졌읍니다. 손자 아이들의 반기는 얼굴이 웃고 있었읍니다.
>
> "…… 그래, 곧 갈께!" (…중략…)
>
> 할아버지 사슴은 자꾸만 부들거리는 다리를 겨우 구름자락 한 끝으로 옮겨 놓았읍니다. 그러자 저절로 몸뚱이가 구름 속으로 빨려 들어갔읍니다.
>
> "이젠 됐어. 어서 바람이 불어 손자 아이들이 있는 곳에 데려다 주기를……."[61] (강조는 인용자)

할아버지 사슴은 결정적인 순간에 아무에게도 도움을 받을 수가 없다. 그래서 겟세마네 동산에서의 예수처럼 "하나님, 어찌하면 좋겠읍니까?"라고 묻는데, 하느님도 대답을 알려주지 않는다. 이 순간 사슴 할아버지는 자기 홀로 "스스로 택"해야 하는 것이다.[62] 결국 할아버지 사슴

60 「사슴」, 『강아지 똥』, 155~156쪽 참조.

61 「사슴」, 『강아지 똥』, 157쪽.

62 키에르케고오르, 손재준 역, 『恐怖와 戰慄 · 哲學的 斷片 · 죽음에 이르는 病 · 反復』, 삼성출판사, 1982 참조. 이러한 상황은 키르케고르가 『공포와 전율』에서 언급했던 바, 아브라함이 약속의 자식인 이삭을 번제(燔祭)로 드리라는 하느님의 명령 앞에서 두려움과 떨림 속에서 홀로 결단할 수밖에 없는 상황과도 비견된다. 단독자로서 인간은 자신에게 주어진 문제 앞에서 결단을 내려야만 하는 것이다.

은 행복한 아들과 며느리보다는 가엾게 된 손자 아이들과 함께 있기로 선택한다. 권정생은 할아버지 사슴을 통해 진정한 사랑은 자신의 이해관계를 떠나 스스로를 희생하면서 '사랑하는 존재와 함께하고자 하는 것'임을 보여준다.[63]

> 키에르케고르는 『두려움과 떨림』이란 저서에서 다음과 같이 말하고 있다. 아브라함이 외아들 이사악을 데리고 모리야의 산 속에서 제물로 바치려 칼을 드는 순간 하느님은 인간 아브라함에게 회개를 했다. 독생자 예수가 베들레헴 마굿간에서 태어난 것은 하느님의 두 번째 참회의 발로인지는 모른다. 명령 일변도로 나오던 하느님은 예수를 통해 진정한 사랑을 일깨워주고 있었다.[64]

이같이 키르케고르를 인용하면서 권정생은 단독자로서 결단과 사랑의 존재인 예수에 대해 언급하고 있다. 여기서 우리는 권정생의 강아지똥, 흙덩이, 똘배, 깜둥바가지 아줌마, 엄마 모기, 할아버지 사슴이 모두 비천한 예수의 모습을 취하고 있음을 알 수 있다.

키르케고르는 성서의 "네 이웃을 네 몸과 같이 사랑하라"는 그리스도교의 사랑의 이념을 추구했는데, 그것은 "비천의 그리스도의 사랑을 본보기로 하여 행하는 그리스도를 따르는 행위"로서 "단독자의 사랑의 실천을 통해 현실의 삶에서 이루어지는 것"이었다.[65] 그에 따르면 하느님

---

63 이러한 할아버지 사슴의 모습은 죽을 수밖에 없는 인간을 위해 인간과 똑같은 처지를 취한 예수의 형상이라고도 할 수 있다.
64 「가난이라는 것」, 『오물덩이처럼 딩굴면서』, 181쪽.
65 표재명, 「키에르케고어의 단독자 개념–그의 정치・사회문제에 대한 견해와 관련해서」, 『키에르케고어 연구』, 지성의 샘, 1995, 205쪽.

과 인간의 질적 차이는 죄에 있는데, 자신이 죄인임을 깨닫는 순간 낱낱의 사람, 곧 단독자인 인간은 스스로의 무력과 한계를 깨닫고 "시간 안에 들어온 영원한 진리 = 하느님 · 사람이라는 역설로서의 그리스도를 구주로 받아들이게" 된다. 키르케고르에게 진정한 그리스도인이 된다는 것은 바로 "예수처럼 살아가는 것"이며, 이것이 곧 "하느님 · 사람인 예수 그리스도와 동시성을 이루는 것"이다.[66] 이렇게 본다면 권정생의 작품에서 땅에 있는 하찮은 존재인 강아지똥, 똘배, 깜둥바가지 아줌마, 엄마 모기가 하늘의 별을 바라보는 모습은 곧 예수의 형상임과 동시에, 인간이 예수처럼 살고자 하는 결단하여 예수와 하나가 되는 행위, 즉 키르케고르적 의미에서 예수와 "동시성"을 취하는 행위라고 할 수 있다.

「눈길」에서도 자기를 희생하여 사랑하는 이와 함께 하는 것이 모습이 표현된다. 권정생은 이 작품에서 눈이 쏟아지는 산길을 홀로 걸어가는 넝마주이 아저씨의 모습을 그리고 있다. 아저씨는 이따금씩 마을에 들려 가난한 농사꾼 오막집에서 감자나 조밥덩이를 얻어 요기를 하고, 산속에 있는 산막집에서 하룻밤씩 묵곤 한다. 그러던 어느 날 저녁, 아저씨는 하룻밤 머물고자 산막집에 들어가서는 "짚북데기를 깔고" 외투 품속에 안고 온 아기 짐승들을 하나씩 꺼낸다. 아저씨는 눈 내리는 산길을 "아기 짐승들"을 가슴에 품고 함께 가고 있었던 것이다. 아기 짐승들은 모두 뭔가를 기다리고 있다. 날개가 다친 아기 제비는 날개가 나아 "날을 수" 있기를 기다리고 있고, 아기 소쩍새는 "엄마를 만나 볼" 그날을 기다리고, 청개구리는 "봄이" 오기를 기다린다. 아기 짐승들은 모두 이

66 위의 책, 194~195쪽. 이러한 사유는 『도토리 예배당 종지기 아저씨』의 '예수쟁이'에 관한 구절에서도 거듭 확인된다.

겨울이 지나고 "따뜻한 봄이 어서 오는 것"을 기다리고 있는 것이다.

그런데 이 아기 짐승들은 어떤 이유로 함께 겨울을 보내고 있는 것일까. 아저씨와는 어떤 관계일까.

> 아기 짐승들은 모두 집을 잃은 것입니다. 아기 제비는 사냥꾼의 총에 맞아 날개를 다쳤읍니다. 아기 도마뱀은 지나가는 자동차 바퀴에 치어 간신히 살아났지만 누구 하나 보살펴 주지 않았읍니다. 꾀꼬리와 소쩍이는 전쟁을 한바탕 치르는 바람에 둥지를 불태워 버리고 식구들을 잃었읍니다. 두더지는 땅 속에 묻어 둔 포탄이 터져 두 눈이 멀었읍니다. 아기 고양이는 주인댁에서 먹을 것이 없다고 엄마 고양이와 다른 형제들과 함께 들판에 버려졌읍니다. 울고 있는 아기 짐승들은 아저씨가 하나 하나 데리고 소란한 거리를 간신히 빠져 나온 것이 이렇게 눈 내리는 산길이었읍니다.
>
> 아기 짐승들을 행복하게 살 수 있는 따뜻한 동산에 데려다 주고 싶었읍니다.[67] (강조는 인용자)

아기 짐승들은 모두 "집을 잃은" 존재이다. 눈 내리고 추운 한겨울에 집을 잃고, 몸을 다치고, 부모형제와 헤어져 울고 있던 아기 짐승들을 넝마주이 아저씨는 "따뜻한 봄 동산"으로 데려다주고 싶어서 찾아가고 있다. 그러나 "봄 동산"은 나타나지 않는다. 이들이 걷고 있는 산 속은 여전히 "눈이 내리고" 있을 뿐이다. 가도 가도 끝없는 "눈 내리는 산길"인 것이다. 그날 밤 아저씨와 아기 짐승들이 산막집에서 막 잠이 들려는

67 「눈길」, 『강아지똥』, 164~165쪽.

찰나에 어두운 산 속에 마차 바퀴 소리와 함께 불빛이 환하게 밝아온다. 아저씨와 아기 짐승들은 "살기 좋은 곳에 데려다 주려고" 누군가가 "일부러 찾아오고" 있다는 생각에 가슴이 설렌다. 이윽고 마차가 산막집 앞에 서더니 근사한 옷을 입은 살이 토실토실한 젊은이가 마차에서 내려서 산막집으로 들어와 말을 건다.

> "사정을 알고 찾아왔습니다. 저와 함께 가시지 않을까요? 사철 따뜻한 남쪽 나라엔 먹을 것과 입을 것, 잠잘 곳도 걱정 없이 살 수 있습니다. 저의 아버지가 그 나라의 임금님이시고, 저는 그러니까 왕자의 몸입니다. 이런 것을 말씀 드려 불쾌하실지는 모르지만 용서하세요. 저의 아버지는 온 세상의 불쌍한 이들을 찾아다가 행복하게 살 수 있도록 도와 주고 있습니다. 당신이 저희 나라에 가게 되면 아버지는 대단히 기뻐하실 것입니다." (…중략…)
>
> 그러나, 아저씨는 조용히 고개를 저었습니다.
>
> "고마운 말씀입니다만, 저는 떠날 수 없습니다."[68]

아저씨가 떠나지 않겠다고 하자, 왕자는 아기 짐승들만이라도 데리고 가겠다고 하면서 아기 짐승들에게 이렇게 권한다. "여러 아기님들, 저를 따라 가셔요. 이런 추운 산 속에 어떻게 살 수 있겠어요? 저의 나라는 따뜻해요. 아마 여러분들의 낙원이 될 것이어요."[69] 그런데 놀라운 반전이 일어난다. 왕자가 두 팔을 벌려 아기 짐승들을 껴안으려고 하자, 아기 짐승들은 모두 아저씨의 누더기 외투자락을 꼭 붙잡고 가지 않겠다고

68 「눈길」, 『강아지똥』, 167~168쪽.
69 「눈길」, 『강아지똥』, 168쪽.

하는 것이다. 아기 짐승들이 왕자의 제안을 거절하는 것이다.

역설적인 반전을 보여주는 이 작품은 '예수의 40일간의 금식기도'를 알아야 이해할 수 있다. 성서에 따르면, 예수가 40일간 금식기도를 하고 극한의 굶주림에 처했을 때 악마가 나타나 세 가지 시험을 한다. 그러나 예수는 악마의 유혹에 넘어가지 않고 "인간의 속성인 물질, 권력, 명예의 욕망에서 벗어나는데 성공한다." 그 이후 예수는 산상수훈을 통해 인간에게 여덟 가지 복을 선포하는 것이다.[70]

이 작품의 결말을 보면, 아기 짐승들은 "왕자님을 따라 남쪽 나라에 안 가길" 잘했다고 여기며, "그래, 눈이 내리고 추워도 여긴 우리 땅이야", "아, 눈길은 깨끗하다"라고 말한다. 얼핏 보면 이 작품은 모순과 역설에 가득한 것처럼 보인다. 따뜻한 봄 동산을 찾아가고 있는 아저씨와 아기 짐승들이, 때마침 왕자가 찾아와 왕자의 고향인 남쪽 나라로 같이 가자고 하는데도, 그것을 거절하니 모순적이라 할 만하지 않은가? 그런데 작품 말미에 있는 "눈이 내리고 추워도 여긴 우리 땅"이란 구절에서 우리는 아저씨와 아기 짐승들이 왕자의 제안을 거절한 까닭을 알 수 있다. "눈이 내리고 추워도" "우리 땅"인 여기에서 아저씨와 아기 짐승들은 함께 봄을 기다리며, 스스로 봄 동산을 이루고자 하기 때문이다. 이제 아기 짐승들은 "눈 속이지만" "기어다녀" 보고, "날아보"고, "산봉우리에 올라가서 노래도 부르자"고 말한다. 할 수 있는 모든 것을 시도해 보려는 것이다. 아기 짐승들은 "그러면 눈이 그"치고, "새싹이 돋"고, "봄이 오면 거리의 사람들도 즐거울" 거라고 말한다. 그냥 봄이 오기를

70 「가난이라는 것」, 『오물덩이처럼 딩굴면서』, 181쪽.

기다리는 것이 아니라 각자 최선을 다하여 봄이 오기를 기다리자는 것이다. 아저씨와 아기 짐승들은 누군가의 도움을 받아 "따뜻한 낙원"에 가서 살기를 바라지 않고 스스로의 힘으로 "여기 우리 땅"에서 "낙원"을 이루기를 바란다. 스스로의 힘으로 잃어버린 낙원을 되찾고자 한다.

이러한 결말 또한 '키르케고르적인 역설'이라고 할 수 있다. 키르케고르에게 진정한 그리스도인이 된다는 것은 바로 '예수처럼 살아가는 것'이며, 예수는 "내 이웃을 내 몸과 같이 사랑하라"고 하며 그대로 실천하였는데, 작품 속의 아저씨는 그러한 모습을 보여줌으로써 "하느님 · 사람인 예수 그리스도와 동시성을 이루"고 있기 때문이다.[71] 또 아저씨와 아기 짐승들은 주어진 극한 상황을 회피하지 않고 기꺼이 감내하는 예수의 모습을 따르고 있는 것이다.

3. 확장된 삶의 지평과 현실 비판

1) 분단 현실 인식

이제 권정생의 시선은 외부로 확대된다. 더 이상 '죽음'의 문제만 붙잡고 고민하는 것이 아니라 동화에 '지금 · 여기'의 현실을 작품에 담게

71 표재명, 앞의 글, 205쪽.

되는 것이다. 먼저 눈에 띠는 것은 분단 현실을 담은 작품이다. 분단 현실을 담은 동화로는 「남쇠와 파란 눈의 아이」, 「토끼 나라」가 있는데, 이 작품에서 주인공들은 분단 현실을 그대로 받아들이지 않고 분단의 벽을 깨뜨리고자 노력한다. 「눈길」에서 넝마주이 아저씨와 상처 입은 동물들이 자신들이 있는 곳에서 "봄동산"을 이루기 위해 노력하듯이, 이 동화의 주인공들 또한 분단의 장벽을 부수고 평화롭게 살던 예전의 모습으로 돌아가기를 바라고 애쓰는 것이다.

우선 「남쇠와 파란 눈의 아이」를 보면 등장인물의 명명법(命名法, appellation)부터가 심상치 않다. '남쇠'와 '북쇠'라는 이름이 우선 분단 상황을 상징적으로 드러낸다고 할 수 있을 것이다. 그 줄거리를 자세히 살펴보자.

남쇠는 엄마와 함께 둘이서 살다가 더 이상 기다릴 수 없을 만큼 아버지를 만나고 싶고 동생 북쇠를 보고 싶어 찾아 나선다. 남쇠는 엄마를 졸라 길을 떠나는데, 이때 엄마는 장롱 깊이 감추어 두었던 보자기 하나를 꺼내 이 속에 서로 알아볼 수 있는 "표시"가 있다며 남쇠에게 건네주며 "산길이 막혀 있거든 무턱대고 가지 말고, 북쇠가 산 너머에서 널 부르거든 그 소리를 따라 가야 된다"[72]고 말한다. 이제 남쇠는 아버지와 북쇠를 찾아 떠난다. 이렇게 가다가 깊은 산 속에서 절벽을 만나 길이 끊어지자, 남쇠는 엄마가 가르쳐준 대로 동생 북쇠가 부르기를 기다리다가 잠이 든다. 그때 파란 눈의 아이가 등장한다. 이 아이는 "몸뚱이에 실오라기 하나 걸치지 않은 발가숭이"인데, 남쇠에게 따라오라는 눈짓을 한다.

72 「남쇠와 파란 눈의 아이」, 『강아지똥』, 243쪽.

그 아이를 따라가 보니 평평한 잔디밭에 달빛이 아른거리는 곳이다. 이곳에서 남쇠는 깜짝 놀랄 만한 일을 경험한다.

> 아이가 나무 밑으로 가서 커다란 고양이같은 덩어리 위에 엉덩이를 들이대고 앉았습니다. 웅크리고 있던 덩어리가 눈을 뜨고 하품을 했습니다. (…중략…) 하품하는 짐승의 이빨이 날카롭고 컸습니다. 호랑이에 틀림없습니다. **아이가 그 호랑이의 입에 조그만 자기 손을 넣었습니다. 호랑이는 아이의 손을 커다란 혀로 핥았습니다. 아이의 어깨 위에 앉았던 다람쥐가 쪼르르 호랑이 눈썹 곁은 기어가 콧등에 턱 걸터 앉았습니다.** (…중략…) 어디선지, 멧돼지랑, 노루랑, 토끼들이 모여 들었습니다. 아이는 호랑이 등에서 일어나더니, 짐승들을 이끌고 골짜기 풀밭을 겅정겅정 뛰뛰며 흡사 춤을 추듯 돌아다녔습니다. 누워 있던 호랑이도 함께 어울려 아이를 따랐습니다. (…중략…) 뛰고 뒹굴고, 뛰고 뒹굴고, 어느 시골학교 운동회처럼 귀엽고 사랑스러웠습니다.[73]
> (강조는 인용자)

인간과 동물이, 육식 동물과 초식 동물이 서로 꺼리지 않고 하나가 되어 어울리고 있는 것이다. 파란 눈의 아이는 남쇠에게 "너, 옷 벗지 않겠니?" 하고 권한다. 자기처럼 옷을 벗으라는 것이다. 남쇠가 옷을 벗고 알몸뚱이가 되자 남쇠와 한참을 뛰놀다가 파란 눈의 아이는 남쇠에게 "너도 앞이 환하게 밝았으면 좋겠지?" 하고 묻는다. 남쇠가 "그래, 좋겠어" 하고 대답하자 "그런데, 모두 너무 어두워"라고 하면서 그 이유를 "사람

---

73 「남쇠와 파란 눈의 아이」, 『강아지똥』, 248~249쪽.

들이 앞을 지나치게 꾸미려" 들고 "가슴에 괜한 걸 많이"[74] 달기 때문이라고 말한다. 남쇠가 그건 "훈장"이라고 하니까 파란 눈의 아이는 "훈장은 뒷쪽에 감추는 게 좋"다고 하면서 "그 훈장 때문에 앞이 막힌" 거라는 말을 한다. 이렇게 알 듯 모를 듯한 말을 하던 파란 눈의 아이는 이름을 묻는 남쇠에게 자기는 이름이 없다고 하면서 이런 말을 한다.

> "우리 엄마가 말이지……."
>
> 남쇠의 귀가 번쩍 기울여졌읍니다.
>
> "…… **아빠가 전쟁에 가서 죽은 후 14개월 만에 나를 낳았대.** 할아버지가 가르쳐 주셨어. 그래서 내 눈이 이렇게 파랗다는 거야." (…중략…)
>
> "엄마는 내 눈 때문에 먼 데 가 버렸대. 숫자도 틀리고."[75] (강조는 인용자)

파란 눈의 아이는 "(자신의) 엄마는 아마 지금도 마을에서 울고 계실 거야" 하고 말한다. 그리고 다시 옷을 입더니, 어머니가 준 검은 보자기를 든 남쇠에게 뜻 모를 말을 한다. "갔다가 돌아와. 내가 기다리고 있을게"라고. 남쇠가 "나, 북쇠를 만나거든 널 데리러 올게"라고 하자 그 아이는 "북쇠를 못 만나더라도 그 보자기만 버리면 돼"라고 한다.[76] 어머니가 준, 남쇠와 북쇠가 만나 서로 확인할 때 필요한 보따리를 버리라는 것이다. 남쇠는 아까 그 길이 끝난 곳으로 가서 북쇠의 목소리를 기다리다가 보자기를 풀어본다. 그런데 그 속에는 어머니의 이빨자국이 있는

---

74 「남쇠와 파란 눈의 아이」, 『강아지똥』, 254쪽.
75 「남쇠와 파란 눈의 아이」, 『강아지똥』, 255쪽.
76 「남쇠와 파란 눈의 아이」, 『강아지똥』, 261쪽.

새빨간 사과 반쪽이 있다. 어머니가 남쇠를 속인 것이다. 남쇠는 다시 파란 눈의 아이를 찾아간다. 파란 눈의 아이를 찾아가는 길에 남쇠는 옷을 다 벗어버리고 알몸뚱이가 되어 있다. 그때 어디선가 파란 눈의 아이가 남쇠를 부르는 소리가 들린다. 남쇠가 눈보라를 맞으며 그 소리를 따라가 보니, 파란 눈의 아이는 눈이 내려 쌓이는 골짜기에서 아픈 기색을 한 채 산짐승들과 함께 있다.

> "이젠 좋겠다. 산이 곧 무너질 거야."
>
> "산이?"
>
> "북쇠도 아빠가 먹던 사과쪽을 버렸어. 둘이서 손잡고 마을로 내려가서 우리 엄말 찾아가 이젠 울지 말라고 해 줘."
>
> "왜 너도 함께 가면 되잖어?"
>
> "아냐, 북쇠도 이젠 훈장같은 거 필요없을 거야. 그 애도 발가숭이가 됐어." (…중략…)
>
> "내 대신 애들을 데리고 가."
>
> 아이는 둘레에 웅크리고 앉아 있는 짐승들을 가리켰읍니다. (…중략…)
>
> "쇠고랑 같은 것 없어도 돼. 호랑이…물지 않어…." (…중략…)
>
> 아이가 꼭 쥐고 있던 두 주먹을 살며시 폈읍니다. (…중략…) **아이의 분홍빛 손 바닥에 구멍이 뚫렸고 빨간 피가 송글송글 솟아나 흘러내렸습니다.** (…중략…) 그리고는 잠드는 듯 눈을 감았읍니다.
>
> "산은 곧 무너질 거야, 이제 곧……."[77] (강조는 인용자)

---

77 「남쇠와 파란 눈의 아이」, 『강아지똥』, 264~265쪽.

남쇠가 만난 파란 눈의 아이는 전쟁 중에 태어난 사생아이자 혼혈아라고 할 수 있다. 이 아이는 가족에게서 버림받은 존재인데, 두 손에 피를 흘리고 있는 것으로 보아 '속죄양' 예수와 같은 존재임을 알 수 있다. 이 장면은 오스카 와일드의 작품 「욕심쟁이 거인」에서 거인이 죽기 직전에 만난 예수의 이미지와도 중첩된다. 오스카 와일드의 작품에 나오는 어린 예수는 상처를 보고 놀라는 거인에게 그 상처는 "사랑의 상처"[78] 라고 말하고 있다.

또한 파란 눈의 아이는 사생아이자 십자가의 죄수로 가장 비천한 모습을 취한 "하느님 · 사람인 예수 그리스도"를 표상하고 있는 존재인 것이다. 키르케고르는 "수고하고 무거운 짐 진 사람은 다 내게로 오라. 내가 너희를 편히 쉬게 하리라"[79]는 말씀으로 초대하는 저 비천에 처했던 그리스도임을 강조한다.[80] 키르케고르에 따르면, 신약성서의 그리스도는 "비천과 고난의 그리스도"이며, 그리스도인이란 이 비천과 고난의 그리스도를 모범으로 우러르며 그의 발자취를 따르는 자, 그러기 위해서 그의 비천 — 고난과 동시성을 이루며 사는 자인 것이다.[81]

그렇다면 파란 눈의 아이는 예수를 표상하고 있고, 남쇠는 예수의 초대를 받아 그의 가르침대로 살아가는 그리스도인의 참된 모습이라고도 볼 수 있지 않을까. 파란 눈의 아이는 어머니가 먹던 사과 쪽을 남쇠가 버리고 아버지가 먹던 사과 쪽을 북쇠가 버렸으니 길을 막던 산이 무너

78 오스카 와일드, 「욕심쟁이 거인」, 지혜연 역, 『행복한 왕자』, 시공주니어, 2003, 38쪽.
79 『성경전서』, 마태복음 11장 28절.
80 표재명, 「키에르케고어의 그리스도 상(像)」, 『키에르케고어 연구』, 지성의 샘, 1995, 111쪽.
81 위의 책, 114쪽.

질 것이라 말하는데, 이는 분단의 장벽을 부수려면 부모 세대의 유산을 모두 버리고 남과 북이 진정 그리운 마음으로 서로 만나야 한다는 의미일 것이다. 여기서 사과는 에덴동산의 선악과를 연상시키는데, 부모형제가 서로 믿지 못하고 갈라져 살아야 하는 분단 상황이 우리에게는 마치 원죄와도 같은 것임을 권정생은 이러한 알레고리 형식을 빌려 표현하고 있다.

우리는 이 작품에서 권정생이 이미 사회에서 가장 소외되고 버림받은 사람이야말로 곧 '예수'와 같은 존재라고 표현하고 있음을 확인할 수 있다.[82] 또 파란 눈의 아이가 아무렇지도 않게 호랑이 입에 손을 넣고 호랑이와 토끼가 함께 어울려 뛰노는 것은 성서의 이사야서 11장에 있는 '평화로운 낙원'의 이미지와 동일하다.

> 그때에 이리가 어린 양과 함께 거하며 표범이 어린 염소와 함께 누우며 송아지와 어린 사자와 살찐 짐승이 함께 있어 어린 아이에게 끌리며 암소와 곰이 함께 먹으며 그것들의 새끼가 함께 엎드리며 사자가 소처럼 풀을 먹을 것이며 젖 먹는 아이가 독사의 구멍에서 장난하며 젖 뗀 어린 아이가 독사의 구멍에 손을 넣을 것이라.[83]

그러므로 권정생은 성서의 구절을 떠올리며 전화가 휩쓸고 간 분단된 이 땅에 진정한 평화가 오기를 염원하고 있음을 알 수 있다. "산", 곧 분

82 「가난이라는 것」, 『오물덩이처럼 딩굴면서』, 181쪽 참조. "아버지 없이 사생아로 태어난 예수는 가장 밑바닥의 인생을 경험한다."
83 『성경전서』, 이사야서 11장 6~8절 참조.

단의 벽이 무너질 때야 비로소 "마을에서 울고 있을 어머니"로 표상된 고통받는 사람들의 눈물이 그칠 것이기 때문이다. 또 파란 눈의 아이가 벌거숭이이고, 어머니가 준 보따리를 버리고 파란 눈의 아이를 만나러 갈 때 남쇠가 어느새 벌거숭이가 되었다는 것은 남북이 모두 제도나 이데올로기를 벗어나 그야말로 "그리워 못 견디는 마음으로" 만나야만 비로소 분단이 무너질 수 있다는 것을 의미하고 있다.

또 다른 동화 「토끼 나라」는 분단이 외세에 의한 것이라는 문제의식을 담고 있다.[84] 너구리들이 토끼 나라를 차지하자 토끼들은 너구리 흉내를 내며 살아야 한다. 그런데 토끼 나라를 도와준다고 온 곰 군사와 사자 군사들이 너구리를 내쫓고는 토끼 나라를 절반씩 차지했다. 그래서 토끼 나라는 '곰 토끼 나라'와 '사자 토끼 나라'로 나뉘었는데, 아기 토끼들은 모두 전쟁만 생각하고 전쟁이 제일인 줄 알고 살아간다. 이제 한마을 동무였던 돌이 토끼와 순이 토끼도 그만 헤어져 살게 된다. 결국 둘은 할아버지 토끼와 할머니 토끼가 되어 토끼 나라 한가운데 배나무 씨를 심고는 피를 한 방울 뿌리고 죽는다. 오랜 시간이 흐르자 배나무가 자라 꽃이 피고 아기 토끼들은 서로 손을 잡고 달린다.

이 작품은 얼핏 보면 마해송의 「토끼와 원숭이」[85]와 상당히 유사하나, 작품에서 부각시키고자 하는 주제는 큰 차이가 있다. 마해송의 「토끼와 원숭이」에서는 외세라고 할 수 있는 센이리와 뚱쇠가 서로 싸우다가 전멸하고 그 덕분에 토끼들이 자유를 거저 찾는 것으로 되어 있으나, 권정

84 「토끼 나라」, 『강아지똥』, 19~20쪽.
85 마해송, 「토끼와 원숭이」, 『떡배단배』, 신구미디어, 1992 참조. 이 작품에서는 토끼 나라를 원숭이가 차지하자 뚱쇠와 센이리가 토끼 나라를 돕는다고 들어와서 서로 싸움하다 모두 전멸한다. 그러자 토끼들은 다시금 제 모습을 찾아 살게 된다는 것이다.

생의 「토끼 나라」에서는 돌이 토끼와 순이 토끼가 피를 흘리며 심은 배나무가 싹이 트고, 이 배나무를 아기 토끼들이 가꾸면서 서로 하나가 되는 것으로 그리고 있다. 즉, 누군가 "피를 뿌리며" 통일의 꿈을 심고, 이러한 통일의 꿈을 힘 모아 가꾸어야 비로소 분단을 무너뜨리고 통일을 이룰 수 있다고 보는 것이다. 통일은 거저 주어지지 않는다는 것이다.

분단과 외세에 관한 관심은 이후에도 계속 나타난다. 「다람쥐 동산」[86]에서는 분단을 무너뜨리는 것은 아이들이라는 것을 보여준다. 아기 다람쥐 똘똘이는 산 너머에는 무서운 도깨비가 산다는 말을 듣고 정말 그런지 알고 싶어서 찾아가다가 아기 다람쥐 쫑쫑이를 만난다. 그런데 쫑쫑이네 마을에서도 똑같은 말을 한다는 것을 알고, 두 아기 다람쥐는 울타리에 구멍을 내고 서로 오고 간다. 그러다가 점점 더 많은 동무 다람쥐들도 함께 하고, 나중에는 어른 다람쥐들도 오가게 되어 다람쥐 동산은 마침내 울타리가 걷혔다는 것이다. 어른들은 기존의 현실을 그대로 수용하고 바꾸고자 하지 않는데, 아이들은 기존의 현실에 의문을 제기하고 현실을 바꾸는 힘이 있다는 것이다.

이러한 권정생의 사유는 「아름다운 까마귀 나라」에서도 동일하게 나타난다. 까마귀 나라에서는 어른 아이 할 것 없이 힘세고 훌륭한 나라를 따라 이상한 깃털 옷을 입고 다른 울음소리를 내며 산다. 어른 까마귀들은 이것을 당연하게 여기나 아기 까마귀 깽깽이는 그렇지 않다. 남을 따라 사는 것이 이상하고 답답한 것이다. 깽깽이는 "엄마, 정말 이렇게 몸치장을 해야만 멋이 있는 거예요? 훌훌 벗어버리면 안 돼요?"[87] 하고 거

86 「다람쥐 동산」, 『하느님의 눈물』.
87 「아름다운 까마귀 나라」, 『하느님의 눈물』, 39쪽.

듭거듭 묻는다. 결국 엄마 까마귀는 "우리는 어쩔 수 없이 이렇게 거짓되게 살아야 한단다. 훌륭한 나라 사람들이 우리 까마귀 나라를 다스리고 있으니……"[88]라고 진실을 말한다. 그러자 깽깽이는 거추장스러운 깃털 옷을 벗어버리고는 다른 아기 까마귀들에게도 그렇게 하기를 권한다. 그러자 아기 까마귀들은 가짜 옷을 벗어버리고 진짜 까마귀 소리를 낸다. 이것을 본 어른 까마귀들도 가짜 옷을 벗고 진짜 까마귀 소리로 운다.

아이가 먼저 진실을 발견하고 행하자 짐짓 자신을 속이고 있던 어른들이 아이를 따라하는 것은 안데르센의 「벌거벗은 임금님」에도 나타난다. 어른들은 대개 남들의 시선을 의식하고, 기존의 통념을 깨려고 하지 않기 때문이다. 그러나 권정생의 이러한 사유는 안데르센의 영향이라고만 할 수 없다. 성서에서 예수는 '어린아이와 같지 아니하면 결코 천국에 들어갈 수 없다'[89]고 하여 어린 아이를 높이 평가하고 있기 때문이다. 어린 아이는 작고 약한 존재이나 그만큼 진리에 가까이 다가갈 수 있는 복된 존재이기도 한 것이다.

2) 현실의 모순과 전쟁 비판

한편 권정생은 극심한 가난과 전쟁으로 인해 고통받는 사람들의 모습을 작품에 담기도 하는데, 이전의 작품과는 달리 사실적인 묘사를 구사하고 있고 의인화 경향이 현저하게 약해진다. 「금복이네 자두나무」에서

88 위의 책.
89 『성경전서』, 마태복음 18장 2~3절 참조.

는 가난한 금복이네가 주인집 최 주사댁에서 밭을 사면서 겪게 되는 사건을 담고 있고, 「무명저고리와 엄마」에서는 평생에 걸친 여러 전쟁으로 인해 남편과 일곱이나 되는 많은 자식들을 모두 잃고 불구인 자식 하나밖에 남지 않는 어머니의 비극을 그리고 있다. 특히 이 두 작품은 이후 권정생이 집중적으로 창작하는 사실주의적 소년소설과 소설의 방향을 예고하고 있어 주목을 요한다.

금복이네가 전 재산을 들여 최 주사댁 밭을 사고 그 밭에 자두나무를 심었는데, 이 밭이 모두 신작로 공사에 들어가고 만다. 금복이네 아버지는 이 일을 막아보려고 여기저기 관공서를 찾아다니며 통사정을 하고, 최 주사에게도 도와달라고 사정하나 도리어 그 집에서 쫓겨난다. 불도저가 금복이네 자두나무 밭을 밀어버리는 날, 금복이네 아버지는 운전수에게 애걸을 하고, 어머니는 맨발인 채 서서 자두나무 둥치를 보듬어 안고 있지만, 결국 면서기 손에 끌려 밭에서 나온다. 그때 금복이는 햇빛에 빛나는 최 주사의 대머리를 보면서 문득 이런 상상을 한다.

> 머리통에 달린 다리가 주욱주욱 뻗어 나갔읍니다. (…중략…) 기다란 문어 다리가 한 마리의 작은 고기를 잡아 둘둘 감았읍니다. 잠깐 사이에 작은 고기는 하얗게 핏기를 잃고 흐늘흐늘 떠 올라 죽었읍니다. (…중략…) 문어 다리는 닥치는 대로 작은 고기들의 피를 빨아 먹었읍니다. 바다 속엔 고기들의 시체가 가득히 깔렸읍니다. 문어는 그 시체 위를 유유히 걸어다니고 있었읍니다.[90] (강조는 인용자)

90 「금복이네 자두나무」, 『강아지똥』, 225~226쪽.

작은 고기들의 피를 빨아먹는 환상을 보는 그 순간 금복이는 "최 주사가 우릴 속였구나!"라고 깨닫는다. 이 작품에서 금복이네는 착하고 가난한 사람들이다. 그러나 최 주사에게 속아 전 재산을 날리게 되었을 때도 금복이네는 어디 한 군데 하소연할 데가 없다. 불도저가 금복이네 자두나무를 몽땅 쓸어버리자, 금복이와 어머니는 그저 서로 얼싸안고 울 뿐이다.

이 작품에서 권정생은 부자가 가난한 사람의 돈을 갈취함으로써 그들의 삶마저 망가뜨리고 있다는 것을 고발하고 있다. 또, 최주사가 부자가 되기까지 수많은 가난한 사람의 고혈을 빨아먹었다는 것을 환상의 형식을 통해 보여주고 있다. 여기서 우리는 '재산은 바로 강도질'이며, '부자가 천국에 들어가는 것보다 낙타가 바늘구멍에 들어가는 것이 더 쉽다'는 성서의 구절을 떠올리게 된다. 양심적이고 선량한 부자는 존재할 수 없는 것이다.

「무명 저고리와 엄마」는 일제의 강점과 여러 차례의 전쟁으로 남편과 아가들을 모두 잃은 엄마의 비극을 무명 저고리라는 소재를 통해 그린 작품이다. 이 작품은 아주 서정적인 필치로 아주 포근하고 따뜻한 분위기에서 시작된다.

> 물레 소리가 납니다.
>
> 짤까당짤까당 베 짜는 소리도 납니다.
>
> 엄마 저고리 무명 오라기, 올마다 그 소리들이 들립니다.
>
> 하도 많이 일을 한 엄마의 마디 굵은 손가락이 따습게 바느질을 한 저고리입니다. 엄마 저고리는 엄마가 손수 고치를 잣고, 베틀로 꽁꽁 짜서 지어 입

은 옷입니다. (…중략…)

첫아기, 복돌이를 낳고부터 엄마 일손은 더욱 바빠진 것입니다. (…중략…) 잇달아, 차돌이와 삼돌이가 태어났습니다. (…중략…) 복돌이 복숭아 볼이 비비적거렸던 엄마 저고리에, 차돌이와 삼돌이의 볼이 연거푸 비벼졌습니다. 엄마 저고리는 젖 냄새가 납니다. 복돌이 냄새가 납니다. 차돌이, 삼돌이의 코 흘린 냄새가 납니다. (…중략…) 베틀 소리와 함께, 아가들의 울음소리가 무명 올마다 감겼습니다. (…중략…) 복돌이의 웃음 소리, 차돌이와 삼돌이의 예쁜 모습만을 저고리에 담아 둡니다. (…중략…)

이번에는 엄마가 딸을 낳았습니다. 큰분이는 엄마 저고리에 더 많은 자국을 남겼읍니다. 또분이가 태어나서 큰분이는 저고리를 내어 놓아야만 했습니다. (…중략…)

엄마는 아가를 또 낳았읍니다. (…중략…) 식구들은 아마 이번이 막내 쯤 되리라 짐작하고 막돌이라고 불렀읍니다. 막돌이도 엄마 저고리에서 무럭무럭 자랐읍니다. (…중략…) 아, 그런데 뜻밖에도 엄마는 또 아가를 낳았읍니다. (…중략…) 여섯 번째 아가를 막돌이라 했기 때문에, 붙일 이름이 없는 것입니다. 일곱 째 아가는 그래서 무돌이입니다.

무돌이도 아주 귀엽게 자랐읍니다. 엄마 저고리는 팔꿈치를 깁고 기워, 이젠 입을 수가 없읍니다.[91] (강조는 인용자)

위 인용에서 보듯이 우선 눈에 띄는 것은 이 작품에서 촉각, 청각, 시각, 후각적 표현이 모두 동원되고 있는 점이다. 엄마의 무명 저고리에

91 「무명 저고리와 엄마」, 『강아지똥』, 50~52쪽.

일곱 아가들은 볼을 비비고, 아가들의 울음소리와 웃음소리, 예쁜 모습, 엄마의 젖 냄새와 아가의 코 흘린 냄새가 엄마의 무명 저고리에 담겨 있는데, 그것은 엄마와 아가들 사이에서 모든 감각적 체험이 서로 공유되었음을 의미한다. 무명 저고리에는 엄마와 모든 아기들과의 추억이 서려 있는 것이다.

그러나 행복한 나날도 잠시, 엄마에게는 슬픈 일이 벌어지기 시작한다. 어느 날 아빠는 소를 팔아 먼 길을 떠나고, 만세소리가 나던 삼월 일본 헌병의 총칼에 죽었을 거라는 소식이 들려온다. 얼마 지나지 않아 복돌이는 북간도의 독립군을 찾아 떠난다. 차돌이는 남태평양으로 징용가서 전사하고, 삼돌이는 공부하러 동경으로 유학을 떠나 돌아오지 않는다. 해방이 되자 큰분이는 시집을 가고, 얼마 안 있어 6월에 전쟁이 일어난다. 피난길에 막돌이는 포탄 파편에 다리 하나가 날아가고, 막돌이를 살리기 위해 또분이는 양공주가 되더니 검둥이 아가를 낳고 사라진다. 시집간 큰분이는 북녘 땅으로 끌려가고 말았고, 이제 엄마 곁에는 막돌이와 무돌이만 남았는데, 막내 무돌이도 월남에 갔다가 전사한다. 결국 무돌이의 전사 통지가 오던 날, 엄마는 그만 힘이 다해 쓰러지고 만다. 버티어 일어나서 막돌이의 한 쪽 다리 노릇을 해 줘야겠다는 마음을 먹지만, 엄마는 아빠와 일곱 아가들의 모습을 떠올리며 결국 쓰러져 죽은 것이다.

엄마는 죽는 순간까지 헤어진 지 오래된 아빠와 잃어버린 아가들을 그리워한다.[92] 엄마의 환상 속에서 일곱 아가들이 달을 보며 부르는 노

92 「무명 저고리와 엄마」, 『강아지똥』, 66~68쪽.

래는 이룰 수 없었던 엄마의 소원을 드러낸다. "달아 달아 밝은 달아 / 이태백이 놀던 달아 / 저기 저기 저 달 속에 / 초가삼간 지어 놓고 / 양친 부모 모셔다가 / 천년 만년 살고지고."[93] 엄마의 소원은 바로 초가삼간 작은 집에서라도 식구들과 오순도순 사는 것이다. 그러나 전쟁은 소박하기 이를 데 없는 이 작은 소망도 엄마와 아빠, 아가들에게 용납하지 않는 것이다.

이 작품에서 아빠와 복돌이는 나라를 되찾으러 나갔다가 돌아오지 못하지만, 다른 아이들은 모두 전쟁으로 죽는다. 태평양 전쟁으로 차돌이가 전사하고, 6·25전쟁으로 막돌이는 다리를 잃고 또분이는 양공주가 되고 큰분이와는 영영 헤어지게 된다. 또 베트남 전쟁으로 인해 무돌이는 전사한다. 남이 일으킨 전쟁에서, 그리고 남의 나라 전쟁에서 엄마는 그 많던 아이를 모두 잃고 마는 것이다. 이 작품은 엄마로 표상된 우리 민중이 전쟁으로 인해 얼마나 큰 비극을 체험했는가를 집약해서 보여준다.

마침내 혼자 남은 막돌이는 엄마 저고리를 산마루 청솔가지 위에 걸어놓고 엄마와 함께 일구던 목화밭을 매기 시작한다. 그런데 한바탕 빗줄기가 쏟아지더니 엄마 저고리가 회오리바람에 날려 공중에 떠오른다. 그리고는 비가 개더니 빛나는 해와 함께 무지개가 떠오른다.

> 색동 무지개가 아가들의 얼굴을 곱게 물들였읍니다. 목화밭에서는 하얀 목화송이들이 피어났읍니다. 북간도와 남태평양 바다와, 월남 땅으로 엄마의 손길처럼 따스한 목화송이들이 날아가고 있었읍니다.

93 「무명 저고리와 엄마」, 『강아지똥』, 67쪽.

한 쪽 다리로 반 조각 땅을 딛고 선 막돌이가, 무지개의 한 끝을 잡고 목화 밭 위에 사뿐히 펼쳐 놓았읍니다. 엄마 얼굴이 조용히 내려다보고 있었읍니다.[94](강조는 인용자)

엄마 저고리를 둘러 싼 무지개는 고통으로 가득 찬 엄마의 삶과 죽음을 아름답게 승화시킨다. 작품의 서두는 모든 감각적 표현이 사용되었지만, 작품의 말미는 무지개라는 시각적 이미지와 함께 고요한 분위기에서 마무리된다. 모두 죽고, 불구가 된 막돌이 혼자 살아남았지만, 막돌이는 엄마의 사랑과 형제자매들과의 즐거운 추억을 떠올리며 자신에게 주어진 삶을 살아갈 수 있을 것이다. 여기서 막돌이는 불치병을 지닌 채 홀로 살아가는 작가의 자기반영적 인물로도 볼 수 있다.

작품 말미에 폭풍우가 갠 다음에 떠오른 일곱 색깔 무지개는 엄마의 일곱 아이들을 가리키는 것이겠지만, 무지개는 노아 홍수 뒤에 하느님이 '다시는 물로 세상을 멸망시키지 않겠다'는 약속의 상징으로 하늘에 떠올랐던 '언약의 무지개'를 상기시킨다. 전쟁으로 인한 고통, 즉 사람이 죽고, 불구가 되고, 식구들끼리 헤어지는 일이 다시는 이 세상에 없어야 한다는 염원이 이렇게 일곱 색깔 무지개로 표상되고 있는 것이다.[95] 이 작품은 북간도, 남태평양, 월남 등 우리 겨레가 죽음과 맞서 싸우며 몸담았던 공간을 환기시키면서 우리의 역사의식을 다시 한 번 일깨운다.

94 「무명 저고리와 엄마」, 『강아지똥』, 70쪽.

95 이 작품은 고통 속에 살아가는 우리 민중의 삶을 표상함과 동시에 평생 고생하며 살다 돌아가신 어머니를 그리워하는 권정생의 사모곡이기도 하다. 권정생의 절절한 사모곡은 돌아가신 어머니를 기리는 시 「어머니 사시는 그 나라에는」(『어머니 사시는 그 나라에는』, 지식산업사, 1988)에서도 확인할 수 있다.

이상에서 본 바와 같이 초기의 단편 동화는 죽음과 실존의식에 바탕을 두고 죽음과 원죄의식, 실존적 자각과 자기 결단, 확장된 삶의 지평을 드러내고 있음을 확인할 수 있다. 초기 작품들은 성서의 이야기들과 구절들이 강력한 서브텍스트로서 배경에 존재하여 또 다른 해석을 가능하게 하는 알레고리성을 부여한다.

「슬픈 여름밤」, 「떠내려간 흙먼지 아이들」, 「어시장 이야기」, 「오누이 지렁이」에서는 성서에 바탕을 둔 원죄의식과 낙원상실 의식, 죽음과 부활, 육체와 영혼의 문제가 그려지고 있다. 그리고 「강아지똥」, 「똘배가 보고 온 달나라」, 「깜둥바가지 아줌마」, 「장대 끝에서 웃는 아이」, 「사슴」, 「눈길」에서는 죽음이라는 실존을 자각하고 죽음을 기꺼이 감내하는 자기 결단의 모습을 보여준다.

특히 이들 작품에 등장하는 '강아지똥, 똘배, 깜둥바가지 아줌마'들은 자신의 죽음을 통해 인간에게 새 생명을 살도록 한 '십자가의 예수'를, 또 「눈길」의 '아저씨'는 공생애를 시작하기 전에 '광야에서 40일간 금식기도를 했던 예수'를, 그리고 「사슴」의 '할아버지 사슴'는 십자가에 매달리기 전에 홀로 피눈물을 흘리며 기도하던 '겟세마네 동산에서의 예수'를 떠올리게 하는 인물이다. 그만큼 권정생의 초기 동화에서 죽음과 실존의식은 절실한 주제였고, 키르케고르의 기독교 실존주의가 초기 동화의 사상적 기반을 이루고 있음을 확인할 수 있다.

「남쇠와 파란 눈의 아이」, 「금복이네 자두나무」, 「무명저고리와 엄마」는 초기 동화가 의식의 지평을 확대하여 실존 의식에서 현실비판 의식으로 변모하고 있음을 보여준다. 이 작품들에서도 혼혈아이자 사생아인 '파란 눈의 아이'는 손바닥의 상처를 통해 '십자가의 예수'와 이미지가 중첩되며, 고통받고 살아가는 사람들인 '금복이네, 엄마와 일곱 아이들' 또한 희생양이며 속죄양인 '십자가의 예수'가 음각화로 존재함을 확인할 수 있다. 또한 이 모든 작품을 관통하는 것이 '죽음'인 것도 확인된다.

중기 문학과 사상(1981~1990)

소년소설 및 소설과 기독교 아나키즘

권정생의 초기 작품들이 주로 동화 양식으로 개인사적 체험에 바탕을 둔 실존적 인식을 보여주는 데 비해, 중기의 작품들은 주로 자기 주변 사람들의 삶을 그리는 소설 양식이 점차 증가하는 것을 볼 수 있다.[1] 즉 초기 작품들이 '나의 실존적 이야기'에 초점을 맞추고 있다면, 이후의 작품들은 '우리들의 살아가는 이야기'를 담고 있는 것이다. 이러한 변모의 계기는 무엇일까?

1968년 권정생은 안동 조탑 마을로 이사를 한다. 그는 조탑 마을에 살면서 마을 노인네들의 '편지 대필'을 하게 되는데, 이것이 그에게는 소설을 쓰도록 하는 한 계기가 되었을 것이다.[2] 편지 대필을 하면서 그

---

1 이 시기에 우화 형식의 '동화'가 완전히 사라진 것은 아니지만, 첫 작품집 『강아지똥』에 비해 그 양이 현저하게 적어졌다. 첫 작품집 『강아지똥』에서는 '동화'가 전체 16편 작품 가운데 15편에 이른다. 그러나 그 이후의 작품들은 사실주의 '소설'이 현저하게 증가했다. 권정생의 '소설'은 주로 자신의 주변에서 현재 일어나고 있거나 과거에 일어났던 일들, 즉 자신과 주변 인물들의 체험 내용을 담고 있다.

2 권정생, 「편지 대필」, 이철지 편, 『오물덩이처럼 딩굴면서』, 종로서적, 1986, 182~183쪽. "지금까지 편지를 많이 써왔지만, 그중엔 남의 편지가 반이 넘을 것 같다. 남의

는 마을 사람들이 겪은 "한국의 슬픈 역사와 현실"을 정직하게 마주치게 되었는데, 이러한 과정을 통해 그의 작품 세계는 '개인사적 체험'을 담은 '동화'에서 '민중사적 체험'을 담은 '소설'로 문학의 무게 중심이 점차 이동해 간 것이다.

또 하나의 계기는 '예수의 발견'이다. 1975년 이현주에게 보낸 편지를 보면, "사과 속알맹이를 주워 먹으면서도 신사의 양복의 티를 떼어주는" 영주역(驛)에서 봤던 '거지'의 모습에서 자신은 바로 '예수'의 모습을 발견했다고 하면서, 그는 이제 더 이상 '동화'를 붙잡지 않고 '소설'을 쓰겠다고 한다.[3] 같은 편지에서 그는 "남이 모르는 것, 나는 더 많이 알고 있으니까, 잔뜩 써놓고 죽겠다"[4]라며 자신이 소설을 쓰고자 하는 이유를 밝히고 있다. 권정생은 자신이 익히 알고 있는 사실을 '증언'하고자 하는 마음에서 사실주의적 '소설'을 쓰게 되는 것이다.[5] 그런데 권

편지를 쓰는 것은 흡사 그 사람의 대리 역할을 하는 일종의 연극 배우이기도 하다. 왜냐면 단순한 사무적인 내용이 아닌 그 사람의 감정까지 잘 전달되어야만 하기 때문이다. 특히 남이 알아서는 안 될 사생활의 비밀스런 것이라든가 언짢은 편지를 써야 할 땐 여간 고통스런 것이 아니다. (…중략…) 편지 대필을 하면서, 나는 윗마을 아랫말 사람들의 집안 형편을 이렇게 훔쳐보고 있다. 거기엔 우리 한국의 슬픈 역사와 현실이 그대로 가장 정직하게 씌어지고 있었다."

3 권정생, 「편지–현주에게」, 위의 책, 232쪽 참조. 이 편지는 1975년 3월 5일자이다. "영주에서 봤던 거지는 나도 자꾸 생각난단다. 사과 속알맹이를 주워 먹으면서, 한 손으로 신사의 양복에 티를 떼 주는 그게, 바로 예수님의 한 모습이 아닐까 한다. (…중략…) 윗마을에서 자살 사건이 꼭 6건이나 된다. 그런데 그이들은 누굴 원망하고 죽은 사람 아무도 없어. (…중략…) 서울 다녀와서 나도 많이 고민하고 있다. 이 이상 동화를 붙잡고 있다는 건 너무 무리한 것 같어. 당분간 소설을 쓰기로 맘 먹었다. 언젠가 다시 동화 쓸 수 있는 시절이 또 올 거야. 그걸 기다리기로 했다."

4 위의 책, 232쪽.

5 이러한 권정생 문학의 '증언적 성격'과 관련해서는 류명옥, 「권정생 문학에서 경험과 형상화 연구」, 동아대 석사논문, 2008, 15쪽 참조. "그(권정생–인용자)의 경험의 작품화의 독특성은 그가 겪은 체험적 삶을 통한 자아의 존재론적 실존의 물음을 넘어서, 자신의 주변 일들의 전쟁경험을 비롯한 다양한 경험의 주체들에 의한 증언적 성격이

정생에게 일반적 의미의 소설은 『한티재 하늘』밖에 없으므로, 여기서 '소설'이란 소년소설을 가리킨다고 하겠다.

소년소설의 정의를 보면, 이재철은 "소년소녀소설의 준말로 소년소녀들의 현실 세계를 그린 소설"로 "우리 앞에서 벌어지는 현실 세계를 그대로 그려내는 점이 특색"이라고 한다.[6] 그러므로 소년소설은 "현실에서 가능한 세계나 있을 수 있는 사실을 진실되게 그려내는 논리적 이야기"인 것이다. 따라서 소년소설은 독자의 대상연령이 다를 뿐 소설 작법을 바탕으로 쓰여야 한다고 보았다. 그리고 이원수는 소년소설이 아동문학에서 가장 최근에 등장한 장르로 "리얼한 현실 묘사, 생활 묘사로서, 성장하는 아동의 정신적 광명이 되어온 것"이며, "공상세계를 떠나 현실 세계로 들어선 아동들의 문학"이라고 규정한다.[7] 그러므로 소년 소설은 동화기를 거쳐 나온 소년소녀들이 그 주인이 될 것이고, 그 독자들은 차츰 그 정도를 달리하여 어른 소설의 독자가 될 것이라고 보았다. 또한 소년소설은 아동문학의 장르 중에서도 "가장 사회성이 강한 사실적인 문학"이며 "리얼한 표현"을 생명으로 하는 장르로, 소설과 마찬가지로 "시간적 · 공간적 결정이 구체적이고 또 인물 자체도 확연한 개성을 가져야 한다"라고 본다.

권정생 문학에서 중기는 사실주의적 색채가 농후한 소년소설 및 소설이 우세한 양식으로 나타나는바, 『달맞이산 너머로 날아간 고등어』(1985), 『벙어리 동찬이』(1985), 『바닷가 아이들』(1988), 『짱구네 고추

강하다는 것이다. (…중략…) 이런 측면에서 그의 경험은 역사의 중심에서 지워진 민중들의 시각에서 현실을 반영한 역사의 기록이라 할 수 있다."

6 이재철, 『세계아동문학사전』, 계몽사, 1989, 178쪽.

7 이원수, 『아동문학입문』, 한길사, 2001, 103~105쪽.

밭 소통』(1991) 같은 단편모음집과, 『몽실 언니』(1984), 『초가집이 있던 마을』(1985), 『점득이네』(1990)를 비롯한 한국전쟁을 배경으로 한 장편소설들이 이 시기의 대표적인 작품들이다. 창작 시기로 보면 초기에 속하지만, 도쿄 빈민가의 생활과 태평양 전쟁을 다루고 있는 장편 『꽃님과 아기양들』(1975)도 양식적 특징의 측면에서 중기에 포함시킬 수 있다. 또 1990년대 후반에 출간되었지만 역사적 사실을 담은 『한티재 하늘』 1 · 2(1998)도 중기 작품들과 함께 논의하고자 한다.

중기는 권정생이 가장 활발하게 창작을 했던 시기로, 작품도 풍성하고 문제작도 많다. 이로 인해 그를 현실비판적 사실주의 작가로 평가하는 경우가 많다. 그러나 이 시기에도 현실비판과 함께 '그렇다면 어떻게 살아야 하는가'라는 윤리적 질문이 그에게 중요한 문제임을 염두에 두어야 할 것이다.

중기의 소설은 그 주제를 크게 역사적 증언의식, 반전의식과 체제비판, 상호부조와 생명존중 사상으로 나눌 수 있다. 역사적 증언의식은 가난하고 고통받는 이들이 바로 희생양이자 속죄양 '예수'라고 바라보는 '권정생의 예수상(像)'과 긴밀한 연관성이 있는데, 이러한 예수상에는 '씨알 사상'으로 유명한 함석헌과 톨스토이의 영향이 지대한 것으로 보인다.[8] 함석헌은 우리가 그리스도와 하나가 된다는 것의 의미를 '희생양 예수' 개념에 근거해서 언급한다. 함석헌은 어머니, 아버지가 십자가 짐을 져서 가족이 살아가듯이, 나라와 민족, 인류 역사의 차원에서도 십자가 짐을 지는 이들, 역사의 희생양이 있다고 보았다. 그러므로 고통받으

8 박경미, 「속죄론과 관련해서 본 함석헌의 예수 이해」, 박경미 외, 『서구 기독교의 주체적 수용－유영모 김교신 함석헌을 중심으로』, 이화여대 출판부, 2006.

며 살아가는 사람들이야말로 희생양이자 속죄양 예수와 같은 존재인 것이다. 또한 톨스토이는 성서에 바탕을 두고 '지극히 작은 자'가 바로 '예수'이자 '하느님'이라고 말하는데, 이 또한 '권정생의 예수상'에 큰 영향을 미쳤다.

이러한 '권정생의 예수상'을 보여주는 인물에는 세 가지 유형이 있다. 첫째 유형은 '극심한 가난으로 고통받는 사람'인데, 이들은 가난으로 인해 일상적인 생활마저 불가능하지만 누구도 원망하지 않고 자신의 처지를 감내한다. 둘째 유형은 '몸에 병이나 장애가 있는 사람'인데, 이들은 병이나 사고로 불구가 되지만 누구도 원망하지 않고 감내한다. 셋째 유형은 '전쟁으로 인해 고통받으며 사는 사람'인데, 이들은 전쟁으로 인해 소중한 것을 모두 잃어버리고 고통스럽게 살고 있어 전쟁이야말로 가장 큰 폭력임을 보여준다.

반전의식과 체제비판은 단편에서도 나타나지만, 이러한 주제의식이 집대성되는 것은 장편 소설들이다. 『꽃님과 아기양들』(대한기독교서회, 1975), 『몽실 언니』(창비, 1984), 『초가집이 있던 마을』(분도출판사, 1985)과 같은 '전쟁수용 소년소설'은 전쟁이야말로 인간에게 가장 큰 비극임을 고발하여 반전의식과 체제비판을 드러내는데, 이는 생명존중 사상과도 연관된다. 상호부조와 생명존중 사상은 여러 작품에서 발견된다. 「쌀도둑」, 「눈 덮인 고갯길」, 「어느 섣달 그믐날」 같은 단편에서 가난한 사람들끼리의 상호부조가 그려지고, 『한티재 하늘』 1・2(지식산업사, 1998)에서는 상호부조와 생명존중 사상이 표현된다.

요컨대 중기 권정생 문학의 사상적 근저에는 '씨알 사상'으로 유명한 함석헌과 톨스토이의 영향이 매우 컸다고 했거니와, 그것은 곧 기독교 아나키즘[9]이라 규정할 수 있다. 알려진 대로 톨스토이는 성서에 바탕을 두고 비폭력과 반전을 주장하고, 기성 기독교와 국가를 비롯한 모든 권력과 체제를 비판하였으며, 가난한 사람의 삶을 옹호하며 농사짓고 사는 소박한 삶을 주장했는데,[10] 권정생 또한 작품에서 톨스토이와 동일한 사상을 드러내고 있다. 또한 상호부조의 사상은 '모든 만물은 서로 돕는다'는 크로포트킨의 사상과도 연관된다. 그리고 권정생 문학 중기에 나타나는 이 같은 기독교 아나키즘의 경향은 후기의 장편 판타지로 이어져 에코 아나키즘으로 확장・발전해간다.

---

9 '기독교 아나키즘'은 국가와 같은 세속적 권력을 부정하는 급진적인 기독교 사상의 하나로서, 보수화된 기독교를 개혁하려는 성격을 갖고 있다. 그러나 고전적 아나키즘이 갖는 무신론적 관점 때문에, 기독교 아나키즘이란 개념은 일견 모순되어 보이기도 한다. 그러나 현대 아나키스트들은 다양한 타종교들과 기독교에서 파생한 해방신학의 영적인 성질을 강조한다. 이들은 개인적 책임과 타인들에 대한 배려를 더 중요시한다. 정신적 아나키스트들은 일반적으로 모든 삶이 서로 연관되어 있다는 것을 강조하며, 이들의 믿음은 보통 환경보호적, 자연중심적 아나키스트들의 사상과 맞닿아 있다.(리즈 A. 하일리맨, 조약골 역, 「무엇이 아나키즘인가?」, 『자율평론』 6호, 다중지성의정원, 2003.9, http://waam.net/xe/autonomous_review/91261 참조) 대표적인 기독교 아나키스트로는 '씨알 사상'으로 유명한 함석헌과, 노동과 무소유를 실천하고자 한 톨스토이를 들 수 있다. 둘 다 종래의 기독교를 거부하고 새로운 종교로서의 기독교를 요구하였고, 기성의 정부와 제도를 비판하고 민중이야말로 신의 역사가 이루어지는 곳이라고 생각했다.

10 종교적 아나키스트로서의 톨스토이에 대해서는 하승우, 『아나키즘』, 책세상, 2008, 126~127쪽 참조.

1. 역사적 증언으로서 소설 선택

1) 권정생의 예수상(像)

권정생이 말하는 예수는 어떠한 존재이기에, 그로 하여금 동화에서 소설로의 전화를 추동케 한 것일까? 그는 자신의 기독교 사상이 성서의 예레미야, 아모스, 엘리야, 애급에 팔려간 요셉, 세례 요한 등 예언자 신앙에 뿌리를 두고 있다고 언급한 바 있다.[11] 또 그 연장선상에서 '나의 주 예수님'을 만났다고 고백하고 있다. 성서의 예언자들은 모두 기존 유대교의 사제들, 왕들, 귀족들, 그리고 권력과 부를 가진 자들에 대해 근본적인 비판을 했다. 기성 체제와 그 권력의 비판자들이었던 것이다.

> 성서의 예언자들은 기존질서를 전복시키려는 '혁명가들'은 아니었다. 그들은 윤리가들로서 '가난한 사람들'에게 끊임없는 관심을 보이며 민중을 정열적으로 옹호하고 그들의 원한을 복수해 주는 '하느님의 관점'을 대변한 사람들이라고 말해야 옳다. 그들은 윤리의 원천에까지 파고든 사람들이었고, 또한 윤리가 인간 '마음'의 소산이라고 밝혔다. '정의'를 실천하고 이웃에게

11 권정생, 이철지 편, 『오물덩이처럼 딩굴면서』, 종로서적, 1986, 217~222쪽. "그로부터 꼭 3개월 남짓하게, 나의 거지 생활이 시작된 것이다. (…중략…) 들판에 앉아서 읽었던 성경은 생생하게 몸으로 체험할 수 있었다. 머리로 읽는 성경은 자칫하면 환상에 그치고 말지만 실제로 체험하면서 읽으면 성경의 주인공과 대화하는 느낌이 드는 것이다. 나는 몇 번이나 죽음과의 싸움에서 눈물의 선지자 예레미야를 만났고, 아모스를, 엘리야를, 애굽에 팔려간 요셉을, 그리고 세례 요한을, 사도 바울을 만나볼 수 있었다. 그리고 가장 가깝게 나의 주 예수님을 사귈 수 있었던 시간이기도 했다."

따뜻한 '우애'를 베풀며 하느님과 함께 '겸손되이' 인생을 걸어가는 것이 윤리생활의 근간이라고 그들은 외쳤다. 아모스의 '정의'와 호세아의 '사랑'과, '마음의 회개'를 외친 예레미야, 그리고 '겸손'을 표방한 이사야의 인륜은 기원전 8세기 예언자 미가에 와서 '인간의 길'로 종합된 것이다. (…중략…)

그러므로 예언자들은 그 시대가 낳은 인물들로서 이스라엘의 '사회문제'에 대해 반응을 보였으며, 다음으로 양심을 일깨우는 '교육자'들로 처신했고, 마지막으로 빈자들에게 '희망'이 있다고 예언한 자들이었다. 그들은 자신들이 살고 있는 사회의 부정부패에 대해 대단히 민감했으며, 하느님의 뜻은 인간적인 관점과 전혀 차원이 다르다는 것을 드높이 외쳤고, 불의의 상황을 바꿀 수 있는 당시 지도층의 무관심을 고발했으며, 드디어는 하느님 앞에서 스스로가 가난하다고 여기는 모든 이들의 시선을 '정의의 미래'로 돌리게 했던 것이다.[12] (강조는 인용자)

권정생은 동화 「나사렛의 아이」에서 어린 시절의 예수를 그리고 있는데, 그가 염두에 두고 있는 '예수상(像)'을 구체적으로 살펴볼 수 있어 흥미롭다.[13] 이 작품에서 예수는 가난하고 불쌍한 사람들과 마지막까지 함께 하는 동반자이자, '함께 있음'을 통해 모든 불쌍한 사람들을 해방시키는 '해방자'로서의 이미지를 지니고 있다. 「나사렛의 아이」에서 예수는 나사렛에서 목수로 일하는 요셉을 아버지로 알고 자란다. 예수는

12 서인석, 『성서의 가난한 사람들』, 분도출판사, 1979, 128~130쪽.

13 「나사렛 아이」, 『사과나무밭 달님』 참조. 이전에도 「강아지똥」, 「똘배가 보고 온 달나라」, 「파란 눈의 아이」, 「눈길」, 「사슴」 등 여러 동화에서 예수의 이미지가 중첩되는 인물이 등장하나, 이 작품에서는 독특하게도 예수가 직접 주인공으로 등장하여 '권정생의 예수상'을 구체적으로 살펴볼 수 있다.

요셉의 작업장에서 놀다가 손바닥에 못이 박혀 한참 고생한다. 더 어렸을 때 예수는 어머니 마리아에게서 요셉이 친아버지가 아니고, 친아버지는 "저 들판 너머 비둘기들의 집이 있는 곳"에 산다는 말을 듣는다. 어느 날 이웃에 살던 에스더가 예루살렘에 아기 종으로 팔려가게 된다. 에스더는 고멜 아주머니가 밖에서 낳아 온 딸이다. 이때 예수는 에스더와 함께 들판에서 풀을 베던 때의 일을 떠올린다.

> "에스더, 잠깐만. 제비꽃이 쓰러져 죽고 있어." (…중략…)
>
> "예쁜 꽃만이 소중하니 넌?"
>
> "……."
>
> 줄기에 연둣빛 물방울을 맺고 시들어지는 제비꽃 한 송이를 쥔 채, 아이는 말문이 막혀 버렸다.
>
> "억쇠도, 명아주풀도, 비름도 모두 살아있는 거야."[14]

예수는 에스더를 통해 예쁜 꽃만이 아니라 흔하고 평범한 풀 또한 살아있는 소중한 존재라는 것을 깨닫게 된다. 들에 있는 풀들은 비록 "오늘 살다가 내일 아궁이가 들어가는" 존재이지만, "낫으로 베어도 소리 한번 지르지 않는" 착한 존재인 것이다. 이러한 '풀'은 가난하지만 착하게 살아가는 사람들을 비유한다고 할 수 있다. 종으로 팔려간 에스더의 일이 예수에게는 남의 일 같지가 않다. "자기 아빠가 누군지 확실히 모르는 애는 다 이런 슬픈 일이 닥칠 것만 같"은데, 예수도 자기 아빠가 누

14 「나사렛 아이」, 『사과나무밭 달님』, 198~199쪽.

군지 확실히 모르고 있기 때문이다. 그러나 예수는 이러한 일을 단지 슬프게만 여기지 않는다. 슬픔 속에서 깨달은 것이 있기 때문이다. 에스더의 병든 어머니 고멜 아주머니와 자신의 보리떡을 나눠 먹으며, "에스더가 무사히 있을까?" 하며 묻는 고멜 아주머니의 말에 예수는 이렇게 대답한다.

> "아주머니 걱정 마셔요. 에스더는 하나님이 특별히 사랑한 애예요. 나 같아도 하나님의 사랑을 받기 위해선 멀리 팔려 가야 할 거예요. 하나님의 떳떳한 아이가 되자면 가장 불쌍하게 살아야만 되나 봐요." (…중략…)
>
> "아주머니, 난 꿈을 믿어요. 애급으로 팔려간 요셉도 별처럼 빛나는 애급 총독이 되었잖아요."
>
> 아이의 눈빛이 어둔 밤의 등불처럼 타올랐다. (…중략…)
>
> "나의 아빠는 목수 요셉이에요. 그리고 에스더의 아빠처럼…… 나의 아버지는 먼 데 비둘기네 집에 살고 계셔요."[15]

권정생은 작품 속 예수의 입을 빌어 "가장 불쌍한 아이"야말로 "하나님이 특별히 사랑한 애"이며 "하나님의 떳떳한 아이"라고 말하고 있다.[16] 또 '멀리 팔려 가야' '하나님의 사랑을 받'을 수 있다고 말한다. 에스더는 종으로 예루살렘에 팔려갔는데, 예수는 애급의 종으로 팔려간 요셉이 "별처럼 빛나는" 존재가 되었다는 사실을 고멜 아주머니에게 들

---

15 「나사렛 아이」, 『사과나무밭 달님』, 203~204쪽.

16 「나사렛 아이」, 『사과나무밭 달님』, 190~220쪽. "하나님의 떳떳한 아이가 되자면 가장 불쌍하게 살아야만 되나 봐요."

려준다. 한번 종이 되어야만 언젠가 "별처럼 빛나는" 존재가 될 수 있다는 것을 말하는 것이다. 이는 동화 「강아지똥」에서 나타난 사유와 동일한 사유이다. 권정생은 이 작품에서 가장 더러운 '강아지 똥'과 '민들레 꽃'과 '하늘의 별'이 어떻게 하나가 되는가를 보여준다. '강아지 똥'이 자기를 버리고 거름이 되어 '민들레'가 될 때, 하늘의 '별빛'은 땅으로 내려와 '민들레 꽃'으로 피어나는 것이다.

이러한 삶의 관계양상에 대한 사유는 권정생의 기독교 사상을 잘 드러낸다. 신약성서에 나타난 것처럼, '말씀이 육신이 된' 인간 예수의 생애와 '지극히 작은 자'에 대한 의미 규정이 바로 그것이다. 예수는 나사렛이라는 빈촌의 목수로 태어나 비천한 자들과 함께 살았다. 예수는 가장 비천한 자였던 것이다. "지극히 작은 자 하나에게 한 것이 바로 내게 한 것"이라는 예수의 말씀은 비천하고 보잘것없는 이들이야말로 하나님의 다른 모습이며, 이 사람들의 삶 속에서 바로 하나님의 뜻이 이루어진다는 해석을 낳게 했던 것이다. 이러한 사유는 초기 동화에 나타난 키르케고르의 '예수상' 및 '그리스도인상'과 연관되면서도 이를 확장하고 있는 것임을 알 수 있다.

나아가 흔히 성서에서는 '네 이웃을 네 몸과 같이 사랑하라'는 말을 예수가 했다고 한다. 이 구절은 그 앞의 구절과 함께 봐야 의미가 명확해진다.

> 그 중에 한 율법사가 예수를 시험하여 묻되 선생님이여 율법 중에 어느 계명이 크니이까 예수께서 가라사대 네 마음을 다하고 목숨을 다하고 뜻을 다하여 주 너의 하나님을 사랑하라 하셨으니 이것이 크고 첫째 되는 계명이요

둘째는 그와 같으니 네 이웃을 네 몸과 같이 사랑하라 하셨으니 이 두 계명이 온 율법과 선지자의 강령이니라.[17]

여기서 보면, '이웃 사랑'과 '하느님 사랑'은 따로 떼어놓을 수 없는 것으로, 기독교 사상을 한마디로 '사랑'이라고 하는 것은 바로 이 구절에서 유래했다고 할 것이다. 예수는 "지극히 작은 자 하나에게 한 것이 바로 내게 한 것"[18]이라고 말했는데, 권정생에게 이 구절은 '지극히 작은 자'가 바로 '하느님'이며, 현실 속에서 '고통받는 힘없는 사람들'이야말로 곧 '예수이자 하느님'이라는 사상으로 발전하게 된다. 그러므로 권정생의 소설들은 '예수이자 하느님'인 '고통받는 힘없는 사람들'에 관한 역사적 기록이자 증언인 셈이다.

2) 함석헌의 '씨알' 사상과의 연관성

이 같은 성서에 나오는 '지극히 작은 자'에 대한 인식은 권정생이 오늘날 현실의 교회가 드러내는 병폐와 모순에 대해 비판하면서 성서에 담긴 근본적인 사상에 더 많이 주목하고 있는 것과 관련된다.[19] 이러한 인식은 무교회주의를 실천하고 성서 중심주의를 강조한 함석헌의 '씨알 사상'과도 상통하는 바 있다. 개인과 전체, 개체와 공동체, 그리고 고통과 고난의 의미에 대한 적극적 해석이야말로 권정생 문학을 이해하는

17 『성경전서』, 마태복음 22장 35절~40절.
18 『성경전서』, 마태복음 25장 40절.
19 『우리들의 하느님』, 14~21쪽 참조.

열쇠인데, 우리의 사상사에서 이와 유사한 사상적 기반을 가진 이가 바로 함석헌이다. 함석헌은 기독교의 교리주의를 버리고, 성서의 근본적인 가르침을 파고 들어간 사상가로 우리 지성사에 크게 영향을 미쳤던 것이다. 함석헌은 개인과 전체의 관계를 다음과 같이 말한다.

> 개인은 저만이 홀로 되는 것이 아니다. 생각하고 판단하고 행동하는 주체가 개인인 것은 물론이지만, 그 개인 뒤에는 언제나 전체가 서 있다. 양심은 제가 만든 것이 아니요, 나기 전에 벌써 그 테두리가 결정되어 있다. 사람은 생리적으로만 아니라 정신적으로도 족적(族的)인 사회적인 존재다. 개인은 전체의 대표다. 전체에 떨어진 나는 참 나일 수 없고 스스로의 안에 명령하는 전체를 발견한 나야말로 참 나다. 그것이 참 자기발견이다.
>
> 그 전체는 종교적으로 하면 하나님이요, 세속적으로 하면 운명 공동체인 전체 사회다. 종교적인 전체는 하늘 위에 있는 절대적인 것이므로 처음부터 환한 것이다. 영원불변의 진리다. 그러나 세속적인 전체는 땅 위의 것이므로 시대를 따라 늘 자라왔다. 씨족에서 봉건국가로, 봉건국가에서 민족으로 넓어져왔다. 지금까지 개인의 뒤에 서서 버텨주고 명령한 것은 민족이다.[20]

함석헌은 성서의 예언자 사상에 입각하여 조선 역사를 사건과 인물 중심으로 살펴보고 있다. 그는 "뜻을 품은 맨 아래 층 사람들"을 '씨알'

20 함석헌, 『뜻으로 본 한국 역사』, 한길사, 1996, 87~88쪽. 1950년에 쓴 첫 번째 머리말에 따르면, 이 책에 실린 글들은 20여 년 전 『성서조선』지에 실린 글들이다. 그의 무교회주의는 김교신과 더불어 1930년대부터 기독교인들과 지성계에 적지 않은 영향을 미쳤다고 할 수 있다. 김윤식 · 김현, 『한국문학사』, 민음사, 1973 참조. 또 함석헌의 '씨알 사상'은 민중신학과도 관계가 있다.

이라고 하면서, '하느님, 뜻, 역사, 씨알'의 상관관계를 말한다. 그에 따르면, 위 꼭대기에서 보면 '하느님'이고, 맨 아래에서 보면 '씨알'이며, 시간적으로 보면 '역사'이고, 이 역사를 꿰뚫고 있는 것은 바로 '뜻'인 것이다. 따라서 '역사' 속에서 '뜻'을 품은 '씨알'은 바로 '하느님'의 모습이라는 것이다.

이러한 '씨알'의 사상은 권정생에게서 '하늘의 별빛'을 품은 '강아지똥'이 '땅'에서 '민들레꽃'을 피워내는 모습으로, '종'으로 팔려간 요셉이 '별처럼 높은 애급 총독'이 되는 것으로 형상화되어 나타나는 것이다. 앞서 언급한 「나사렛 아이」라는 작품에서, 어느 날 예수는 아버지 요셉에게 "로마의 총독님은 재판도 공정하게 하지 않는다죠?"라고 묻는다. "갑자기 그건 왜 묻니?"라고 요셉이 묻자, 예수는 "해골 골짜기에서 억울한 죄수가 십자가에 못박혀 죽을 수도 있잖겠어요?"라고 되묻는다. 그리고는 "아버지, 십자가는 얼마나 무겁겠어요? 밭갈이하는 소의 멍에하고 어느 쪽이 더 무거울까요?"라고 또 묻는다. 이렇게 오가는 질문 사이에서 예수는 스스로 자신의 다짐을 드러내고 있다.

"멍에를 메고 일하던 소가 마지막 도살장에 끌려갈 때, 그 멍에를 벗어 놓고 가죠?"

"그래, 죽으러 가는 데야 멍에가 소용없으니까."

"하지만 내가 소라면 마지막 도살장에까지 멍에를 메고 가겠어요. 그 고달픈 멍에와 함께 죽어버린다면, 모든 소들이 무거운 멍에에서 자유로워질 거예요."

(…중략…)

그러고는 등을 기둥에 기대고 두 팔을 쫙 벌렸다. 분홍빛 손바닥 가운데 동그란 못자국이 뚜렷이 보였다.

"아버지, 십자가는 이런 거죠?"[21] (강조는 인용자)

예수는 소가 도살장에까지 멍에를 메고 가서 죽는다면, 모든 소들이 자유로워질 것이란 말을 하는데, 이것은 '내가 십자가를 메고 죽는다면, 모든 사람들이 자유로워질 것'이란 뜻일 것이다. 예수는 요셉에게 "아버지하고 나하고, 나하고 아버지하고 어떤 사이예요?"라고 묻고는 "호세아 아저씨(에스더의 의붓아버지—인용자)가 에스더를 찾아 예루살렘으로 가시면서, 이 세상엔 남남이란 없다고 하셨듯이, 아버지하고 나하고도 남남이 아닐 거라 싶어서 그래요"라고 말한다. 또한 예수는 자기 주위의 불쌍한 이들을 멍에처럼 등에 메고 '고향 아버지'에게 가고 싶다고 생각한다. 작품 속에서 예수는 나사렛의 다른 애들과 조금도 다름없이 어울려 살면서 모든 생명이 똑같이 소중하다고, 이 세상엔 남남이란 없다고 여기며, 마지막 죽기까지 고달픈 멍에를 메고 감으로써 '종'으로 부자유하게 사는 모든 이들을 자유롭게 살도록 하고 싶어 한다. 즉, 권정생의 예수는 '인간 요셉의 아들이자 하느님의 아들'이며 '가난하고 불쌍한 사람들과 마지막까지 함께 하는 동반자'로서, 이러한 '함께 있음'을 통해 모든 '불쌍한 사람들'을 '종'된 처지에서 해방시키는 '해방자 예수'인 것이다.

이러한 인식에도 함석헌의 '씨알 사상'의 영향이 잘 드러난다.[22] 함석헌은 종교란 신적 주체 앞에 인간의 주체성을 훼손시키는 '노예의 종교'

21 「나사렛 아이」, 『사과나무밭 달님』, 217~218쪽.

22 박경미, 「속죄론과 관련해서 본 함석헌의 예수 이해」, 박경미 외, 『서구 기독교의 주체적 수용』, 이화여대 출판부, 2006 참조.

가 아니라, 세계의 주인으로 만드는 '주체성의 종교'여야 한다고 생각했다. 또한 "예수가 하느님의 아들인 것처럼 우리가 다 하나님의 아들"이라고 보았던 것이다. 함석헌은 우리가 그리스도와 하나가 된다는 것의 의미를 '희생양 예수' 개념에 근거해서 언급한다. 그에 의하면 역사는 아브라함이 이삭을 데리고 제사 가는 길, 즉 실존의 문제이다. 그러므로 함석헌에게 그리스도의 십자가 죽음은 역사의 희생양으로서 대리적이며 대속적인 죽음이지만, 각자가 스스로 그 자리에 가서 그리스도와 함께 피 흘리고 십자가를 져야 한다는 점에서는 대리적인 죽음이 아니다. 함석헌은 어머니, 아버지가 십자가 짐을 져서 가족이 살아가듯이 나라와 민족, 인류 역사의 차원에서도 십자가 짐을 지는 이들, 역사의 희생양이 있다고 보았다. 이러한 대속은 철저히 주체적·참여적이며 공동체적·인격적 대속인 것이다.

한편 이 '예수상'은 1970년대 한국교회의 큰 흐름이었던 해방신학이나 민중신학의 예수상(像)과도 매우 가깝다. 고난의 현실에 처한 민중의 모습에서 고난 받는 그리스도를 발견하고, 그리스도의 고난을 인간 해방, 민중 해방을 위한 사건으로 이해하는 것이다.[23]

23 민중신학자 안병무는 『갈릴래아의 예수—예수의 민중운동』의 머리말에서 "이 나라(한국—인용자)는 1960년대부터 군사정권의 횡포에 의해서 많은 비극적 사건"이 일어났으며, 이로 인해 복음서에 대해 우리의 '삶의 자리'에서 새롭게 물음을 제기하고 해석하게 되었다고, 이 책을 쓰게 된 계기를 밝히고 있다. 즉 예수가 갈릴래아로 간 이유, 거기에서 민중과 더불어 산 하나하나의 이야기들이 '단순한 학문적 관심'이나 '문학적 소재'가 아니라 "지금 여기에서 우리가 당하고 있는 사실의 현장이 되어버렸다"는 것이다. 안병무에 따르면, 예수의 민중들은 '나'와 '예수'를 별개의 것으로 구분하지 않고 있으며, 예수의 관찰자가 아니라 '예수 사건의 참여자'였고, '예수를 본받는 자'이면서 그를 '증언하는 자'라고 한다. 이 과정에서 역사의 예수를 한국의 현장에서 새롭게 만났으며, 이런 과정에서 민중신학이 형성되었다고 그는 언급한다. 요컨대 민중신학은 '민중발견'과 '예수발견'의 일치에 의해 형성된 신학이라는 것이다(강조는 인용

'권정생의 예수'는 성서의 예언자들과 동일한 연장선상에 서 있다.[24] 권정생은 예수에 대해 "갈보리산 언덕에서 죽은 예수님은 진실로 정치와 대결했던 인간이었고, "이 세상의 모든 정치를 부정했기 때문에 죽은 것"이라는 말을 한다.[25] 예수는 "정치를 비판하다 보니" "왕"과 "사제들"과 "로마의 앞잡이들"에게 "미움을 산 것"이고, 결국 그로 인해 죽고 말았다는 것이다. 권정생은 '새로 안수를 받은 김 목사님께' 보내는 편지 형식의 글에서 자신이 이해한 예수를 다음과 같이 표현하고 있다.

> 주님은 짧은 일생을 줄곧 고난의 길을 걸으셨습니다. 아무것도 가진 것 없이 산에서 들에서, 그늘진 뒷골 목, 소외당한 사람들이 있는 곳, 문제 지대면 어디든지 누비고 다녔습니다. 그렇게 현장에서 고통하는 인간들과 함께 당신도 고통스럽게 살았습니다.
>
> 진짜 사랑이 어떤 것인가 입으로만 설교하지 않고 몸으로 행동으로 가르쳤습니다. 약자에겐 한없이 약했고, 강자에겐 불같은 정신으로 항거했고, 그래서 그는 바보가 되었고 부자나 권력층 무리들에겐 미움을 받았습니다. 하늘 나라의 참뜻을 이해시키기 위해 모든 방법을 동원해서 가르쳤지만 그분의 진심을 아무도 이해하지 못했습니다. (…중략…) 모든 것에서 버림받은 인간, 그분이 우리의 주님인 것입니다.[26](강조는 인용자)

자). 이상의 내용은 안병무, 『갈릴래아의 예수－예수의 민중운동』, 한국신학연구소, 1990, 11~12쪽 참조.

24 권정생의 '예수상'이자 '하느님상'은 작품 『도토리 예배당 종지기 아저씨』(1985), 『하느님이 우리 옆집에 살고 있네요』(1994)와 산문집 『우리들이 하느님』(1996)에 더욱 구체적으로 드러나 있다. 그러나 현실비판적인 사실주의 작품도 "가난하고 소외된 사람들이 바로 예수이자 하느님"이란 관점이 담겨 있다는 것을 염두에 두어야 할 것이다.

25 「다시, 김 목사님께」, 『오물덩이처럼 딩굴면서』, 169쪽.

26 위의 글, 164쪽.

예수님이 살아 생전에 언제나 가난한 사람들과 함께, 자신도 가난하게 산 것은 이 세상의 그 누구도 다 감동을 받고 있습니다. 그는 헐벗은 사람과 함께 헐벗었고, 굶주린 사람과 함께 굶주렸고, 그리고는 옥에 갇히고 형틀에 매쳐 죽임을 당한 것입니다.

예수님은 그렇게 생전의 삶처럼 죽은 뒤에는 역시 "내가 너희와 함께 있겠다"고 말씀하셨읍니다. 그나 "너희"라고 한 말은 지금도 억울하게 고통 당하는 목숨들을 가리킨 것입니다. (…중략…)

정말이지, 우리 모두가 인간을, 하느님의 형상 그대로 지음을 받은 하느님으로 모신다면, 어째서 이 땅에 또다시 슬픈 피흘림이 있겠습니까? (…중략…)

정말 개코 같은 민주주의를 앞세워 총칼로 백성 위에 군림하는 군주도 없을 것입니다. 어디서 빌어먹던 뼈다귀 귀신인지 모르는, 사상이니 이념이니 이데올로기니 하면서 동족끼리 총부리를 겨누는 어리석음도 없을 것입니다.[27] (강조는 인용자)

권정생의 작품에는 가난하고 소외된 사람들이 대거 등장하는데, 권정생의 자신의 말을 따르자면 이 사람들이야말로 '고통당하는 하느님'인 것이다.[28] 즉 '지금, 여기'에서 '고통받는 사람이자 하느님'인 '예수'인 것이다. 권정생은 사람들이 가난과 고통 속에서 살아가는 모습을 그림으로써 '불쌍한 하느님을 모른 채 버려두는 현실이 과연 올바른가', '이런 현실이 바뀌어야만 하지 않는가'라는 근본적인 질문을 던졌던 것이다.

---

27 위의 글, 169~170쪽.

28 권정생의 동극 「묶여 있는 하느님」(『벙어리 동찬이』, 웅진, 1985)에는 '쇠사슬에 묶인 사람들'과 '밧줄에 꽁꽁 묶인 예수님'이 나온다. 예수님은 사람들과 함께 묶여 있는 존재인 것이다.

3) 톨스토이의 기독교아나키즘의 영향

이러한 권정생의 예수상에 커다란 영향을 미친 이는 바로 기독교 아나키스트인 톨스토이[29]다. 톨스토이는 「사랑이 있는 곳에 신(神)도 있다」[30]라는 작품을 썼는데, 이 작품은 권정생의 '사람이 곧 하느님'이란 사상에 큰 영향을 미친 것으로 보인다. 구두장이 마르뜨인 아브제이치는 아내와 어린 아들을 잃자 신앙을 잃고 교회에 나가지 않게 되었다. 그러다가 성지 순례를 하는 고향 노인이 찾아와 마르뜨인에게 성서를 읽도록 권하자 『신약성서』를 읽기 시작한다. 마르뜨인은 어느 날 비몽사몽간에 "내일 한길을 보아라, 내가 갈 터이니"라고 하는 하느님의 목소리를 듣는다. 마르뜨인은 한길을 내다보다가 정원지기의 일을 도와주는 늙은 병사 스쩨빠느이치에게 뜨거운 차를 대접했다. 또 아기를 안고 있는 여자에게 따뜻한 음식과 낡은 외투를 주었다. 그리고 사과를 가지고 가는 노파와 사과를 훔치려는 사내아이의 싸움을 말렸다. 그 날이 다 가도록 하느님은 오지 않았다. 그런데 그날 밤 어둠 속에서 목소리가 들리더니, 앞의 세 사람이 하나씩 나타나 "너는 나를 알아보지 못했지? 나였어"라고 말하는 것이었다.

톨스토이의 이 우화는 "너희가 여기 내 형제 중에 지극히 작은 자 하

29 죠지 우드코크, 하기락 역, 『아나키즘 : 사상편』, 형설출판사, 1972의 '제8장 예언자(톨스토이)' 참조. 그리고 톨스토이의 생애와 사상적 변화에 대해서는 얀코 라브린, 『톨스토이』, 한길사, 1997; 민병산, 『똘스또이』, 창작과비평사, 1985 참조. 톨스토이의 아나키즘에 관해서는 박경미, 「진리를 향한 순례자, 톨스토이」, 『녹색평론』 105호, 2009.3에 상세히 언급되어 있다.

30 레프 톨스토이, 박형규 역, 「사랑이 있는 곳에 신(神)도 있다」, 『사람에겐 얼마만큼의 땅이 필요한가?』, 이성과 현실, 1990, 48~64쪽.

나에게 한 것이 곧 내게 한 것이니라"라는 성경 말씀에 바탕을 둔 것인데, 여기서 '지극히 작은 자'란 '가장 보잘것없는 자'란 의미와 상통한다. 톨스토이의 이러한 관점은 신성한 노동과 무소유 사상으로 이어지는데, 이에 대해 크로포트킨은 이렇게 언급한다. "톨스토이는 이미 재산과 노동에 관한 특권계급적 견해를 버리고 이미 러시아에서 시작되고 있었던 '민중 속으로'의 운동에 거의 접근하고 있었다."[31]

권정생의 「오두막 할머니」는 톨스토이의 이 작품과 구성과 주제가 흡사하다.[32] 외딴집에 사는 오두막 할머니는 추수감사절을 맞아 교인 수대로 떡 스물한 개를 만들고 헌금 8천 원을 준비한다. 추수감사절 전 날 밤, 자려고 누웠는데 배고픈 길손이 음식을 청하기에 떡 세 개를 준다. 또 자려는데 배고프고 여비가 없는 젊은 길손이 청해서 떡 세 개와 돈 5천 원을 준다. 다시 자려는데 배고픈 아이 하나가 문을 두드려서 떡 다섯 개를 주고 잠까지 재워준다. 다음날, 추수감사절에 오두막 할머니는 남은 떡 열 개를 교인들과 절반씩 나눠 먹고 남은 돈 3천 원을 헌금으로 낸다. 그날 밤 꿈에 세 사람이 나타나 할머니께 고맙다는 인사를 하는데, 어느새 이 셋이 젊은이 한 사람이 되어 할머니의 손을 꼭 잡으며 말한다. "할머니 저를 자세히 보세요. 제가 누구인지 알아보시겠어요?" 할머니는 그 사람을 보다가 깜짝 놀라 "예, 예, 예수님!"이라고 부른다.

권정생의 작품은 톨스토이와 유사한 사상을 담고 있으면서 또 다른

31 박형규, 「톨스토이의 농민으로의 전환과 민중소설」, 레프 톨스토이, 박형규 역, 『사람에겐 얼마만큼의 땅이 필요한가?』, 이성과 현실, 1990, 329쪽에서 재인용.

32 이하의 내용은 권정생, 「오두막 할머니」, 『우리들의 하느님』, 녹색평론사, 1996 참조. 톨스토이의 영향이 뚜렷한 다른 작품으로 「농부와 장군」(『바닷가 아이들』, 창작과비평사, 1988)을 들 수 있다. 이 작품은 농부와 장군을 대비시켜 보여주고 있는데, 군인이나 장사꾼보다 농부를 높이 평가하는 톨스토이의 「바보 이반」을 떠올리게 한다.

관점도 보여준다. 작품 속의 시간을 추수감사절로 설정하여 교회 안에서 교인들끼리만 감사와 나눔을 경험할 것이 아니라 교회 밖의 사람들과도 함께 나누고 감사해야 한다는 것이다. 지나가는 길손이 바로 예수님이고 하느님이라는 것인데, 이는 교회 밖에도 구원이 있다는 무교회주의와도 상통하는 사유이다. 톨스토이 작품이나 권정생 작품이나 주인공은 모두 가난하고 외로운 이들이다. 가난하고 외로워도 자신이 가진 것을 남과 나눌 때, 그것이 바로 하느님과 함께 하는 것이라는 것을 두 작품은 보여주고 있다. 또 '사랑'이 있는 '가난한 삶'이야말로 이 세상에서 사람들이 만드는 '천국'임을 톨스토이와 권정생은 말하고 있다.

그런데 권정생과 톨스토이에게 '가난한 삶'은 어쩔 수 없이 견디는 현실이 아니라, '천국'을 이룰 수 있는 필요조건이다. 성서의 '마음이 가난한 사람은 복이 있나니 천국이 저희 것임이요'[33]라는 구절에서 보듯이, 그들은 여기서 한 걸음 더 나아가 '마음의 가난'뿐 아니라, 진정한 '가난한 삶'을 이 지상에서 실현하고자 한 것이다. 즉 가난에 대한 정신적·관념적 태도를 넘어서서 가난의 삶을 실제로 영위하는 실천적 관점을 제기한 것이다.

권정생의 기독교 사상은 이처럼 무소유 사상으로 나아가고 있다. '가난'이야말로 '사람'답게 살게 하는 조건으로 보고 있기 때문이다. 「중달이 아저씨네」란 작품을 보자.[34] 동네 사람들이 다 바보라고 하는 중달이 아저씨네 식구는 홀어머니, 중달이 아저씨, 아주머니 이렇게 세 사람이

33 『성경전서』, 마태복음 제5장 3절 참조. 예수가 제자들에게 산상에서 말씀하신 팔복 중에 그 첫째가 바로 '마음이 가난한 자가 복이 있다'는 것이다.

34 「중달이네 아저씨네」, 『바닷가 아이들』.

다. 재산이라고는 오두막 한 채와 밭 한 뙈기뿐이다. 원래는 두 뙈기였는데, 진수 어머니가 "조그만 밭 한 뙈기라도 있었으면 얼마나 좋겠어요"라고 말하자, 밭을 그냥 한 뙈기 주고 만다. 원래도 넉넉하지 못했는데, 밭 한 뙈기 주고 나자 살아가기가 더 어려워졌지만 식구들은 늘 웃으며 산다. 이런 중달이 아저씨네에 수남이라는 거지 아이 하나가 찾아온다. 수남이 역시 눈이 작고 입이 큰 바보 아이이다. 수남이가 "아저씨, 나 언제까지라도 아저씨네 집에 살아도 되어요?"라고 묻자, 중달이 아저씨는 "그럼, 언제까지라도 함께 살아야지. 넌 이제 우리 집 식구인 걸"이라고 대답한다. 그런데 수남이가 급성맹장염에 걸리자 중달이 아저씨는 한 뙈기 남은 밭마저 팔아 수남이 수술비를 마련한다. 그리고는 여전히 중달이 아저씨네 식구들은 즐겁게 살아가는 것이다. 중달이 아저씨네의 이런 모습은 무소유 사상에 바탕을 둔 것으로 행복은 소유와는 무관한, 삶을 대하는 자세의 문제라는 것을 보여준다. 이러한 무소유 사상은 후기 문학으로 갈수록 '가난하고 소박한 삶'을 택함으로써 '모든 생명체가 고루 잘 사는' 세계를 꿈꾸는 생태 아나키즘으로 이어진다.

4) 중기 소년소설의 특징과 의미

권정생의 소설에는 가난하고 소외된 사람들이 많이 등장하고 있는데, 이들의 유형은 크게 세 가지로 대별할 수 있다.[35] ① 첫째는 극심한 가난

35 이 유형 분석은 첫 작품집인 『강아지똥』(1974)부터 『사과나무밭 달님』(1978), 『까치 울던 날』(1979), 『하느님의 눈물』(1984 / 1991), 『벙어리 동찬이』(1985), 『달맞이산 너머로 날아간 고등어』(1985), 『바닷가 아이들』(1988), 『할매하고 손잡

으로 고통받거나 가족끼리 서로 헤어져 살아야 하는 사람들이다. 최 주사에게 속아 전 재산을 날리게 된 금복이네(「금복이네 자두나무」), 세월에 밀려 일거리가 없어진 바지게 할아버지(「눈 덮인 고갯길」), 배가 고파 정미소에서 쌀을 훔치는 응재와 선재(「쌀도둑」), 거지인 대장(「찬욱이와 대장의 크리스마스」), 노총각 머슴 필준이(「사과나무 밭 달님」), 청소부(「공 아저씨」), 방아골 할머니(「까치 울던 날」), 식모살이 가는 순자(「순자 이야기」), 시골 할아버지 집에 얹혀사는 용복이 재복이 형제(「아버지」), 친척집에 얹혀 사는 영기와 연이 오누이(「연이의 오월」), 할머니와 사는 창결이와 영화 오누이(「빨간 책가방」), 동생 만규의 수학여행비를 위해 약초를 캐다 파는 만규(「승규와 만규 형제」), 영이네를 비롯한 가난한 시장 사람들(「어느 섣달 그믐날」) 등이 여기에 속한다.

② 둘째는 몸에 병이나 장애가 있는 사람들인데, 이들 역시 몹시 가난하다. 앉은뱅이에다 거지인 탑이 아주머니(「보리 이삭 팰 때」), 정신이 오락가락하는 안강댁(「사과나무 밭 달님」), 키가 작고 코찡찡이인 똬리골 댁 할머니(「똬리골댁 할머니」), 문둥병에 걸리는 해룡이(「해룡이」), 곱사등이 분이(「패랭이꽃」), 곱사등이 섭이(「보리방아」), 앞을 못 보는 아이 진수(「달개비꽃들이 읽은 편지」), 소아마비 두민이와 하반신 불구인 문방구점 아저씨(「두민이와 문방구점 아저씨」), 벙어리 동찬이(「벙어리 동찬이」), 곱사등이 주식이와 절름발이 덕구(「눈 덮인 고갯길」), 결핵으로 죽는 진구 아버지(「진구네가 겪었던 그해 여름 이야기」) 등이 여기에 속한다.

③ 셋째는 전쟁으로 인해 식구가 죽거나 이산가족이 되는 사람들인

고』(1990)까지를 대상으로 삼았다. 한편 『짱구네 고추밭 소동』(1991)은 『벙어리 동찬이』에서 몇 작품을 빼고 제목을 바꾸어 다시 펴낸 것이다.

데, 이들 역시 가난을 면치 못한다. 몇 차례에 걸친 전쟁으로 남편과 자식들을 모두 잃는 엄마(「무명저고리와 엄마」), 6・25전쟁 때 국군과 인민군 양쪽으로부터 시달림을 당해 죽고 마는 용원이네 아버지와 순난이네 아버지(「용원이네 아버지와 순난이네 아버지」), 부모님을 이북에 두고 온 용칠이 아저씨(「달맞이산 너머로 날아간 고등어」), 베트남 전쟁에서 막내 아들을 잃은 할머니(「어느 가을날 할머니가 부르는 찬송가」), 6・25전쟁 때 두 아들을 다 잃은 초밭 할머니(「초밭 할머니」), 남편은 인민군이고 아들은 사형수인 용이 할매(「할매하고 손 잡고」), 1・4후퇴 때 남하한 이산가족(「달수네 아버지」), 6・25전쟁 때 세 아들과 헤어진 채 살아가는 할아버지 할머니(「새끼 까치와 진달래꽃」), 총알을 갖고 놀다가 총알이 터져서 죽고 마는 창익이, 장수, 동근이(「우리들의 5월」) 등이 여기에 속한다.

이상과 같이 유형은 세 가지이지만, '가난'이란 요소는 공통적으로 나타난다. 이런 여러 유형의 사람들이 한 작품에서 같이 등장하기도 하고, 한 사람에게서 몇 가지 성격이 중복되어 나타나기도 한다. 다시 말해 작품에서 부각되는 지점이 조금씩 다를 뿐, 극심한 가난, 병이나 장애, 전쟁은 사람들로 하여금 일상적이고 행복한 삶을 불가능하게 하는 근본적인 원인으로 계속 표현되고 있는 것이다.

그러면 권정생 소설에 나타난 인물들의 특징을 각 유형별로 좀 더 자세히 살펴보자.

첫째, 극심한 가난으로 고통받는 사람들을 일별해 보자. 아버지가 탄광에서 일하는 동안 용복이와 재복이 형제는 시골 할머니 할아버지 집에 사는데, 아버지의 부상 소식을 듣고 재복이는 그만 울음을 터뜨린다(「아버지」). 아버지의 약술을 담갔다가 밀주 단속에 걸려 벌금을 내게 되어 순자는 서울로 식모살이를 가게 된다(「순자 이야기」). 아버지는 연이 입원비 때문에 사람을 죽여 감옥에 갇혀 있고 어머니는 종적을 감추어 버려 연이와 영기 오누이는 외삼촌 집에 얹혀산다(「연이의 오월」). 창결이와 영화는 시골 할머니 집에 사는데, 영화 입학식 때 엄마가 옷과 가방을 사가지고 오겠다고 했으나 오지 못한다(「빨간 책가방」). 이들의 사연은 극심한 가난이 아이들에게 어떤 고통을 주는지 보여준다. 이 아이들은 부모와 생활하는 기본적인 권리마저 누리지 못하는 것이다. 그러나 이들은 그 누구도 원망하지 않는다. 그저 울거나, 눈물마저 참거나, 도리어 자기 탓을 하거나, 잠자코 받아들인다.

> ① 재복이 눈에 하얗게 핏기 없이 누워 계시는 아버지 얼굴이 부웅 떠오른다. 목구멍에 울음이 치밀어 오른다. 재복이는 마음껏 소리내어 울어버렸다.
> "아버어 지이이…… 와아ㅇ…… "[36](강조는 인용자)

> ② 그 때, 부엌에서 엿듣고 있던 순자가 얼른 방문을 열고 말했다.
> "엄마, 나 식모로 갈 테야. 돈 5만원 받거든 벌금도 받고 아버지 약지어 드려요."
> 순자는 목이 꽉 메어 오는 것을 꾹 참았다.[37](강조는 인용자)

> ③ "엄마는 우릴 버리고 왜 갔지?"
> "하도 남에게 눈총을 받아서 갔단다. 엄만 나쁘지 않어." (…중략…)

36 「아버지」, 『까치 울던 날』, 105쪽.
37 「순자 이야기」, 『까치 울던 날』, 129~130쪽.

"그래, 엄마도 아버지도 안 나빠. 모두 나 때문인 걸."[38](강조는 인용자)

④ 영화는 이제 아무것도 기다리지 않기로 했습니다. 할머니가 손수 기워 주신 바지를 입고도 서운하다는 생각을 않았습니다.[39](강조는 인용자)

자신의 처지를 운명처럼 받아들이는 것은 권정생 작품의 한 특징이기도 한데, 위기철은 권정생의 『몽실 언니』를 다루면서 "몽실은 아주 조그만 불행도, 그 뒤에 아주 큰 원인이 있다고 생각합니다"란 구절과 함께 "몽실이 생각하는 '큰 원인'이란 일종의 운명을 결정하는 '팔자'처럼 요지부동한 것"이라는 점을 언급한다.[40] 위기철은 몽실의 이러한 "운명론적 믿음"이 몽실로 하여금 "현실에 끌려다니는 듯한 태도"를 낳게 한다고 비판하고 있다.

그러나 권정생의 이러한 태도는 '운명론적 믿음'이라기보다는 자신에게 다가오는 운명을 회피하지 않고 감내하는 이른바 '운명애'에 가까운 것으로 보인다. 이처럼 자신의 불운한 처지에 대해 남을 원망하지 않고 자기 탓으로 돌리는 데에는 '모든 사람이 본바탕은 착하지만 상황이 그 사람을 그렇게 만든다'고 믿는 권정생의 태도에서 비롯된다.[41] 극심한 가난 같은 극한상황이 사람을 죽이게도 하고 자식을 버리게도 한다

38 「연이의 오월」, 『바닷가 아이들』, 47쪽.
39 「빨간 책가방」, 『벙어리 동찬이』, 90쪽.
40 위기철, 「올바른 가치관을 심어주는 아동문학」, 『창작과비평』 통권 57호, 창작과비평사, 1985.10, 295~296쪽.
41 권정생은 잡지 『우리교육』을 비롯한 여러 지면에서 자신이 감명 깊게 읽은 책으로 빅톨 위고의 『레 미제라블』을 꼽고, 그 책을 꼭 읽어보도록 권하고 있다. 이 작품의 여러 에피소드는 본래부터 악한 인물이 따로 있는 것이 아니라 '사회가 범죄를 낳는다'는 것을 보여준다.

고 믿는 것인데, '극한 상황이 범죄를 낳는다'는 그의 생각은 여러 작품에서 반복해서 나타난다.

둘째, 몸에 병이나 장애가 있는 사람들을 일별해 보자. 첫 작품집 『강아지똥』에서 병이나 장애를 지닌 존재를 우화 형식으로 표현했다면, 이 시기에는 사실주의 소설 형식으로 병이나 장애를 지닌 사람들의 삶을 구체적으로 그리고 있다. 이들은 자신들이 지닌 병이나 장애 때문에 일반 사람들이 당연하게 누리는 일상적이고 평범한 삶을 살 수 없고 식구들과 떨어져 극심한 가난 속에 살아야 한다.

탑이 아주머니는 열일곱 살 때 열병을 앓아 앉은뱅이가 된 뒤 스물 두 해를 혼자 살다가 마흔 다섯에 죽는다(「보리이삭 팰 때」).[42] 정신이 오락가락하는 안강댁 때문에 외아들 필준이는 마흔이 다 되도록 장가도 못 가고 어머니와 둘이서 산다(「사과나무 밭 달님」). 키가 작고 코찡찡이인 똬리골 댁 할머니는 6・25전쟁 때 빈집에 들어가 새 옷을 꺼내 입었다가 도둑으로 몰려 크게 치도곤을 친 다음에는 떠돌이로 숨어살다가 죽게 된다(「똬리골댁 할머니」). 전염병으로 온가족을 잃고 머슴살이를 하던 해룡이는 결혼하여 자식 낳고 살 만하게 되자 문둥병이 걸리는 바람에 가족을 떠나 혼자 거지로 살게 된다(「해룡이」). 그해(1979년) 여름 아버지가 결핵에 걸린 진구네는 방세를 내지 못해 임시로 집을 지어 살다가 미국 대통령 친선 방문으로 인해 그 집이 헐리자 움막에서 살다가 아버지가 그만 죽고 만다(「진구네가 겪었던 그해 여름 이야기」). 이처럼 불치의 병이나

42 「보리이삭 팰 때」, 『사과나무밭 달님』, 9쪽. 이 작품은 탑이 아주머니의 지나간 인생사를 이야기로 들려주는 행전(行傳) 형식이다. 신약성서의 사복음서와 사도행전 같은 행전 형식이 권정생의 작품에 어떤 영향을 미쳤는지 한번 고찰할 필요가 있다.

장애는 당사자는 물론 가족의 삶까지 송두리째 무너뜨리고 한평생 밑바닥 인생을 살게끔 하는 원인이 되는 것이다.

위에 언급한 작품들이 병이나 장애를 지닌 어른들의 이야기라면, 그의 작품에는 병이나 장애를 지닌 아이들도 많이 등장한다. 열두 살 섭이는 일곱 살 때 골짜기에서 굴러 떨어져 곱사등이가 되었는데, 누나 옥이마저 결혼하게 되어 고아원에 가서 살아야 한다(「보리방아」). 할머니와 사는 분이는 골짜기에서 굴러 떨어져 곱사등이가 된다(「패랭이꽃」) 앞을 못 보는 진수는 홀로 편지를 들고 냇가에 나와 앉아 있곤 한다(「달개비꽃들이 읽은 편지」). 동찬이는 바보이며 벙어리인데 사시사철 맨발로 걸어 다닌다(「벙어리 동찬이」). 그러나 이 아이들은 단지 가엾게 그려지고만 있지 않다.

> "윤선생님의 고아원 애들도 모두가 어릴 때 살던 고향이랑 집이랑 먼 데 두고 왔겠지?"
>
> "아마 그런가 봐. 그래서 어떻니?"
>
> "아니, 그저…… 나, 누나가 밉지 않어. 참말이야. 그러니까 시집가 줘. 난 고아원에 가서 모든 걸 알아볼 테야."
>
> 불쌍한 아이가 자기 하나만이 아니라 언제나 어디에나 있다고 깨닫는다.[43] (강조는 인용자)

> "나 같아도 그렇게 되면 비뚤어질 거여요. 돌쇠 아저씬 사람이 싫어진 거여요. 더욱이 아저씨처럼 착하게 보이는 사람은 한층 미워질 거여요. 왜냐면

43 「보리방아」, 『까치 울던 날』, 87~88쪽.

단짝이 될 수 없으니까요. 슬픈 사람은 슬픈 사람끼리 마음이 통하듯이, 나쁜 사람도 나쁜 사람이 제 편이 되거든요. 제 편이 못 되는 사람은 까닭없이 미워요. 나도 행복한 아이들을 보면 미워졌어요. 돌쇠 아저씨 마음도 꼭 같았을 거여요. 아저씨가 미움 받을 만한 이유도 없지만 돌쇠 아저씨는 미웠던 거여요."[44](강조는 인용자)

섭이나 분이는 어리지만 세상의 이면을 꿰뚫어 보고 있다. 고통이 이들을 철들게 한 것이다. 이 아이들은 어른들이 미처 보지 못하는 것조차 깨닫고 있다. 분이는 전쟁으로 가족을 잃고 자기 집에 함께 사는 문세 아저씨에게 같은 처지에 있지 않으면 단짝이 될 수 없고, 제 편이 될 수 없다고 말한다. 그리고는 자기 아버지가 인민군 부역자였다는 것, 동네 망난이 돌쇠 아저씨도 아버지가 부역자라 국군에게 총살을 당하고 어머니는 병으로 죽고 여동생마저 서울로 돈 벌러 갔다가 병으로 죽었다는 이야기를 들려준다. 이런 분이를 통해 문세 아저씨는 돌쇠 아저씨를 돕고 화해하기에 이른다.

여기서 우리는 가난과 장애, 그리고 이산가족을 비롯한 여러 불행의 원인에는 전쟁이 있다는 것을 깨닫게 된다. 6·25전쟁으로 인해 분이네, 문세 아저씨, 돌쇠 아저씨네 가족 모두가 불행을 면치 못하게 된 것이다. 이러한 문제의식은 다음 제3의 유형으로 자연스럽게 이어진다.

셋째, 전쟁으로 인해 고통받는 사람들을 일별해 보도록 하자. 권정생은 여러 작품에서 전쟁이야말로 우리가 겪은 불행의 가장 근본적인 원

---

44 「패랭이꽃」, 『사과나무밭 달님』, 123~124쪽.

인이라고 거듭 증언하고 있다. 그가 살았던 안동 조탑 마을은 6・25전쟁 때 낙동강 전투가 치열했던 격전지 중의 하나여서, 다른 어느 곳보다도 마을 사람들의 희생이 많았다고 한다. 미군의 폭격도 대규모였고 민간인 학살과 부녀자 강간 같은 일도 무척 많았는데, 아이들도 이 비극을 비껴갈 수 없었다. 권정생은 빌뱅이 언덕으로 이사한 뒤 「처음으로 하느님께 올리는 편지」란 글을 쓰는데, 이 글에서 그는 침묵하는 하느님께 쓰는 편지 형식으로 전쟁과 폭력으로 얼룩진 현실을 고발한다.

> 저희 집이 있는 건너 마을에 아주머니 한 분이 있습니다. 쉰 살이 넘었으니 곧 할머니가 되겠지요. (…중략…) 넷째까지 결혼을 해서 자식들을 낳고 살지만 하나도 정식 결혼식을 올린 아들 딸이 없습니다. 아주머니는 아무렇게나 버려져 살고 있는 자식들이 가엾고 한없이 원망스럽기도 합니다.
>
> 아주머니는 이 모든 불행이 지난 번 한반도에 있었던 6・25전쟁 때문이라고 합니다. 남편이 이 전쟁으로 몸을 다쳐 상이병으로 제대했고, 그래서 일찍 죽었다고 항상 말하며 한숨짓습니다. (…중략…)
>
> 하느님 아버지, 제발 정신 좀 차려주십시오.
>
> 이 세상 끝까지, 그늘진 겨레의 한숨 소리를 들어주십시오. 아프리카의 비아프라에서의 그 참혹했던 지난 날을, 월남 전쟁으로 희생당한 사람들, 캄보디아의 난민들, 엘살바도르에서, 팔레스틴에서, 불쌍한 사람들은 한없이 한없이 울고 있습니다. (…중략…)
>
> 하느님은 우리 힘없는 사람들, 가난한 사람들, 서러운 사람들의 아버지라는 것을 드러내 보여 주십시요. (…중략…) 하느님, 힘내 주실 것을 꼭 부탁드립니다.

> 그러면 오늘 밤부터 별을 쳐다보며 기다리겠습니다. 하느님 나라가 이 땅 위에 이루어지기를 손꼽아 기다리겠습니다.[45] (강조는 인용자)

이와 함께 권정생은 하느님마저 "돈장이 하느님, 권력장이 하느님, 폭력 하느님"이 되었다면서 하느님께 "우리 힘 없는 사람들, 가난한 사람들, 서러운 사람들의 아버지"가 되어 달라고 기도한다. 또 평화로운 "하느님 나라가 이 땅 위에 이루어지기를" 간절히 바란다. 알다시피 권정생은 나라도 없는 시절 일본에서 가난한 집 아이로 태어나 태평양 전쟁을 경험하고, 해방된 고국에 돌아오자마자 남북이 나뉘어 한 겨레가 서로 총을 겨누는 6·25전쟁을 경험했다. 이러한 자신의 전쟁 체험과 이 마을 사람들의 전쟁 체험이 만나면서 권정생은 가난과 전쟁 체험을 다룬 작품을 여러 편 내놓게 된 것이다.

「초밭 할머니」, 「새끼 까치와 진달래꽃」, 「달맞이산 너머로 날아간 고등어」, 「달수네 아버지」는 모두 6·25전쟁으로 인해 자식을 잃거나 가족을 고향을 두고 남쪽으로 내려와 다시는 가족을 만나지 못한 사람들의 이야기다. 초밭 할머니는 6·25전쟁 때 농사짓던 큰 아들과 초등학교 선생인 작은 아들을 한 날 한 시에 잃었다(「초밭 할머니」). 할아버지는 6·25전쟁 때 다리를 다쳐 불구가 되고, 할아버지와 할머니는 그때 헤어진 삼 남매를 평생 만나지 못하고 살았다(「새끼 까치와 진달래꽃」). 작품 속의 아저씨는 25년 전인 6·25전쟁 때 늙은 부모님을 북에 두고 홀로 남쪽으로 내려와 살았고(「달맞이산 너머로 날아간 고등어」), 유 노인과 달

---

45 「처음으로 하느님께 올리는 편지」, 『오물덩이처럼 딩굴면서』, 173~175쪽. 이 글은 본래 『기독교사상』(대한기독교서회, 1983.12, 통권 306호)에 실린 글이다.

수 부자는 1・4후퇴 때 남쪽으로 내려온 뒤 다시는 가족을 만나지 못했다(「달수네 아버지」). 이 작품들은 모두 전쟁이야말로 남편과 아내, 부모와 자식을 서로 헤어지게 하고, 평생을 가난과 회한 속에 살아가게 하는 가장 큰 원인임을 잘 보여준다. 전쟁으로 인해 사람들은 "목숨을 잃고" "집을 잃고" "가족을 잃고" "병신이 되고" "고향을 잃"고 온갖 슬픈 일을 겪는 것이다.[46] 그런데도 "유 노인은 이렇게 가족이 서로 떨어져 살게 된 것이 백번 천번 자기의 잘못으로 알고 있었습니다"[47]에서 보듯이, 이들은 누구도 원망하지 않고 이 고통을 감내하고 있다.

전쟁은 끝난 다음에도 그 후유증이 오래 가는 비극이기도 하다. 「우리들의 5월」은 학교에서 돌아오는 길에 주은 쇳덩이리를 짓찧다가 쇳덩어리가 폭발하는 바람에 아이들 가운데 아홉이 그 자리에서 죽고, 네 명이 병원으로 옮겨졌다가 결국 다 죽고 마는 이야기다. 전쟁의 후유증이 아이들에게 얼마나 치명적인지 잘 보여준다.

전쟁에 나가 싸우는 것은 남자들이지만, 전쟁의 고통은 남자들만 겪는 것이 아니다. 남녀노소 모두가 겪는 문제이다. 특히 전쟁으로 집안의 남자들이 죽거나 다칠 때, 가족들의 생계를 책임지거나 오랫동안 슬퍼해야 하는 것은 여자들과 아이들의 몫이다. 이러한 상황도 여러 작품에서 표현된다. 손자의 눈을 통해 베트남 전쟁에서 아들을 잃은 할머니의 고통이 그려지기도 하고(「어느 가을 날 할머니가 부르는 찬송가」), 다섯 살 된 손자 용이를 데리고 혼자 살아가는 놈이 할매에게는 일제 때 징용에 끌려간 아버지와, 인민군이었던 남편과 사형수인 아들이 있다(「할매하고 손잡고」).

46 위의 글, 173쪽.
47 「달수네 아버지」, 『까치 울던 날』, 139쪽.

이처럼 권정생의 소년소설은 주로 소외되고 고통받는 약자의 모습에 그 초점이 맞추어져 있다. 사회적 약자들이 그토록 큰 고통을 당하고 있음에도 불구하고, 그의 작품에는 절대적으로 악한 사람들이 등장하지 않는다. 권정생은 사람이란 근본적으로 선한 존재이며, 극심한 가난이나 전쟁, 분단과 같은 인위적인 힘이 인간성을 굴절시키는 것으로 보고 있기 때문이다. 따라서 그의 작품에는 분단이나 전쟁을 야기한 외세나 분단 구조 그 자체, 그리고 인간 내면의 탐욕과 이기심 등 추상적 실체로서의 악(惡)은 등장하지만 구체적 인물로서의 악인(惡人)은 거의 등장하지 않는다. 권정생은 그 악이 행해질 수밖에 없는 사회구조적, 역사적 모순을 먼저 제기하는 것이다.[48]

권정생의 소설에서 악인이 구체적으로 등장하는 것은 상당히 예외적인 경우로, 「금복이네 자두나무」의 최 주사, 「순자 이야기」의 세무서 직원, 「진구네가 겪었던 그해 여름 이야기」의 파출소 소장 정도이다. 그러나 이 인물들도 구체적인 실감을 주기보다 탐욕스러운 지주, 악덕 말단 관리, 순응적인 관료 등 추상적 인물로 표현된다. 이것은 권정생 작품에서는 현실 비판과 더불어 그렇다면 '어떻게 살아야 할 것인가' 하는 윤리적 태도가 중요하기 때문인 것으로 보인다.

권정생 자신이 '이야기'라고 명명한 것처럼, 그의 소년소설에는 역사적 체험에 대한 증언적 성격과 함께 구술문화적 특성이 강하게 드러난다. 권정생의 문학은 구술문화와 문자문화가 만나는 지점에 있는 것이다.[49] 구술문화에서 이야기의 독창성은 새로운 이야기 줄거리를 생각해

---

48 이계삼, 「권정생 문학연구」, 고려대 석사논문, 2000.6, 60쪽 참조.

49 월터 J. 옹, 이기우 · 임명진 역, 『구술문화와 문자문화』, 문예출판사, 1995 참조. 권정

내는 데 있지 않고, 그때그때 청중들과 어떤 특별한 교류를 만들어 내는 데 있다.[50] 그런데 앞에서 확인했듯이 권정생의 단편 작품을 보면, 비슷비슷한 이야기들이 조금씩 표현을 달리하여 표현된다. 그의 중기 작품에서는 인간의 삶을 송두리째 무너뜨리는 극빈 · 장애 · 전쟁 체험이 주요한 문학적 제재인데, 특히 '전쟁'은 모든 불행의 가장 큰 원인으로 제시된다. 여기서 전쟁은 '모든 생명을 죽이는 것'으로 그려지는바, 그의 반전의식은 이러한 '죽임'에 대한 강력한 항의라고 할 수 있다.

2. 반전의식과 체제 비판 – 전쟁 소재의 장편소설 분석

전쟁 체험은 반전의식 및 체제비판으로 이어지는데, 이런 사유를 잘 보여주는 작품으로 단편 「용원이네 아버지와 순난이네 아버지」를 들 수 있다. 이 작품은 6 · 25전쟁 때 별것 아닌 일로 국군과 인민군 양쪽으로부터 시달림을 당해 죽고 마는 용원이네 아버지와 순난이네 아버지의 이야기를 담고 있다. 용원이네 집과 순난이네 집은 서로 앞뒷집으로, 집 사이에 담이 없어 흡사 한집처럼 사는 사이다. 용원이네 아버지와 순난이네 아버지는 보리밥을 먹고 방귀도 잘 뀌어 언젠가 둘이 방귀뀌기 내기를 한 적도 있다. 그런데 용원이네 아버지는 도망치는 사람들을 찾는 인민

생 문학의 구술문화적 특성에 대한 자세한 내용은 본서 제5장 제2절을 참조할 것.

50 위의 책, 68쪽.

군 앞에서 방귀를 뀌는 바람에, 인민군이 가슴에 총을 들이대자 그만 병이 나고 만 것이다. 10월이 되어 인민군이 후퇴하고 국군이 들어오자 이번에는 국군이 집집마다 사람을 찾으러 다녔다. 그런데 그때 그만 순난이네 아버지가 '뿌웅!' 하고 방귀를 뀌었다. 이번에도 그냥 방귀만으로 끝나지 않는다. 군인에게 방망이로 흠씬 얻어맞고 지서까지 끌려가게 된다. 결국 순난이네 아버지가 자리에서 일어나지 못하자 용원이네 아버지는 자주 문병을 간다. 이 두 사람은 다음과 같이 속마음을 말한다.

> "용원네 아버지는 건강이 어떻소?"
> "나도 영 기운이 없어요. 어떻게나 혼이 났는지 지금도 무서워 죽겠소."
> "무슨 죄가 있다고 우리 같은 백성을 못 살게 하지."
> "그놈들, 인민군들은 인민을 위한다는 것 새빨간 거짓말이요."
> "국군도 마찬가지지요. 나라와 백성을 위한다는 것은 핑계밖에 안 되었소."[51] (강조는 인용자)

결국 순난이네 아버지는 숨을 거두고, 용원이네 아버지도 곡기를 끊고 죽는다. 곧 순난이는 외갓집으로 이사를 가고, 한참 뒤에 용원이네도 솔개 마을을 떠나고 만다. 이 작품은 '방귀'라는 소재를 통해 전쟁 중에 어처구니없게 사람이 죽고 두 가족이 풍비박산이 나는 과정을 그리고 있다. 전쟁이라는 극한 상황에서 개인의 습관이나 특성은 무시된 채 폭력에 의해 무참하게 짓밟히게 되고, '인민' 또는 '나라와 백성'을 위한다는 것이

51 「용원이네 아버지와 순난이네 아버지」, 『벙어리 동찬이』, 210~211쪽.

허구임을 여실히 드러낸다. 이 작품은 유머 속에 날카로운 풍자를 하고 있는데, 그것은 바로 국가 및 체제에 관한 근본적인 비판인 것이다.

앞에 제1절에서 살펴본 작품들이 가난과 질병, 전쟁의 문제를 단편적으로 그리고 있는 데 비해, 장편에서는 가난과 질병과 전쟁의 문제를 총체적으로 그리고 있다. 『꽃님과 아기양들』(대한기독교서회, 1975), 『몽실 언니』(창비, 1984), 『초가집이 있던 마을』(분도출판사, 1985), 『점득이네』(창비, 1990) 등 이른바 '전쟁 수용 소년소설'을 중심으로 권정생의 문학을 살펴보고자 한다.

1) 장편 『꽃님과 아기양들』 분석

권정생의 첫 장편 소년소설 『꽃님과 아기양들』은 일제 식민지 시대였던 어린 시절, 동경 시부야의 뒷골목에서 조선인과 일본인이 어울려 살던 때의 체험을 바탕으로 한 것이다. 그는 작품을 쓰게 된 계기를 머리말에서 다음과 같이 언급하고 있다.

> 통일을 기다리며 전쟁 상태 속에 항시 불만스럽게 살고 있는 우리 나라 어린이들에게, 그 전쟁의 쓰라림을 조금이나마 알려 주고 싶었다. 두 차례나 큰 전쟁을 몸소 겪은 내 어린 시절의 이야기가 자라나는 어린이들에게 얼마만큼의 교훈이 될는지 따질 수는 없다.
>
> 월남에서도, 남아프리카의 비아프라에서도, 동파키스탄에서도, 이스라엘에서도, 세계의 어린이들은 전쟁 속에서 굶어 죽기도 하고, 폭격에 맞아 죽

기도 한다.

『꽃님과 아기양들』은 애당초 1천장 분량으로 구상했던 것을, 어린이들에겐 차마 읽힐 수 없는 장면을 부분부분 떼어내고, 끝내 행복해질 수 없었던 어린이들의 얘기를 마무리짓지 못한 채 붓을 놓아야만 되어, 결국 소품(小品)에 그치고 말았다.

나도 언젠가 즐겁고 아름다운 동화를 쓸 수 있는 날을 기다려 보면서—.[52] (강조는 인용자)

작품의 시대적 배경은 태평양 전쟁으로, 주인공 꽃님이를 비롯하여 준이, 분이, 에이꼬, 미쯔꼬, 키누요, 히로시 등 나가야[長屋]에 살던 가난한 아이들이 여러 명 등장한다. 꽃님이는 세 살 때 엄마가 죽어 동생 스즈에와 함께 고아원에서 살다가 정씨 아저씨의 양녀가 된 아이이다. 그런데 새아버지 정씨 아저씨가 아편밀수 혐의로 체포되고 새어머니는 집을 떠나는 바람에, 꽃님이는 다시 한 번 고아가 된다. 병에 걸린, 에이꼬의 아버지가 제대로 치료를 받지 못하여 죽고, 제대로 먹지 못하던 에이꼬도 폐병으로 죽고 만다. 분이네는 아버지와 어머니가 늘 싸우는 집이다. 분이 어머니는 술장사를 하는데, 늘 술에 취해 있고 애들을 제대로 돌보지 않는다. 그러다가 분이 어머니는 아편에까지 손대게 된다. 준이네는 부모님이 모두 계시고 형과 누나도 많은 집이다. 그러나 전쟁이 막바지에 이르자 형인 걸이가 군인으로 전쟁에 나가게 된다.

극심한 가난은 가족 관계를 무너뜨리고 도덕심을 훼손시킨다. 분이

52 『꽃님과 아기양들』, 3쪽.

아버지 어머니는 "밤이 늦도록 싸움을" 한다. 가끔 분이 어머니는 분이 아버지에게 맞았는지 "퍼렇게 멍든 빰"을 하고 있기도 하다. 분이 아버지는 막일을 하는데, 토역 공사를 따라가면 열흘씩 보름씩 집에 돌아오지 않기도 한다. 분이 어머니는 화가 나면 아이들을 들볶는데, 그때마다 분이는 "더 많이 두들겨 맞고 더 많이 끼니를 굶"는다. 분이는 학교에 돌아와서도 동생 금식이를 등에 업고 순아를 한 쪽 손에 잡고서 줄곧 집 밖에서 지낸다. 결국 심신이 황폐해질 대로 황폐해진 분이 어머니 호남댁은 아편에 손을 대는데, 아편 맞을 돈이 없자 급기야는 남의 물건에 손을 대기까지 한다. 권정생은 "차마 읽힐 수 없는 장면은 부분부분 떼어"냈다고 했는데, 이보다 더 참혹한 사실이 많았다는 뜻일 것이다.

이 작품 속의 아이들은 늘 굶주리고 있다. 에이꼬가 점심밥을 굶고 놀다가 기절한다든지, 꽃님이와 놀다가 배가 너무 고파 저도 모르게 "아아, 먹고 싶다"[53]라고 말하는 장면은 전쟁 중에 아이들이 당한 고통을 여실하게 보여준다. 에이꼬도 아버지처럼 폐병으로 죽는데, 약은커녕 제대로 먹지 못해 영양실조로 죽었다는 것을 알 수 있다. 이 동네 아이들은 신고 있던 나막신을 하늘로 던져서 떨어질 때 어떤 모양이 나오느냐에 따라 그날 밥을 먹을지, 죽을 먹을지 점치는 놀이를 한다. 아이들의 배고픔은 이 작품에서 그만큼 절실한 부분이다.[54] 아이들은 죽이나 밥을 먹을지 점치면서 노는데, 떡이 나오는 것만으로도 아이는 즐거워 어쩔 줄 모르는 것이다.[55] 전쟁 중에 아이들은 무기 만들 고철을 줍기도 하고,

53 『꽃님과 아기양들』, 117쪽.
54 이 작품은 나중에 『슬픈 나막신』(우리교육, 2002)이란 이름으로 재출간되었다.
55 『꽃님과 아기양들』, 54쪽.

전표를 들고 시장에 가서 장을 보기도 한다. 전쟁이 더욱 심해지자, 일부 아이들은 소개(疏開)를 당해 시골로 떠나가기도 한다. 또 꽃님이와 준이네가 살던 나가야는 미군의 공습을 당해 집들이 죄다 불타고 만다. 일상적인 삶이 모두 무너지고 마는 것이다.

집이 모두 불타버린 빈 마당에서 아이들은 '이리와 아기 양들'이라는 연극을 하며 논다. 준이는 누가 과연 엄마양인지, 미국이 과연 엄마양이 될 수 있는지 묻다가 미국은 엄마양이 될 수 없다고 생각한다. 또 꽃님이는 수만 마리 이리떼가 닥쳐와도 잡혀 먹혀서는 안 된다, 나들이 간 엄마양이 돌아올 때까지 살아서 기다려야 한다고 생각한다. 이 작품은 이런 질문으로 끝나고 있다.

> 무엇 때문에 위태로운 그 싸움터에 가게 된 것인지, 그것도 모르고 걸이는 일본을 위한다는 이름 아래 떠나간 것이다. 히로시 형도 어쩌면, 모두가 커다란 이리의 뱃속에서 아우성치며 살려 달라고 목메이게 부르짖고 있을지도 모른다. 온 세상이 이리의 뱃속에 들어가 있다. 갑갑하고 뜨거운 그 속에서 모두가 몸부림치고 있는 것이다. 엄마 양이 오기 전에 이리의 뱃 속에서 새끼 양들이 서로 자기들의 힘으로 배를 가르려고 피를 흘리며 싸우고 있다. 아, 엄마 양이 어서 와야 된다.[56](강조는 인용자)

권정생은 "아, 엄마 양이 어서 와야 된다"라는 기원으로 작품을 마무리하고 있는데, 이처럼 '기도 형식'으로 작품의 결말 구조를 취하는 것

56 『꽃님과 아기양들』, 221쪽.

은 권정생 문학의 한 특징이기도 하다. 마음속 간절한 염원이 기도를 낳는 것이다. 이러한 '기도 형식'은 이후에 그의 장편 판타지 동화와 연결되는데, 사실주의적인 소년소설에서는 작품 안에서 실현 가능하지 않았던 상황이 장편 판타지 동화에서는 작품 안에서 실현되는 것으로 표현되기 때문이다.

2) 장편 『몽실 언니』 분석

권정생의 소설 중에서 가장 널리 알려진 작품은 『몽실 언니』로서 TV 드라마[57]로까지 방영되었을 만큼 유명한데, 『점득이네』, 『초가집이 있던 마을』과 더불어 모두 6·25전쟁을 소재로 하고 있다. 『몽실 언니』는 해방을 맞아 일본에서 돌아온 '일본 거지' 몽실이네를 중심으로, 『점득이네』는 만주에서 돌아온 '만주 거지' 점득이네를 중심으로, 『초가집이 있던 마을』은 경상도 한 마을 사람들이 겪은 6·25전쟁 이야기를 풀어나가고 있다.

『몽실 언니』에서 해방 후 고향으로 돌아온 몽실이네는 찢어지게 가난하다. 어머니 밀양댁은 아버지가 돈 벌러 집을 나간 사이에, 밥이라도 제대로 먹고 살려고 몽실이를 데리고 김씨 아저씨한테 개가를 한다. 새아버지 식구들은 어머니가 영득이를 낳자 몽실이를 구박하기 시작하고, 이로 인해 새아버지와 어머니 밀양댁은 종종 다투게 된다. 그러던 어느

57 이 드라마는 MBC-TV에서 1990년 9월 1일부터 동년 12월 30일까지 매주 토·일 오후 8시에 방영되었다(총 36부작, 연출 김한영, 극본 임충).

날 아버지가 찾아오고, 몽실이는 새아버지에게 떠밀려 다친 다리를 제때 고치지 못해 영영 '다리 병신'이 된다. 새아버지 집에 살던 몽실이는 고모를 따라 집으로 돌아온다. 아버지는 머슴살이를 하면서 술을 퍼마시고 신세한탄을 하며 나날을 보낸다. 그러다가 아버지가 재혼을 하여 몽실이는 '북촌댁'을 새어머니로 맞는다.

그 와중에 마을 젊은이들은 산으로 들어가고, 밤이면 어른들이 경비원 노릇을 하는데, 아버지 정씨에게 몽실이는 화롯불을 가져간다. 그때 산에 들어간 아들에게 음식을 마련해 준 바람에 경찰에 잡혀간 까치골 앵두나무집 할아버지 이야기를 하는데, 아버지는 "아무리 자식이지만, 빨갱이에게 떡을 해주고 닭을 잡아주다니, 그것 백 번 천 번 잘못한 거야"라고 말하지만, 몽실이는 다르게 말한다.

> "…… 그렇지 않아요. **빨갱이라도 아버지와 아들은 원수가 될 수 없어요.** 나도 우리 아버지가 빨갱이가 되어 집을 나갔다면 역시 떡 해드리고 닭을 잡아 드릴 거여요."
>
> "……."
>
> 정씨는 입을 꾹 다물었다.
>
> "내 말이 맞죠?"
>
> 정씨는 말없이 고개를 끄덕였다.[58] (강조는 인용자)

어린 아이지만 몽실이는 또렷한 자기 생각을 갖고 있는데, 그것은 바로 "아버지와 아들은 원수가 될 수 없"다는 것이다. 이는 작가가 몽실이

58 『몽실 언니』, 61쪽.

의 입을 빌어 사상과 체제를 떠나서 삶의 근본이 되는 것이 무엇인가 묻고 있는 것이라 볼 수 있다. 또한 이 문제는 작품 전편에 걸친 질문이라고도 할 수 있다.

가슴이 약한 새어머니 북촌댁은 아기를 낳다가 죽고, 열 살 된 몽실이는 젖도 얻어 먹이고 구걸도 하면서 동생 '난남'을 키운다. 서로 죽고 죽이는 전쟁 중에 몽실이는 '이상한 인민군'을 만나게 되는데, 태극기를 꺼낸 몽실이에게 얼른 그 깃발을 내리게 해준 인민군 아저씨를 만나기도 하고, 몽실이가 난남이를 업고 있는 것을 보더니 미숫가루를 주는 여자 인민군을 만나기도 한다. 몽실이는 이 여자 인민군에게 '국군하고 인민군하고 누가 더 나쁜지, 누가 더 착한지', 또 '왜 인민군은 국군을 죽이고, 국군은 인민군을 죽이는지' 묻는다. 그러자 여자 인민군은 "몽실아, 정말은 다 나쁘고 다 착하다"라고 대답한다.

> "그런 거야, 몽실아, 사람은 누구나 처음 본 사람도 사람으로 만났을 땐 다 착하게 사귈 수 있어. 그러나 너에겐 어려운 말이지만, 신분이나 지위나 이득을 생각해서 만나면 나쁘게 된단다. 국군이나 인민군이 서로 만나면 적이기 때문에 죽이려 하지만 사람으로 만나면 죽일 수 없단다."
>
> 몽실이는 무슨 말인지 잘 알아듣지 못했다. 다만 사람으로 만나면 착하게 사귈 수 있다는 것만 얼마쯤 알 수 있었다.[59] (강조는 인용자)

권정생은 신분이나 지위, 이해관계 같은 것들이 사람을 죽고 죽이는 전쟁을 낳는다고 본다. 그러기에 이런 것들을 버리고 '사람으로 만나야

59 『몽실 언니』, 115쪽.

만 한다'는 것을 역설하고 있는 것이다. 이런 생각은 작품 전편을 관통하고 있는데, '사람으로 만난다'는 것은 신분의 고하나 부의 다과로 사람을 파악하지 않고 '사람답게 산다'는 것으로 이해된다.

그러면 '사람으로 만난다', '사람답게 산다'는 것은 어떤 의미인가? 이것은 앞 장에서 언급한 동화 「파란 눈의 아이」를 참조해 보면 의미가 명확해질 것이다. 「파란 눈의 아이」에서 파란 눈의 아이는 벌거숭이이다. 남쇠도 엄마의 잇자국이 있는 사과쪽을 버리고는 똑같은 벌거숭이가 된다. 이렇게 벌거숭이가 되어야 비로소 남쇠와 북쇠의 앞을 가로막은 '산'이 무너지고 남쇠와 북쇠는 서로 만날 수 있다는 것인데, 여기에서 우리는 '사람으로 만난다'는 것이 체제 및 이데올로기 비판임을 알 수 있다.

이것은 「토끼 나라」, 「다람쥐 동산」, 「아름다운 까마귀 나라」에서도 동일하게 드러나는데, 「토끼 나라」에서 토끼들은 강자이자 권력자인 너구리나 사자, 곰을 흉내 내지만 결국은 토끼 본연의 모습으로 돌아가 토끼답게 살아간다. 「다람쥐 동산」에서 아기 다람쥐들은 어른들이 주입한 통념을 믿지 않고 저쪽 언덕 너머에도 자기들과 똑같은 다람쥐가 사는 것을 발견하고, 울타리에 구멍을 뚫고 서로 오가며 산다. 「아름다운 까마귀 나라」에서도 아기 까마귀들은 가짜 깃털 옷을 벗고 까마귀 본연의 목소리로 울며 자유롭게 산다. 즉 '사람으로 만난다'는 것은 체제와 이데올로기를 떠나 인간 본연의 자세를 가지고 만난다는 것이다.

권정생은 이 작품에서 전쟁의 폭력성을 강하게 고발하고 있다. "전쟁은 바로 사람 죽이는 것이 목적인 것 같"[60]다는 것이다. "탱크가 밀어닥

60 『몽실 언니』, 132쪽.

치고 비행기가 폭탄을 떨어뜨리고, 총을 쏘고 대포를 쏘고, 지뢰가 묻히고, 그리고 식량이 없어 굶고, 병이" 드는 것이 바로 전쟁이기 때문이다. 이러한 구절은 권정생의 반전의식과 생명존중 사상을 확인할 수 있는 대목이다. 인민군이 들어오면 인민군이 들어온 대로, 국군이 들어오면 국군이 들어온 대로 일반 사람들은 고통을 당한다. 전쟁이 지나간 뒤에도 사람들은 '나쁜 꿈만 같은 전쟁을 빨리 잊어버리고 평화롭게 살기를 바'라지만 그렇게 되지 않는다.

> 사람들의 바람과는 반대로 누군가가, 무엇인가가 자꾸 불행을 만들었다.
>
> 남주네 아버지, 박씨 아저씨가 지서에 끌려갔다. 하루 아침에 딴 세상이 된 마을엔 더 큰 슬픔이 기다리고 있었던 것이다. 홰나무집 김씨 아저씨도, 삿갓집 윤씨 아저씨도 끌려갔다.
>
> 며칠 뒤 아이들은 모두 이상한 흉내를 내고 있었다. "땅 콩!"하고는 목을 쑥 빼면서 혀를 내밀고 죽는 시늉을 했다. 잡혀간 어른들이 모두 그렇게 총에 맞아 죽었던 것이다.
>
> 까치바윗골 앵두나무집 할아버지도 이번엔 기어코 돌아오지 못했다. 돌아온 것은 가마때기에 둘둘 말려온 할아버지 시체였다.
>
> 넉 달 동안의 전쟁으로 삼거리랑 까치바윗골이랑 노루실에서도 많은 아버지들을 잃어버렸다. 개 중엔 몽실이처럼 어머니마저 잃어버린 고아도 있었다.[61] (강조는 인용자)

61 『몽실 언니』, 133쪽.

한편, 『몽실 언니』에서는 '사람으로 만난다는 것'이 몽실의 자기희생적 이미지로 외화되어 나온다. 전쟁터에서 다친 아버지는 제때 치료를 받지 못해 그만 죽고 어머니 밀양댁 역시 죽자, 몽실이는 고아가 되고 만다. 결국 몽실이는 난남이를 데리고 살다가 난남이마저 남의 양녀가 되어 떠나는 바람에 완전히 혼자가 된다. 그다음은 30년 뒤를 훌쩍 뛰어넘어 후일담으로 작품이 마무리되어 있다. 난남이의 눈으로 몽실이의 뒷모습을 묘사한 이 작품의 마지막 대목은 수난받는 순교자의 모습을 연상케 한다.

> 절뚝거리면 걸을 때마다 몽실은 온몸이 기우뚱기우뚱했다. 그렇게 위태로운 걸음으로 몽실은 여태까지 걸어온 것이다. 불쌍한 동생들을 등에 업고 가파르고 메마른 고갯길을 넘고 또 넘어온 몽실이였다.
>
> 아버지가 그를 버리고, 어머니가 버리고, 이웃들이 그리고 이 세상에 있는 모든 칼과 창이 가엾은 몽실을 끊임없이 괴롭혔다.
>
> 그토록 시집을 가지 않겠다고 별러 온 몽실이 늦게야 구두 수선장이 꼽추 남편과 결혼을 한 것이다. 한 가지 짐을 더 짊어진 것이다. 그래서 몽실은 기덕이와 기복이 남매의 어머니가 된 것이다. 절름발이 어머니. (…중략…)
>
> 난남은 현관문 기둥을 붙잡았다. 뜨거운 눈물이 그제서야 볼을 타고 내려왔다.
>
> "언니…… 몽실 언니……"
>
> 난남은 입속말로 기도처럼 불러 보았다.[62] (강조는 인용자)

---

62 『몽실 언니』, 270~271쪽.

이 장면에서는 모두에게 버림받고 십자가에 못 박혀 죽은 희생양 예수의 이미지가 몽실의 형상과 겹쳐진다. 이 같은 자기희생이 있기에 모두에게 버림받은 몽실이가 부모 없이 자라는 모든 동생들에게 삶의 버팀목이 되는 것이다. 난남이가 기도처럼 "언니…… 몽실 언니……"를 불러보는 것으로 알 수 있듯이, 기도처럼 간절히 바라는 것 그 자체로는 현실의 고통을 없앨 수는 없지만 우리 인간이 취할 수 있는 최선의 태도라고 권정생은 보고 있는 듯하다.

이 같은 현실인식의 바탕 위에서 권정생 문학은 현실과 제도에 대한 비판 또한 적극적으로 수행하고 있다. 그러나 그에게서 현실 비판 자체가 중요한 게 아니라, 현실 속에서 어떠한 모습으로 살아야 할 것인가가 더 중요하다. 그것은 '신분, 지위, 이득'을 생각하는 삶이 아니라, '사람으로 사람을 만나는 삶'인 것이다. 그렇기 때문에 그는 '사람'으로 살아가지 않는 현실, '사람'으로 살아가는 것을 막는 현실에 대해 근본적인 비판을 하고 있는 것이다.

이 작품은 사람의 삶을 밑바닥부터 무너뜨리는 극심한 가난과 전쟁, 그 속에서 행해졌던 여러 행위들—산 남편을 버리고 재가하는 일, 몸을 파는 양공주가 되는 일, 어린 아이가 구걸이나 식모살이를 하는 일 등—을 진솔하게 그리고 있다. 극심한 가난이나 전쟁은 평상시에 지키던 도덕과 예절을 지킬 수 없게 한다는 것을 이 작품은 잘 보여준다. 검둥이 아기에게 "에잇, 더러운 것!", "화냥년의 새끼!" 하며 침을 뱉는 사람들을 말리며 몽실이가 하는 말, "그러지 말아요. 누구라도, 누구라도 배고프면 화냥년도 되고, 양공주도 되는 거여요"[63]는 그 절실함으로 우리를 전율케 한다. 몽실은 어리지만 '어머니 같은 마음으로' 세상을 감싸 안는 것이다.

이러한 권정생의 사유는 전쟁과 분단으로 인해 한국 근대사의 큰 상처로 남겨진 레드콤플렉스를 우회적으로 비판하고 있다. '사람으로 만나야 한다'는 작가의 생각은 마치 인민군이나 공산당을 늑대나 뿔 달린 도깨비의 형상으로 그렸던 지난 시절의 대중적 인식을 전복시킨다. 이는 아울러 어떠한 전쟁에도 반대하고 모든 권위적이고 폭력적인 체제를 비판하는 작가의 관점을 단적으로 보여준다. 작품을 보면, 전쟁 중에 국군은 국군대로, 인민군은 인민군대로 사람을 고문하고 죽이고 남의 가축이나 물건을 함부로 빼앗고 부순다. 전쟁은 평소에 사람으로서는 할 수 없는 일을 버젓이 저지르게 하는 것이다.

3) 장편 『점득이네』 분석

『점득이네』는 해방을 맞아 10년 넘게 살아온 만주를 떠나 고국으로 돌아온 점득이네를 중심으로 전쟁의 상흔이 이들 가족을 어떻게 할퀴고 지나갔는가를 그리고 있다. 작품은 점득이네가 압록강을 건너오다가 아버지가 소련군의 총에 맞아죽는 데서 시작한다. 아버지가 죽자 점득이네는 외가가 있는 모과나무골에 자리를 잡는다. 여기서 점득이 어머니는 두부를 만들어 파는데, 마을 아이들은 자신들도 끼니를 제대로 잇지 못하는 형편인데도 점득이와 점례를 '만주 거지'라고 놀린다. 그러던 중 외삼촌네 큰형 승호가 마을 젊은이들과 함께 이른바 빨갱이가 되어 집

63 『몽실 언니』, 177쪽.

을 나가고, 이들을 잡기 위해 경찰관들과 토벌대가 와서 집과 물건을 부수는 일이 종종 일어나자, 외삼촌과 승기는 북쪽으로 피신한다.

점득이네는 모과나무골을 떠나 읍내에 자리 잡는다. 점득이네와 한 집에 살게 된 판순이네는 아버지가 일제 때 징용으로 일본에 끌려갔고, 아버지를 찾아 어머니가 일본으로 간 뒤 소식이 없어 할머니와 살고 있다. 점례와 판순이는 아버지 병을 고치기 위해 추월이란 기생이 된 탄실이와 알게 된다. 탄실이는 기생이지만 착하게 살려고 애쓰며 성경을 읽고 교회에 다닌다.

그러던 중에 1950년 6월 전쟁이 일어났다. 인민군은 "교회는 인민의 적"이며 "정신을 흐리게 하는 아편" 같은 것이라 했다. 그러면서 읍내에서 예배를 보는 교인들과 목사님을 괴롭혔다. 그러던 인민군이 떠나가자, 이번에는 국군이 마을에 들어왔다. 때마침 집을 찾아왔던 승호가 잡히자, 외숙모는 그만 피를 토하고 죽는다. 그런데 어느 날 사람들에게 흰옷을 입고 모이라고 해서 모였는데, 그 위로 미군 비행기가 폭격을 한다.

> 아침 일찍 낫을 들고 들로 나가려는 사람들이 집을 나서는데, 철모를 쓴 군인들이 동네 이장님을 앞세우고 찾아왔다.
>
> "오늘은 들에 가지 말고 모두 동쪽 강둑으로 나오시오. 나올 땐 깨끗한 흰 옷으로 갈아입으시오."
>
> "무슨 부역인데 옷을 갈아입고 오라는 거요?"
>
> "부역이 아니라, 누가 와서 연설을 하니까 한 집도 빠짐없이 다 모이시오."
>
> (…중략…)
>
> 사람들은 알 수 없는 일이었지만 더 이상 물어보지도 못했다. 인민군이든

국군이든 이런 전쟁시엔 시키는 대로 따라야만 살아 남을 수 있기 때문에 말없이 듣기만 할 뿐이었다.

점득이네 어머니도 지쳐서 가누지 못하는 몸이지만 살아 남기 위해 그들의 말을 따라야 했다. 할머니와 함께 평상시에 입는 무명옷으로 갈아입고 집을 나섰다. (…중략…)

비행기 소리가 난 것은 그때였다. (…중략…) 비행기는 흰옷 입은 사람들의 무더기를 행해 곤두박질치며 폭격을 퍼붓기 시작했다. (…중략…) 넉 대의 비행기는 번갈아 아래로 곤두박질치며 다시 위로 치솟으면서 강둑의 흰옷 입은 사람들이 모두 쓰러져 꼼짝않을 때까지 폭격을 퍼부었다.

비행기가 떠난 다음, 강둑은 그대로 폐허가 되어 버렸다. 피투성이 흙투성이가 된 사람들이, 갈아엎어 놓은 논바닥처럼 널려 있었다.[64] (강조는 인용자)

이 폭격으로 판순이네 할머니와 점득이네 어머니, 판순이 오빠 종대가 죽는다. 그리고 점득이는 눈을 다쳐 눈이 멀고 만다. 그 뒤 점득이, 점례, 판순이는 고아원에 있다가 그곳을 나온다. 교회 장로인 고아원 원장이 아이들에게 고된 노동을 시키면서도 제대로 먹이지도 않고 학교도 보내지 않았기 때문이다.[65] 노래를 잘하는 점득이에게 미국 유학을 시켜주겠다는 제의도 있었으나, 점득이는 거절한다. 1953년 휴전협정이 이루어지자, 점득이와 점례는 판순이와 헤어져 모과나무골을 찾아간다. 그런데 찾아가보니, 모과나무골은 휴전선 너머에 있는 게 아닌가.

세월을 훌쩍 뛰어넘어 1980년대가 된다. 판순이는 아들 한수를 키우

---

64 『점득이네』, 156~160쪽.

65 이 에피소드는 후기의 기성 기독교 비판과도 이어지는 부분이라 하겠다.

며 혼자 사는데, 한수는 데모하는 대학생이다. 판순이는 길에서 노래하는 점득이네 오누이를 만나지만 알아보지 못한다. 점례는 결혼을 하지 않고 점득이와 살고 있다. 『점득이네』는 마침내 다음과 같은 구절로 끝을 맺는다.

> 삼십 년을 하루같이 점득이의 손을 잡고 고향과 외갓집 식구들 그리고 판순이를 찾으며 살았다. 지금도 조금씩은 빛이 바랬지만 점례와 점득이는 그 옛날과 똑같은 마음이었다. 세월이 흘러도 그건 남의 세월이지 점례한텐 삼십 년이 사흘인 듯 짧게 느껴졌다. 점례는 하루가 가고 해가 바뀌는 데에 너무도 무심했다. 점득이도 자신도 아직 열 살이 조금 넘은 아이들이었다. 죽은 어머니가 그냥 살아 모과나무골에서 기다리고 있는 것만 같았다.
>
> 점득이도 마찬가지로 제자리걸음을 걷듯이 세월이 흐르는 것을 애써 마음에 두지 않았다. 절대로 점례 누나와 자기는 그냥 어린이로 남아 있어야 한다 싶어 나이를 세지 않으려고 했다. 그래야만 지난날 있었던 조그마한 즐거움이나마 되찾을 수 있다고 생각하는 것이었다.[66] (강조는 인용자)

지나간 일을 잊지 않으려 하기에, 어른이 되기를 거부하는 『양철북』의 오스카처럼, 점득이네 오누이는 영원히 아이들로 남아 있으려 한다. 이같이 성장을 거부하는 병리적 의식의 이면에는 성인들의 추악한 세계, 가령 전쟁과 같은 것들을 비판하는 의식이 깃들어 있다.

이 작품에서도 소련과 미국은 비판적으로 그려진다. 이들은 일본이

66 『점득이네』, 251쪽.

물러간 그 자리를 대신 차지한 것이다. 판순이네 아버지가 일본에 징용으로 끌려가고, 점득이 아버지를 죽인 것이 소련군이면, 어머니를 죽인 것은 미군이라는 것이 그 단적인 표현이라 하겠다. 권정생은 진정한 해방이란 자기 손으로 이루어야 하며,[67] 우선적인 과제가 바로 통일이라고 말한다. 그렇기 때문에 1980년대에 "우리의 소원을 통일. 꿈에도 소원은 통일"[68]이란 노래를 부르며 데모하는 시위대와 대학생 한수가 등장하는 것이다.

이는 전쟁 이후 30년이 넘는 세월이 흐른 뒤에도 전쟁의 상처 치유나 통일의 문제가 여전히 민족사의 과제로 남아 있음을 말하고자 함이다. 또한 이 장면은 1960년 4월혁명이 일어난 이후 통일운동이 활발하게 일어난 것처럼 1987년 6월 민주대항쟁 이후 통일운동의 모습이 활발하게 일어나고 있는 모습을 그리고 있는 것으로, 통일운동은 1987년을 전후로 해서 북한바로알기 운동과 함께 국가보안법 철폐운동과 함께 전개되었다. 권정생은 작품에서 이러한 시대적 상황을 증언하고 있는 것이다.[69]

---

67 이것은 『초가집이 있던 마을』에서 복식이가 남긴 유서와도 동일한 내용이다. 복식은 유준에게 이런 당부를 남긴다. "우리는 해방되어야 한다. 보이지 않는 올가미를 우리 손으로 벗겨야 한다. 네 눈앞에 가려 버린 덮개를 떼어 버려라. 그래서 눈을 떠라. 해방은 누가 시켜 주는 것이 아니다. 네 손으로, 네 몸으로 해방을 해야 한다. 사람은 해방하지 않고, 자유하지 않고는 아무런 가치없는 썩은 고기와 같다."(『초가집이 있던 마을』, 316쪽)

68 『점득이네』, 248쪽.

69 서중석, 『사진과 그림으로 보는 한국 현대사』, 웅진지식하우스, 2005, 339쪽.

4) 장편 『초가집에 있던 마을』 분석

『초가집이 있던 마을』은 가난하지만 단란하게 살던 마을 사람들의 삶이 전쟁으로 인해 어떻게 뿌리째 뽑혀 나갔는가를 잘 보여주는 작품으로, 경상도 어느 산골의 초등학교 아이들이 겪은 6·25전쟁을 그리고 있다. 이 작품은 유종이와 문식이가 싸우다 벌을 서는 것으로 시작하는데, 이들은 벌에서 벗어나자 곧 사이좋게 집으로 간다. 구김살 없는 아이들의 생활이 진솔하게 표현되어 있는 것이다. 이들의 형인 유준이와 복식이도 친구들이고, 종갑이와 금동이도 친한 친구 사이이다. 종갑이가 계속 나물죽을 먹다가 영양실조로 쓰러졌는데 떠돌이귀신이 붙었다고 푸닥거리하는 대목이나, 유종이가 학급비를 못 가져가서 떼를 쓰다가 남에게 꾼 돈으로 학급비를 가져가는 대목은 이들의 가난이 만만치 않음을 보여준다. 그러나 이들은 보리밥이라도 배불리 먹기를 바라며 욕심 없이 산다.

그러던 어느 날 전쟁이 일어났다. 아이들은 전쟁의 심각성을 미처 깨닫지 못한다. 읍내에서 피난 온 아이들을 보고 재미있을 거라며 자기들도 피난을 갔으면 하고 바랄 정도다. 그러나 전쟁이 일어나자, 유준이네는 송아지를 버리고 금동이네는 개를 버리고 떠나야 한다. 가장 소중히 여기던 것들을 버려야 하는 것이다. 유준이네, 금동이네, 종갑이네는 함께 피난을 가는데, 피난 중에 이들은 남의 과수원의 과일도 훔치고 남의 집의 곡식도 훔치게 된다. 살기 위해서는 뭐든지 하게 되는 것이다.

전쟁의 비극은 여기서 그치지 않는다. 뒤처졌던 종갑이 할머니는 피난 중에 죽고, 전쟁 중에 결혼한 금동이 누나 금아는 아이를 낳았지만 남편이 죽는 바람에 그만 과부가 되고 만다. 피난살이에서 돌아와서도 슬픈 일은 그치지 않는다. 그동안 사정이 있어 피난을 가지 못했던 사람들은 인민군 치하에서 일을 하고 있었기 때문에, 이제 다시 국군이 돌아오자 이게 문제가 되어 모두 죄인처럼 살게 된 것이다. 그러자 남자들은 사흘 안에 밤길을 걸어 모두 이북으로 도망갔는데, 그중에 복식이의 아버지도 있다. 복식이와 유준이는 서로 티격태격하며 다음과 같은 대화를 나눈다.

> "너그도 남쪽으로 피난갔을 때, 얼른 국군이 쳐올라갔이만하고 빌었제. 남 다 죽는 것 하나도 안 생각하고, 그랬제. 응? 그랬제?"
>
> 복식은 다그치고 있었다.
>
> "복식아, 그건 다르제. 국군이 우리 땅 도로 찾을라꼬 쳐올라온 건 옳은 일이제."
>
> "어예가주 그게 옳노? 우리땅이마 첨부터 뺐기지 알아야제. 너그는 왜 우리땅 냇삐리고 왜 들어뺏드노? 왜 들어뺏드노! 울 아부진 어디 공산당이 좋아서 여기 남아 있었나?"
>
> "……."
>
> "내사 소련 탱크도 싫제만 미국 비행기도 싫다. 우리 학교 다 때리부신 거는 미국 비행기다. 너그는 미국 비행기가 우리땅 다 때려뿌샤도 너그만 살아나마 된다꼬 했제? 응, 그랬제?!"
>
> 유준은 끝내 몰리고 말았다. (…중략…)
>
> "복식아, 내가 잘못했데이. 그래, 우린 앞으로 어짜만 좋노?"
>
> "우린 모두 영식이 자식 거튼 아아들 보고, 소련군도 미국군도 다 못 믿는다

꼬 갈쳐 줘야 해. 안 그라마 다 죽는다. 산다 해도 그건 부끄러운 목숨이제."[70] (강조는 인용자)

복식이는 어느 쪽에도 의존하지 말고 우리 스스로가 책임을 져야 함을 깨닫고, 이를 친구 유준이에게 말하고 있는 것이다. 얼마 뒤 종갑이가 미군 트럭에 치어 죽자, 종갑이 할아버지는 목매어 죽고 만다. 종갑이 할아버지의 처지에서 보면, 아들은 "왜놈들이 끌고 갔고", "할마씨는 소련놈의 탱크에 쫓겨가다가 죽었고", 손자 종갑이는 미군 트럭에 깔려 죽고 만 것이다. 또 부모를 잃은 학분이는 5학년이지만 식모살이를 떠난다. 유준이와 복식이도 6학년을 마치고서는 더 이상 공부를 하지 못한다. 모두 전쟁으로 인한 가난 때문이다.

이 작품에서 가장 충격적인 대목은 군대에 징집된 복식이가 자살을 하는 장면이다. 복식이 아버지는 북으로 가서 인민군이 되었는데, 기독교인인 복식은 아들이 아버지를 죽일 수 없다고 생각한 나머지 자살한다. 복식은 친구 유준에게 남긴 유서에서 다음과 같이 말한다.

사람은 살아가는 것이 소중하다면 죽는 것도 또한 소중한 것이다.

나는 나의 죽음을 소중히 여긴다. 나 자신이 스스로 갈 길을 택할 수 있다는 자부심도 생겼다. 얼마나 대견한 일이니?

20년간 살아오면서 우리는 과연 자신의 생각대로 행동하면서 살았는지 의심이 난다. 사소한 일도 내 마음대로 하지 못했다는 걸 누구나 인정할 것이다. (…

70 『초가집이 있던 마을』, 133~137쪽.

중략…)

그리고 또 얼마나 많은 구호를 외치고 외치면서 우리는 자랐지. 숨돌릴 사이도 없이 휘두르는 채찍에 쫓겨 온 지난날이었잖니? (…중략…)

유준아, 우리가 **지금 남북이 쪼개어져 서로가 총을 겨누고 있는 것도 사실은 삯꾼 목자들이 제자리를 지키기 위해 만든 올가미에 불과하단다.** 우리가 도대체 서로 대결해야 할 아무런 이유가 어디 있니?[71] (강조는 인용자)

이와 같이 권정생은 복식의 입을 통해 아버지와 아들은 서로 총을 겨누고 죽일 수 없다고 말하고 있다. 권정생의 반전의식 및 체제비판 사상은 작품에 나오는 고재식 아저씨의 말에서 더욱 명확하게 드러난다. 복식은 북쪽에 고향을 둔 고재식 아저씨에게 궁금한 것을 묻는다. "아저씨는 왜 남한에 남았는지, 그러면 자본주의도 나쁘지 않다는 말이냐"라고 묻는다. 그러자 그는 "그렇지. 자본주의건 공산주의건 사람은 제 나름대로 좋은 생각을 할 수 있고 그것을 생활화할 수 있는 자유를 누려야 해"라고 대답한다. 복식이 "아저씨는 무슨 주의냐"라고 묻자, "아저씨는 주의라는 게 없어. 굳이 말하라면 그냥 인간주의자다"라고 말한다. "인간주의가 무엇이냐"라고 또 묻자, 그는 "주의보다 사람을 더 소중히 여기는 거지. 무슨 무슨 주의 안에 사람을 가두지 않고 사람을 그 주의 위로 올려놓은 거야. 쉽게 말해서 자본주의보다 공산주의보다 사람이 첫째라는 거야"라고 대답한다.[72] 고재식 아저씨의 이러한 말은 위에서 언급한 『몽실 언니』에서의 인민군 여자의 말과 흡사하다. 권정생은 이렇게 체

71 『초가집이 있던 마을』, 313~315쪽.
72 『초가집이 있던 마을』, 249쪽.

제 및 이데올로기를 근본적으로 비판하는 것이다.

이 작품에서 권정생은 복식을 통해 "우리는 과연 자신의 생각대로 행동하면서 살았는지"를 묻는다. 이것은 톨스토이의 사상과도 유사하다. 톨스토이는 하느님 앞에서는 모두가 평등하므로 어느 누구도 다른 사람을 억압하거나 복종하게 할 수 없으며 하느님의 법과 인간의 법이 다를 때는 초기 기독교인들처럼 하느님의 법을 따라 "국가에 복종하기를 거절"[73]해야 한다고 본다. 톨스토이는 "인간의 권력에 대한 복종이라는 기만행위로부터 인류를 해방시"켜야 하며, "독립적으로 자신의 삶에 질서를 부여하"라고 촉구했다. 즉, "스스로 생각하고 스스로의 삶을 살며, 자신의 과거로부터 그리고 자신의 영적 토대로부터 새로운 삶의 형태를 구축하는 것"이 정한 혁명이라고 보는 것이다. 그러므로 복식의 죽음은 이러한 국가 폭력에 대한 강력한 저항인 것이다.

『초가집이 있던 마을』에서는 생생한 사투리가 특히 인상적인데[74] 등장인물이 사용하는 경상도 사투리는 작품에 생생한 느낌을 부여한다. 또 아이들의 가정생활이며 학교생활이 아주 구체적으로 생동감 있게 그려져 있다. 그래서 전쟁으로 인해 삶이 파괴되어가는 과정이 대비되어 더욱 선명하게 느껴진다. 남자 어른들이 전쟁에서 죽자 과부가 된 여자들은 마치 자식들을 암탉처럼 보듬고 키우는데, 이런 모습이 '대야 할머니네 암탉'이 병아리를 깨고 키우는 것[75]과 중첩되고 있다.

---

73 레프 톨스토이, 조윤정 역, 「세상의 끝, 다가오는 혁명」, 『국가는 폭력이다』, 달팽이, 2008, 237쪽.

74 생생한 사투리는 물론, 권정생 작품에 두루 등장하는 옛이야기의 변용과 전래동요의 사용은 별도의 고찰을 요한다. 이는 권정생이 구비문학 전통을 지닌 작가임을 보여주기 때문이다.

75 이 이야기는 작품 『초가집이 있던 마을』 속의 한 삽화인데, 그 줄거리는 다음과 같다.

대야 할머니는 암탉이 알을 품으려고 하는데, 지난번 군인들이 수탉을 잡아가 버려 홀어미 닭이 낳은 알을 품게 할 수 있는지 궁금해서 찾아온 것이다. (…중략…)

"할매요, 뉘집엔가 장닭하고 같이 낳은 알이 있는동 찾아보시더." (…중략…)

"꼬꼬야, 삼신한테 삐아리 많이많이 까도록 빌어 죽거마."

할머니는 암탉의 머리에서부터 잔등까지 보드랍게 쓸어 주었다.

"이것도 모도 그놈의 난리 때문이제. 씨닭 한 마리 제대로 남았나. 강아지 새끼 한 마리 남았나……"

과연 마을엔 강아지도 없었다. 소도 몇 마리밖에 없다. 국군에게 빼앗기고 인민군에게 잡아먹히고 그리고 폭탄에 맞아 죽기도 했다.

대야 할머니네 둥우리의 달걀 얘기는 온 마을의 관심거리였다.[76] (강조는 인용자)

전쟁이 아무리 생명을 앗아가도 살아남은 여자들, 즉 어머니들은 암탉처럼 아이들을 보듬고 키웠던 것이다. 이러한 내용은 생명 있는 것들을 소중하게 생각하는 작가의 의식을 잘 드러낸다. 전쟁이 파괴와 죽음을 초래하는 것이라면, 이러한 전쟁에 반대하여 생명존중 사상을 강조하고 있다.

홀로 사는 대야 할머니는 전쟁 뒤에 암탉이 알을 품으려 하자, 온 동네를 다니며 씨눈이 있는 알(유정란)을 구해 품게 한다. 그 알에서 병아리가 깨났을 때 동네 아이들은 다투어 병아리를 얻어다 길렀다.

76 『초가집이 있던 마을』, 165~167쪽.

5) 톨스토이의 비폭력·반체제 사상과의 연관성

이상에서 권정생이 겪은 두 번의 전쟁, 즉 제2차 세계대전(태평양 전쟁)과 6·25전쟁이 그의 장편소설 속에 어떻게 그려지고 있는가를 살펴보았다. 이 작품들을 보면, 과연 전쟁은 누가 왜 일으켰으며 그 속에서 고통받는 이들은 정작 누구였는가라는 질문을 던지게 된다. 특히 6·25전쟁은 일본의 패망 후 소련과 미국이 한반도를 절반씩 차지한 채 남북이 갈려 우리끼리 서로 총을 겨누고 싸운 전쟁으로 그려진다. 권정생은 『초가집이 있던 마을』의 '머리말'에서 6·25전쟁에 관한 의견을 밝히고 있다.

> 수많은 탱크와 비행기가 온 나라를 잿더미로 만들었습니다. 아마 이 지구가 생긴 뒤에 이처럼 비참한 전쟁은 없었을 것입니다. 아버지와 아들이 싸운 전쟁, 아니면 형과 아우가 총칼을 맞대고 싸운 전쟁이라 해도 되겠지요. 그것도 스스로가 옳고 그른 것을 가리기 위해 다투게 된 전쟁도 아닙니다. **힘이 센 나라들이 만만하고 어리석은 한국이란 나라에서 자기네 이득을 위해 싸움을 시킨 것**입니다.
>
> 자본주의니 공산주의니 하면서 명분을 내세우지만 어디 그런 **주의가 사람들에게 절대적인 행복을 가져다 주는 것은 아닙니다.** 인간의 행복을 총칼이나 다른 무기로 얻으려는 것부터가 어리석은 것입니다. 더욱이 같은 핏줄끼리 원수가 되어 싸우는 것은 한없이 부끄러운 일입니다.[77](강조는 인용자)

77 『초가집이 있던 마을』, 6쪽.

6·25전쟁은 강대국의 이익을 위해 벌어진 전쟁인데, 우리 겨레는 자본주의니 공산주의니 하는 이데올로기를 앞세워 동족끼리 서로 죽고 죽이는 참상을 저질렀다는 것이다. 나아가 인간의 행복은 결코 무기로 얻을 수 없다고 하면서, 권정생은 죽음을 낳는 전쟁을 반대하고 평화를 희구하고 있는 것이다.

이 같은 권정생의 비폭력과 반전 의식, 체제 비판 사상은 톨스토이의 사상과도 유사하다는 점에서 다시 주목할 만하다. 톨스토이는 자기 스스로 아나키스트라고 칭한 적이 없지만 아나키즘에 동의한다는 점을 분명히 밝혔다. 그는 "아나키스트들은 모든 점에서 옳다. 기존 질서를 부정하고, 지금까지 권력 기관의 폭력보다 더 끔찍한 폭력은 없었다는 점도 역시 옳다"[78]라고 말한다. 그러나 그 시대의 아나키스트들이 폭력을 즐겨 사용했기 때문에 비폭력을 주장했던 그는 자신을 아나키스트라고 선언하지 않았다.

톨스토이는 성서에 근거하여 "남에게 대접을 받고자 하는 대로 너희도 남을 대접하라"[79]는 것이 모든 윤리의 기초가 된다고 보았다. 그는 국가가 "미개하고 유해하며 수치스러우며 옳지 못하고 부도덕한 감정"인 애국심을 부추겨서 전쟁을 일으키고, 군대에 의한 살인을 심각한 국가 폭력으로 규정한다.[80] 톨스토이는 "그리스도는 겸손, 유순함, 적에 대한 용서를 가르쳤고, 살인은 옳지 못한 일이라고 얘기했"는데, "우리의 이

78 레프 톨스토이, 조윤정 역, 「아나키즘에 대하여」, 『국가는 폭력이다』, 달팽이, 2008, 83쪽.
79 『성경전서』, 마태복음 7장 12절.
80 레프 톨스토이, 조윤정 역, 「애국심과 정부」, 『국가는 폭력이다』, 달팽이, 2008, 51~80쪽 참조.

웃과 형제들"이 통치 계급의 이익을 대변하는 국가에 속아 군인이 되어 "우리에게 총부리를 겨누게 만들어 우리는 복종하지 않을 수 없게 된다"며 "정부라는 폭력 기구를 없애야 한다"고 주장한다. 또 "어떤 법도 전체 국민의 의사를 표현하지 못하"기 때문에 "입법권의 본질은 조직화된 폭력"이라고 말한다.[81]

톨스토이는 국가라는 폭력기구를 타파하기 위해 폭력을 절대 사용하지 말아야 한다고 보았다. 폭력은 더 큰 폭력을 낳기 때문이다. 톨스토이에 따르면, "그리스도의 가르침은 복수 혹은 징벌의 부당성과 해로움을 밝히고, 폭력에서 해방될 수 있는 유일한 방법은 폭력을 편안한 마음으로 순순히 견디는 것임을 보여주었다"[82]라는 것이다. 성서에서 예수는 "나는 너희에게 말한다. 악한 사람에게 맞서지 말라. 누가 네 오른뺨을 치거든, 왼쪽 뺨마저 돌려대어라. 너를 걸어 고소하여 네 속옷을 가지려는 사람에게는 겉옷까지 내주어라. 누가 너더러 억지로 오 리를 가자고 하거든, 십 리를 함께 가주어라. 네게 달라는 사람에게는 주고, 네게 꾸려고 하는 사람을 물리치지 말아라"[83]라고 했는데, 톨스토이는 "폭력에 의해 이루어지는 악행에 대해 비저항으로 답하고 온갖 폭력을 견디며 폭력으로 맞대응하지 않는 것이 인간 본연의 자유를 획득하는 유일한 방법"[84]이라고 보았다. 이러한 톨스토이의 비폭력 사상은 마하트

81 레프 톨스토이, 조윤정 역, 「우리 시대의 노예제」, 『국가는 폭력이다』, 달팽이, 2008, 152~153쪽.
82 레프 톨스토이, 조윤정 역, 「세상의 끝, 다가오는 혁명」, 『국가는 폭력이다』, 달팽이, 2008, 233쪽.
83 『성경전서』, 마태복음 5장 37~42절.
84 레프 톨스토이, 조윤정 역, 「세상의 끝, 다가오는 혁명」, 『국가는 폭력이다』, 달팽이, 2008, 234쪽.

마 간디에게 큰 영향을 주었다. 톨스토이는 "정부를 타파하는 유일한 방법은 무력이 아니라 이러한 기만을 폭로하는 것"[85] 이며, 그 구체적인 방법으로 징병 거부 및 세금 납부 거부, 그리고 정부 행위에 참여하지 말 것을 촉구한다. 정부 자체가 곧 '조직화된 폭력'이기 때문이다. 나아가 그는 올바른 교육을 통해 사람들이 정부 및 국가의 정체를 파악하도록 해야 한다고 말한다.

앞에서도 언급한 바 있지만, 톨스토이의 이러한 국가관은 성서에 바탕을 둔 그의 기독교 사상과 연관되어 있다. 하느님 앞에서는 모두가 평등한데, 어느 누구도 다른 사람을 억압하거나 복종하게 할 수 없으며, 하느님의 법과 인간의 법이 다를 때는 초기 기독교인들처럼 하느님의 법을 따라 "국가에 복종하기를 거절"[86] 해야 한다는 것이다. 톨스토이는 혁명의 목적이 "인간의 권력에 대한 복종이라는 기만행위로부터 인류를 해방시키는 데 있다"고 보고, "국가와는 독립적으로 자신의 삶에 질서를 부여하"라고 촉구한다. 즉, "스스로 생각하고 스스로의 삶을 살며, 자신의 과거로부터 그리고 자신의 영적 토대로부터 새로운 삶의 형태를 구축하는 것"이 바로 진정한 혁명이라는 것이다.

여기서 우리는 톨스토이가 왜 사회주의를 비판했는지 알 수 있다. 사회주의 역시 프롤레타리아 계급에 의한 권력기구인 국가를 꿈꾸고 있었기 때문에 '국가 폐지'를 요구하는 톨스토이와는 입장이 다른 것이다. 톨스토이는 형제애에 바탕을 둔 농촌공동체가 폭력적 권력기구인 국가

85 레프 톨스토이, 조윤정 역, 「우리 시대의 노예제」, 『국가는 폭력이다』, 달팽이, 2008, 169쪽.
86 레프 톨스토이, 조윤정 역, 「세상의 끝, 다가오는 혁명」, 『국가는 폭력이다』, 달팽이, 2008, 237쪽.

를 대신할 수 있다고 보았다. 그것이 곧 이 땅에 이루어진 '하느님 나라'였던 것이다. 톨스토이는 '형제애에 바탕을 둔 상호 협력'을 높이 평가했는데, 이는 곧 상호부조 사상과도 맞닿아 있다.

3. 상호부조와 생명존중 사상

1) 상호부조론과 아나키즘적 사유

권정생 문학에서 상호부조는 독특한 위치를 차지한다. 단편 「쌀도둑」은 권정생 자신의 체험을 작품화한 것으로, 작품 속에서 선재와 웅재 형제는 멀건 귀리죽을 끓여먹다가 그것마저 떨어지자 쌀을 훔치러 정미소로 간다. 누나는 웅재와 선재에게 "나쁜 사람이 되지 말고 훌륭한 사람이 되라고 타일러 왔기" 때문에 두 아이는 쌀 같은 건 훔쳐보지 않았다. 그러나 먹을 것이 모두 떨어지자 쌀 도둑질에 나설 수밖에 없었다. 두 아이가 훔친 쌀로는 간신히 죽을 끓일 정도이다. 이후 조금 대담해진 두 아이는 신주머니만 한 자루를 가져가 쌀을 담다가 그만 정미소에서 일하는 아저씨에게 들키고 만다. 그러나 아저씨는 혼내는 대신에 그 자루에 쌀을 가득 담아주며 "갖고 가거라. 가난한 사람끼리는 서로 도와가면서 살아야 한다"[87] 라고 말한다. 이제 정미소 아저씨가 두 아이 대신에 '도둑'이 된 것이다. 가난은 도둑질을 하게끔 하고 사람의 마음을 황폐하게 만들지만, 유일한 해결책은 바로 '가난한 사람끼리 서로 도와 가면서 살아야 한다'는 것을 이 작품은 보여주고 있다.

「눈 덮인 고갯길」이나 「어느 섣달 그믐날」에는 권정생의 이런 생각이 더욱 잘 드러나 있다. 「눈 덮인 고갯길」은 가난하여 식량 배급을 받는 사람들의 이야기이다. 곱사등인 주식이 어머니, 절름발이 덕구 형님, 외딴 집에 사는 바지게 할아버지들이 면사무소 앞에 줄을 서 있다. 바지게 할아버지는 배급 쌀과 보리쌀을 갖고 가다가 그만 비탈길에서 쓰러지고 만다. 덕구 형님이 "쌀자루를 리어카에 싣자고 해도" 바지게 할아버지는 거절한다. 바지게 할아버지가 다시 고꾸라지자 덕구 형님은 쌀자루를 억지로 벗기며 "할아버지, 제가 업을 테니 등에 업히세요"라고 한다. 본래 바지게 할아버지는 버들고리짝으로 물건을 만들어 파는 일을 했는데, 세월이 바뀌면서 그 일을 할 수 없게 되었을 뿐만 아니라 10년 전에 돈 벌어 오겠다고 집을 나간 아들이 1년 만에 교통사고로 죽고 할머니도 곧 죽게 되자 그만 고집쟁이가 되고 만 것이다. 이런 할아버지를 사람들은 따뜻하게 대하려 하지만 할아버지는 좀처럼 마음을 열지 않으려고 한다.

> "할아버지, 모두 같은 처지잖아요. 가난한 사람끼리 서로 도우며 살아요."
>
> 주식이네 어머니가 소매 끝으로 눈물을 훔치며 말했읍니다.
>
> "아무리 가난해도 자식만 있으면 괜찮은 거요. 내가 괜히 오래 살아 갖고……."

---

87 「쌀도둑」, 『벙어리 동찬이』, 194쪽.

할아버지는 껵껵 흐느끼며 울었습니다.

"별말씀을 다 하셔요. 어떤 일이 있어도 살고 있는 사람은 살아야 해요."

"살으라고 말만 하면 살아갈 수 있나요? 가난뱅이는 죽으라고 더 가난뱅이로 만들어 버리는 세상인 걸요."

할아버지는 차츰 고집이 풀어지고 있었습니다.[88] (강조는 인용자)

결국 바지게 할아버지는 고집을 풀고 리어카를 타고 웃으면서 사람들과 함께 돌아간다. 곱사등인 몸으로 남편 없이 세 남매를 키우며 사는 주식이네 어머니, 부모님을 여의고 아흔 살이 다 된 할머니를 모시고 사는 덕구 형님, 바지게 할아버지는 이들이 모두 '할아버지 얼굴과 닮았다'는 생각을 한다. 가난해도 서로 도우며 사는 착한 사람들인 것이다.

「어느 선달 그믐날」은 선달 그믐날의 불우이웃돕기를 소재로 한 작품이다. 선달 그믐날 불우이웃돕기를 한다며 '××부인회'에서 잘 차려입고 자동차를 타고 나와 시장의 가난한 노점 상인들이 길을 비켜주는 사이로 지나간다. 시장 사람들은 "불우 이웃이 저쪽 어딘가에 있나 부지?", "불우 이웃을 찾아가자니까 좀 고생스러워야 하나 봐요"[89]라고 하면서 불편한 심사를 드러낸다. 시장 사람들은 아픈 영이 아버지 대신에 영이 어머니가 뻥튀기 기계를 돌리자 더운 된장국을 가져다주고, 장을 보러 나온 열두 살 영이에게 사과 장수 아주머니는 아버지 드리라며 사과 두 알을 주기도 하고, 구두깁기 아저씨는 영이에게 "너희 집 식구 모두에게 보내는 거야. 특히 아버지 병환이 속히 나으셔서 시장에 어서 나

88 「눈 덮인 고갯길」, 『벙어리 동찬이』, 133쪽.
89 「어느 선달 그믐날」, 『벙어리 동찬이』, 44쪽.

오시도록 말이야"[90]라고 하면서 연하장을 건네기도 한다. 권정생은 구두깁기 아저씨와 바늘 장수 할아버지의 대화를 통해 자신의 생각을 다음과 같이 드러낸다.

> "할아버지, 눈이 내리고 있군요!"
>
> 구두 깁는 아저씨가 어린애처럼 소리 높여 말하였읍니다.
>
> "허허, 박 총각은 아직 어린애 같군."
>
> "정말 그래요. 오늘 저녁에 들어갈 때, 동태라도 한 마리 사 갖고 갈래요. 우리 어머니하고 내일 아침에 동태국을 끓여 먹겠어요."
>
> "그래, 그래. 나도 그렇게 한 테다. **우리는 가난하지만 결코 불우하지는 않단다.**"
>
> 눈송이가 더 커지고, 그리고 많아졌읍니다.[91](강조는 인용자)

시장 사람들이 "가난하지만 결코 불우하지는 않"은 것은 서로 돕는 마음이 있기 때문일 것이다. 어쩌면 잘 차려입고 자동차를 타고 지나가고는 있지만, 진정한 마음 없이 섣달 그믐날이 되었으니 의례적으로 '불우 이웃'을 돕겠다고 하는 사람들이야말로 실제로 '불우한 사람'일지도 모른다.

이상에서 권정생은 '가난한 사람끼리 도와야 한다'는 것이 어떤 의미

---

90 위의 글, 40쪽. 배경이나 주제를 염두에 두고 살펴보면, 이 작품은 안데르센의 「성냥팔이 소녀」를 떠올리게 한다. '성냥팔이 소녀'는 눈 오는 섣달 그믐날 밤에 혼자 외롭게 죽어간다. 그러나 「어느 섣달 그믐날」에서는 겉만 번지르르한 부유한 사람들의 삶에 비해 소박하고 가난한 시장 사람들의 삶이 더욱 따뜻한 것으로 그려지고 있다.

91 「어느 섣달 그믐날」, 『벙어리 동찬이』, 44~45쪽.

를 지니는가를 잘 보여준다. 권정생은 '처지가 같아야 서로 도울 수 있다'는 것을 여러 작품에서 거듭 강조하는데, 이는 곧 톨스토이의 '형제애에 바탕을 둔 상호협력'과도 같은 의미일 것이다. 같은 처지가 되어야 진심으로 도울 수 있다고 보는 것인데, 이러한 사유의 바탕에는 사람이 되어 이 땅에 내려온 예수가 있다고 할 수 있다. 하느님도 인간이 되어야 비로소 같은 처지의 인간을 도울 수 있는 것이다.

그런데 톨스토이의 종교적 입장과는 달리, 자연과학 및 사회과학적 입장에서 '상호부조'의 역사를 고찰한 이가 있는데, 그가 바로 크로포트킨이다. 그는 러시아의 유명한 아나키스트 사상가로서, 톨스토이가 주창했던 삶을 유일하게 실천했던 인물로 흔히 평가된다.[92] 그는 '상호부조'야말로 자연의 만물과 인간이 지금처럼 발전하는 데 중요한 요소였다고 말한다.

> 인간의 상호부조 경향은 그 기원이 상당히 오래되었고, 과거 인류의 모든 진화 과정 속에 깊이 뒤섞여 있다. 그래서 역사상 온갖 영고성쇠에도 불구하고 오늘날까지 인류는 그러한 경향을 유지해왔다. 상호부조는 주로 평화와 번영기에 발전했다. 하지만 인간에게 최악의 재난이 닥쳤을 때도 — 온 나라들이 전 쟁으로 황폐해지거나, 전체 인구가 빈곤으로 인해 격감하거나, 압제자의 속박에 신음할 때조차 — 상호부조의 경향은 마을마다 도시의 극빈층 사이에서도 명맥을 유지하면서 사람들을 하나로 묶어주었고, (…중략…) 넓게 보면 인류의 윤리적인 진보는 부족에서 점점 더 규모가 커진 집

92 폴 애브리치, 하승우 역, 『아나키스트의 초상』, 갈무리, 2004, 125쪽. 크로포트킨의 아나키즘에 대해서는 이 책의 1부 4~5장(97~185쪽) 참조.

단에 이르기까지 상호부조라는 원리가 점진적으로 확대되어 나타난 것이고 마침 내 언젠가는 신념이나 언어, 인종에 상관없이 인류 전체를 포괄하게 될 것이다.[93] (강조는 인용자)

이처럼 크로포트킨은 인간을 인간답게 만든 데는 '상호부조'와 '상호지원'이 바탕에 있었고, "수많은 사람들이 살았던 방식을 확인해보고 이들의 일상적인 관계를 연구하려고 노력해보면 오늘날까지도 인간의 삶 속에는 상호부조와 상호지원의 원리가 커다란 역할을 하고 있다는 사실을 알게 된다"[94]라고 역사적 사실에 입각하여 상호부조론을 주장한다.

2) 장편 『한티재 하늘』 분석

소설 『한티재 하늘』에서도 상호부조의 모습은 발견된다. 이 작품은 『초가집이 있던 마을』을 통시적으로 확장시킨 것으로 볼 수 있는데, 애초 7권 정도로 구상되었으나 2권만 출간된 채 작가의 사망으로 중단되고 말았다. 즉 이 소설은 자전적 성향이 짙은, 미완의 대하소설이다.[95] 이 작품은 동학농민전쟁 이후인 을미년(1895년)부터 작가 자신의 출생 때(1937년)까지의 시기를 배경으로 하고 안동시 일직면 평팔, 명진, 광연을 주요 무대로 하고 있다. 작품에서 권정생은 수동댁네 가족, 조석과

93 P. A. 크로포트킨, 김영범 역, 『만물은 서로 돕는다—크로포트킨의 상호부조론』, 르네상스, 2005, 268쪽.

94 위의 책, 273쪽.

95 안상학, 「권정생의 소설 『한티재 하늘』의 현장 삼밭골」, 원종찬 편, 『권정생의 삶과 문학』, 창비, 2008, 350쪽.

분들네 가족, 문 노인네 가족, 최서방과 숨실댁네 가족 등 네 가족이 4대에 걸쳐 살아온 과정과 이들을 둘러싼 여러 사람들의 다사다난한 모습을 생생한 필치로 그려낸다. 갑신정변, 동학농민전쟁, 을미사변, 항일의병 등 한국 근대사의 고비들 속에서 이른바 민초들이 어떻게 대응하며 살았는지를 증언하는 작품인 것이다.

제목인 '한티재 하늘'에 대해 살펴보면, '한티재'는 본래 안동 시내에서 대구 방면으로 난 국도에서 첫 번째 만나는 고개로, 안동대교에서 바라보면 물 건너 무주무 마을 위에 걸려 있는 넓게 포장된 길이 산자락을 돌아 숨어드는 곳이다.[96] 지금은 그 자취가 사라진 '한티재'는 '큰 고개'라는 뜻으로, 작품에 등장하는 사람들은 모두 이 고개를 넘어 다니며 모질고 질긴 삶을 살아낸다. 또한 '하늘'은 작품에 등장하는 동학의 가르침, 즉 '사람이 하늘이다'에서 나온 '하늘'이다. 그렇다면 작품 『한티재 하늘』은 곧 '한티재를 넘어 다니며 살아가던 하늘같은 사람들의 이야기'를 의미한다고 하겠다. 작품의 주요 인물은 수동댁네 가족, 조석과 분들네의 가족, 문 노인네 가족, 최서방과 숨실댁네 가족 등 네 가족이지만, 등장인물은 무려 130여 명에 달한다. 이른바 '양반네'들이 아닌, 몸을 놀려야 살아갈 수 있는 '백성들'의 삶을 다양한 에피소드를 통해 그려내고 있는 것이다.

이 작품은 특별히 어느 한 사람에게 초점을 맞추고 있지 아니하다. 작품은 앞에 언급한 네 가족을 중심으로 이리저리 실타래 풀어지듯이 이야기가 꼬리에 꼬리를 물고 전개되는데, 그 속에서 가난한 무지렁이 백

96 위의 책, 334쪽.

성들은 '양반네들' 등쌀에 살기가 힘들었고, 나라를 남에게 빼앗긴 다음에는 '남의 나라 사람들'과 '양반네들' 때문에 더 살기 어려워졌다는 사실을 보여준다. 백성들에게 상전이 둘이 되고 만 것이다.

> 만약 옥황상제님이 하늘에서 내려다보신다면 인간 세상이 왜 저리도 고르지 못한가고 내내 탄식만 하실 것이다. 더욱 이 조선땅 어디나 반반한 곳이면 양반네들이 자리를 움켜쥐고 떵떵거리고 불쌍한 여름지기네는 구석자리로 밀려나 헐벗고 굶주려야 하는지 마음 아프실 것이다. 그 착한 여름지기들은 제 땅 한 고랑 못 가지고 따비밭 한 뙈기도 양반들께 도조를 내고 얻어 부쳤다.
>
> 삼밭골 사람들은 이래서 더 고달팠다. (…중략…)
>
> 사람은 무엇으로 사는가고 물으면 조선 백성들은 거지반 '악으로 산다'고 대답할 것이다. 왜 악으로 사는지 그들이 결코 악해서 그런 건 절대 아니다.[97] (강조는 인용자)

> 주재소가 생기고 면소가 생기고 우편소가 들어서면서 세상은 빈틈없이 고약해져 갔다. 전에는 배메기 반갈림 농사도 더러는 어둔 구석이 있어서 구석진 밭뙈기나 숨은 다랑논은 그냥그냥 고지값도 없이 모른 척 눈감아 주던 것을, 땅을 재는 도꼭지들이 구석땅이나 자투리땅까지 줄자로 빈틈없이 재고 난 다음부터 호박구덩이 하나도 옹근 것이 없어졌다. 땅임자인 양반네들은 오히려 설치고 다니며 왜놈과 한통속이 되어 제 살 제가 갉아먹듯이 조선땅을 갉아먹고 백성들을 옭아맸다.[98] (강조는 인용자)

97 『한티재 하늘』 1, 6쪽.
98 『한티재 하늘』 1, 262쪽.

> 몇 해 전부터 벌써 인근 지방에서는 농민조합이 생겨 고지기 농사꾼들을 돕고 있었지만 삼밭골은 입때까지 굼쩍 않고 있었다. 배메기로 반지기 농사를 지어 고분고분 알곡을 갖다 바치며, 그게 힘없이 살아가는 농사꾼의 도리로 여기며 살다보니 억울한 일도 괘씸한 그냥그냥 숨죽여 참고 살아온 것이다.
>
> 하지만 **백성들은 하늘이고 하늘도 막다른 길에 쫓겨나면 뒤돌아 설 수밖에 없다.** 백성들은 지금 그렇게 막다른 길에서 뒤돌아 선 것이다.[99] (강조는 인용자)

작품에서 안동 읍내는 양반님네들이 사는 곳이고, 삼밭골과 돌음바우골은 제 땅 한 고랑 없이 헐벗고 굶주리며 살아가는 여름지기들(농사꾼들)이 사는 곳이다. 작가는 하늘에 있는 옥황상제가 땅을 내려다본다면 "인간세상이 왜 저리도 고르지 못한가"라고 "내내 탄식하실 것"이고 "마음 아프실 것"이라고 표현한다. 이러한 표현에서 우리는 권정생이 성서의 예언자들처럼 '하느님의 관점'에서 세상을 바라보고 비판하고 있다는 것을 확인하게 된다. 이 땅에 일본인이 들어오자 백성들의 삶이 더 팍팍해지는데, 양반들이 일본인과 한통속이 되어 조선 땅을 "갉아먹고" 백성들을 "옭아맸기" 때문이다. 결국 막다른 길에서 "악에 받친" 백성들은 뒤돌아설 수밖에 없다는 것인데, 위의 구절은 소작쟁의를 앞둔 상황에서 언급한 것이지만, 작가는 그 이전에 일어났던 동학농민전쟁에 대해서도 동일한 시각을 취하고 있음을 알 수 있다. 더 이상 갈 곳이 없는 막다른 길에 들어섰을 때 백성은 마침내 자신의 목소리를 낸다는 것이다.

---

99 『한티재 하늘』 1, 261쪽.

그런데 그렇게 되기까지 대부분의 백성들은 묵묵히 살아간다. 무슨 일이 있어도 참아가며 사는 것이다. 고달픈 삶을 살아가는 이들에게 삶의 의지처가 되는 것은 무엇일까. 그것은 바로 서로서로 돕고 나누는 것이다. 분들네의 출산 에피소드를 보면, 그러한 사실을 잘 알 수 있다. 을미년(1895년) 섣달에 분들네는 밥을 먹다가 그만 태기를 보이게 된다. 남편 조석은 분들네와 가깝게 지내는 안골댁 째보 어매에게 달려간다. 안골댁과 조석이 달려오자 분들네는 막 아기를 낳은 참이다.

> 안골댁은 첫국밥 지을 쌀을 찾았다. 하지만 단지 안에 깜둥 물푸레좁쌀 댓 되박 담겨 있고 쌀은 없었다.
>
> "금이네야, 쌀 유름해 놓은 것 없니껴?"
>
> 분들네는 누운 채 고개를 젓는다. (…중략…)
>
> 안골댁은 미역 반쪽을 분질러 물에 담궈 놓고는 바가지를 들고 마실로 나갔다.
>
> "어야꼬나. 우리도 영감 웁쌀 댓 되뿐인데……."
>
> 감나무집 감실댁이 그러면서 옥식기로 하나 쌀을 퍼 줬다. (…중략…)
>
> 안골댁은 서둘러 가서 밥을 짓고 국을 끓였다.
>
> 그새 소문이 퍼져 대추나무집에서 연자방아에 찧은 매조미쌀 닷되를 가지고 왔다.
>
> "금이 아배, 대목에 나무 몇 짐만 해 주이소. 그양 줘도 안 받을 끼이까네."
>
> 금호댁 할마씨는 선수를 치며 생색도 부리고 이득도 챙긴다.[100] (강조는 인용자)

---

100 『한티재 하늘』 1, 11~12쪽.

이 집은 아이를 낳은 산모에게 밥을 지어줄 쌀도 마련하지 못할 만큼 궁핍한 처지이지만, 이런 긴박한 상황에 처하자 주변 사람들이 그저 보고 있지만은 않는다. 쌀 구하러 간 안골댁에게 웁쌀을 퍼주기도 하고, 소문을 듣고 벼를 찧어 속겨가 있는 매조미쌀을 가지고 오기도 한다. 물론 나중에 나무를 해달라고는 하지만, 이렇게 서로 돕는 것이다. 여기서 '웁쌀'은 쌀이 없던 시절에 솥 밑에 잡곡을 깔고 그 위에 조금 얹어 안치는 쌀을 가리키는데, 이걸 보면 이 집도 쌀이 별로 없는데도 더 절박한 이에게 나누어 준 것을 알 수 있다. 또 가까운 사이인 안골댁은 아무런 조건 없이 달려와서 산모의 산후 조리를 돕는다. 너나없이 가난하고 힘겨운 살림살이지만 이렇게 상부상조하는 풍습이 예전에는 엄연히 살아있었던 것이다.

이렇게 상대방의 처지를 배려하는 마음씀씀이는 작품 곳곳에서 발견된다. 계묘년(1903년)에 남편 건재가 화적패를 도왔다는 혐의로 토벌대에 잡혀가 매를 맞아 장독으로 죽고 토벌대가 불을 질러 집도 잃게 된 정원네 네 식구가 외가를 향해 올 때 만난 나루치 노인도 이러한 사람 중의 하나이다. 나루치 노인은 남루한 몰골의 정원이에게 "마님은 이룽기 일찍으이 어데 가세니이껴?"[101]라며 마님을 올려붙이며, 건너편 나루에 닿았을 때도 "마님 살피 가시이소"[102]라고 한다. 그러더니 뒤에서 정원을 부른다.

"마님요! 이것 아직 새 신이시더. 쫌 크제만 신고 가시이소."

노인이 신고 있던 짚신을 벗어들고 가까이로 다가왔다. 눈꺼풀이 실쭉 움직여

101 『한티재 하늘』 1, 31쪽.
102 『한티재 하늘』 1, 32쪽.

지며 울컥 눈물이 나올 것 같았다. 그러고 보니 정원이 신고 있는 미투리가 다 해어져 한 쪽 발 뒷갱이끈 하나가 떨어져 터덜터덜 끌리고 있었다. (…중략…)

"먼길을 걸어오신 것 긑은데 신발이 성해야 앞으로 더 가실 게 아니시이껴?"

정원이 등뒤에서 노인은 조심스럽게 말하고 있었다.

"시상이 여간 힘들어야제요. 아직도 여기저기 난리는 끈치잖고 토벌대들이 화적패를 찾아댕긴다드구만요." (…중략…)

"마님 **긑**은 사람들이 며칠에 한 번씩은 강을 건네가시니더." (…중략…)

노인은 짚신 두 짝을 두 손으로 공손히 내미는 것이었다.[103] (강조는 인용자)

나루치 노인은 정원네 식구들이 어떤 처지인지 뻔히 알기에 정원에게는 '마님', 아이에게는 '애기씨'라고 부르며 예의를 갖춘다. 이러한 배려와 마음씀씀이가 정원에게 살아갈 힘을 주는 것이다. 정원이가 찾아간 친정은 어머니 수동댁이 꼽추 오라배와 벙어리 올케와 함께 사는 곳이다. 정원이가 어머니 손을 잡고 통곡하자 수동댁은 "에미야, 걱정 마라. 산 입에 거무줄 안 친다. 니 오래비랑 내캉 같이 살면 된다"하고 말한다. 이제 정원이는 마음을 잡고 아이들을 키우며 살아간다. 이렇게 되기에는 건너집 서억이 모자가 큰 힘이 되는데, 서억의 어머니 복남이는 정원이보다 한 살 아래로 비슷한 처지의 두 청상과부는 "서로 아픔을 달래주는 길동무"가 되는 것이다.

복남이는 아들 서억을 낳자마자 남편을 잃었다. 본래 문노인과 아들

103 『한티재 하늘』 1, 33쪽.

길수는 몰래 동학을 믿어왔는데, 길수는 전부터 동학혁명군이 되고자 했으나 아버지 문노인의 당부로 아들을 낳고 떠난 것이다. 이대독자인 길수는 곧 죽었고, 아버지 문노인도 토벌대에 끌려가 죽었던 것이다. 집 떠나기 전날 밤, 문노인 부자는 『용담유사』의 안심가를 읽고, 떠나는 날 아침, 아버지 문노인은 "길수야, 나라도 백성도 모두 한울님이다"라고 말한다. 이 작품에서 우리는 동학의 '사람이 곧 하늘'이라는 사상이 '사람이 곧 하느님'이라는 그의 기독교 사상과 중첩되는 것을 발견할 수 있다. 권정생의 이러한 사유는 기독교의 배타성을 질타하고 종교 다원주의로까지 이어진다고 할 수 있다.

이 작품에서 동학혁명군, 즉 '빤란구이'는 '나라와 백성을 구하려고 목숨까지 바치고 싸우는' 이들이라 일반 사람들의 지지를 받는 것으로 그려진다.

> 청송, 진보, 영양, 봉화, 순흥, 문경 쪽으로 반란군과 수비대들의 싸움이 줄다리기처럼 밀고 밀리며 끝날 줄을 몰랐다.
>
> 향교골 자부레미네 외딴집에 빤란구이 셋이 찾아왔다. (…중략…) 박서방은 찾아온 빤란구이들에게 밥을 주고 양식도 나눠줬다. 빤란구이 셋 가운데 둘은 그때까지 가을 홑적삼을 입고 있었다. 박서방은 군데군데 기운 옷이지만 무명 핫옷을 꺼내다 입혀줬다. 빤란구이들은 굽신굽신 절을 했다.
>
> "고마워하지 마시이소. 당신네들은 나라와 백성을 구할라꼬 목숨까지 바치고 싸우고 있잖니껴."
>
> "그렇지만 우리 겉은 걸 도와주마 무사하지 않을 것인데 뒷탈이 날까 걱정이시더." (…중략…)

"혹시 관에서 알기 되거든 우리가 강제로 도둑질해 갔다고 하시오."

박서방은 고개를 저었다.

"아이시더. **내 목숨 살아볼라고 당신네들 이름을 욕되게 할 수는 없니더.**"[104]

(강조는 인용자)

박서방은 집에 찾아온 '빤란구이' 즉, 동학혁명군들에게 따뜻한 밥도 주고 양식도 나누어주며, 한겨울에도 가을 홑적삼을 입고 있는 그들에게 기운 것이나마 무명 핫옷을 입혀주는 인물이다. 나라와 백성을 구하고나 목숨을 내어놓은 동학혁명군들에게 고마워하는 박서방이나 그에게 피해를 주지 않으려고 관에는 강제로 도둑질해갔다고 하라는 동학혁명군들이나 모두 인정을 알고 상대방을 배려하는 사람들이다. 동학혁명군들의 이름을 욕되게 할 수 없다고 말하는 박서방은 관군에게 붙잡혀 총살당한 '빤란구이'들의 시신을 몰래 거두어 향기봉 골짜기 양지쪽에 묻어주고 기제사까지 지내주는 의로운 인물이다.[105]

이 작품에서는 세상을 바꾸고자 하는 움직임을 그리는 한편, 이전의 소년소설에서와 마찬가지로 불치병으로 인해 일상적 삶이 불가능해진 인물이나 극빈으로 인해 기존의 윤리나 규범을 깨뜨리게 되는 인물이 등장한다. 질병이나 극빈은 이 시절에도 역시 삶을 고통스럽게 하는 조건인 셈이다. 이 작품에서 불치병으로 등장하는 것은 역시 폐병이나 문둥병인데, 이런 병에 걸린 사람들은 결혼 생활이 파탄이 나고 가족들과 떨어져 혼자 살아야 하기 때문이다. 분들네의 작은 아들 재득이는 결혼하자마자

104 『한티재 하늘』 1, 20~21쪽.
105 『한티재 하늘』 1, 26~28쪽 참조.

문둥병에 걸려 아내 수임이는 친정으로 돌아가 스님이 되고, 귀돌이의 동생 분옥이는 두칠이와 결혼해 행복하게 살다가 문둥병에 걸려 소박을 당해 돌아와 홀로 살게 된다. 그런데 이런 분옥이를 사랑하여 돌보아주는 이가 있는데 그가 바로 걸버생이 동준이다. 그런데 동준이에게는 사연이 있다. 아래 인용문은 동준이가 분옥이에게 들려주는 이야기다.

> "…… 우리 어매도 병든 몸으로 시집에서 쫓겨났다네.…… 뱃속엔 애기가 들어 있었고…… 우리 어매도 친정집에 갔지만, 거기서도 쫓겨나 그때부터 걸버생이가 됐다는구만. (…중략…) 어매는 몸이 점점 시들어져 결국 아들은 낳고는 숨을 거둔 거지.…… 각설이 아바씨 하나가 그 아들아를 주워서 키워준 게 고마운 건지, 차라리 그냥 죽도록 냇비리 뒀으마 좋았을걸.…… 그 각설이 아배는 그 아아가 열 살 때 죽었고…… 그 아아는 그때부텀 떠돌이로 컸고……."
>
> 그 뒷 이야기는 안 들어도 훤히 알 수 있다.[106] (강조는 인용자)

동준이에게 분옥이는 자신의 어머니와 하나로 겹쳐지는 인물인데, 둘은 한적한 곳으로 떠나 오순도순 살다가 분옥이가 병으로 죽은 얼마 뒤 동준이에게도 문둥병이 나타나게 되는 것이다. 동준이는 스스로 인간이 되어 죽기까지 한 예수의 형상을 띤 인물로, 여기서도 권정생은 같은 자리에 있는 사람만이 진정으로 상대방을 돕고 사랑할 수 있다는 인식을 드러낸다.

106 『한티재 하늘』 2, 9쪽.

극단의 궁핍한 살림살이에 대해서도 여러 에피소드가 등장하는데, 이순의 에피소드도 그중의 하나이다. 이순은 분들네의 장남 장득이와 혼인하는데, 장득이는 노름 버릇이 있다. 장득이의 노름빚으로 인해 집이 차압에 들어가자 이순이네와 분들네는 차압이 붙지 않은 소를 나누어 야반도주를 하게 된다. 장득이의 노름빚으로 인해 동생 수득이가 대신 감옥살이를 하게 되고, 결국 붙잡힌 장득이는 수득이와 함께 감옥살이 대신에 일본으로 돈 벌러 떠나게 된다. 그 이후 이순은 어린 아이 넷을 데리고 온갖 궂은일을 하며 살아가는데 굶기를 밥 먹듯이 한다. 이순은 주막에 밀주를 만들어 파는 일을 하다가 벌금 50원을 지게 된다.

결국 이순은 이 돈을 마련하기 위해 몸을 팔게 되고, 이로 인해 아기를 가지게 되어 시어머니 분들네에게 화냥년 소리까지 듣게 되는 것이다. 이순의 이야기는 『레미제라블』에서 팡틴느가 사생아인 자기 딸 코제뜨를 위해 몸을 팔게 되는 과정과도 유사한데, 동서양을 막론하고 막다른 골목에 처한 여자들이 살기 위해 어쩔 수 없이 몸을 팔게 되는 과정을 여실히 그려내고 있다. 『몽실 언니』에서도 몽실이가 쓰레기장에 버려진 검둥이 아기를 보고 사람들이 "화냥년의 새끼!"라며 욕하고 때리자 아기를 보듬어 안고 "그러지 말아요. 누구라도, 누구라도 배고프면 화냥년도 되고, 양공주도 되는 거여요"[107]라고 나서서 변호하는데, 이 장면과도 중첩된다. 극빈은 기존의 윤리와 규범을 지키지 못하게 한다는 것을 이 두 에피소드는 여실하게 보여주는 것이다. 또한 국가를 비롯한 제도가 인간을 억압하는 모습도 극명하게 보여 주는데, 여기서 이순에게 벌금을 매

107 『몽실 언니』, 177쪽.

기는 하급관료인 순사는 국가 폭력을 수행하는 역할을 한다.

이렇게 고통스러운 삶을 보여줌과 동시에 바람직한 삶의 모습도 작품에서는 등장한다. 그것은 바로 욕심 없이 사는 삶이며, 사람이 하늘임을 깨닫고 기꺼운 마음으로 나누는 삶이다. 이러한 모습은 이순의 오빠 이석과 동학을 믿는 은애의 삶에서 확인된다. 이석은 도망친 종 달옥[108]과 함께 깊은 산골에서 농사짓고 살다가 불이 나는 바람에 모든 것을 다 잃고 동네 머슴이 되어 살아간다. 이러한 이석의 삶은 눈코 뜰 새 없이 바쁘고 힘들고 고달팠지만 그는 언제나 웃는 얼굴이다. 저녁을 먹고 나면 별자리를 보며 아이들에게 옛이야기를 해주는 이야기꾼이기도 한데, 이석은 욕심 없이 살며 하루하루 살아가는 것을 행복해 한다. 아래의 구절은 이석의 성품을 잘 보여준다.

> 다만 한 가지 이석은 동생들을 살펴 주지 못한 것이 언제나 가슴 한 구석에 자리잡고 있었다. 이순이 이금이한테 죄스럽고 미안했다. 그래서 칠배골에 불이 나서 쫓겨 올 때도 이석은 하늘이 벌을 내렸다고 생각했다. 부모 동생도 모르고 혼자서 도망쳐와서 두더지처럼 숨어 살았으니 하늘인들 그냥 보고만 있겠는가.
>
> 이석은 아무리 힘들고 동네 머슴살이가 개굿장스러워도 모든 걸 죗값이라 생각하고 살고 있다. 그런데도 지금 혼자서 고생살이 한다는 이순이 소식을 듣고부터 한쪽 가슴이 그냥 짜부라지듯 아팠다.[109]

---

108 딸 달옥이 종의 신분이 아니라 도망쳐서 자유롭게 살기를 바라며 스스로 물속에 빠져 들어가 죽는 어머니 오월이의 모습은 이 작품에서 가장 감동적인 에피소드 중의 하나이다.

109 『한티재 하늘』 1, 132~133쪽.

또한 은애는 참봉댁 며느리인데, 동학에 나오는 〈도덕가〉, 〈흥비가〉를 읽고 나서는 종으로 사는 실경이네 식구들을 불쌍하게 여기고 돕는다. 은애는 수운 선생님의 가르침대로 틈만 나면 "위천주시천주"라고 주문을 외우는데, 은애는 실경이의 딸 춘분이의 일을 도우며 다음과 같이 말하여 춘분이를 놀라게 한다.

> "춘분아."
>
> "예."
>
> "인지부터 작은마님 하지 말고 형님이라 불러."
>
> "예애?!"
>
> 춘분이는 입이 딱 벌어진다.
>
> **"이 세상은 상전도 머슴도 없고 모두 형제간이네."** (…중략…)
>
> 은애는 여덟 폭 스란치마를 다섯 폭으로 줄여 통치마로 만들어 입었다. 실경이네가 질배나무(산사나무)를 베다 솥에 삶아 검정물을 들여 입는 것을 따라 검정물을 들여 입었다.[110] (강조는 인용자)

은애는 '모두 형제간'이라는 생각을 말하며 자신의 생활태도를 바꾸어 스스로 몸을 놀려 종들이 하는 집안일을 몸소 하고 옷차림도 바꾼다. 양반들이 일반 백성들을 착취하는 것을 당연지사로 여기는 세상에서 동학사상은 그야말로 후천개벽의 놀라운 가르침이라는 것을 이 에피소드는 잘 보여준다.

---

110 『한티재 하늘』 1, 229쪽.

그런데 이 작품에는 동학과 함께 처음으로 야소교가 등장하여 흥미롭다. 귀돌이 딸 쌍가매가 시집간 지 팔 년 만에 배태를 하는데, 이때 사람들은 제각기 다른 생각을 한다. 아래 장면에는 감사기도를 올리는 쌍가매와 아기를 구하는 분순이의 기도 모습이 대비되어 그려져 있다.

> 방아실 귀돌이는 작년 가을 익보초 고음을 해다 준 것이 이렇게 효험이 있게 된 것이라고 생각했고, 시어매 박집사는 그 동안 쉬지 않고 기도를 해서 하나님이 응답하신 것이라 여겼다.
>
> 어쨌든 독자 아들 재성이는 대를 이을 아기가 생기게 되어 마음놓게 되었다. 쌍가매는 쌍가매대로 한없이 기뻤다. (…중략…)
>
> 쌍가매는 무삼베 치마를 오므리고 꿇어앉았다.
>
> "하나님 아부지시여, 아부지 딸이 아기를 가졌나이다. 죄많고 불쌍한 저를 굽어살펴 주시어 원하고 원했던 아기를 주신 것 천 번 만 번 감사드리나이다. 아부지시여, 천 번 만 번 감사하고 감사하나이다……." (…중략…)
>
> 정신을 들어 눈을 떠 보니 (…중략…) 분순이가 훌쩍거리며 기도하고 있었다. 쌍가매는 가슴이 철렁했다. 서른일곱 나이로 아직 아기를 못 가져 본 분순이다. 분순이는 주일 날이면 노랑머리 미국 사람 안드레아 목사님이 설교하는 말을 가슴 부풀리며 들었다. 아브라함은 백 살에, 사라는 아흔아홉에 아들을 낳았다. (…중략…) 어쩌면 분순이한테 쌍가매 배태 소식이 큰 희망도 되었지만 한녘으로는 절망도 되었다.[111] (강조는 인용자)

---

111 『한티재 하늘』 1, 203~204쪽.

권정생의 고향이자 그의 문학적 배경의 대부분을 차지하는 안동은 기독교가 번성한 곳의 하나인데, 1894년에 처음 안동에 선교사가 발을 내딛었다고 한다. 안동에 기독교가 번성한 이유를 안동교회의 원로목사인 김광현은 다음 세 가지를 꼽고 있다.[112] 안동에 선교한 교회는 장로교회인데, 장로교회는 신앙과 행위의 표준을 성경에 두고 있어 원래 경전을 존중해오던 안동 사람들에게 잘 파고들 수 있었다.[113] 장로교회의 윤리관이 유교와 비슷한 데가 많았고, 대의정치 체제를 지닌 장로교회의 제도가 전제군주 제도 밑에 있던 사람들에게 신선한 충격을 주었다. 결국 새로운 세상을 기다리던 사람들에게 탄압받던 동학의 자리를 대신하여 새로운 사상으로 자리 잡은 것이 야소교, 즉 기독교였던 것이다. 더구나 일반 사람들에게 동학의 '한울님'과 기독교의 '하나님'은 거의 구별되지 않고 수용되었을 것이다.

이상에서 살펴본 소설 『한티재 하늘』의 주제는 다음의 두 문장 속에 압축되어 있다. "천지가 흔들리고 난리가 나도 세상에는 아기가 끊임없이 태어났다(강조는 인용자). 조선의 골짝골짝마다 이렇게 태어나는 아기 때문에 모질게 슬픈 일을 겪으면서도 조선은 망하지 않았다."[114] 아무리 억압해도 끈질기게 살아남는 것, 그것이 바로 민초들인 것이다. 아무리 짓밟아도 죽지 않고 푸르게 솟아나는 풀 같은 생명인 것으로, 작품 『한티재 하늘』은 죽음을 이긴 생명의 찬가인 셈이다. 작품에서는 여러 장면에 걸쳐 수없이 많은 풀 이름이 경상도 사투리로 등장하는데, 이것은 작품

112 김광현, 「유학의 고장에 기독교가 성한 까닭은 무엇인가」, 안동문화연구소 편, 『안동문화의 수수께끼』, 지식산업사, 1997 참조.

113 위의 책, 351쪽.

114 『한티재 하늘』 1, 57쪽.

의 주제와도 긴밀하게 연관된다고 하겠다.

또 생생한 입말과 함께 작품에 등장하는 여러 민요들은 주제를 부각시키며 문학적 중층성을 더하는 데 일조하고 있다. 권정생은 이 작품에서 봉건질서에 반기를 들고 제국주의에 항거하며 극심한 가난 속에서도 서로 돕고 끈끈한 정을 나누며 살아가는 사람들의 이름을 일일이 거명하며 이야기를 꾸려낸다. 어떠한 어려움에도 불구하고 삶의 끈을 놓치지 않고 살아가는 민초들의 삶이야말로 대대손손 면면히 이어져 오는 이야기(파노라마적 이야기)와 같다는 것을 이 작품은 잘 보여준다. 무려 130여 명에 달하는 인물들이 등장하지만 그 어느 한 사람에게 특별한 초점을 맞추고 있지 않은데, 이는 마치 장편서사시와도 같은 느낌을 불러일으킨다.

이상과 같이 제3장에서 다루어진 중기의 소년소설 / 소설은 현실비판에 바탕을 두고 역사적 증언의식, 반전의식과 체제비판, 상호부조와 생명존중의 사상을 드러내고 있음을 확인할 수 있다. 역사적 증언의식은 가난하고 고통받는 이들이 바로 희생양이자 속죄양 '예수'라고 보는 '권정생의 예수상(像)'과 긴밀한 연관성을 갖는데, 여기에는 세 가지 유형이 있음을 알 수 있다. 첫째 유형은 '극심한 가난으로 고통받는 사람'을 그린 작품(「순자 이야기」, 「아버지」, 「빨간 책가방」, 「연이의 오월」)으로, 등장인물들은 가난으로 인해 일상적인 생활마저 불가능하지만 누구도 원망하지 않고 자신의 처지를 감내한다. '폭력에 맞서지 않고 고스란히 감내하는 인물들'인 것이다. 둘째 유형은 '몸에 병이나 장애가 있는 사람'을 그린 작품(「보리이삭 팰 때」, 「사과나무밭 달님」, 「똬리골댁 할머니」, 「해룡이」,

「진구네가 겪었던 그해 여름이야기」, 「보리방아」, 「달개비꽃이 읽은 편지」, 「벙어리 동찬이」, 「패랭이꽃」)으로, 등장인물들은 대개 병이나 사고로 불구가 되지만 착하게 살아가며, 아이들은 어른도 미처 깨닫지 못한 삶의 이면을 깨치고 있는 것으로 그려진다. 셋째 유형은 '전쟁으로 인해 고통받는 사람'을 그린 작품(「초밭 할머니」, 「새끼 까치와 진달래꽃」, 「달맞이산 너머로 날아간 고등어」, 「달수네 아버지」, 「우리들의 오월」, 「어느 가을 할머니가 부르는 찬송가」)으로, 등장인물들은 전쟁으로 모든 소중한 것을 잃으며, 전쟁이야말로 가장 큰 폭력임을 보여준다.

반전의식과 체제비판은 단편에서도 종종 나타나지만 이러한 주제의식이 집대성되는 것은 장편소설들이다. 『꽃님과 아기양들』(대한기독교서회, 1975), 『몽실 언니』(창비, 1984), 『점득이네』(창비, 1990), 『초가집이 있던 마을』(분도출판사, 1985)과 같은 '전쟁수용 소년소설'은 전쟁이야말로 인간에게 가장 큰 비극임을 고발하여 반전의식과 체제비판을 드러내는데, 이는 생명존중 사상과도 긴밀히 연관됨을 확인할 수 있었다. 또 상호부조와 생명존중 사상은 중기의 여러 작품에서 발견된다. 단편 「쌀도둑」, 「눈 덮인 고갯길」, 「어느 섣달 그믐날」에서는 가난한 사람들끼리의 상호부조가 그려지고, 『한티재 하늘』 1・2(지식산업사, 1998)에서는 상호부조와 생명존중 사상이 여러 에피소드에서 드러나고 있다.

중기 권정생 문학에는 함석헌의 '씨알사상'과 톨스토이의 기독교 아나키즘이 바탕에 깔려 있다고 볼 수 있는데, 작품 분석을 통해 이것을 확인할 수 있었다. 함석헌은 고통받는 민중과 민족의 세계사적 의미를 부각시키고 있는바, 그에게 고통받는 '씨알'은 바로 십자가 매달린 예수와 함께 십자가를 지는 모습인 것이다. 톨스토이는 성서에 바탕을 두고 비폭력과 반전을 주장하고 기성 기독교와 국가를 비롯한 모든 권력과 체제를 비판하고, 가난한 사람의 삶을 옹호하며 형제애에 바탕을 둔 '농촌 공동체'에 희망을 가졌는데, 권정생 또한 작품에서 톨스토이와 동일한 사상을 드러내고 있음을 알 수 있었다. 또한 상호부조의 사상은 '모든 만물은 서로 돕는다'는 크로포트킨의 사상과도 연관되는바, 상호부조와 상호지원이야말로 현재도 강력한 힘을 발휘하는 윤리적 기제임을 알 수 있었다. 권정생의 '가난한 사람끼리 서로 도와야 한다'는 사유는 톨스토이의 '형제애에 바탕을 둔 상호협력'과 동일한 것으로, 이러한 상호부조와 상호지원을 통해 현실의 고통스러운 삶은 '그래도 살 만한 삶'으로 바뀌게 되며, '죽음'을 극복하고 '생명'으로 나아가는 길을 확보하게 됨을 확인할 수 있었다.

후기 문학과 사상(1991 ~ 2007)

판타지와 생태 아나키즘

1. 판타지 양식의 선택

권정생의 현실비판은 단지 비판에만 멈추지 않고 끊임없이 대안적 삶을 모색하는 과정과 결부되어 있다. 그는 비참하고 고통스러운 현실을 극명하게 드러냄으로써 역설적으로 마땅히 있어야 할 현실을 보여주고자 한 것이다. 이렇게 현재의 현실 비판과 더불어 대안을 모색할 때, 권정생은 판타지 양식을 사용한다.

다시 말해서 권정생은 자신이 다루고자 하는 소재와 작품의 메시지에 따라 그에 걸맞은 문학 양식을 채택했다고 볼 수 있다. 자신이 처한 실존적 상태를 표현할 때는 알레고리성이 강한 동화 양식을 활용하고, 과거의 역사적 사실에 대해 증언할 때는 사실주의적 소설 양식을 활용하고, 현재의 현실 비판과 더불어 대안적 삶을 보여주고자 할 때는 판타지 양식을 주로 활용한 것이다.

그런데 그에게서 판타지 양식은 후기에 와서 갑자기 등장하는 것이 아니라 중기에 주로 이루어졌던 소설 양식 말미에 가끔 나타난 '기도'의 자세가 더욱 확대된 것으로 볼 수 있다. 사실주의 소설에서는 '마땅히 있어야 할 상태'를 간절히 바라는 것으로 마무리할 수밖에 없지만, 판타지 작품에서는 '마땅히 있어야 할 상태가 작품 속에서 이루어지는 것'으로 표현할 수 있기 때문이다.[1] 따라서 중기에도 장편 소년소설을 집필하면서 작가 자신이 소망하는 미래상을 작품 속에서 실현하고자 할 경우 『도토리 예배당 종지기 아저씨』 같은 판타지 양식의 작품을 쓰기도 하였던 것이다.

그러면 권정생 문학의 후기적 특징에 대해 접근하기에 앞서 판타지가 무엇인가부터 먼저 살피는 것이 올바른 순서일 것이다. 이재철은 판타지(fantasy)를 동화, 즉 메르헨(Märchen)과 함께 정의하고 있는데, 동화가 "현실 생활에서는 없는 것에 대해 쓴 (환상적) 작품"인데 비해, 판타지는 "정리된 사상을 가지고 논리적인 구성을 가진 환상 이야기"라고 보고

1 이러한 권정생의 창작적 태도는 그의 성서중심주의 신앙과도 어느 정도 연관이 있는 것으로 보인다. 성서에 따르면, "믿음은 바라는 것들의 실상이요, 보지 못하는 것들의 증거"(『성경전서』, 히브리서 11장 1절)이기 때문이다. 그에게서 '기도'란 일반적인 경우에서처럼 단순한 소원 빌기가 아니라, 실천적 행동을 동반하는 자기 다짐이기 때문이다. 즉 소망하는 상태를 그냥 바라는 것이 아니라 반드시 그것을 실현하기 위해서 자발적으로 행동하고자 하는 것이다. 일종의 미래적 선취(先取)인 셈이다.
참고로 목사이자 시인인 문익환은 1973년 시집 『새삼스런 하루』를 출간했는데, 이 시집에는 「히브리서 11장 1절」이란 시가 있다. 그 내용을 소개하자면, "그것은 잔디씨 속에 이는 / 봄바람. // 그것은 눈먼 아이 가슴에서 / 자라는 태양이다. // 그것은 언 땅 속에서 부릅뜬 / 개구리의 눈망울이다. // 그것은 시인의 발 속에서 태동하는 / 애기 숨소리다. // 그것은 / 그것은 내일을 오늘처럼 바라는 / 마음이요, / 오늘을 내일처럼 믿는 믿음이다."(강조는 인용자) 황금찬, 「제4장 한국문학에 투영된 기독교 사상」, 김우규 편, 『기독교와 문학』, 종로서적, 1992, 155쪽에서 재인용.

있다.[2] 또 "시간과 공간의 한계를 초월하여 자유롭게 비상하는 성격"과 함께 "현실을 비판"하며 "모아진 사상"을 판타지 형식으로 표현하는 것을 판타지의 특징으로 꼽고 있다. 그만큼 판타지에서는 사상이 중요한 것이다. 또 많은 판타지가 일상성을 초월하거나 탈출하는 것이 아니라 "일상생활 속에 공상세계를 가지고 온"다는 것도 언급하고 있다.

서구에서도 판타지에 관한 정의는 다양하나, 1984년 『옥스퍼드 아동문학 사전』에 따르면, 판타지는 "특정 작가에 의해 씌어지며, 초자연적이거나 비현실적인 요소들을 포함하는, 보통 소설 길이의 픽션을 일컫는 용어"라고 정의된다.[3] 즉, 판타지는 단편 보다는 장편에 사용하는 용어임을 알 수 있는 것이다. 넓게 보아 마술적・초현실적・비현실적・비논리적 요소를 갖는 환상성은 동화의 기본 성격이지만, 장르로서의 판타지는 환상성을 뛰어넘는 것이다. 판타지에서 제시되는 환상세계는 현실에서 없는 공간과 시간, 존재의 등장으로 현실의 합리성을 거부하지만, "현실의 모순과 갈등, 근원적인 문제를 이끌어냄으로써 현실과 관계된 세계"이기 때문이다.[4] 그러므로 판타지는 언어의 힘이 환상성을 통해 발휘되는 세계이기도 하지만, '느낌과 공감'이라는 감성의 영역으로 언어의 한계를 극복하는 세계이기도 한 것이다.

권정생의 후기 문학은 복합 형식의 판타지가 우세한 양식으로 나타나는바, 이 시기에 출간된 『팔푼돌이 삼형제』(1991), 『하느님이 우리 옆집에 살고 있네요』(1994), 『밥데기 죽데기』(1999), 『또야 너구리가 기운

2 이재철, 『세계아동문학사전』, 계몽사, 1989, 76쪽.
3 차은정, 『판타지 아동문학과 사회』, 생각의나무, 2009, 119쪽.
4 위의 책, 125~126쪽.

바지를 입었어요』(2000), 『비나리 달이네집』(2001), 『랑랑별 때때롱』(2008) 등을 보면 그러한 경향을 확인할 수 있다. 또 앞선 시기에 출간된 것이기는 하나 작품의 내용과 형식으로 보아 『도토리예배당 종지기 아저씨』(1985)도 여기에 포함시켜 논의할 수 있다.

그리고 판타지의 주제는 크게 '지금 · 여기의 현실 비판—기성 기독교 비판'과 '대안적 삶과 유토피아 의식'으로 나누어 볼 수 있다. 『도토리 예배당 종지기 아저씨』, 『하느님이 우리 옆집에 살고 있네요』에서 권정생은 현실 사회와 함께 기성 기독교를 비판하고 있다. 그는 급격히 파괴되어 가는 농촌의 공동체 삶을 근거로 하여 현대 문명사회를 비판하고 있고, 성서에 나오는 예수의 생애를 근거로 기성 기독교의 실태를 비판하고 있는 것이다. 여기에는 엔도 슈사쿠의 '약자의 하느님상' 내지는 '사랑의 하느님상', '기독교인은 예수처럼 살아야 한다'는 가가와 도요히꼬의 '기독교인상'이 지대한 영향을 미치고 있다. 또한 문학 작품과 산문을 살펴볼 때 신학자이자 종교다원주의자인 변선환과도 흡사한 사유를 보여준다.

나아가 『팔푼돌이네 삼형제』, 『밥데기 죽데기』, 『랑랑별 때때롱』과 같은 작품에서는 현실 비판과 더불어 대안적인 삶을 제시하고 있다. 대안적인 삶은 바로 '권정생의 유토피아'라고 지칭할 만한데, 그것은 바로 분단이 사라진 통일 조국에서 사람들이 땀 흘려 농사를 지으며 소박하게 사는 것이다.[5] 여기에는 소박한 농촌공동체를 소중하게 여겼던 톨스토이의 사상은 물론, 사회주의자이자 농부였던 전우익,[6] 에코 아나키스

---

5 이는 기독교에서 말하는 천국의 이미지('새 하늘과 새 땅' = 되찾은 에덴동산)와 방불하다.

트라 할 수 있는 『녹색평론』 편집인이자 문학평론가인 김종철, 목사이자 환경운동가인 최완택, 농민운동가이자 농부인 김영원[7]과의 만남이 중요한 계기가 된 것으로 보인다.

그런데 권정생의 이러한 유토피아적 전망은 갑자기 나타난 것이 아니라 초기 동화인 「똘배가 보고 온 달나라」나 「파란 눈의 아이」에서 이미 나타나고 있다. 초기에 맹아로 지니고 있던 문제의식이 후기 판타지에서 심화・확대되고 있는 것이다. 나아가 권정생은 '가난한 삶'이 곧 '행복한 삶'이라고 주장하면서 가난하고 소박한 삶이야말로 우리가 애써 택해야 할 삶의 자세임을 표방하고 있다.[8] 이러한 권정생 문학의 바탕에

---

6 전우익은 세 권의 에세이집 —『혼자만 살 살믄 무슨 재민겨』(현암사, 1995);『호박이 어디 공짜로 굴러옵디까』(현암사, 1995);『사람이 뭔데』(현암사, 2001) — 을 통해 통일운동가이자 농부인 자신의 사상을 표현하고 있다. 이 가운데서 「다양한 개인이 힘을 합쳐 이룬 민주주의」「맞고 보내는 게 인생」「스님과 인생」(『혼자만 살 살믄 무슨 재민겨』), 「호박이 어디 공짜로 굴어옵디까」「세한도(歲寒圖)를 보며」(『호박이 어디 공짜로 굴러옵디까』), 「노신의 후기 문학」(『사람이 뭔데』)에서는 「아Q정전」을 비롯한 노신의 작품을 언급하면서 사회와 정치에 관한 자신의 비판적 의견을 피력하고 있다.

7 김영원은 『효선리 농부의 세상사는 이야기』(종로서적, 1994)의 서문인 「농업이 복권되는 날을 위하여」에서 권정생의 권유로 이 책을 내게 되었다고 적고 있다. 이 책에 실린 「꿀찌에게도 희망의 박수를」, 「더불어 산다는 것은」, 「똥, 오줌을 못 가리는 문명인들」, 「벌레가 먹을 수 있어야 사람도 먹을 수 있다」 등의 내용을 보면 김영원과 권정생의 사유가 흡사함을 확인할 수 있다. 김영원은 이 책에 실린 대담에서 그리스도인을 '생명의 사과를 키우는 농부'로 규정하고 있다. 한편, 권정생은 이 책에 실린 「효선리 농부의 참된 농촌 이야기」라는 추천 글을 통해 "하나님 나라는 하나님과 인간들이 함께 노력하여 이뤄내는 것"이고 "서로 사랑하라"는 성서의 말씀은 "인간과 인간, 그리고 우리 모든 이웃이 되는 동식물이 서로 아끼며 공생하는 것으로 이루어진다"(강조는 인용자)라고 말하고 있는데, 이러한 사유가 그의 판타지에 잘 드러나 있다.

8 「가난이라는 것」, 『오물덩이처럼 딩굴면서』, 178~180쪽. 권정생은 이 글에서 톨스토이의 「사람은 어느 만큼 땅이 필요한가?」에 나오는 땅을 많이 가지려다가 그만 죽고 마는 바흠이라는 농부를 언급하면서, 지금의 교육이 '땅', 즉 물질을 더욱 많이 소유하고자 하는 수단으로 전락했음을 지적한다. 그는 산상수훈의 첫 번째 복음이 "가난한 자의 복"임을 상기시키며 "모두가 원위치로 돌아와, 가난을 지켜야 한다. 가난만이

는 기독교 아나키즘[9]과 에코 아나키즘(생태 아나키즘)[10]적 사유가 깔려 있다고 할 수 있는데, 다음 절에서는 작품 분석과 함께 이 같은 그의 사상적 궤적을 살펴보기로 한다.

평화이고 행복을 기약한다"라고 말한다. 권정생의 이러한 사유(기독교 아나키즘)는 여러 작품에서 거듭 확인되다가 후기에 더욱 부각된다.

9 기독교 아나키즘에 대해서는 이미 중기 문학과 사상을 다룰 때 언급했거니와, 일반적인 아나키즘의 역사와 특징, 형태 등에 관해서는 방영준, 「아나키즘의 이데올로기적 특징」, 구승회 외, 『아나키 · 환경 · 공동체』, 모색, 1996, 47~77쪽과 김은석, 『개인주의적 아나키즘』, 우물이있는집, 2004, 14~37쪽 참조.

10 에코 아나키즘(Eco-anarchism)에 대한 사전의 해설을 정리하면 다음과 같다. 19세기 중반 유럽에서 등장한 아나키즘은 오랫동안 많은 오해와 왜곡을 낳았으나, 1960년대에 들어와 새롭게 아나키즘의 본질이 탐구되기 시작했다. 그 본질이란 크로포트킨과 같은 19세기 아나키스트들이 이미 구상했던 아나키즘의 환경친화적 속성을 강조한 것으로, 환경친화적 공동체주의로 요약될 것이다. 이런 점에서 에코 아나키즘은 이데올로기라기보다 일종의 삶의 양식이다. 따라서 실천적인 덕목이 강조되는데, 협동적인 사회적 관계나 공동체적 삶의 가치, 연대 결속 관용의 미덕을 중시하는 것 등이 그 특징이다. 거대 이념을 거부하고 삶의 각 부분에서 새로운 생태주의를 실현하고자 하는 것이 에코 아나키즘인 것이다. http://100.daum.net/encyclopedia/view/31XXXXX10300(매일경제 백과사전) 참조.
한편 에코 아나키즘은 '사회생태주의'라고도 불리는데, 이는 1964년 머레이 북친(Murray Bookchin)이 최초로 주장한 사회 · 경제 · 환경 철학을 지칭한다. 머레이 북친의 '사회생태주의'에 대해서는 하승우, 『아나키즘』, 책세상, 2008, 86~90쪽을 참조할 것. 또 구승회, 「아나키즘과 녹색경제의 패러다임」, 『아나키 · 환경 · 공동체』, 모색, 1996, 171~203쪽도 에코 아나키즘에 대한 심층적 이해를 도울 것이다.

2. '지금 · 여기'의 현실 비판—기성 기독교 비판

1) 『도토리 예배당 종지기 아저씨』 분석

권정생이 안동 조탑마을로 이사한 뒤 일직교회 문간방에 살면서 종지기를 했다는 것은 널리 알려진 사실이다. 그러므로 『도토리 예배당 종지기 아저씨』의 '종지기 아저씨'는 권정생의 분신이라고도 할 수 있는 인물이다. 『도토리 예배당 종지기 아저씨』는 15편의 에피소드로 이루어진 연작 판타지이다. 주인공은 마흔 살이 넘도록 장가를 못 간 종지기 아저씨로, 상대역인 생쥐와 주거니 받거니 온갖 대화를 나누며 여러 가지 일을 시도하는 것이 이 작품의 주된 내용이다. 머리말에서 그는 이 작품을 통해 한국의 정치 현실을 잊고 살아가는 사람들에게 "우리가 어떤 처지에 놓여 있고, 현재 어떻게 살아가고 있는지"를 보여주고자 한다는 작품 의도를 밝히고 있다. 철저하게 현실 비판적 작품인 것이다.

> 일본의 식민지였던 나라, 그래서 제2차 세계대전에서는 수많은 아들딸들이 끌려가 목숨을 잃은 슬픈 나라, 6 · 25전쟁 때는 아버지와 아들이, 형과 아우가 서로 적이 되어 총칼을 휘두르며 온 나라를 잿더미로 만든 바보 같은 나라, 아직도 그 나라는 싸움이 끊이지 않고 있습니다.
>
> 이런 나라에 살고 있는 어른들은 늦가을 들판에 남아있는 허수아비처럼 여기저기 서 있었습니다. (…중략…) 북쪽에서 거센 바람이 불어오면 남쪽으로 기우뚱하고, 남쪽에서 거센 바람이 불면 북쪽으로 기우뚱했습니다.

> '찰리 채플린'이란 광대 아저씨는 "웃지 않으면 미쳐 버릴 것이다"라고 말하면서 바보같이 웃었지만, 한국의 허수아비들은 벌써 미쳐 버렸기 때문에 해해해해 웃고 있는 것입니다.[11]

아무런 생각 없이 허수아비처럼 살아가는 것이 바로 어른들의 모습이라고 권정생은 지적한다. 『도토리 예배당 종지기 아저씨』는 환상성이 다분한 작품이지만, 작품의 중심은 '지금・여기'의 현실이다. '지금・여기'의 현실을 다각도로 보여주고 비판하기 위해 권정생은 판타지 양식을 사용한 것이다. 이 작품의 주인공은 마흔 살이 넘은 노총각인데, 이러한 설정은 장가 못간 노총각이 많은 농촌 현실을 금방 떠올리게 한다.[12]

작품 「달구경」을 보면, 밤 열한 시 시계 종소리가 울릴 때 종지기 아저씨와 토끼 두 마리가 달빛에 고무 다라이를 타고 달구경을 가려고 한다. 생쥐가 같이 가고 싶어 하자 종지기 아저씨가 같이 가자고 청하는데, 그때 생쥐는 "끝까지 민주주의로 대우해 주는" 것이냐고 묻는다. '민주주의'란 단어를 이런 맥락으로 사용하는 것이 퍽 흥미롭다. 더 흥미로운 것은 같이 달구경 가는 생쥐에게 종지기 아저씨가 고무 다라이를 저으라며 수수꽃다리 가지로 조그만 노를 만들어주는 장면이다.

---

11 『도토리 예배당 종지기 아저씨』, 4~5쪽.

12 이 작품에서 맨 처음에 등장하는 에피소드가 생쥐가 꿈에 종지기 아저씨가 장가가는 모습을 보았다고 들려주는 「장가가던 꿈 이야기」이다. 물론 작품 마지막까지 종지기 아저씨는 장가를 가지 못한다. 이는 실제로 교회 종지기를 지냈으며 결국 장가를 가지 못하고 세상을 떠난 작가 권정생의 삶을 연상케 한다.

"나도 노를 저어야 해요?"

"그럼, 공짜로 가려고 했니?"

"공짜로는 아니지만 이건 동화잖아요?"

"동화니까 노도 안 젓고 그냥 가겠다는 거니?"

"세상 천지 동화 속에 힘들여 노를 저으면서 하늘로 올라가는 얘기가 어디 있어요?"

"없으니까 있도록 해야지. 자, 들엇!"

생쥐는 마지못해 조그만 성냥개비 같은 노를 받아들었습니다.

"진짜 동화는 괴로운 것도 있어야 한다."

아저씨는 다짐을 하듯 말하고는 "이엉차!" 힘껏 노를 저었습니다.[13](강조는 인용자)

"진짜 동화"는 "아름답고 무엇이든지 마음먹은 대로 되는 것"이 아니라 그 속에 "괴로운 것도 있어야 한다"는 것인데, 이것은 권정생의 문학관의 한 단면을 드러내는 부분이라고 할 수 있다. 이야기는 밤 열한 시를 울리는 시계소리와 함께 달빛에 고무 다라이를 타고 달나라 여행을 떠나는 것으로 시작되는데, 달나라 여행을 가지 못해 우는 생쥐를 등장시킴으로써 어디에도 늘 불만과 고통이 있다는 것을, 또 달나라 여행을 할 때 너무 작아 아무것도 볼 수 없는 생쥐가 종지기 아저씨 어깨에 올라타서야 구경을 하게 되는 장면은 서로 도와주고 도움을 받아야만 달구경이란 목적을 달성할 수 있음을 보여준다.

---

13 『도토리 예배당 종지기 아저씨』, 42~43쪽.

이 작품에서 생쥐는 몸집은 작지만 할 말은 다 하는 인물인데, "자기 뱃속 컴컴한 거 어쨌든 싸고 처매고 숨기려는 게 아담 때부터 흰둥이든 노란둥이든 수천 년이 지난 지금까지 대대손손 변치 않"는다며 '사람'을 비판하고, '여기'는 "그야 말로 싸움이 없고, 폭력도 없고, 진짜 민주주의 나라인 하늘 나라"라며 그렇지 않은 '땅'을 비판한다.

> …저 아래 땅을 내려다보니 과연 엉망진창이구나. 큼직큼직한 것들은 모두 엉큼하고 컴컴한데, 반짝반짝 빛나는 건 생쥐처럼 쪼그만 것들이라니까. 제발 큰 것들아, 작은 것이라고 마구 짓밟지 말란 말이다. 저기 저기 보라구. 작은 게 얼마나 다부진 게 멋지구나. 내방논인지 안방논인지 얼씨구 절씨구 잘한다. 파리스티나야, 너도 힘내거라. 이랑이랑아, 너도 잘한다. 벤또나미처럼 아 아 아… 그런데 꼬리안나는 왜 저렇노 왜 저렇노…[14](강조는 인용자)

위 인용은 유머와 풍자가 두드러진 부분으로, 권정생은 생쥐의 입을 통해 레바논, 팔레스타인, 이란, 베트남처럼 약소국이지만 외세를 물리치고 자립을 쟁취해 나가는 나라들을 그렇지 못한 코리아와 견주어 언급한다.

또 "큼직큼직한 것들"로 지칭되는 강대국들이 "모두 엉큼하고 컴컴"하다며 비판한다. 생쥐는 눈물까지 글썽이며 "두만강 푸른 물에 다라이 타고 노젓는 이 내 신세…", "…흘러간 그 옛날에 자유를 싣고 떠나간 그대는 어디로 갔소…", "…그리운 그대여 자유여, 내 님이여, 그리운 민주

14 『도토리 예배당 종지기 아저씨』, 46쪽.

주의여, 인권이여…"라고 노래 부른다. 아저씨가 "생쥐한테 무슨 인권이 있니?" 하고 묻자 "아 참, 다시 할께요. 그리운 생쥐권이여, 그리운 생쥐님이여, 언제나 오려나, 언제나 오려나…"라고 노래한다. 이른바 '노래가사 바꿔 부르기'인데, 이러한 표현을 통해 비민주적인 한국의 현실을 비판하면서도 동시에 웃음을 자아낸다. 웃음과 함께 깨달음을 주는 것이다. 인권이 보장되지 않는 곳에서 인간 아닌 다른 생물의 권리가 보장될 리 만무하기 때문이다. 결국 아저씨는 "과연 하늘나라다. 제멋대로 지껄여도 아무도 잡아 가지 않으니까 말이다. 그지?" 하고 동생 토끼에게 동의를 구하고, 그러자 동생 토끼는 "생쥐 데려오길 잘 했"다고 대답한다. 우쭐해진 생쥐는 더 큰 소리를 친다.

> "…임금님 귀는 당나귀 귀! 임금님 귀는 당나귀 귀! 독도는 독도는 우리 땅! 대마도는 대마도는 일본 땅! 아메리카 대륙은 인디언 땅! 지금은 똥구르마 땅! 백두산은 백두산은 우리 산! 금강산도 우리 산! 거기 사는 사람들은 우리 형제… 아니, 거기 사는 거기 사는 생쥐는 우리 형제들! 우리 핏줄…!"
>
> "꼭 위대한 애국애족자 같구나."
>
> "참 그래요."
>
> 아저씨하고 토끼하고는 작게 소근거리며 줄곧 생쥐의 넋두리인지 웅변인지에 귀를 기울였습니다.
>
> "…아 아, 가거라 삼팔선! 자나깨나 통일! 생쥐들아! 생쥐들아! 일어나라! 일어나라! 쳐부셔라! 쳐부셔라! 인간들의 힘을! 항거하라, 억압을! 돌격! 입술을 꽉 깨물고…!"[15] (강조는 인용자)

권정생은 "임금님 귀는 당나귀 귀"라는 표현을 통해 언론 자유가 억압되고 있는 상황을 보여주며, 세계 곳곳에서 있었던 강자가 빼앗은 약자의 땅을 언급하여 세계 역사란 바로 약자에 대해 강자가 행한 '약탈의 역사'임을 보여준다. 여기에는 호시탐탐 일본이 노리는 '독도'는 물론이고, 외세에 의해 분단된 한국의 '백두산'과 '금강산'도 들어가 있는데, 그곳에 '우리 형제'와 '우리 핏줄'이 살고 있음을 언급하면서 반드시 '통일'이 이루어져야 한다고 강조하는 것이다. 또 비단 억압 받는 '인권'만이 아니라 억압 받는 '생쥐권'을 언급하여 모든 '억압'받는 생물의 권리까지도 주장한다. 이때 생쥐의 어조는 비장하면서도 익살스러워 웃음을 자아내는데, 생쥐의 흥분한 모습에서 힘없는 약자인 우리 자신의 모습을 비추어볼 수 있기 때문일 것이다. 작품 말미를 보면, 이 작품의 내용은 '생쥐'가 꾼 '아주 멋있는 꿈'으로 밝혀지는데, 이러한 '꿈'이라는 기제를 통해 현실에서 자유가 얼마나 억압되어 있는지를 더욱 강조하고 있다고 할 수 있겠다.

또 다른 작품인 「만물의 영장」에서는 동물과 인간을 대비시켜 이른바 '만물의 영장'이라고 하는 인간이 얼마나 보잘것없고 어처구니없는 존재인가를 보여준다. 이 작품에서는 붕어와 생쥐가 주로 대화를 나누는데, 토끼를 주려고 종지기 아저씨가 잔뜩 베어놓은 풀을 보고 붕어는 착하고 부지런하다고 감탄한다. 그러자 생쥐는 붕어에게 "착하다니, 그리고 부지런하다니, 그건 모르는 소리야. 토끼를 예뻐해서 풀을 베어다 주는 줄 아니?"라고 하면서 토끼를 가둬놓은 거라고 말한다. 그러자 붕어

---

15 『도토리 예배당 종지기 아저씨』, 48~49쪽.

는 토끼가 "강도질했니?", "데모 주동했니?", "방화 저질렀니?", "불온책 읽었니?"라고 묻는다. 생쥐는 토끼를 "잡아먹으려고 가둬 놓은 거"라고 한다. 풍자는 여기에서 끝나지 않는다. 생쥐는 "토끼만 가둬 놓고 키우는 게 아니고, 같은 원숭이 손자들끼리 잡아먹으려고 키우고 있"다고 말하고 있기 때문이다.

"원숭이 손자가 원숭이 손자를 잡아먹는단 말이지?"

"그래, 우리(축사)를 지어 놓고 모이를 잔뜩 준비해 두면 원숭이 손자들이 몰려 오거든."

"우리가 얼마나 큰데?"

"큰 것도 있고 작은 것도 있고 그래." (…중략…)

"대략 가르쳐 줘." (…중략…)

"첫째, 유치원 우리."

"그 담엔?"

"그 다음엔 국민 우리."

"그 담엔?"

"중 우리."

"그 담엔?"

"고등 우리."

"그 담엔?"

"대 우리."

"그 담엔?"

"이것저것 우리."

"그 담엔?"

"어어 덜구영!"

"참 신사적이구나."

"그렇지?"[16] (강조는 인용자)

이 부분은 학교 및 교육 제도에 관한 통렬한 비판이라고 할 수 있다. 유치원부터 대학까지, 그리고 그밖에 온갖 제도가 인간을 가두어 놓고 억압하고 있음을 고발하고 있기 때문이다. "어어 덜구영!"이란 구절은 온갖 교육 제도가 인간을 태어나서 죽을 때까지 가두고 억압하고 있음을 보여준다.

생쥐는 각종 '우리'와 더불어 '모이'에 대해서도 말하는데, 말로는 '최고급'에 '중요한 것만' 먹이고 '몸에 해롭다고 안 주는 게 많'은데, "결국은 잡아먹고 잡아먹히고 하는 거니까 이롭거나 해롭거나 한 게 있겠니?"라고 되묻는다. 또 이렇게 '모이'를 가려 먹이는 이유는 "만물의 영장이고, 원숭이 손자이고, 신사적이고, 윤리적이고, 도덕적이고, 목적의식이 있기 때문이"라고 대답한다. 그러자 붕어는 "결국 깊이 생각한다는 게 잡아먹을 궁리만 했구나"라고 결론을 내린다. 이러한 대목은 제도와 관습이 아이들의 삶을 오히려 훼손하고 구속한다고 비판한 루쉰의 「광인일기」와 매우 유사한데, 실제로 루쉰은 권정생이 매우 좋아하던 작가 중의 한 사람이다.[17]

16 『도토리 예배당 종지기 아저씨』, 79~80쪽.

17 학교 및 교육에 대한 권정생의 풍자의식과 매우 유사한 「광인일기」의 대목은 다음과 같다. "나도 사람을 잡아먹은 지 4천 년이나 되니, 비록 처음에 몰랐다고 하더라도 지금은 똑똑하게 알게 되었다. (…중략…) 사람을 잡아먹어 본 적이 없는 아이가 아직까

마찬가지로 권정생은 교육이 인간 해방에 기여하는 게 아니라 체제 순응적이고 출세 지향적인 인간을 길러내고 있음을 비판하고 있다. 이것을 그는 "잡아 먹으려고 키운다"고 풍자하는 것이다. 권정생은 학교에 갇힌 인간을 토끼장에 갇힌 토끼에 비유해 놓고 있다. 둘 다 자유를 잃고, 남이 주는 모이만 먹어가며, 언젠가 잡혀 먹히는 날만을 기다리는 존재로 그려지는 것이다. 이 작품에서 자유를 박탈당한 인간은 '만물의 영장'이기는커녕 서로가 서로를 '잡아먹을 궁리'를 하는 존재로서, 다른 생물의 기피대상마저 되는 아이러니한 상황을 보인다.

이렇게 제도에 갇혀 부자유한 인간에 비해 자연 속에서 사는 생물들은 훨씬 더 자유롭다. 대화를 하던 붕어와 생쥐가 "우리는 우리답게 살자" 하면서 춤을 추기 시작하자 점점 춤판이 커져서 "물 속에서 고기들이 뛰어오르고, 풍뎅이가 날고, 땅강아지가 붕붕거리고, 하루살이들이 어지럽게 춤추자 물인지 하늘인지 분간을 못"하는 경지가 된다. 결국 아저씨도 "한 마리 하루살이이고, 풍뎅이고 물고기"가 되어 함께 춤추게 되는데, 이때 아저씨는 "만물의 영장이고 원숭이 손자인 게 슬프고 미안하"다는 말을 내뱉는다. 이는 인위적인 제도에 묶인 인간과 자연과의 대비를 극명하게 드러낸 것이라 할 수 있다. 이미 권정생은 생태적인 삶, 인간이 온갖 생물과 더불어 조화롭게 사는 삶을 대안으로 삼고 있다.

여기서 권정생은 '만물의 영장'이라는 말이 얼마나 인간중심적인 언어인가를 보여주어 가치의 전복을 시도하고 있다. 인간보다 자연 속에 무리지어 살아가는 이른바 '하루살이' 같은 미물이 훨씬 아름답고 즐거

지 남아 있을지도 모른다! 아이들을 구하라……." 노신, 허세욱 역, 「광인일기」, 『아큐정전 외』, 범우사, 1983, 166쪽.

워 보인다는 것이다. 또 붕어와 생쥐는 판소리의 등장인물들처럼 반복을 통한 말놀이(pun)를 구사하는데, 이런 부분에서는 감칠맛 나는 유머와 풍자가 빛난다. 특히 동음이의어를 통한 언어유희는 읽는 재미를 더해주는바, 예컨대 '우리'라는 단어를 놓고 가두고 억압하는 '우리'(pen)는 비판과 극복의 대상으로, '우리답게'란 표현처럼 자발적이고 자연스러운 '우리'(my, our)는 지향해야 할 가치로 제시하는 것이다. 결국 '어떠한 우리이냐'에 따라 극복해야 할 대상이기도 하고 지향해야 할 가치이기도 하다.

권정생은 전쟁을 다룬 여러 작품들에서 전쟁이야말로 인간이 겪는 모든 고통의 근원임을 반복적으로 표현하고 있는데, 이러한 인식은 판타지 작품에서도 여전하다. 「지옥을 보고 와서」는 그의 반전 평화 의식이 고스란히 드러나는 작품이다. 작품 속에서 종지기 아저씨와 생쥐는 주문을 외워 지옥 구경을 하러 간다. 그런데 아무리 밤하늘을 날아가도 지옥이 나타나지 않자 하늘나라의 천사를 찾아가 '지옥'을 찾는다며 가르쳐 달라고 한다. 그러니까 천사는 "지옥은 바로 땅에 있지 않습니까?"라고 하며 종지기 아저씨와 생쥐에게 망원경을 들여다보게 한다.

"자, 지옥을 구경하십시오."

천사가 보란 듯이 말했습니다.

"어머나! 저건 합중국이라는 나라에 있는 국회 의사당이잖아요?" (…중략…)

"어이구! 저건 입에물린인지 코에물린인지 하는 궁전이잖니? 뭐 스테링 수염쟁이도 저기서 정치를 했고…" (…중략…)

몇 개의 커다란 입이 뭐라 큰 소리로 떠들었습니다. 그러자 천지를 뒤흔드는 요란한 소리가 나면서 싸움이 일어났습니다. 아까 무기 공장에서 만든 비행기 탱크 대포 기관총들을 사람들이 부리고 있었습니다. 훈련을 받던 군인들은 명령에 따라 총을 쏘고, 탱크를 몰고, 대포를 쏘아 댔습니다. 비행기는 폭탄을 떨어뜨리고, 집이 박살나고, 사람들이 비명을 지르며 죽어가고 있었습니다. (…중략…)

"사람들은 지옥을 하느님이 만들어 놓고 죄많은 사람들을 죽은 뒤에 거기 살도록 한다고 말하지만, 그건 거짓말입니다. 지옥은 사람들이 만들어 그 지옥 속에 살고 있는 것입니다."[18] (강조는 인용자)

권정생은 전쟁이야말로 '지옥' 그 자체이며 전쟁을 일으키는 강대국이야말로 지옥을 만드는 주체라는 것을 적나라하게 드러낸다. '합중국'이라든가 '코에물린'(크렘린) 또는 '스테링'(스탈린) 같은 말로 미루어보아, 권정생은 세계 각지에서 일어나는 온갖 전쟁의 배후에 '미합중국'이나 '소련'과 같은 강대국의 이해관계가 놓여 있다고 여기는 것을 알 수 있다. "웅장한 건물" 안에 "존경하는 나으리들"이 '지옥'과도 같은 전쟁을 준비하고, 전쟁을 일으키는 광경을 보고 종지기 아저씨와 생쥐는 깜짝 놀란다. 이들은 망원경을 통해 전쟁의 참상을 보며 전율하게 되는데, 전쟁이 끝난 다음에도 이런 참상은 금방 그치지 않는다. 그런데 더욱 놀라운 것은 이런 전쟁의 소용돌이 속에서도 "커다란 입들은 계속 명령을 내리고" "더 큰 소리로 떠들고" 있는 것이다. 권정생은 전쟁이라는 '지옥'을 인간이 스스

18 『도토리 예배당 종지기 아저씨』, 112~115쪽.

로 만들며 그 '지옥' 속에 인간이 살고 있다고 고발하고 있는 것이다.

지옥 구경을 하고 나서 종지기 아저씨는 한 일 주일 앓아누웠다가, 생쥐에게 "내 꼴이 어떻니?"라고 묻는다. 그러자 생쥐는 "모가지 위로는 ET같이 생겼고 모가지 아래로는 도마뱀 같"다고 대답한다. 아저씨가 한숨을 쉬며 "마귀같이 생긴 것보다는 낫잖니?"라고 하니까 생쥐는 "마귀보다는 좀 나은 편"이라고 대답한다. '만물의 영장'이라는 인간이 동물의 눈에 'ET같이' 보이거나 '마귀보다 좀 나은 편'으로 비쳐지고 있음은 동물의 시선에서 볼 때 인간이 얼마나 낯설고 호감을 주지 못하는지를 단적으로 드러낸다. 결국 아저씨는 어린애처럼 울기 시작하고, 생쥐는 어찌할 바를 몰라 그만 밖으로 나온다. 이때 생쥐와 토끼가 나누는 대화가 이 작품의 풍자적 성격을 더해준다.

> "방안에서 우는 게 누구니?"
>
> 토끼가 가까이 온 생쥐한테 물었습니다.
>
> "종지기 아저씨다."
>
> "왜 요즘 자꾸 우니?"
>
> "몰라. 약간 돌았는지 몰라." (…중략…)
>
> "그러면 너무 가엾잖니?"
>
> "어쩔 수 없지 뭐. 인과응보야."
>
> "그게 무슨 뜻인데?"
>
> "자기가 한 일은 자기한테 그 결과가 돌아온다는 거야."
>
> "아저씨가 뭐 나쁜 짓 했니?"
>
> "뭐 **인간들은 다 한패거리지 뭐야. 지옥을 만드는 기계니까.**"[19] (강조는 인용자)

이처럼 권정생은 전쟁의 책임이 강대국의 지도자들에게만 있는 것이 아니라 전쟁을 방관하고 이를 막지 못한 인간 모두에게도 있다고 비판하고 있다. 생쥐의 입을 빌어 "인간들은 다 한패거리"며 "지옥을 만드는 기계"라고 고발하고 있기 때문이다. 이것은 「강아지똥」에서 심한 가뭄에 '어린 고추나무'를 살리지 못하고 죽게 한 '흙덩이'가 그것이 자기의 잘못이라고 자책하는 것과 같은 사유로, 생명이란 '서로 모두 관계되어 있다'는 작가의 근본적이며 윤리적인 태도에서 비롯된 것이다. 그러나 이러한 극한 상황에 대해 스스로 아무것도 할 수 없는 무력한 존재이기에 아저씨는 울 수밖에 없다. 생쥐의 말처럼 "우는 자유는 얼마든지 있"기 때문일 텐데, 여기서 우리는 '우는 자유'에 관해 생각할 필요가 있다. 타인의 고통을 없앨 수도 없고 덜어줄 수도 없지만, 그 고통을 외면하지 않고 공감하는 행위가 바로 '울음'일 것이기 때문이다.

2) 『팔푼돌이네 삼형제』 분석

『도토리 예배당 종지기 아저씨』가 사람인 종지기 아저씨와 상대역인 생쥐가 함께 벌이는 갖가지 모험을 다룬 작품이라면, 『팔푼돌이네 삼형제』는 톳제비 삼형제의 온갖 모험을 담은 작품이다. 그렇다고 해서 톳제비들의 흥미진진한 세계가 그려지는 것이 아니라 톳제비들이 인간의 현실 세계로 와서 '보고 듣고 관여한' 이른바 '톳제비가 본 인간 세계'가 작품 내용을 이룬다. 이 작품은 50편의 짧은 에피소드로 구성되어 있는

19 『도토리 예배당 종지기 아저씨』, 117~118쪽.

데, 맨 처음 에피소드와 맨 마지막 에피소드에 화자가 직접 등장하고, 나머지 에피소드는 팔푼돌이 삼형제가 나와 여러 가지 사건을 벌이거나 보는 '액자형 에피소드 구성' 형식을 갖추고 있다. 작품 서두에 작가의 분신으로 생각되는 화자가 등장해서 주인공 팔푼돌이 삼형제의 이름을 소개하는데, 이름의 유래를 설명하는 방식이 상당히 익살스럽다.

> 팔푼돌이네 삼형제라니까 어느 바보 같은 사람 삼형제로 잘못 알지 모르겠습니다. 바르게 말하면 이 이야기에 나오는 팔푼돌이네 삼형제는 사람이 아닌 '돗제비'라고 부르는 도깨비의 한 패거리입니다. (…중략…)
>
> 제일 맏이를 팔푼돌이, 둘째를 칠푼돌이, 막내를 육푼돌이라 부르기로 했습니다. 그냥 돗제비라 하면 셋 중에 누가 누군지 구별이 안 되기 때문에 이름을 붙이기로 한 것입니다.
>
> 물론 이 이야기를 시작한 제가 돗제비들과 직접 의논을 해서 붙인 이름입니다.
>
> 처음엔 그냥 팔푼이, 칠푼이, 육푼이라 하자니까 금방 얼굴에 울상을 짓더군요. 그건 진짜 모자라는 등신 같아서 기분이 상했다고 합니다. 그래서 팔푼돌이, 칠푼돌이, 육푼돌이로 고친 것입니다. 그랬더니 금방 또 '해해해' 웃으며 좋아했습니다.
>
> 이 팔푼돌이네 삼형제는 삼거리에서 동쪽으로 삐딱하게 가면 '돌징이'라는 컴컴한 골짜기가 있는데 6·25때까지 거기서 살았지요. 그러다가 전쟁이 무섭고 서러워서 어디 먼곳으로 사라져 버렸는데, 몇 해 전인, 1987년 6월 11일에 돌아온 것입니다.
>
> 그 전날 6월 10일은, 우리 나라뿐만 아니라 전 세계가 다 아는 한국에서의 민주 항쟁의 날이지 않습니까.[20] (강조는 인용자)

톳제비들은 원래 '돌징이'라는 골짜기에서 살았는데 6·25전쟁이 무섭고 서러워 어디론가 사라졌다가 1987년 6월 10일의 '민주 항쟁'을 기해서 다시 돌아왔다는 것인데, 이러한 설정은 몇 가지 중요한 점을 시사한다. 첫째, 작품 속에 그려지고 있는 세계가 1987년 이후의 한국 현실이라는 것이다. 둘째, 톳제비들이 한동안 작품의 무대가 되는 농촌을 떠나 있었기 때문에 그동안 무엇이 어떻게 변했는지를 잘 그릴 수 있다는 것이다. 셋째, 이 작품의 방향이 상당한 시사성 내지는 사회성을 띠고 있다는 것이다. 넷째, 톳제비들이 전쟁을 무서워하는 것으로 보아 작가의 '반전의식'이 처음부터 표현되고 있다는 것이다. 다섯째, 화자의 어조로 보아 한국의 민주 항쟁은 단지 한국만의 사건이 아니라 전 세계가 다 아는 사건, 즉 '세계사적 사건'이라는 것이다.

전래 민담에 등장하는 도깨비들은 대개 인간 친화적인데, 이 작품의 톳제비들도 인간의 삶에 관심을 두고 살아가는 존재이다. 「달라진 고향」, 「술주정」을 보면, 톳제비들이 38년 만에 고향에 돌아와 보니 어느 집이나 전깃불이 들어오고, "네모상자"(텔레비전)의 그림이 있고, 경운기가 생겼고, 큰길에 자동차가 달려서 크게 놀란다. 사람이 도깨비를 보고 놀라는 게 아니라 도깨비가 사람 사는 세상을 보고 놀라는 것인데, 이러한 뒤바뀐 상황이 재미와 웃음을 준다. 옛날에 톳제비들이 살던 고향은 "초가지붕"이 있고, "두레박으로 물을 긷는 우물"이 있고, "소"가 밭을 갈고, 아저씨들은 "바지저고리"를 입고, 아주머니들은 "쪽진 머리"를 하고 있었고, "소달구지"가 짐을 싣고 다녔는데, 이제는 고향에 "초가지붕"도

---

20 『팔푼돌이네 삼형제』, 10~11쪽.

없고, "우물"도 없고, "시끄러운 소리를 내는 쇳덩어리(경운기)"가 밭을 갈고, 사람들은 홀태바지를 입고, 아주머니들은 머리를 지지고 볶았고, "털털이차"가 짐을 싣고 다니는 것이다. 결국 톳제비들은 장에서 아저씨들이 "돈 걱정"하며 마시는 술을 남몰래 훔쳐 먹고 주정을 부리고 만다.

톳제비들은 고향의 여기저기를 살펴보면서 혼자 사는 할머니(「불쌍한 아틈실 할머니」), 달걀 장사로 돈을 모아 국회의원이 되려는 아저씨(「달걀 장수 아저씨」), 장가 못 간 가난한 농촌 총각(「버들 피리」)의 처지를 알게 된다. 그리고는 이야기의 무대가 고향을 벗어나 "오월의 아이" 광수(「광수는 하늘 나라 새싹」), 판문점에서 열리는 남북 학생회담(「산나리 꽃다발」)으로, 이어서 마구 값이 떨어진 고추값 때문에 데모를 하게 된 큰손이 아저씨네(「큰손이 아주머니 가스렌지」, 「새로운 결심」), 북에 갔다가 잡힌 문동주 목사님(「깃발 되어 날으리」), 노동자의 시위(「고아원 순임이」)와 함께 이들의 고통을 다룬 이야기(「지금 울고 있는 사람들」)로 확장된다.

이 작품에는 50편이나 되는 에피소드가 나오는데, 이 중에서도 권정생 문학의 특징을 잘 보여주는 작품은 「불쌍한 아틈실 할머니」이다.

> 육푼돌이는 쪼그리고 앉아 있으려니까 꼬박꼬박 잠이 왔습니다. 잠깐 동안 졸고 났는데 어디서 흐느끼는 소리가 났습니다. (…중략…)
>
> 건너편 개울둑에 어떤 할머니가 앉아서 하염없이 울고 있는 것이었습니다. (…중략…)
>
> 육푼돌이는 할머니네 집이 어딘지 알고 싶어 얼른 뒤를 따랐습니다. 할머니는 삼거리 산밑 안쪽에 있는 오두막으로 들어갔습니다.
>
> '어머나……!'

육푼돌이는 번개같이 생각이 났습니다. 그 오두막은 다름 아닌 **6·25때 군대 가서 죽은 삼대 독자 재균이네 집**이었습니다. 그러고 보니, 할머니는 그 재균이의 어머니 아틈실 할머니였습니다.

육푼돌이의 눈에 갑자기 소나기처럼 눈물이 펑펑 쏟아졌습니다.

'불쌍한, 불쌍한 할머니.'[21] (강조는 인용자)

여기에서 톳제비는 사람들이 미처 보거나 느끼지 못하는 것을 가까이에서 지켜보고 느끼는 섬세한 존재로 그려지고 있다. 이런 점이 전래 민담의 도깨비와는 다르게 표현된 점이라고 하겠다. 『도토리 예배당 종지기 아저씨』에서 종지기 아저씨가 "얘기를 나눌 사람이 없"어서 생쥐나 토끼나 개구리랑 얘기를 나누는 것처럼, 『팔푼돌이네 삼형제』에서의 '팔푼돌이네 삼형제'는 인간의 눈길이 미치지 못하는 여기저기에 나타나서 그 곁에서 지켜보고 공감하는 존재로 그려지고 있는 것이다. 이 날 밤, 돌징이 톳제비들은 나란히 아틈실 할머니네 집에 가는데, 거기서 예전과 아주 달라진 모습을 발견한다. "재균이가 있었을 때는 어머니와 아들이 밤늦도록 도란도란 얘기하며 바느질도 하고 새끼도 꼬고 따뜻했"는데, 지금은 아틈실 할머니 혼자서 "춥고 외롭고 슬프게" 살고 있는 것을 본 것이다. 아직 초저녁인데도 할머니 방에 불이 꺼져 있는 것을 보고 톳제비들은 할머니네 집안을 들여다보며 다음과 같은 이야기를 나눈다.

새카맣게 그을린 보꾹과 서까래는 삼십팔 년 전의 그것과 같았습니다. 다

21 『팔푼돌이네 삼형제』, 35~36쪽.

만 등잔불 대신 툇마루 가운데 동그란 전등알이 매달려 있었습니다.

"할머니는 왜 불도 켜지 않고 벌써 주무시는 거지?"

"전깃불 많이 켜면 돈을 많이 물어야 한단다."

"그럼, 전깃불은 돈을 받고 켜 준단 말이니?"

"그렇다는구나. 장날마다 사람들이 모여서 돈 걱정 하는 것 못 들었니? 옛날엔 호롱불 켜고 나무로 군불 지피고, 무명으로 옷 해 입고, 기껏 돈쓸 덴 고무신과 고등어면 되잖았어?"

"그러니까 할머니는 돈을 버는 아들이 없어 전깃불도 아껴 써야 하는구나."[22] (강조는 인용자)

우리는 통상 전등을 문명의 이기라고 생각하고 전혀 의심하지 않는데, 이 작품에서는 아주 다른 관점에서 전등을 언급한다. 전등, 즉 전깃불은 '돈'이 있어야 켤 수 있다는 것이다. 이 대목은 전쟁으로 아들을 잃은 아틈실 할머니가 집에 돈 버는 사람이 없기 때문에 "춥고" 가난하게 산다는 것을 보여준다. 전쟁은 사람을 죽게 할 뿐 아니라 그로 인해 가난하게 살 수밖에 없게 하는 것이다.

그러나 이 대목은 단순한 전쟁 비판이 아니다. "옛날엔 호롱불 켜고 나무로 군불 지피고, 무명으로 옷 해 입고" 살았다는 표현에서 알 수 있듯이 옛날에는 자신의 생활이 대부분 자신의 노동에 의해 꾸려질 수 있었다. 그에 비해 지금은 조명이나 난방이나 의복이나 모두 돈을 주고 마련해야 하기 때문에 사람들이 '돈 걱정'을 하며 살아야 한다. 농촌 사회

22 『팔푼돌이네 삼형제』, 38쪽.

가 발전한 것은 분명한데, 그에 비례하여 사람이 스스로 할 수 있는 것이 더 적어져서 '돈 걱정'이 늘었다는 것이다. 우리는 여기에서 권정생이 사회가 문명화되고 자본주의화되는 것을 비판적 시선으로 보고 있는 것을 알 수 있다. 문명화로 인해 생활은 편리해졌지만, 이와 함께 한 개인이 자립적이고 주제척으로 살 수 있는 여지는 축소되었기 때문이다. 여기에서 우리는 권정생의 반전의식만이 아니라 반문명적 시선을 감지할 수 있다.

농촌 현실을 비판적으로 보여주는 에피소드가 또 있다.

> 민생 달걀 장수 아저씨는 보통 달걀 장수가 아니었습니다. 앞으로 있을 국회 의원 선거에 후보로 나가려고 지금 죽자사자 돈을 모으는 중이었습니다.
> (…중략…)
> 결국 톳제비들은 풀이 죽고 말았습니다.
> 민생 달걀 장수 아저씨가 떨어져 버렸기 때문입니다. 그것도 창피하게 제일 꼴찌로 떨어졌으니 기가 막힐 수밖에요. 백 시간 기도를 잘못했기 때문일까요.
> 톳제비들은 돌징이로 돌아와 열흘 동안 엉덩이를 치켜들고 잠을 잤습니다.
> 깨어나 보니 산과 들은 꽃으로 뒤덮여 더욱 아름다웠습니다.
> 까짓거 국회 의원이 뭡니까.
> "민생은 하늘과 바람과 들판과 꽃이야."[23] (강조는 인용자)

23 『팔푼돌이네 삼형제』, 73쪽(「달걀 장수 아저씨」)과 81~82쪽(「꼴찌 아저씨」) 참조.

그러나 마을엔 따사로운 봄이 정겨운 것만은 아니었습니다. 사흘 전에 총각 셋이 먼 도회지로 떠났기 때문입니다. 색시를 구하러 갔다는 것입니다. (…중략…)

"삘리리리리 삘리리리리 삐일리리……."

톳제비들은 한꺼번에 그 쪽으로 고개를 돌려 바라보았습니다. 개울둑에서 버들피리를 불고 있는 사람은 더붓골 윗마을 총각이었습니다. 서른네 살이나 되는 늙은 총각이었습니다.

허우대도 잘 생기고 몸도 튼튼한데 오직 가난한 농사꾼이라는 것 때문에 맞선을 보고도 다섯 번이나 퇴짜를 맞은 것입니다.[24] (강조는 인용자)

이 두 에피소드는 모두 '돈'과 관계된다. 달걀 장수 아저씨는 국회의원이 되어 정치를 하려고 하지만 가난하여 꼴찌로 떨어지고, 농촌 총각 용갑이는 허우대가 멀쩡하지만 돈이 없는 가난한 농사꾼이라 장가를 가지 못한다. 돈이 있어야 국회의원도 되고 결혼도 할 수 있는 세상이라는 것을 보여주고 있는 것이다.

그런데 흥미로운 것은 인간이 위안을 받을 수 있는 곳은 오로지 '자연'뿐이라고 제시하는 부분이다. 톳제비들은 달걀 장수 아저씨가 꼴찌로 국회의원 선거에서 떨어지자 크게 실망했다가 산과 들에 아름답게 핀 꽃들을 보며 "민생은 하늘과 바람과 들판과 꽃"이라는 것을 깨닫게 되고, 용갑이 총각은 버들피리를 불며 마음을 달래고 있기 때문이다. 자본주의에 물든 인간 세상에서는 돈이 없으면 무능한 존재가 되고 고통

24 『팔푼돌이네 삼형제』, 88~90쪽.

을 받을 수밖에 없다. 그렇지만 자연은 그 누구에게나 차별 없이 다가와 똑같이 그 품에 안아주기 때문이다.

그러나 현실은 마냥 공고하기만 하다. 「큰손이 아주머니 가스렌지」와 「새로운 결심」은 고추 파동으로 인한 농촌의 데모를 다룬 작품이다. 큰손이 아저씨네는 고추 농사가 잘 되어 고추를 내다 팔아 "빚을 갚고" 큰손이 아주머니는 가장 좋다는 "태양 가스 렌지"를 사려고 마음먹는다. 그런데 고추 풍년에 고추 값이 오르기는커녕 하루하루 고추 값이 떨어져 빚을 갚기 어려운 지경이 되고 만다. 그러자 큰손이 아저씨는 새로운 결심을 하게 된다. 데모를 벌이려고 하는 것이다.

> 큰손이 아저씨는 징징거리며 고추값 오르기만 빌고 있는 아주머니께 꽥꽥 소리질렀습니다. (…중략…)
>
> 큰손이 아저씨는 마을 김 서방, 최 서방, 박 서방, 구 서방과 모여 굳게 맹세하고는 읍내 장터로 달려갔습니다.
>
> 신시장 국밥집 아주머니 말을 빌리면 이십 년 전에 김 새나라인지 김 세레나인지 하는 가수가 공설 운동장에서 노래잔치했을 때는 사람산에 사람바다였는데, 이번에는 사람산에 사람바다에다 전투 경찰산에 전투 경찰바다였다고 했습니다. 그 때는 노래잔치로 잔뜩 취했는데 이번에는 최루탄 가스로 잔뜩 취해 모두 눈물을 줄줄 흘렸습니다.[25] (강조는 인용자)

정부의 잘못된 농업 정책으로 인해 농사가 풍년이 되어도 판로가 막

25 『팔푼돌이네 삼형제』, 130~131쪽.

히고 농가는 빚을 지게 되는 현실을 고발하고 있는 것이다. 이런 현실이 되풀이되기 때문에 농촌 총각 용갑이는 장가를 못 가고, 큰손이 아주머니는 렌지 하나 못 산다. 비단 고추농사뿐일까. 양파며 마늘이며 싼 값으로 수입해서 풍년든 농가를 빚더미에 앉게 하는 것이 바로 정부인 것이다. 권정생은 톳제비들의 입을 빌려 고추 농사짓는 농부가 벌이는 데모의 의미를 이렇게 규정한다. "4・19에서부터 이제는 고추 항쟁까지 왔구나!" "어디 4・19야? 그 전에 3・1독립 항쟁은 어쩌고?" "그렇게 되면 갑오 농민 항쟁까지 거슬러 올라가야 하잖니?" 잘못된 농업 정책에 '감옥살이'를 할 각오로 문제 제기를 하는 농민 시위야말로 농민이 자주권을 쟁취하는 모습이라고 지지하고 있는 것이다.

이렇게 심각한 장면에서도 권정생의 유머 감각은 녹슬지 않는다. "김새나라인지 김 세레나인지 하는 가수"라든가 '인산인해(人山人海)'를 파자하여 대조법을 구사한 표현은 그 의미를 부각시켜 주면서도 재미를 준다. 다루는 내용이 심각할수록 유머를 사용하여 웃음과 더불어 깨닫게 하는 것, 이것이 권정생 미학의 한 특징이라고 할 수 있겠다.

3) 기성 기독교 비판과 생태적 사유

권정생은 하느님을 믿는 기독교인이면서도 기성 기독교를 철저히 비판한다. 권정생의 기독교 비판은 성서의 예언자들과 그리 먼 자리에 있지 않다. 가난하고 힘없는 약자의 입장에 서서 이들과 다른 자리에 서 있는 기성 기독교와 권력을 휘두르는 세속 정치를 동시에 비판하고 있기 때문이다. 권정성은 기성 기독교가 '우상을 만들지 말라'[26]고 한 성서의 말씀을 어기고 저마다 하느님의 우상을 만들고 있음을 고발한다. 「높은 보좌 위의 하느님」은 사람들이 만든 우상, 즉 사람들이 '제멋대로 만든 하느님'에 관한 권정생의 비판을 풍자적으로 보여주는 작품이다.[27]

이 작품에서 어느 날, 아저씨와 생쥐는 주문을 외고 요술을 부려 하늘로 하느님을 만나러 간다. 천사에게 하느님 뵙기를 부탁하는 이들에게 천사는 "그래 어떤 하느님을 만나보고 싶으십니까?"라고 묻는다. 어리둥절한 아저씨와 생쥐는 한참 망설이다가 생쥐가 큰마음 먹고 "제일 좋은 걸로 보여 주셔요!"라고 한다. 아저씨와 생쥐는 천사를 따라 "커다란 백화점 같은 집"으로 들어가는데, 그곳에는 "진열대 위에 올려놓은 상품처럼 가지가지의 하느님"이 앉아 있다. 아저씨와 생쥐는 "제일 좋은 하느님"을 만나는데 생쥐가 하느님께 인사를 드리자 의외의 일이 발생한다.

> "하느님, 어디 아프셔요?"
>
> 생쥐가 걱정스레 물었습니다.
>
> "그래, 귀가 아프다. 너무너무 불러 대니 견딜 수가 없구나." (…중략…)

---

26 '우상을 만들지 말라'는 성서의 '십계명'에서 둘째 계명에 해당한다. 둘째 계명의 내용을 좀 더 자세히 소개하면 다음과 같다. "너는 나 외에는 다른 신들을 네게 있게 말찌니라. 너를 위하여 새긴 우상을 만들지 말고 또 위로 하늘에 있는 것이나 아래로 땅에 있는 것이나 땅아래 물 속에 있는 것의 아무 형상이든지 만들지 말며 그것들에게 절하지 말며 그것들을 섬기지 말라."(출애굽기 20장 3~5절)

27 『도토리 예배당 종지기 아저씨』, 98~108쪽. 기성 기독교에 관한 비판적 사유는 권정생이 존경했던 신채호의 사유와도 비교해 볼 수 있다. 신채호는 1928년에 발표한 「용과 용의 대격전」에서 기독교를 비롯한 종교가 인민을 억압하고 있음을 고발하면서 폭력혁명의 당위성을 그리고 있다. 신채호 또한 「조선혁명선언」이나 「선언문」을 통해 아나키즘적 사유를 드러내고 있는 것을 확인할 수 있다. 단재신채호선생기념사업회 편, 『丹齊申采浩全集』, 형설출판사, 1972 참조.

"제발 날 좀 쉬게 해 다오. 밤낮으로 고래고래 소리질러 부르니 난 죽을 지경이다." (…중략…)

보고 있던 천사가 한숨을 쉬고 나서 말했습니다.

"이 하느님은 서울 ××교회에서 만든 분인데, 성도들이 밤낮으로 졸라 대어 몹시 시달리고 계십니다."

그러고 보니 하느님 얼굴이 영 핏기가 없고 그지없이 피로해 보였습니다.[28] (강조는 인용자)

종지기 아저씨가 어이가 없어 "이렇게 만들어 놓은 하느님은 정말 하느님이 아니지 않습니까?"라며 "스스로 계시는 하느님을 뵈러 왔답니다"라고 말하자, 천사는 "스스로 계시는 하느님은 없습니다"라고 잘라 말한다. 종지기 아저씨는 "그럼 천사님은 왜 하느님을 지키고 계시나요?"라고 묻는다. 그러자 천사는 "그건 사람들이 원하니까요. 저희는 사람들의 심부름꾼입니다. 그러니까 사람들이 원하는 하느님을 지켜 드리고 있는 거지요"라고 한다. 할 말이 없어진 종지기 아저씨에게 천사는 이런 충격적인 말까지 한다.

"사람들은 창세 이후부터 하느님을 만들기 시작했지요. 나무 조각으로 만든 허수아비로부터 돌덩이나 쇠붙이나 종이 조각까지, 수없이 만들어 모신 거지요."

천사는 태연히 가르치듯 말했습니다.

"그럼, 천사님, 이 우주 안에 하느님은 안 계시는 겁니까?"

---

28 『도토리 예배당 종지기 아저씨』, 103~105쪽.

아저씨는 말소리가 떨렸습니다.

"없다고 해야 하겠지요. 사람들은 하느님이 있다고 말할 때, 벌써 한 개의 하느님을 만들어 버리니까요."

"……."

"그러니까 지금까지, 인간의 사고력과 상상력이 움트고부터 각자가 만든 하느님은 그 사람들의 숫자만큼 만들어졌고, 앞으로도 그렇게 만들어지겠지요."[29] (강조는 인용자)

여태껏 사람들이 믿었던 하느님은 '사람이 만든 하느님'이라고 천사는 말하고 있는 것이다. 이제까지의 믿음이 와르르 무너진 종지기 아저씨는 그만 "이불을 뒤집어써 버"리고 사흘 뒤에나 일어난다. 아저씨가 생쥐에게 "그끄저께 밤, 하늘나라에서 우리 도토리교회 하느님은 어떻게 생겼는지 보고 올 걸 그랬지?"라고 말하자 생쥐는 이렇게 대꾸한다. "보나마나 뻔하죠, 뭐." "보나마나 비쩍 말랐고, 꾀죄죄하고, 바보 천치 같고, 겁쟁이고, 화 잘 내고……" 그렇다면 도토리 예배당의 하느님은 종지기 아저씨와 같은 하느님인 것이다. 생쥐는 한술 더 떠서 한마디 한다. "그러니까 우리 생쥐는 하느님이 있다고도 없다고도 안 한다고요. 하느님은 그냥 이렇다 저렇다 하지 않아도 먹여 주시고 입혀 주시고 아름답게 보살피시잖아요, 온 우주를……"

이는 권정생의 '생태적 사유'가 어떻게 '하느님 사상'과 연관되는지 잘 알 수 있는 대목인데, 다른 글에서도 권정생은 '하느님은 자연'[30]이라

29 『도토리 예배당 종지기 아저씨』, 106~107쪽.

30 「우리들의 하느님」, 『우리들의 하느님』, 19쪽. 이 구절이 나오는 전체 문장은 다음과

고 말하고 있기 때문이다. 그에 따르면 하느님은 사람을 비롯한 모든 생명체와 함께 하는 '자연' 그 자체인 것이다. 같은 작품에서 권정생은 생쥐의 입을 통해 기성 기독교에 관해 신랄한 비판을 한다. 「꽃이 피어나고 있어요」에서 죽은 생쥐는 살아있는 종지기 아저씨에게 다음과 같은 말을 남긴다.

> 아저씨는 예수쟁이라서 착한 체하지만 진짜 예수쟁이 노릇 하시려거든 착한 체하지만 말고 한번 눈을 딱 부릅떠 보시라구요. 진짜 쟁이는 무엇인가 쓸모있는 것을 만드는 사람예요.
>
> 그런데 예수쟁이는 예수를 팔고 있어요. 예수 팔아먹고 사는 게 바로 예수쟁이가 된 거지요.
>
> 아저씨, 땜장이는 땜질을 하고, 삿갓장이는 삿갓을 만들고, 침장이는 침놓는 사람을 말하잖아요? 그러니까 예수쟁이는 예수를 만들어야 해요. 2천 년 전 유다 나라의 예수 같은 예수를 만드는 거죠. 아저씨 자신을 예수로 만들라는 거예요. 그게 바로 예수쟁이예요.
>
> 예수쟁이는 모두가 예수가 되는 것뿐, 다른 그 무엇도 덧붙여서는 안 됩니다. 그냥 예수이면 되는 거지, 목사 · 장로 · 집사 · 권사 · 전도사…… 아이구 흉

같다. "기독교가 있든 없든, 교회가 있든 없든, 하느님은 헤일 수 없는 아득한 세월 동안 우주를 다스려왔다. 선교사가 하느님을 전파하면 하느님이 거기 따라다니며 머물고 같이 사는 게 아니라, 기독교가 전파되기 전부터 하느님은 어디서나 온 세계 만물을 보살펴오셨다. (…중략…) 종교는 하느님의 섭리를 따르려는 의지이지, 종교가 요구하는 대로 하느님의 섭리를 바꾸는 게 아니다. 하느님의 섭리는 바로 자연의 섭리가 된다. 하느님은 누구에 의해 만들어진 분이 아니라 스스로 계시는 분이라 했다. 그러니 하느님은 자연인 것이다."(강조는 인용자) 타종교에 관한 이러한 사유는 변선환의 사유와도 매우 흡사하다.

측해라! 그래 목사·장로·집사·권사 다 되고 누가 오늘의 예수가 되어 십자가를 지겠다는 겁니까?

예수 팔아서 부자 되고 벼슬 자리에 앉고, 예수 팔아서 나으리가 되고 폼재고 그게 오늘의 예수쟁이들입니다. 목숨을 소중히 여기라 가르치고 배우면서, 목숨을 쓰레기더미에다 처박기를 예사로 하는 것이 예수쟁이입니다.[31] (강조는 인용자)

권정생은 생쥐를 통해 현실의 "예수쟁이"를 "예수 팔아먹고 사는 사람"이라고 비판한다. 진정한 '예수쟁이'는 "2천 년 전 유다 나라의 예수"처럼 살아서 "자신을 예수로 만드는 사람"이며, "예수쟁이"의 목표는 "모두 예수가 되는 것뿐"이라는 것이다. 그러나 실제의 "예수쟁이"는 전혀 그렇지 않은 삶을 살고 있다고 폭로한다. 이러한 고발은 다른 기독교인에게만 해당하는 것이 아니라 권정생의 분신이라고도 할 수 있는 "종지기 아저씨"에게도 해당하는 것으로, 이 작품은 '진정한 기독교인은 무엇이며 어떻게 살아야 하는가?'라는 근본적인 질문을 담고 있다고 할 수 있겠다.

권정생의 기성 기독교 비판은 그의 '예수 상(像)' 내지는 '하느님 상(像)'과 맞물려 있는데, 작품 속에 나타나는 예수의 모습은 바로 '십자가를 진 예수'의 현대적 변용인 동시에 기독교인이라고 자처하는 "예수쟁이"들이 모델로 삼아야 할 모습이기 때문이다. 권정생의 '하느님'은 하늘 '높은 보좌 위의 하느님'이 아니라 이 땅에서 '고통받는 사람들과 함

31 『도토리 예배당 종지기 아저씨』, 166~167쪽.

께 하는 하느님'이다. 권정생은 『팔푼돌이네 삼형제』의 몇몇 에피소드에서 자신의 이런 하느님 사상을 적극적으로 펼쳐 보이고 있다. 이 작품에는 톳제비들이 예수님을 만나 이야기를 나누는 장면이 여러 번 등장하는데, 이로 미루어 보건대 이제 권정생에게는 교회가 따로 있는 것이 아니라 사람들이 모여 살아가는 이 세상이 바로 교회인 것이다.[32] 이러한 사유는 더욱 발전하여 뒤에 『하느님이 우리 옆집에 살고 있네요』로 응집되어 나타나게 된다.

'예수'가 어떤 모습으로 표현되고 있는지에 대해 『팔푼돌이네 삼형제』에서 「배 고프신 예수님」, 「광수는 하늘 나라 새싹」, 「또 다른 눈물」, 「지금 울고 있는 사람들」을 살펴보도록 한다. 팔푼돌이네 삼형제가 산꼭대기 높은 봉우리에 올라가 멀리 보이는 마을 예배당 지붕 십자가를 향해 꿇어앉아 그동안 "톳제비답지 않게" 했던 여러 일을 용서해 달라고 기도한다. 그런데 "아이구! 등때기야!"라는 소리가 나서 보니, 바로 예수님이다. 예수님은 "사람들이 아무 거나 밟고 올라서니까" "이렇게 산꼭대기에 피해 올라와 있었"다는 것이다. 그런데 예수님이 가까이 피어 있는 진달래꽃을 따서 씹으며 "나, 지금 배가 고프다"라고 하는 것이 아닌가. 팔푼돌이네 삼형제는 깜짝 놀라 예수님에게 묻는다.

---

32 이러한 사유는 권정생만이 아니라 그와 친한 교우관계를 맺었던 최완택 목사에게서도 발견된다. "'교회(敎會)'라는 말의 희랍어는 에클레시아(ecclesia)인데, 이 말은 본디 '모임', '공동체'라는 뜻이다. 그런데 성서에서 교회라고 할 때는 '하느님이 불러내신 사람들의 모임'이라는 의미를 갖는다. (…중략…) 그러므로 교회라고 하면 주께 속한 사람들은 물론이요, 주께 속한 장소, 주께 속한 가정들, 주께 속한 집회 개념을 모두 망라하는 말이라고 할 수 있다. 교회는 결코 사람들의 어떤 목적에 의해서 이루어진 조직이나 써클이 아니라 하느님이 뜻이 있어 사람들을 불러 모으신 사건을 의미하며, 이에 응답한 사람들의 모임이요 삶 전체라고 할 수 있다." 최완택, 『자유혼』, 다산글방, 1991, 249쪽.

"예수님네, 요사이는 모두 부자잖아요?"

"내가 어찌 부자냐?"

"보세요, 저렇게 크고 웅장한 예배당 짓고 돈도 많은 걸요."

"그건 모두 읍내 농약방처럼 간판만 빌려 간 거야. 우리 집이 아니야."

"그럼, 진짜 예수님네는 집도 없는 떠돌이란 말씀이에요?"

"너희들도 그랬잖니? 사람들은 하느님까지 깔고 올라선다고……."[33]

여기서 권정생은 교회가 겉만 번드르르하지 내실을 갖추지 못하고 있음을 비판한다. 교회에 진짜 '예수쟁이'들이 없다는 것이다. 그렇기 때문에 예수의 입을 빌어 "웅장한 예배당"은 "간판만 빌려 간 거"지 "우리 집이 아니"라고 하는 것이다. 권정생이 보기에 이 시대에 예수님은 "집도 없는 떠돌이"이며 "배가 고프"기까지 한 것이다. 이 에피소드에서 팔푼돌이 삼형제는 예수님과 함께 "타박 타박 타박네야 / 해 저문데 어디 가니" "우리 엄마 산소등에 / 젖 먹으러 나는 간다"[34]라는 노래를 부른다. 본래 '타박네'는 남에게 핀잔 받고 따돌림 당하는 사람을 가리키는 옛 우리말인데, 전래민요 중에 「타박 타박 타박네야」가 있다. 내용을 보면, 울고 가는 타박네에게 어디 가냐고 물으니, 타박네는 우리 엄마 무덤에 젖 먹으러 간다고 대답한다. 그런데 타박네가 산 넘고 물 건너 엄마 무덤에 기어가서 무덤가에 나있는 개똥참외를 따서 먹으니 엄마가 살아 생전에 자기에게 주던 젖 맛이 나더라는 것이다. 모든 사람에게 소외된 이가 죽은 엄마 무덤에 가서 위안을 받는다는 내용의 이 노래는, 「고아

33 『팔푼돌이네 삼형제』, 113쪽.
34 『팔푼돌이네 삼형제』, 113~114쪽.

원 순임이」에서 공장에서 일하던 언니가 행방불명이 되자 순임이가 고아원에서 혼자 몰래 부르는 노래이기도 하다. 슬픈 정서를 환기시키는 이 노래는 '타박네'와 예수와 순임이가 같은 처지라는 의미를 드러낸다. 이와 같이 권정생은 성서의 구절, 전래 민요, 전래 민담 등을 가져다 써서 주제를 더욱 부각시키곤 하는데, 이것도 권정생 문학의 한 특징이라고 하겠다.

「광수는 하늘 나라 새싹」은 예수님이 "오월의 아이"라고 하는 광수와 늘 함께 한다는 이야기이다. 광수는 팔년 전에 "아버지는 군대의 총칼에 찔려 죽고" "어머니는 군홧발에 밟혀 기절을 한 뒤 병을 얻어" 광수를 돌볼 수 없는 처지가 되었다. 이제 예수님은 아홉 살 난 광수를 불러 "광수는 하늘 나라의 새싹이다"라면서 머리를 쓰다듬어 준다. 예수는 "그럼, 예수님, 광수를 위해 함께 어디로 가시려는 거예요?"라는 칠푼돌이의 말이 이렇게 대답한다. "난 광수가 태어날 때부터 같이 있었단다. 그 때, 나도 이렇게 많은 총상을 입었지."[35] 여기서 '광수'는 '1980년의 광주'를 의미한다고 할 수 있는데, '광수'가 태어날 때부터 함께 있었고 그때 '총을 맞은 흉터'가 있는 예수는 고통받는 사람들과 늘 함께 하는 존재임을 알 수 있다. 여기서 예수는 기적을 일으키는 존재가 아니라 힘없는 사람들과 함께 하는 존재로 나타나는데, 이것은 엔도 슈사쿠의 '예수 상(像)'과도 유사하다. 하느님은 놀라운 기적을 일으키는 존재가 아니라 가난하고 힘없는 사람들과 함께 고통을 나누는 '약자의 하느님'이자 '사랑의 하느님'인 것이다.

35 『팔푼돌이네 삼형제』, 117~118쪽.

4) 동반자 예수상 - 엔도 슈사쿠와의 연관성

그러면 여기에서 엔도 슈사쿠[遠藤周作, 1923~1996]의 '예수 상'에 대해 살펴보도록 하자. 엔도 슈사쿠는 작품 『예수의 생애』와 『침묵』에 자신이 이해하고 해석한 '예수 상'을 그리고 있는데, 권정생은 작가 이현주와 주고받은 편지에서 이 두 작품을 읽고 난 뒤 자신의 심정을 다음과 같이 피력하고 있다.

> 난 아직도 나 자신을 속이고 있는 것이 많은 것 같아, 솔직한 글을 쓰고 싶어, (…중략…)
>
> 왜 교회란 것이 터놓고 말할 수 없는 장소라는 걸 현주도 잘 알거다.
>
> 遠藤周作(엔도 슈사쿠—인용자)의 『예수의 생애』, 『침묵』을 읽었다.
>
> 좋은 책 사줘서 감사한다. 나도 예수님을 어디까지나 인간으로서 맞이하고 싶고, 이야기하고 싶고, 함께 생각하고 싶단다. 그런 다음, 우리는 그의 위대함을 神格化시키고 모시고 싶어지는 것이 당연하다고 본다.
>
> 遠藤씨도 인간 예수와 神이신 예수의 틈바구니에서 몹시 고민하고 있는 것을 공감이 갔다. (…중략…) 1977.1.31. 밤
>
> 권정생 씀[36](강조는 인용자)

엔도 슈사쿠는 서양의 일신론적인 전통과는 다른 "황색인간의 범신론적 혈액"을 가지고 동양인으로서 "예수를 해석"하려고 노력한 작가이

36 「편지—현주에게」, 『오물덩이처럼 딩굴면서』, 234쪽.

다.[37] 도쿄에서 태어나 어린 시절을 만주와 고베에서 보낸 그는 어머니의 영향으로 1934년 가톨릭 영세를 받은 이후 독실한 가톨릭 신자로서 평생을 보냈다. 게이오 대학 불문과를 졸업하고, 1950년 일본인으로서는 처음으로 프랑스 유학생이 되어 리옹대학에서 공부하면서 서양과 일본과의 종교관의 격차를 실감하고 소설 집필을 시작했다. 엔도 슈사쿠는 '성서적인 것'을 추구하면서 이와 함께 서양의 기독교와는 다른 '모성적인 것'을 추구한 작가이다. 그는 서양의 기독교가 '저항과 반역과 전투'가 있는 아버지의 종교라면, 범신론적인 동양의 종교는 달콤한 '안면(安眠)'과 부드러운 '애무'가 있는 어머니의 종교[38]라고 파악했다. 엔도 슈사쿠는 작가로서 예수에 대한 문화적 해석학적 과제를 다음과 같이 밝히고 있다.

> 성서라는 것이 비교연구에 의하면, 곧 마가복음서와 마태복음서와 누가복음서라는 식으로 비교하여 가는 동안 그것이 거의 창작이라고 알게 되었다. 그리고 성서 속에 거의 그리스도가 말씀한 것, 행한 것이라고는 10분의 1쯤이라는 것을 알았다…… 이방 풍토 위에서 이방인들에게 공감이 가도록 마가, 누가, 요한이 썼다고 할 수 있다. 그러므로 나도 마가, 누가처럼 예수전을 쓰고 있다고 생각한다.[39]

37 이하의 내용은 변선환, 「제3장 동양적 예수의 문학적 개척」, 김우규 편저, 『기독교와 문학』, 종로서적, 1992, 389~390쪽 참조.

38 자세한 내용은 엔도 슈사쿠, 노영희 역, 「어머니이신 神」, 『일본 기독교 문학선』, 小花, 2006 참조.

39 위의 책, 387쪽. 이 내용은 엔도 슈사쿠가 잡지 『계간예술』에서 마련한 좌담회에서 한 말을 인용한 것임.

엔도 슈사쿠는 어떠한 강자도 따를 수 없는 숭고한 존재로 약자를 끌어올리는 힘은 신념이나 주의, 논리성에 대한 충성에 있는 것이 아니라 "타자의 운명에 공감하는 고뇌의 연대" 즉, '사랑의 연대의식'에 있다고 보았다. 그는 자신의 작품인 『예수의 생애』에서 기적을 행하는 사람이 아니라 무력한 사람인 채로 다른 사람의 삶에 함께 하는 '동반자 예수'의 모습을 그렸다. 사랑의 연대의식을 품고 자기 또한 무력한 인간임에도 불구하고 끝까지 고통받는 사람들과 함께 하는 예수, '영원한 동반자 예수', 이것이 엔도 슈사쿠 작품에 나타난 '예수상(像)'인 것이다.

> 예수는 군중이 바라는 기적을 행하지 않았다. 호반의 마을에서 그는 사람들에게 버림받은 열병환자의 옆에 붙어앉아 땀을 닦아 주고, 자식을 잃은 어머니의 손을 밤새도록 잡고 있었으나 기적 같은 것은 행하지 못했다. 그런 까닭에 얼마 안 가서 군중은 그를 '무력한 사나이'라 부르고, 호숫가에서 떠나기를 요구했다.
>
> 그러나 예수가 이런 가엾은 사람들에게서 보았던 최대의 불행은, 그들을 사랑하는 자가 없다는 사실이었다. 그들의 불행 한복판에는 사랑받지 못하는 비참한 고독감과 절망이 언제나 어두컴컴하게 웅크리고 있었다. 필요한 것은 '사랑'이지 병을 고치는 '기적'이 아니었다. 인간은 영원한 동반자가 필요하다는 것을 예수는 알고 있었다. 자기의 슬픔이나 괴로움을 같이 나누고, 함께 눈물을 흘려주는 어머니와 같은 동반자가 필요한 것이다. 하느님이 아버지처럼 엄한 존재가 아니라, 어머니처럼 괴로움을 함께 나누는 분이라고 믿었던 예수는, 그 하느님의 사랑을 증명하기 위해 갈릴리의 호숫가에서 불쌍한 사람들을 만날 적마다, 그들이 하느님의 나라에선 다음과 같이 되기를 원했던 것이다.

마음이 가난한 사람은 행복하다. 하늘 나라가 그들의 것이다. 슬퍼하는 사람은 행복하다. 그들은 위로를 받을 것이다.[40] (강조는 인용자)

『예수의 생애』에서와 마찬가지로 권정생의 판타지에서 톳제비들은 예수님의 말씀을 읊조리는데, 이것이 바로 '산상수훈'에서 선포된 '여덟 가지 복'이다.[41] 예수님의 말씀을 읊조리다가 톳제비들은 눈에 눈물이 그렁그렁하게 되는데, 이때 쇠똥돌이가 한마디 덧붙인다. "지금 울고 있는 사람들은 행복하다"라는 말이다. 이때 마치 천지가 이들의 슬픔에 동참하듯이 "멀리 하늘 위에 별들도 가득히 눈물을 머금고 금방이라도 주르르 떨어뜨릴 것 같았"다고 표현된다. 이 장면에서 '눈물'의 의미를 다시 한 번 확인할 수 있는데, 여기서 '눈물'은 일차적으로 고통받는 사람들 자신이 흘리는 것이며, 나아가 타인의 고통을 나의 고통처럼 여기는 깊은 '공감'의 표시인 것이다. 그러므로 권정생 문학에서 '눈물'은 소극적인 행위가 아니라 타인 또는 다른 생명체와의 공감과 유대를 확인하

40 엔도 슈사쿠, 김병걸 역, 「제7장 무력한 예수」, 『예수의 생애』, 삼민사, 1983, 115~116쪽. 엔도 슈사쿠의 『예수의 생애』는 많은 신학자와 작가에게 영감과 감동을 준 작품이다. 게리 윌스는 『예수는 그렇게 말하지 않았다』(게리 윌스, 권혁 역, 돋을새김, 2006)에서 이 책이 믿음의 예수를 다룬 몇몇 저서들, 길버트 체스터턴(『영원의 사람』), 프랑수아 모리악(『예수의 일생』), 로마노 구아디니(『인간적인 그리스도』), 엔도 슈사쿠(『예수의 생애』)의 저서들을 염두에 두고 썼다고 밝히고 있다.

41 『팔푼돌이네 삼형제』, 195~196쪽. "마음이 가난한 사람들은 / 행복하다 / 하늘 나라가 그들의 것이다 / 슬퍼하는 사람은 / 행복하다 / 그들은 위로를 받을 것이다 / 온유한 사람은 / 행복하다 / 그들은 땅을 차지할 것이다 / 옳은 일에 주리고 목마른 사람은 / 행복하다 / 그들은 만족할 것이다 / 자비를 베푸는 사람은 / 행복하다 / 그들은 자비를 입을 것이다 / 마음이 깨끗한 사람은 / 행복하다 / 그들은 하느님을 뵙게 될 것이다 / 평화를 위하여 일하는 사람은 행복하다 / 그들은 하느님의 아들이 될 것이다 / 옳은 일을 하다가 박해를 받는 사람은 / 행복하다 / 하늘 나라가 그들의 것이다." 이는 신약성서 마태복음 5장 3~10절에 나온다.

는 적극적 행위라 할 수 있다.

팔푼돌이네 삼형제는 휴전선 너머에 감나뭇골에 사는 톳제비 삼형제(날개돌이, 번개돌이, 안개돌이)도 만나고 빛고을 무등산에 사는 톳제비 삼형제(개똥돌이, 소똥돌이, 말똥돌이)도 만난다. 팔푼돌이 삼형제가 이들 감나뭇골 톳제비들과 무등산 톳제비들과 함께 빛고을 이야기를 하며 엉엉 울고 있는데, 마침 예수님이 다시 나타난다. 톳제비들은 예수님과 함께 경상도 한가운데 조그만 도시에 있는 "작은 집의 작은 방에 살고 있는" 어떤 할머니를 만나게 된다. 할머니는 농사꾼이었다가 품팔이 건설노동자가 된 아들 기태의 이야기를 들려준다. 할머니의 아들 기태는 불도저를 따라다니며 흙 고르는 일을 하다가 발을 헛디뎌 깊은 웅덩이에 빠졌는데, "불도저가 그대로 흙을 밀어 묻어버렸다는 것"이다.[42] 이렇게 공장을 짓던 일꾼을 땅에 묻어 버리고는 같이 일했던 일꾼들에게 겁을 주기도 하고 달래기도 하면서 그냥 "행방불명"이 된 것으로 처리했다고 한다.

같은 책에 실린 「고아원 순임이」에서는 "공장에 다니던 언니 순영이가 어딘가 끌려간 뒤 여태 소식이 없는 것"을 보여준다. 이 작품들은 이른바 산업 발전이라는 미명하에 이 땅에서 어떤 폭력이 벌어졌는가를 고발하고 있다. 결국 무등산 쇠똥돌이는 한숨을 쉬며 "예수님은 왜 이런 슬픈 곳에만 찾아 다니셔요?"라고 묻는다. 그러자 예수님은 부드럽고 정다운 목소리로 "나는 본래 이 세상에서 버려진 사람들을 찾아왔단다"[43]라고 말한다. "나쁜 사람, 전쟁을 일으키고, 약한 사람을 못 살게 하고, 빼앗고 죽이고 때리는 사람들을 싹 쓸어버리면 되지 않느냐?"라는

42 『팔푼돌이네 삼형제』, 186~187쪽.
43 『팔푼돌이네 삼형제』, 194쪽.

날개돌이의 말에 예수님은 "좀 더 기다려보자" "세상일은 세상에 있는 사람들 스스로 풀어 나가야 한다"라고 대답한다.[44]

이 구절에서 우리는 두 가지 점을 주목하게 된다. 예수는 가난하고 소외된 이들과 함께 한다는 것, 세상에 있는 문제는 하느님이 해결해 주는 것이 아니라 사람이 스스로 힘을 모아 주체적으로 해결해야 한다는 것이다. 당면한 문제를 회피하거나 남에서 의존하지 않고 반드시 자신이 주체가 되어 해결해야 한다는 관점은 권정생 문학 초기부터 후기까지 지속적으로 나타난다.[45] 이는 자신의 실존적 문제 앞에서 자신을 전부 걸고 실천해야만 비로소 문제가 해결될 수 있다고 보기 때문일 것이다. 이러한 권정생의 관점은 여러 에피소드에서 거듭 확인된다.

5) 무교회주의 및 종교다원주의 - 정호경, 변선환, 가가와 도요히꼬와의 연관성

권정생은 고통받는 노동자 가족의 삶에 대해 예수님이 크게 관심 갖는 것을 보여줌으로써 '개인 구원' 내지 '개인 해방'에만 만족할 것이 아니라 가난하고 고통받는 사람들과 함께 '공동체'로서 해방될 때 진정한 '예수쟁이'로서 '예수의 삶'을 살아간다는 것을 드러낸다. 권정생의 이

44 『팔푼돌이네 삼형제』, 195쪽.

45 권정생이 문학사상적으로 크게 영향을 받았고 공감했던 키르케고르, 함석헌, 톨스토이, 엔도 슈사쿠, 가가와 도요히꼬, 변선환은 모두 기성 기독교 체제와 맞섰던 인물들이다. 이들은 모두 교회라는 제도가 아니라 하느님의 말씀인 성서에 기반을 두고 예수를 바라보았고, 예수의 지상에서의 삶, 가난한 밑바닥 인생들과 함께 한 비천한 삶을 따르는 것이 진정한 기독교인의 신앙이라고 보았다. 또 자신의 실존적 관심과 신앙의 문제를 동일한 문제로 파악한 점에서 공통점을 지닌다.

러한 사상은 친한 교유 관계에 있던 신부 정호경의 사유와도 유사한데, 정호경은 「가난한 이들과 함께」[46]라는 글에서 '1985년 여름 한국 주교님들의 현장체험 종합보고서에서'를 인용하여 '가난한 이들'과 '교회'가 어떤 관계에 있어야 하는가에 대해 근본적인 성찰을 하고 있다.

> 우리는 (…중략…) 가난한 이들이 이렇도록 인간다운 삶을 살 수 없게 된 근본 원인을 생각하지 않을 수 없었다. …결국 이들의 문제는 정치적 · 경제적 · 사회적 · 문화적 제도와 구조가 가난한 이들을 우선적으로 고려해야 할 당위적 · 도덕적 의무를 저버린 데서 파생된 것이라 볼 수 있었다.
>
> 가난한 이들의 삶의 자리에서, 우리는 가난한 이들의 공동체가 확산되고 있으며, 가난한 이들의 인간 발전을 위하여 헌신하는 이들이 늘어가고 있고, 자발적으로 가난한 이들과 같은 삶을 살아가고 있는 공동체가 나타나고 있는 사실을 목격하였다. (…중략…) 특별히 세상적 가치를 포기하고 자발적 가난의 삶을 택하며, 초기 교회 공동체와 같은 모습으로, 기도하고 가진 바를 나누고 사는 공동체의 모습을 발견했을 때, 가난한 이들 속에 현존하고 있는 새로운 교회의 모습을 볼 수 있었다. (…중략…)
>
> 강요된 가난 속에 살고 있지만, 그들의 모습은 복음을 사는 이들의 모습이었으며, 그들 속에 우리는 하느님 나라의 기쁜 소식의 의미와, 그들을 통하여 우리가 복음화될 수 있다는 사실을 깨달을 수 있었으며, 그들은 고통받는 그리스도의 표지였으며, 이 세상의 죄와 우리 모두의 죄를 대신 걸머진 속죄양임을 깨달았다. (…중략…)

46 이 글은 본래 제44차 세계성체대회(서울, 1989년 10월)에 발표한 것이다.

그리스도께서 자신을 동일시하셨던 가난한 이들에게, 교회는 얼마만한 관심을 가지고 있는가. 가난한 이들을 단지 동정과 자선의 대상으로만 보아온 것은 아니었던가를 생각하지 않을 수 없었다. 가난한 이들 속에 숨겨진 많은 보화를 보며 우리는, 가난한 사람들이 자신들의 발전의 주역이란 사실을 인정하고, 그들의 인간 발전을 위하여, 교회가 그들과 함께 살아가야 함을 절실히 느꼈다. 그러기 위해선 우선, 우리 교회가 가진 바를 나누고, 버림으로써 복음적 청빈을 실천으로 옮기는 것이 중요하다는 사실을 확신하게 되었다.[47] (강조는 인용자)

요컨대, 가난한 사람들의 고통스러운 삶은 가난한 이들을 고려하지 않은 사회와 제도, 그리고 이것을 묵인한 우리 모두에게 근본적인 책임이 있다는 것이다. 그러므로 "자발적 가난을 택하며" 가난한 이들과 함께 하는 공동체야말로 "초기 교회 공동체"의 모습이며 "가난한 이들 속에 현존하는 새로운 교회"라는 것인데, 그것은 "그리스도께서 자신을 동일시"했던 것이 바로 "가난한 사람들"이기 때문이라는 것이다. 정호경은 이 글에서 "가난한 사람들아, 너희는 행복하다. 하느님 나라가 너희의 것이다"(누가복음 6장 20절)라는 산상수훈의 구절을 '하느님 나라 대헌장의 첫 대목'이라며 마무리 짓는다.

하느님이 가난한 사람들과 함께 하고 있다는 사유가 가장 극명하게

47 정호경, 『밥도 먹고 말도 하고』, 분도출판사, 1994, 52~54쪽. 권정생과 정호경 신부와의 교유 관계는 그리 널리 알려져 있지 않으나, 정호경은 노동사목을 하다가 현재 농사를 짓고 스스로 집을 지으며 살고 있다. 권정생의 『비나리 달이네 집』(낮은산, 2001)에 나오는 "성당 신부님을 그만두고 비나리 마을에 와서 농사꾼이 된 달이네 아빠"는 정호경 신부를 모델로 한 것이다.

드러난 작품이 바로 『하느님이 우리 옆집에 살고 있네요』이다. 이 작품은 하늘에서 땅으로 내려온 하느님과 예수 부자의 이야기를 담고 있다. 그런데 하느님과 예수가 땅으로 내려온 사연 자체가 흥미롭다. 하늘나라는 "춥지도 않고 덥지도 않고 배고프지도 않고 아프지도 않는" "참으로 태평스러"운 곳이다. 그런데 하느님은 땅 위에 있는 사람들이 걱정이 되어 하루도 마음 편할 날이 없는지라 아들인 예수한테 세상에 다시 내려가 보자고 한다. 아들 예수는 "2000년 전 채찍으로 맞으며 무거운 십자가를 메고 가던 일"이 생각나서 거절한다. 하느님은 "두 번 다시 그런 힘든 일을 너한테 시키지 않을 테니 그냥 우리들이 세상에 내려가서 한번 살아보자"라고 말한다. 그래서 하느님과 아들 예수는 "통으로 짠 하얀 옷 한 벌씩만 입은 채" 예루살렘이 있는 이스라엘을 향해 하늘나라를 떠나는데, 중간에 그만 전혀 예상치 못한 일이 벌어지고 만다. 태풍이 부는 바람에 그만 대한민국에 떨어지고 만 것이다.

이 작품에서 '하느님'은 장가 못한 아들과 사는 가난하고 무능력한 노인네이고, '예수'는 그런 아버지를 모시고 사는 가난하지만 착한 아들이다. 그야말로 "우리 옆집에 살고 있"는 가난한 사람의 모습인 것이다. 이 작품에서 '지금 · 여기'의 사회 현실 비판은 기성 기독교 비판이 하나가 된다. 이제는 인간이 사는 세상이 바로 하느님의 교회가 되기 때문에 좁은 의미의 교회는 비판의 대상이 된다. 이 작품에서 권정생은 무교회주의에 가까운 사유를 보여주는 것이다.

『팔푼돌이네 삼형제』에서는 톳제비 삼형제가 안동 돌징이 계곡에 살면서 직접 본 농촌 현실과 그 당시의 사회적 제반 사건을 다루는 데 비해, 『하느님이 우리 옆집에 살고 있네요』에서 하느님과 아들 예수는 대한민국 서울의 도시 빈민으로서 살면서 온갖 일을 직접 겪는 것으로 그려진다. '팔푼돌이 삼형제'가 '목격자'라면, '하느님과 예수'는 '체험자'인 것이다. 『하느님이 우리 옆집에 살고 있네요』에서 하느님과 예수가 땅에 내려와서 가장 먼저 체험하는 것은 '배고픔'과 '추위'이다. 하느님과 예수는 우박과 함께 수박밭으로 떨어지는데 배가 고파서 깨진 수박을 나눠 먹고, 그날 밤 묵게 된 집에서도 밥을 청해 먹는다. 이러한 하느님과 아들 예수의 모습은 「달수네 아버지」에서의 유노인과 달수를 연상시킨다.

> 하느님과 아들 예수가 찾아간 곳은 강 건너 조그만 외딴 집이었습니다. 어두컴컴한 사립문에서 아버지와 아들은 어떻게 처신해야 할지 서로 일을 미루고 있었습니다. (…중략…)
>
> "저어……."
>
> 하느님이 손을 비비며 말을 제대로 못 하고 있으니까 윤씨 노인이,
>
> "어디 먼길 가시는 모양인데, 들어와서 옷이나 말리시오."
>
> 하는 것이었습니다. (…중략…)
>
> "저녁 진지는 어쨌소? 못 먹었으면 남은 밥이라도 차려주리까?"
>
> 하느님이 아들 예수의 옆구리를 꾹꾹 찔렀습니다. 저녁을 차려 달라는 뜻이었지요.
>
> "저, 어르신네, 찬밥이라도 있으면 요기를 시켜 주십시오."[48] (강조는 인용자)

48 『하느님이 우리 옆집에 살고 있네요』, 24~26쪽.

힘들고 귀찮은 일을 해야 할 때 서로 미루거나 어딘지 행동이 어설퍼 웃음을 자아내는 모습이 '유씨 노인'과 '달수' 부자와 아주 흡사하다. 권정생이 '하느님 부자'의 모습을 1·4후퇴 때 남쪽으로 내려와 떠돌이 생활을 하며 늙어가는 '유씨네 부자'처럼 묘사한 것은, 우리가 흔히 만나는 가난하고 볼품없는 사람들이 바로 '하느님'이란 것을 강조하려는 의미일 것이다. 또 가난한 사람들에게 성심성의로 대접하는 것이 바로 '하느님'을 모시는 것이라는 의미일 것이다. 거지꼴을 한 두 사람에게 주인 윤씨 노인은 아들이 입던 옷을 가져다주고, 할머니는 밥을 차려다 준다. 할머니는 두 사람을 보고 "요새 촌에서는 살기가 힘"드니 "기왕 나왔으면 서울로" 갈 것을 권유한다. 밥을 먹고 나서 땅에 내려온 것을 후회하는 하느님에게 아들 예수가 "이 댁 할머니 말씀대로 서울로 가야지요. 그래서 한번 세상살이가 어떤지 아버지께서 겪어보시는 거죠"라고 말하자, 하느님은 "아이구, 정말 앞이 캄캄하구나"라고 탄식한다.

서울로 올라온 하느님과 아들 예수는 방 한 칸 얻을 돈이 없어 철거민들이 살고 있는 천막촌에서 살게 된다. 비닐 보자기로 덮은 천막 안에서 떨며 열악하게 살던 예수가 날품팔이를 하다가 월급을 받는 청소부가 되자 하느님은 엄청 기뻐한다. 그러나 언제 철거반에 들이닥칠지 알 수 없기 때문에, 이런 천막촌에서나마 마음 편하게 안심하며 살 수가 없다. 결국 철거반이 들이닥쳐 천막집을 허물지만, 예수와 사람들은 다시 천막집을 일으켜 세우고 산다.

여기서 중요한 것은 권정생이 이러한 과정들을 통해 진정한 '하느님의 가족'의 의미와 '상호부조의 사상'을 제시하고 있다는 점이다. 철거민촌 천막집에 사는 동안 하느님네 가족은 점점 그 식구를 늘려가게 되는데, 그것은 예수님이 길에서 만난 집도 부모도 없는 '공주'라는 여자 아이를 데려오고, 철거반에 쫓겨 동네를 떠날 때 따라온 '과천댁 할머니'를 내치지 못해서이다. 과천댁은 전쟁 때 이북으로부터 피난을 오다가 남편과 아들을 잃고 헤어져 혼자 사는 노인이다. 그리하여 하느님네 가족은 하느님(주대용), 과천댁 할머니, 예수님(주길수), 공주 이렇게 네 명이 된다. 홀아비, 과부, 노총각, 고아가 모여 한 가족이 된 것이다. 여기서 우리는 권정생의 새로운 가족 개념을 알 수 있다. 그것은 피 한 방울 섞이지 않았지만 서로 정을 나누고 돕고 살며 한 가정을 이루는 것이 바로 진정한 가족이라는 것이다. 권정생이 생각하는 '하느님의 가족'이란 마음에 상처 있는 사람끼리 상처를 보듬어가며 살아가는 사람들인 것이다.

"잘사는 나라의 도시 계획 때문에" 천막촌에서 뿔뿔이 흩어진 하느님네는 강변에 움막집을 짓고 살게 된다. 이때 리어카와 과일을 사서 과일장사를 시작하려는 예수님에게 과천댁 할머니는 3만 원이라는 돈을 선뜻 보태준다. 형편이 어려운 과천댁 할머니가 형편이 더 어려운 사람을 도와주는 이 대목에서 우리는 권정생의 '상호부조의 사상'이 어떤 것인가를 알 수 있다. 부자가 가난한 사람을 돕는 '자선'이 아니라 '가난한 사람'이 '가난한 사람'을 돕는 행위야말로 진정한 '상호부조'라는 것이다.

그러나 이 가난한 가족에게는 하루도 편한 날이 없다. 하느님은 몸살을 앓고 공주님은 감기를 앓기도 하기 때문이다. 그러나 그보다 더 심각한 문제는 이 가난한 사람들이 국가의 이름으로 벌어지는 폭력에 늘 노출되어 있기 때문이다. 예수님이 노점상 단속반에 걸려 감옥에 갇히는 사건이 그 단적인 예이다. 단속반이 상인들의 물건을 발로 걷어차며 고

함을 치자 몸싸움이 벌어지는데, 이때 예수도 함께 싸우다가 그만 감옥에 갇히게 된다. "당당한 공직 심부름꾼"들이 "법"대로 가난한 사람들의 생존권을 무참히 짓밟는 폭력의 현장을 외면하지 않으려다 예수님은 감옥행을 면치 못하게 되는 것이다.

이제 하느님네 가족은 지하실 방에서 살아가는데, 하느님은 텔레비전을 보다가 "셋방살이하는 가난한 쌍둥이 삼형제가 방 안에서 불장난을 하다가 질식해서 죽은 소식"을 보게 된다. 그런데 이렇게 혼자 있던 아이가 죽는 일은 단지 텔레비전의 소식으로 끝나지 않는다. 하느님네 산동네에 사는 봉식이라는 여섯 살짜리 아이가 혼자 집에 있다가 그만 연탄가스로 죽고만 것이다. 봉식이가 죽어갈 때 봉순이는 "할아버지, 하느님께 기도하면 봉식이가 깨어날까요?"라며 묻는데, 하느님은 아무런 대답을 하지 못한다. 이 날 밤, 예수님이 돌아왔을 때 하느님은 이렇게 말한다.

> "애야, 그 애가 하느님께 기도하면 동생이 깨어날까요, 했을 때 내가 얼마나 힘들었는지 모른다. 감쪽같이 깨어나게 할 수 있었는데……."
>
> "안 됩니다. 만약에 그렇게 하시면 세상이 더 흉측해집니다."
>
> "그래, 그래서 나도 힘들고 괴로웠다고 하잖니." (…중략…)
>
> "사람들은 아직도 이웃 사랑보다 기적만 바라고 기도하고 있어요. 제가 옛날에 기적을 보여준 것이 잘못이었어요." (…중략…)
>
> "아버지, 너무 실망하지 마세요. 이 세상 어딘가에 오히려 제 십자가보다 몇 갑절 힘들게 이웃을 위해 일하고 있는 사람도 있을 거예요."
>
> 다음날 하느님은, 봉식이의 시체를 등에 지고 화장터로 내려가는 그의 아버지와 어머니의 모습을 숨어서 바라보며 울고 있었습니다.[49] (강조는 인용자)

이 대목에서 우리는 '예수쟁이'의 가장 큰 덕목은 바로 '이웃 사랑'이라는 권정생의 사유를 다시 한 번 확인할 수 있다. '네 이웃을 네 몸과 같이 사랑하라'는 것인데, 이러한 '이웃 사랑'이 이루어진다면 어린 아이가 혼자 집에 있다가 죽는 이렇게 끔찍한 일은 없을 것이다. 이 작품에서 어떠한 기적도 행하지 않고 "숨어서 바라보며 울"고 있는 하느님의 모습은, 인간의 고통스러운 현실을 외면하지 않고 함께 하는 하느님을 표현한 것이라 하겠다.

이 작품에서 하느님은 예수님의 말대로 "가엾은 사람들과 같이 세상되어 가는 것을 보고 듣고, 그리고 몸소 겪으면서 살아보자"라고 결심하고 이 땅에 내려왔지만 "가슴이 터지는 것 같"아 "그만 하늘로 돌아가자"라고 아들 예수에게 말한다. 하느님 부자가 이런 말을 하는 순간에도 저 멀리 "붉게 붉게 빛나는 교회의 십자가는 밤하늘의 별빛이 부끄러울 만큼 한층 빛나고 있"다. 이것은 교회가 이렇게 많은데도 이웃의 고통을 외면하고 있음을 지적하는 것이다. 또한 사회문제는 등한시한 채 개인구원에만 관심을 두는 한국의 기성 기독교에 대한 통렬한 비판이기도 한 것이다.

이 작품이 쓰인 시기에 한국 교회 내부에서 근본주의적이고 배타적인 기독교를 비판하고 나선 신학자가 있었다. 그가 바로 목사이자 신학자이며 감리며 신학대학 학장이었던 변선환(1927~1995)이다. 변선환은 "기독교 밖에도 구원이 있다"라고 하여 1991년 교수직과 목사직에서 면직되고, 이듬해인 1992년 중랑구 망우동 금란교회에서 열린 '종교재

49 위의 책, 164~165쪽.

판'에서 감리교회법상 최고형인 출교처분을 받는다.[50] 변선환은 기독교가 영성을 회복하고 주체적인 입장에서 예수를 받아들여야 한다고 보았는데, 출교 당한 뒤에도 그 태도는 변함이 없었다. 그가 출교 당할 때 남긴 아래의 말은 아주 의미심장하다.

> 에큐메니컬 시대의 도래와 함께 열려진 대화의 광장에서 나는 교파와 종파의 차별이라는 높은 장벽을 넘어서 이 교파, 저 교파를 넘나들며 통일・인권・생명운동을 벌이는 절대 자유인이 됐다. 비록 교단의 권력정치에 밀려나 출교를 당했지만 누가 나를 목사라고 보지 않겠는가. 유일한 재판관은 파스칼이 하늘 법정에서 호소하며, "주여, 나는 당신께만 소송하나이다"라고 절규했던 그 분뿐이다.[51]

변선환은 한국적 신학이 타파해야 할 우상을 '교회중심주의'로 보았다. 그는 교회 밖에는 구원이 없다고 말하는 배타적 교회 중심주의는 교회 자체를 계시와 은총의 통로로 이해함으로써 세상과 교회의 단절을 초래한다고 보았다. 그는 생전에 "우리는 한국에 실려 온 병신스런 하나님을 믿지 않는다"[52]라고 말했다. 선교사들이 오기 오래 전에 우리의 역사와 우리의 땅 위에서 신이 이미 활동하고 계셨다는 의미였다. 그는 출교 당한 뒤 3년 뒤 사망했는데, 한국의 개신교인들에게 이런 당부를 남겼다. "한국인들이 받아들인 예수가 조선의 예수, 한국의 예수가 되

---

50 조현, 「변선환—종교적 타자가 되어버린 예수」, 『울림—우리가 몰랐던 이 땅의 예수들』, 詩作, 2008, 87~88쪽 참조.
51 위의 책, 93쪽.
52 위의 책, 92쪽.

면 좋겠다. 한국의 예수는 말씀하실 것이다. '동족끼리 종교인들끼리 싸우지 말고 세계를 뒤흔들고 있는 거대한 악마적인 권세와 싸우라'고."[53]

그러나 이러한 한국 기독교의 개혁자들은 교회에서 쫓겨나고, 개인구원만을 외치는 목사와 교인들만이 교회 안에서 위세를 부리는 것이 현실이다. 작품 속의 구절은 이런 상황을 꼬집고 있는 것인지도 모른다.

> "예수는 통일될 때까지만 참고 여기 있자고 했지. 대체 통일이 언제 되려는지, 나도 어떻게 했으면 좋을지 모르겠구나."
>
> 하느님은 혼자서 중얼거리며 언제까지나 마냥 거기 쪼그리고 앉아 있었습니다.
>
> 빨간 십자가 불빛이 반짝이는 저 많은 교회에서는 크리스마스를 맞은 사람들이 들뜬 기분으로, '기쁘다 구주 오셨네!'를 부르고 있을 것입니다.[54]

하느님은 가슴이 터질 것 같은 고통을 겪는데 "저 많은" 교회에서는 사람들이 "들뜬 기분으로" "'기쁘다 구주 오셨네!'를 부르고 있을 것"이라는 표현은 아이러니의 극치를 보여준다. 예수가 이 땅에 인간으로 온 본래의 의미는 잊은 채 그저 크리스마스를 즐기는 모습에 대한 풍자인 것이다. '하느님의 집'이라는 교회에 정작 주인인 하느님은 없는 셈이

---

53 위의 책, 93쪽. 권정생과 깊은 친분을 나누었던 이현주, 최완택, 김영동 목사는 모두 이 변선환의 제자들이다. 이 책에는 변선환의 사망 10주기를 맞아 이현주가 쓴 추모시 「우리의 스승 변선환」이란 시가 실렸는데, 이 시에서도 엔도 슈사쿠가 언급되고 있다.(97쪽)

54 『하느님이 우리 옆집에 살고 있네요』, 202쪽.

다. 권정생은 이 작품에서 물신화된 외화내빈의 한국 교회를 신랄하게 비판하고 있다. 그가 이상적으로 생각하는 교회는 다음과 같은 교회이기 때문이다.

> 내가 만약 교회를 세운다면, 뾰족탑에 십자가도 없애고 우리 정서에 맞는 오두막 같은 집을 짓겠다. (…중략…) 정면에 보이는 강단 같은 거추장스런 것도 없이 그냥 맨마루바닥이면 되고, 여럿이 둘러앉아 세상살이 얘기를 나누는 예배면 된다. ○○교회라는 간판도 안 붙이고 꼭 무슨 이름이 필요하다면 '까치네 집'이라든가 '심청이네 집'이라든가 '망이네 집' 같은 걸로 하면 되겠지. 함께 모여 세상살이 얘기도 하고, 성경책 얘기도 하고, 가끔씩은 가까운 절간의 스님도 모셔다가 말씀도 듣고, 점쟁이 할머니도 모셔와서 궁금한 것도 물어보고, 마을 서당 훈장님 같은 분께 공자님 맹자님 말씀도 듣고, 단오날이나 풋굿 같은 날엔 돼지도 잡고 막걸리도 담그고 해서 함께 춤추고 놀기도 하고, 그래서 어려운 일, 궂은 일도 서로 도와가며 사는 그런 교회를 갖고 싶다고 했다.[55]

---

55 『우리들의 하느님』, 14쪽. 권정생은 이때 이미 종교다원주의에 입각한 기독교인이었다. 그가 좋아했던 엔도 슈사쿠도 이러한 종교다원주의적 입장을 보여준다. 『깊은 강』은 엔도 슈사쿠의 사상을 집대성한 마지막 작품인데, 이 작품에서 그는 인도의 성지 바라나시에서 어머니인 갠지즈 강으로 불가촉천민들을 데려와 그들의 간절한 소망대로 화장될 수 있게 돕는 일본인 신부 오쓰를 그려낸다. 오쓰는 자신이 지닌 종교다원주의적 사상으로 인해 신부로 서품되지 못한 인물이다. 오쓰는 인도인과 같은 옷차림을 한 채 사회의 밑바닥 인생과 삶을 함께 한다. 오쓰의 모습은 엔도 슈사쿠의 '예수상' 및 '기독교인상'을 집약하여 보여주는데, 타종교와 대화하는 자세야말로 진정한 기독교인의 모습임을 보여주는 것이다. 엔도 슈사쿠, 유숙자 역, 「오쓰의 경우」, 『깊은 강』, 민음사, 2007 참조. 『침묵』과 『깊은 강』은 엔도 슈사쿠가 가장 아낀 작품이라고 한다.

사람들이 모여 소박하게 친교를 나누는 장소가 곧 교회라는 것인데, 이러한 교회야말로 초기 기독교 공동체의 모습이자 우리가 주체적으로 세워야 할 한국 교회의 모습이라고 권정생은 본 것이다.

여기에는 종교다원주의와 함께 한국 기독교의 배타성을 질타하는 권정생의 관점이 뚜렷하게 드러난다. 『하느님이 우리 옆집에 살고 있네요』에서 권정생은 "통일될 때까지"라는 표현을 통해 '지금 · 여기'에 살고 있는 사람들의 고통이 6 · 25전쟁으로 인한 분단과 이로 인해 파생된 온갖 문제들로 인한 것임을 또다시 강조한다. 또 하느님은 "저 하늘 높은 보좌에 계시는 게 아니라 이 땅의 고통받는 사람들과 함께 고통받고 있다"는 믿음을 드러낸다. 하느님 부자의 도시 빈민 생활을 담고 있는 이 작품은 가난한 사람이 바로 하느님이라는 사유도 담고 있지만, 진정한 기독교인의 삶이 어떠해야 하는가를 보여준다. 교회에 나가 예배드리는 것에 그치지 않고 삶 전체가 신앙생활이 되어야 한다는 것을 보여주고 있기 때문이다.

권정생은 1980년 동화작가 이현주에게 보내는 편지에서 "금년에 이 노신과 싸르트르, 키르케고르, 가가와 도요히꼬, 야마무라 보쪼 그리고 제 3세계를 자세히 살펴보고 싶다"[56]라는 말을 한다. 여기에서 우리는 목사이자 작가이며 빈민운동가였던 가가와 도요히꼬[賀川豊彦, 1888~1960]에 대해 주목할 필요가 있다. 가가와 도요히꼬의 삶은 권정생의 주장하는 '예수쟁이'의 삶과 일치하기 때문이다.

가가와 도요히꼬는 우찌무라 간조[内村鑑三, 1861~1930]와 더불어 근

56 「편지 · 22」, 『오물덩이처럼 딩굴면서』, 249쪽.

대 일본을 대표하는 기독교인이다. 일본에서 1921년에 출간된 『基督教와 그 眞理』가 1931년 우리말로 번역된 것으로 보아[57] 한국에도 일찍부터 널리 알려진 것을 알 수 있다.[58] 그는 기독교 사회주의자로 개인과 사회를 아우르는 신앙을 강조하였고, 고베 신학교를 다니던 22살 때 1909년 12월 24일 고베 빈민굴에 들어가 빈민들과 함께 생활하기 시작했다. 그는 고베 빈민굴에서 예수의 말씀대로 한 벌 옷만 갖고 사회의 밑바닥 사람들 — 살인자, 간질병자, 정신병자, 창기들 — 과 어울려 살았다. 그야말로 예수의 삶을 본받아 산 것이다. 그는 빈민굴 생활을 하면서 개인 구원과 사회의 구원이 따로 있지 않으며, 주기도문에 "우리에게 일용할 양식을 주옵시며"라는 구절에서 보듯이 경제적인 문제와 신앙의 문제가 결부되어 있다고 보았다. 그는 형제애에 바탕을 둔 상호부조의 삶을 실천하고자 일본에 다양한 생활협동조합을 창설하였다.

가가와 도요히꼬는 원래 명문가의 자제였으나 중학교 때 선교사 로간에게 영어를 배우면서 성서의 산상수훈을 알게 되고, 이를 계기로 세례를 받고 기독교인이 되었다. 그는 중학교 시절부터 로간의 평화주의와 톨스토이의 반전주의의 영향을 받아 일본 군국주의에 의문을 품었고, 군사훈련을 거부해 심한 구타를 당하기도 했다. 그는 명문 도쿠시마 중학 출신이라 가문에서는 그가 도쿄대학에 들어가 엘리트 코스를 밟기 바랐으나 메이지 신학교에 들어가 큰 갈등을 빚었다. 이후 고베에 신학

57 賀川豊彦, 趙信一 譯, 『基督教와 그 眞理』. 京城鐘路朝鮮耶蘇教書會, 1931. 이 책은 가가와 도요히꼬가 성서에 근거한 둔 자신의 기독교관 — 산상수훈을 말씀하신 인간의 친구 예수 — 을 잘 보여준다.

58 이하의 내용은 가가와 도요히꼬, 홍순명 역, 『우애의 경제학』, 그물코, 2009; 하야시 게이스케, 김승추 · 김재일 역, 『사선(死線)을 넘는 믿음으로』, 흙과 생기, 2008을 참조함.

교가 생기자 그는 여기로 전학해 공부하다가 고베 빈민굴에 들어가게 되는 것이다. 빈민굴에서 그는 미혼모들이 아이들을 방치하여 죽게 하는 이른바 '양자 살인'을 보고 큰 충격을 받고 이를 막기 위해 여러 모로 애썼는데, 이 경험은 그에게 아동 보육의 중요성을 실감하게 하는 계기가 된다. 이후 가가와 도요히꼬는 미국 프린스턴 대학에 가서 신학과 과학 공부를 하는데, 그때 미국 빈민가에서 노동자들의 대규모 시위를 목격하고 큰 감명을 받는다. 그는 일본에 돌아와 다시 빈민굴에 들어가 생활하면서 노동운동에 관여하게 되고 수없이 많은 협동조합을 조직하였다.

그런데 가가와 도요히꼬는 사회운동만 한 것이 아니다. 그는 1920년 자전적 작품인 『사선을 넘어서』를 출간하는데, 이 작품은 대중에게 폭발적 인기를 얻어 백만 부 이상 팔리게 된다. 이 책을 통해 받은 인세 20만 엔(오늘날 10억 엔)은 거의 노동운동과 생활협동조합운동에 쓰였다. 이처럼 가가와 도요히꼬는 자신의 모든 것을 바쳐 예수처럼 살고자 한 사람이었다.[59] 진정한 예수쟁이가 되고자 했던 권정생에게 가가와 도요히꼬의 삶은 큰 감명을 주었을 것이다. 편안한 삶을 버리고 빈민굴 생활을 자처했던 그의 삶에서 권정생은 진정한 예수쟁이의 모습을 보았을

59 가가와 도요히꼬의 100주년을 기념하는 일본의 잡지 『季刊 あっとat』 제15호(2009.4) 특집 "가가와 도요히꼬-그 현대적 가능성을 찾아서[賀川豊彦 その現代的可能性を求めて]"의 한 기사인 「억압된 가가와 사상의 회귀-마하트마 간디를 넘어설 수 있는 것[抑壓された賀川思想の回帰-M.ガンディーを超えるもの]」에 따르면, 가가와 도요히꼬는 종전 후 아메리카에서 천황과 함께 가장 주목받았던 일본인이었다고 한다. 그런데 그의 기독교 사회주의는 상당히 유니크한 것이라 종전 후 일본에서 사회주의 진영과 기독교 진영 양쪽 모두에게 잊혀졌다고 한다. 그러나 그가 시작한 생활협동조합 운동은 현재 일본에서 단단히 뿌리를 내렸고, 활발한 생활협동조합 운동으로 인해 한국에서도 최근 재조명되고 있다.

터인데, 도시 빈민으로 살아가는 '하느님 부자'의 모습에서도 우리는 '예수쟁이' 가가와 도요히꼬의 모습이 중첩되어 있음을 알 수 있다.

3. 대안적 삶과 유토피아 의식

1) 유토피아적 상상력

『하느님이 우리 옆집에 살고 있네요』에서는 하느님과 예수님 부자가 '통일'이 되기를 기다리는 모습으로 표현되지만, 『팔푼돌이네 삼형제』에서는 적극적으로 통일을 이루려고 시도하는 모습들도 그려진다. 그 가운데 「산나리 꽃다발」에서는 5월 10일 판문점에서 열리는 '남북 학생 회담' 모습이 그려지는데, 이때 톳제비들은 "팍 피기 시작한 산나리꽃을 꺾어다가 커다랗게 다발을 만"든다. 평양에서 온 학생들에게 전해 주기 위해서다. 톳제비들이 판문점에 가서 기다리고 있자니, 평양 학생들이 탄 버스가 길가의 사람들에게 크게 환송을 받으며 달려온다. 그런데 아무리 기다려도 남쪽 학생들은 나타나지 않는다. 남쪽 학생들은 "통일의 노래"를 부르며 판문점으로 달려가려고 했으나 남쪽 정부가 최루탄 가스를 발포하며 이들을 막고 있었기 때문이다. 돌징이에 돌아온 톳제비들은 화가 나서 "이 늑대 같고 미친 개 같은 것들아……"라며 악을 쓴다.

또 「다시 진달래꽃 피고」에서는 육푼돌이가 북쪽에 가서 번개돌이한데 "이남 서울에서 온 목사"가 "위대한 수령님"과 부둥켜안았던 이야기를 듣는다.

"평양에서 있은 일 알고 있니?"

"무슨 일인데, 나쁜 일이 생겼니?"

"아니야, 위대한 수령님과 하느님의 사자가 만나서 부둥켜 안았단다." (…중략…)

"통일을 위해서 말이니?"

"그렇단다."

"그래서 어떻게 되었니?"

"이젠 뭐, 수령님과 하느님의 사자가 서로 꽉 끌어안았으니 통일은 된 거지 뭐."

번개돌이는 참으로 쉽게 말하고 있었습니다.

"그, 그렇기도 하구나. 통일은 거추장스러운 철조망보다, 총칼을 든 군대보다, 핵무기보다, 마음이 제일 중요하니까."[60] (강조는 인용자)

이제 사람들은 조금씩 달라지기 시작한다. 패랭이꽃 아파트 남동 삼백이호에 사는 만복 아주머니는 새벽에 예배당에 가서 하느님께 "저희들 힘으로 통일을 꼭 이루겠습니다"라고 기도한다. 그 동안은 십 년을 하루같이 "하느님 아버지시여, 오늘도 무사히 살게 하시고, 건강을 주시고, 남편이 승진하게 도와주시고, 우리 집 아이들 시험 성적이 올라가게

60 『팔푼돌이네 삼형제』, 156~158쪽.

해 주시고, 남보다 앞서게 해 주시고, 발에 무좀을 낫게 해 주시고, 제가 사 놓은 증권 시세가 올라가게 해 주시고, 신경통이 없게 해 주시고……"라며 "혼자만의 복"을 빌어 왔는데, 이제 완전히 변한 것이다. 만복 아주머니는 식구들 앞에서 자신의 심정을 토로한다.

> "나 오늘 하루 종일 많이 생각했단다. 예수님 말씀대로 평화를 위하여 일하는 사람, 옳은 일을 하다가 박해를 받는 사람, 가난하게 사는 사람, 그런 사람이 바로 하느님 자녀의 자격이 있다는 걸 겨우 깨달았단다."
>
> "문동주 목사님 같으신 분 말씀이죠?"
>
> "그래, 그거야. 그런데 난 동결이 너만은 얌전하게 공부만 해서 출세하기 바랐으니 하느님이 얼마나 섭섭하셨겠느냐? 앞으로는 우리도 고통스럽더라고 참 되게 살자꾸나. (…중략…)"
>
> 남편 김윤재 아저씨가 고개를 끄덕이며 말했습니다.
>
> "당신, 이제야 정말 회개를 하는구려. 전에 교회 부흥회 때 통곡을 하면서 회개했던 것은 말짱 헛것이었소."[61] (강조는 인용자)

"하느님의 자녀"로 "참 되게" 살려면 스스로 통일을 이루고자 애써야만 한다[62]는 것인데, 이러한 간절한 바람은 현실에서는 금방 이루어지지 않는다. 그러나 「꿈길」이라는 작품에서 팔푼돌이 삼형제는 "올봄에 태어난 조그만 굴뚝새"를 따라 남북이 통일이 된 "아름답고 평화로운 곳"

---

61 『팔푼돌이네 삼형제』, 174~175쪽.

62 이 주장은 권정생의 순수한 의도와는 달리, 현실에서는 왜곡될 가능성이 있다. 이 글이 기독교 계통의 잡지(『새가정』)에 실린 작품임을 감안하더라도, 모든 것을 통일로 환원시키는 통일만능주의적 사유 역시 편협할 수 있음을 유념하여야 할 것이다.

에 가보게 된다.

「꿈길」부터 「갇혀 버린 휴전선」, 「고루고루 살고」, 「버스 타는 대통령」, 「즐거운 학교」, 「교장 선생님은 대장간 일꾼」, 「시장님도 청소를 하고」, 「전국 체육대회」 같은 작품들은 권정생이 생각하는 유토피아가 어떤 모습인지 구체적으로 보여 준다. 본래 '유토피아(Utopia)'는 16세기 영국의 휴머니스트인 토마스 모어가 자신의 작품 『유토피아』에서 만들어낸 말이다. 그리스어 어원을 고려해 볼 때, 유토피아는 '이 세상에 없는 곳(Outopia; no-place)'과 '좋은 곳(Eutopia; good-place)'이라는 이중 의미를 지니고 있다.[63] 구약 창세기에 나오는 에덴동산, 예수 재림 이후에 지상에 건설된다는 '천년왕국'은 기독교의 대표적 유토피아일 것이다. 그런데 토마스 무어의 유토피아는 현실의 부조화와 모순을 딛고 개혁·건설하고자 하는 새로운 이상세계로, 앞에 언급한 것과는 성격을 달리한다. 즉 모어의 『유토피아』는 2부로 나누어진 픽션인데, 1부에서는 당시 유럽 및 영국사회의 일반적인 병폐를 풍자적인 기법으로 비판하고 있고, 2부에서는 유토피아라는 가공의 섬에서 펼쳐지는 이상적인 정치·경제·사회·교육·제도를 통해 모어 자신의 개혁 구상을 전개하고 있다.[64] 『팔푼돌이네 삼형제』도 구성상 『유토피아』와 유사한데, 현재 한국 현실의 일반적인 병폐와 모순을 비판적으로 보여주다가 「꿈길」부터 자신이 구상하는 정치·경제·사회·교육·제도를 보여주어 자신이 구상하는 이상세계를 그리고, 결국 그것이 한바탕 꿈이었다는

---

63 정재서 외, 『한국문학에 나타난 유토피아 의식 연구』 한국학논집 28집, 한양대 한국학연구소, 1996.2, 2쪽.

64 위의 책, 3쪽.

것으로 마무리하고 있기 때문이다.

팔푼돌이 삼형제는 어린 굴뚝새를 따라 아흔 다섯 굽이를 돌아가는데, 그 길 끝에 작은 정거장이 있고, 그 정거장에 초록 빛깔의 예쁜 기차가 서 있다. 이 기차를 타고 팔푼돌이 삼형제는 안개 속을 달려간다. 기차가 멈추어 선 곳에 가보니 이곳은 완전히 다른 세상이다. "휴전선은 벌써 없어진지 오래"이고, "물도 공기도 사람 마음도" 깨끗해진 곳이다. 그곳의 아이들은 냇물 안에서 물장구를 치며 헤엄을 치며 멱을 감는다. 게다가 사람들은 "톳제비를 보고도 아무도 이상해 하거나 무서워하거나 께름칙하게 여기지도 않고 아무렇지도 않은 듯했기 때문"이었다. 여기에서 톳제비들은 놀라운 경험을 한다.

팔푼돌이네는 생전 처음으로 사람들과 함께 점심을 먹었습니다.

마당에는 강아지와 송아지가 같이 뛰어 놀았습니다. 엄마소한테는 코뚜레도 없고 목을 묶는 고삐도 없었습니다.

대추나무에는 푸른 대추열매가 조롱조롱 열렸고 감나무에는 땡감이 휘어지게 열렸습니다.

"사람들은 모든 걸 깨달았단다. 전쟁은 점점 적을 만들고 사람을 약하게만 만들게 된다는 것을. 그래서 무기를 깨끗이 치워 버렸어. 군대는 물론 있을 수 없지. 한창 젊은 나이에 서로 싸움을 하다니 얼마나 부끄러운 짓이야."

할머니는 예배당에서 듣던 설교보다도 슬기롭게 가르쳐 주었습니다.

"욕심을 버리니까 부지런해지고, 부지런해지니까 편리한 기계가 필요 없게 되었지. 사람은 스스로의 손과 발로 일을 하면 몸도 튼튼해지고 마음도 착해지는 거야."

정말 그랬습니다. 그래서 이렇게 송아지와 강아지가 같이 놀고 톳제비들도 함께 국수를 먹을 수 있게 되었던 것입니다.[65] (강조는 인용자)

「꿈길」에 나오는 이 부분은 권정생이 나중에 발표한 『랑랑별 때때롱』(2008)의 세계와 흡사한데, 그 작품에서도 몸을 움직여 농사를 지으며 평화롭게 사는 세계가 바람직한 삶으로 그려지고 있기 때문이다. 이렇게 농사를 지으며 살아가는 소농 공동체를 가장 이상적인 삶, 즉 유토피아로 여긴 것은 권정생과 톨스토이 모두에게 공통적으로 나타나는 사유이다. 레닌이 이끄는 러시아 마르크스주의자들은 러시아 인민의 대다수를 차지하는 농민의 문제를 혁명 과정에서 거쳐야 하는 하위 단계에 지나지 않는다고 보았다. 이에 반해 톨스토이는 "남에게 대접을 받고자 하는 대로 너희도 남을 대접하라"는 성서의 말씀을 근거로 만민평등사상이 종교의 근본이라고 주장했다.[66] 그는 성서를 평등과 사회정의의 관점에서 해석하여 소수인 지주의 이익을 위해 다수인 농민을 착취하는 정부를 모든 악의 근원이라고 규정했다. 톨스토이는 그리스도 공동체 안에서 농사를 짓는 농민에게 모든 토지가 주어져야 한다고 믿었다.

권정생도 이 세계가 '옛날의 농촌'이 아님을 명확히 밝히고 있다. "옛날"은 "힘 있는 사람"이 모두 빼앗아 "가난한 사람이 많"은 시대였기 때문인데, 여기서 권정생의 '권력'에 관한 비판을 확인할 수 있다. 약자에게 가해지는 모든 '권력'을 '폭력'이라고 고발하고 있는 것이다.

65 『팔푼돌이네 삼형제』, 206~207쪽.
66 박주희, 「러시아 문학에 구현된 농민 유토피아—차야노프와 톨스토이의 유토피아 상을 중심으로」, 『외국문학』 54호, 1998, 72~78쪽.

꼭 옛날 옛날로 돌아가 있는 것 같구나." (…중략…)

"옛날로 돌아가서는 안 돼! 너무 배고프고 고달팠어."

"그래, 그 땐 가난한 사람이 많았지. 모두가 힘 있는 사람이 빼앗아 차지했기 때문이야."

"그럼 지금은 빼앗아 가는 나쁜 사람이 없어진 걸까?"

톳제비들은 좀더 알아보고 싶었습니다. 마을엔 전깃불도 없이 들기름으로 예쁘게 불을 밝힌 집들이 먼 데서 보니까 반딧불처럼 깜빡거렸습니다.[67] (강조는 인용자)

이러한 사유는 아나키즘에 육박하는 것으로, 아나키즘은 인간답게 살기 위해 이를 억압하는 모든 '권력'에 저항하는 사상이기 때문이다. 아나키즘은 '반강권주의'라고 할 수 있는데, 아나키즘이 추구하는 세계는 완전한 무질서의 세계가 아니라 자신이 합의한 질서를 지키는 세계다. 또 모든 권위를 무조건 거부하는 것이 아니라 '강압적이고 억압적인 권력'을 거부하는 것이다.[68] 사실 한국 사회에서 아나키즘의 뿌리는 상당히 깊다. 서구적 아나키즘이 한국에 소개된 것은 1910년대 이후지만, '천하에 남이란 없다'라고 공언했던 묵가의 사상이나 무위자연(無爲自然)의 도가 사상은 아나키즘과 일정하게 맥이 닿아있다고 볼 수 있다. 개화기 이후 한국의 지식인들이나 노동자들이 아나키즘을 쉽게 받아들인 것은 우리 문화 속에 그런 경향이 잠재되어 있었기 때문일 것이다. 무릇 사람이란 서로 돕고 보살펴야 한다는 이른바 '품앗이' 내지 상부상조 사상

67 『팔푼돌이네 삼형제』, 208쪽.
68 이하의 내용은 하승우, 『아나키즘』, 책세상, 2008, 12~13쪽 참조.

은 우리 사회의 고유한 윤리였던 것이다.

또한 「고루고루 살고」란 작품을 보면, 농부들이 호미로 김을 매며 노래하는데, 이때 논둑에 있는 할아버지가 팔푼돌이네에게 "진정으로 풍요로운 삶"이 어떤 것인가를 들려준다.

> "하지만 할아버지, 기계와 비료와 농약이 있어야 더 많이 거둬 들여 풍족하게 산다고 했잖아요?"
>
> "풍족하게 산다는 건 많이 거둬 들이기만 한다고 되는 게 아니야. 농약으로 벌레들이 죽고, 그 벌레를 잡아 먹는 새들이 죽고 또 죽고, 물이 더러워지니 물고기가 다 죽는데 어떻게 풍족하다는 거야? 나중에는 더러워진 공기 때문에 사람들까지 병이 들고, 마실 물이 없어 깊은 산골까지 가서 겨우겨우 길어온 물을 사서 마셨잖니? 그게 어떻게 풍족하다는 거야? 진짜 풍족한 건 모두 알맞게 나누어 사람도 짐승도 벌레도 물고기도 함께 살아가는 거야."[69] (강조는 인용자)

"모두 알맞게 나누어 사람도 짐승도 벌레도 물고기도 함께 살아가는" 세상, 이것이 권정생이 꿈꾸는 '풍족한' 삶이며 '분단'이 사라진 '통일'된 이후의 모습인 것이다. 팔푼돌이네들이 '초록 기차'를 타고 온 곳은 그야말로 모든 폭력적인 '권력'이 사라지고, 모두가 부지런히 몸을 움직여 일하며 사람부터 벌레까지 모든 생명체가 잘 사는 세상인 것이다. 우리는 여기에서 '모든 생명체가 함께 살아가는 것'이 '풍요로운 삶'이라는 메시지를 발견하는데, 실제로 이런 관점에서 환경문제를 보자면 단

---

69 『팔푼돌이네 삼형제』, 214쪽.

지 자연의 오염을 방지하고 훼손된 자연을 원상복구하는 데서 그치는 것이 아니라 인간 삶의 문제를 근본적으로 성찰하는 것이 필요함을 알 수 있다. 『녹색평론』의 편집자인 김종철에 따르면, 그것은 바로 "자연에 폭력과 훼손을 가할 수밖에 없는 인간들의 사회적 관계, 인간 자신의 근원적인 사람됨의 문제, 그리고 대량생산과 소비에 의존하는 생활방식에 대한 근본적인 반성이 있어야"[70] 한다는 것이다.

팔푼돌이 삼형제가 서울로 가보니 여기도 공기가 깨끗하다. 거리에 자동차가 없고 간간히 버스만 다니고 있기 때문이다. 이곳에서는 대통령도 버스를 타고 다닌다. 팔푼돌이네들이 믿기지가 않아서 "할머니, 방금 버스에 탄 대통령 아저씨, 진짜예요?" 하고 묻자 할머니는 "그럼, 진짜 대통령이지" 하며 "요새는 아이들이 대통령을 뽑는"다고 알려준다. 대통령만이 아니라 시장님도 군수님까지 모두 아이들이 투표해서 뽑는다고 한다.[71] 거리를 보니 온통 지저분한 간판들만 꽉 차 있던 거리가 무

---

70 김용준 · 김종철 · 이도원 · 유정길 · 홍욱희, 「좌담 : 환경과 인간」, 『계간 과학사상』, 1997 여름호, 23쪽.

71 대통령 등 권력에 대한 권정생의 이러한 사유는 시인 신동엽의 시 「산문시 1」(1968)과 매우 흡사함을 알 수 있다. "스칸디나비아라든가 뭐라구 하는 고장에서는 아름다운 석양 대통령이라고 하는 직업을 가진 아저씨가 꽃리본 단 딸아이의 손 이끌고 백화점 거리 칫솔 사러 나오신단다. 탄광 퇴근하는 鑛夫들의 작업복 뒷주머니마다엔 기름묻은 책 하이덱거 럿셀 헤밍웨이 莊子 휴가여행 떠나는 국무총리 서울역 삼등대합실 매표구 앞을 뙤약볕 흡쓰며 줄지어 서 있을 때 그걸 본 서울역장 기쁘시겠오라는 인사 한마디 남길 뿐 평화스러이 자기 사무실문 열고 들어가더란다. 남해에서 북강까지 넘실대는 물결 동해에서 서해까지 팔랑대는 꽃밭 땅에서 하늘로 치솟는 무지개빛 분수 이름은 잊었지만 뭐라군가 불리우는 그 중립국에선 하나에서 백까지가 다 대학 나온 농민들 추럭을 두 대씩이나 가지고 대리석 별장에서 산다지만 대통령 이름은 잘 몰라도 새이름 꽃이름 지휘자이름 극작가이름은 훤하더란다 애당초 어느쪽 패거리에도 총쏘는 야만엔 가담치 않기로 작정한 그 知性 그래서 어린이들은 사람 죽이는 시늉을 아니하고도 아름다운 놀이 꽃동산처럼 풍요로운 나라, 억만금을 준대도 싫었다 자기네 포도밭은 사람 상처내는 미사일기지도 땡크기지도 들어올 수 없소 끝끝내 사나이

지갯빛 그림과 꽃나무들로 바뀌어 있다. "아이들이 바꿔달래서" 모두 없애버렸다는 것이다. 대통령은 원래 '엿장수'였는데, 얘기를 잘한다고 아이들이 대통령으로 뽑았다고 한다. 거리는 깨끗한데, 시장님도 빗질을 하며 청소한다. 또 교장 선생님도 방학에는 "대장간"을 여는데, 이곳에서는 직업 말고도 "두세 가지 일쯤"은 더 배우는 것이 보통이기 때문이다. 가장 흥미로운 것은 개학날 삼학년 아이들 반의 숙제 검사 모습이다.

> 제일 먼저 용국이라는 애가 방학 숙제한 걸 가지고 나왔습니다. 커다란 도화지에 그린 예쁜 그림이었습니다. (…중략…)
>
> 다음에는 선옥이가 아름다운 노래를 불렀습니다. 방학동안 부지런히 연습한 노래입니다.
>
> 장식이는 찰흙으로 우리 마을을 만들었고, 재숙이는 동생의 앞치마를 만들었습니다. 창수는 밀짚으로 모자를 만들었고, 영호는 구구단을 끝까지 다 외웠습니다.
>
> 모두가 마음먹은 것 한 가지씩 숙제를 잘 해온 것입니다.[72] (강조는 인용자)

이는 교육의 자발성을 강조하는 것인데, 『도토리 예배당 종지기 아저씨』에서 현재의 학교가 "잡아먹기 위해 먹이를 주며 가두어 키우는 우리"로 비유된 것과는 전혀 다른 모습이다.

나라 배짱 지킨 국민들, 반도의 달밤 무너진 성터가의 입맞춤이며 푸짐한 타작소리 춤 思索뿐 하늘로 가는 길가엔 황토빛 노을 물든 석양 大統領이라고 하는 직함을 가진 신사가 자전거 꽁무니에 막걸리병을 싣고 삼십리 시골길 시인의 집을 놀러 가더란다." 이하 신동엽의 통일관과 유토피아 지향성에 대해서는 김윤태, 「신동엽 문학과 '중립'의 사상」, 『한국 현대시와 리얼리티』, 소명출판, 2001 참조.

72 『팔푼돌이네 삼형제』, 212쪽.

그런데 톨스토이가 자신의 영지에 세운 대안학교 '야스야나 빨라냐' 도 이와 유사한 교육관을 보이고 있어 주목된다.[73] '야스야나 빨라냐'는 현재 러시아에서 '톨스토이 학교'로 불리며 100여 개가 있다고 한다. 톨스토이는 교육은 "자연과 인생을 안내하는 것이지, 일정한 자연관이나 인생관을 주입하는 것이 아니며, 학생의 원래 순수했던 영혼을 풍요롭게 하는 데 도움이 되어야 한다. 그리고 모든 지식과 윤리를 일상생활을 통해서 배우도록"[74] 해야 한다는 교육 철학을 지녔다. 톨스토이는 학생의 필요, 호기심과 상상을 중요하게 여겼던 것이다.

작품에서 학생들은 자발성을 기르는 교육을 받기 때문에 사람들은 누구나 자발적으로 공동체에서 필요한 일을 찾아서 한다. 이곳은 강제에 의해 복무하는 '군인'이 없는 대신 수많은 젊은이들이 공동체에 필요한 일을 찾아 하는데, 그것이 바로 "옛날에 농약과 쓰레기로 버려진 자연을 다시 살리기 위해" "아름다운 강산을 만들기 위해" 일하는 것이다. "누가 시킨 것도 아니고 스스로 그것이 옳은 일이면 함께 의논해서 바로 실천을 하는 것"[75]이다. 팔푼돌이네 삼형제는 평양에서 말 그대로 '전국체육대회'가 열리는 것을 보고 무척 즐거워한다.

그러나 이러한 통일 세상은 모두 팔푼돌이 삼형제가 꾼 꿈이었다. 그야말로 한바탕 멋진 꿈이었던 것이다. 여전히 공기와 물은 지저분하고 마을은 우중충하며, 통일은 요원하다. 결국 팔푼돌이 삼형제는 그만 크게 통곡을 하는데, 화자는 "아마 통일이 될 때까지 이렇게 울고만 있을

73 이하의 내용은 최정하, 「제6장 톨스토이 학교」, 구자억 외, 『동서양 주요국가들의 새로운 학교』, 문음사, 2005년 참조.
74 위의 책, 45쪽.
75 『팔푼돌이네 삼형제』, 226쪽.

지도 모르겠군요. 그렇다면 불쌍한 팔푼돌이네를 위해서도 어서어서 통일이 되어야 할 텐데……. 정말 통일이 되어야 할 텐데……"[76]라며 마무리된다. 톳제비가 등장해서 어디든 가고 싶은 대로 갈 수 있는 판타지 작품인데도 불구하고 간절한 기도로 끝나는 것이다.

권정생의 유토피아적 상상력은 이 작품에서 집약적으로 드러났다고 해도 좋을 것이다. 자연과 더불어 살며 권력이 더 이상 폭력이 아닌 세상을 '아름다운 꿈'으로 그리고 있기 때문이다. 권정생이 나중에 발표한 『밥데기 죽데기』(1999)에서는 '늑대 할머니'의 마법에 의해 '휴전선'의 철조망을 비롯한 온갖 무기들이 죄다 사라지는 세상이 펼쳐지고, 『랑랑별 때때롱』(2008)에서는 눈부신 과학 문명을 버리고 땀 흘리며 농사지으며 사는 '랑랑별' 사람들의 모습을 그리고 있다. 요컨대 『팔푼돌이네 삼형제』에서 톳제비들이 보았던 '아름다운 꿈'[77]이 두 작품에서는 '지금・여기'의 현실에서 실현되는 것으로 그려지는 것이다.

---

76 『팔푼돌이네 삼형제』, 252쪽.

77 이러한 사유는 역시 시인 신동엽의 시 「술을 많이 마시고 잔 어젯밤은」(1968)과도 유사하다. "술을 많이 마시고 잔 / 어제밤은 / 자다가 재미난 꿈을 꾸었지. // 나비를 타고 / 하늘을 날아가다가 / 발 아래 아시아의 반도 / 삼면에 흰 물거품 철썩이는 / 아름다운 반도를 보았지. // 그 반도의 허리, 개성에서 / 금강산 이르는 중심부엔 폭 십리의 / 완충지대, 이른바 북쪽 권력도 / 남쪽 권력도 아니 미친다는 / 평화로운 논밭. // 술을 많이 마시고 잔 어제밤은 / 자다가 참 / 재미난 꿈을 꾸었어. // 그 중립지대가 / 요술을 부리데. // 너구리새끼 사람새끼 곰새끼 노루새끼들 / 발가벗고 뛰어노는 폭 십리의 중립지대가 / 점점 팽창되는데, / 그 평화지대 양쪽에서 / 총부리 마주 겨누고 있던 / 탱크들이 일백팔십도 뒤로 돌데. // 하더니, 눈 깜박할 사이 / 물방게처럼 / 한 떼는 서귀포 밖 / 한 떼는 두만강 밖 / 거기서 제각기 바깥 하늘 향해 / 총칼들 내던져 버리데. // 꽃피는 반도는 / 남에서 북쪽 끝까지 / 완충지대, / 그 모오든 쇠붙이는 말끔이 씻겨가고 / 사랑 뜨는 반도, / 황금이삭 타작하는 순이네 마을 돌이네 마을마다 / 높이높이 중립의 분수는 / 나부끼데. // 술을 많이 마시곤 잔 / 어제밤은 자면서 허망하게 우스운 꿈만 꾸었지."(신동엽, 『신동엽전집』, 창작과비평사, 1975, 75~76쪽)

2)『밥데기 죽데기』 분석 - 평화통일에의 꿈

그러면 권정생은 '꿈이 실현되는 현실'을 어떻게 그려내고 있을까. 어떤 과정으로 꿈이 실현되게 되는 것일까. 권정생은 『밥데기 죽데기』의 머리말에서 "이번 이야기는 아이들이 재미있게 읽으라고 조금 익살을 떨어 보았"다고 하면서 작품을 쓰게 된 이유를 다음과 같이 밝히고 있다.

> 「강아지똥」을 쓴지 꼭 30년만에 다시 똥 이야기를 썼습니다. 사람이 사람다워지는 것, 똥이 똥다워지는 것이 얼마나 소중한가 하는 것을 잊어 버려서는 안 된다고 생각했기 때문입니다.
>
> 예수님처럼 사는 것도, 부처님처럼 사는 것도 모두가 제 역할을 제대로 하는 게 아닐까요. (…중략…)
>
> 우리는 지금 모두가 있어야 할 곳, 찾아야 할 곳, 돌아가야 할 곳이 어딘지 잊은 채 허둥거리고 있습니다.
>
> 우리가 있어야 할 자리가 어딘지 각자의 자리만 찾아 살아가면 사람도 짐승도 산도 들도 강물도, 세상 모두가 평화롭고 깨끗해질 것입니다.[78] (강조는 인용자)

이 작품은 "똥"에 관한 이야기이고, "각자가 있어야 할 자리를 찾아 살아가면" 된다는 이야기라는 것이다. 이러한 '제자리에 있기' 또는 '제자리 찾기'란 말은 권정생의 사유를 단적으로 보여준다. 과거에 온전한 세

---

78 『밥데기 죽데기』, 5쪽.

계가 있었고 현재에는 그 세계가 파괴되어 있으므로, 온전한 세계를 다시 회복해야 한다는 의미이기 때문이다. 그러므로 여러 작품에서 지나치리만큼 되풀이해서 나타나는 '통일'도 잃어버린 온전한 세계를 다시 회복해야 한다는 '제자리 찾기'란 의미로 이해해야 할 것이다. 이러한 의미를 간과할 때 되풀이되는 '통일'의 의미는 상투성을 띠게 된다.

주인공 '밥데기 죽데기'는 사냥꾼에게 남편과 자식들을 잃은 늑대 할머니가 원수를 갚기 위해 그 일을 당한 지 50년 만에 만든 달걀귀신들이다. 달걀을 "뒷간 똥통"에 한 달간 담갔다가 "맑은 개울물"에 또 한 달을 담갔다가, 그리고는 땅에 한 달을 묻어둔 다음에 깨끗이 닦아 열흘 뒤에 기도를 올려 만들어낸 것이다. 늑대 할머니는 서울에 올라가 황새 아저씨[79]라는 젊은이의 도움으로 자신의 원수인 사냥꾼을 찾아 사연을 듣는다. 사냥꾼 할아버지는 본래 호랑이 사냥꾼이었는데, 나라를 빼앗긴 뒤 일본의 명령으로 마음에 내키지 않았지만 온갖 짐승을 잡아야 했고, 나중에는 미군의 명령으로 또 그런 일을 해야 했던 인물이다. 그러다 자신도 6·25전쟁 때 폭격을 당해 "식구를 다 잃고 다리 하나를 잃"었다. 늑

79 이 작품에서 '황새 아저씨'라는 인물은 예수의 형상을 닮아 있다. 황새 아저씨는 늑대 할머니가 서울에 와서 처음 만난 젊은이인데, 한밤중에 홀연히 할머니를 찾아와 할머니 손을 잡고 "할머니, 그 동안 오랜 세월 외로우셨지요?"라고 물으며 할머니의 답답하고 한 많은 이야기를 들어준다. 이때의 황새 아저씨는 낮에 장난스러운 느낌과는 달리, 어쩐지 진지하고 거룩한 분위기가 풍긴다. 할머니가 "그런데, 젊은이는 대체 누구야?"라고 묻자, 자신은 '새처럼 훨훨 날아다니는 몸'이며 '50년 동안 외롭게 혼자 산 할머니처럼' '혼자 살았다'고 한다. 그러자 할머니는 "그럼, 젊은이 이제부터 내 아들 삼으면 안 될까?"라고 청해서 황새 아저씨를 아들로 삼는다.(『밥데기 죽데기』, 60~61쪽 참조) 그런데 황새 아저씨는 늑대 할머니의 정체뿐 아니라 사냥꾼이었던 사마귀 할아버지의 사연도 아주 잘 알고 있다. 요컨대 상대방은 잘 모르지만, 슬픈 사연이 있는 사람들과 늘 함께 하는 존재인 것이다. 이 작품에서도 권정생 식의 가족이 탄생하는데, 늑대 할머니, 황새 아저씨, 달걀 귀신인 밥데기 죽데기가 어머니와 아들, 할머니와 손자가 되는 가족이다.

대 할머니와 밥데기, 죽데기는 사냥꾼 할아버지에게 죽을 가져다주는 할머니 댁에 들렀다가 할머니 댁의 사연을 듣는다. 할머니는 원자폭탄으로 남편과 아들을 잃고, 딸인 인숙이는 55년째 더 이상 어른이 되지 못한 채 벽장 속에 살고 있다는 것이다. 황새 아저씨에게 늑대 할머니의 사연을 듣고 사냥꾼 할아버지는 늑대 할머니에게 용서를 빈다.

> "할머니, 절 용서하세요."
>
> 사마귀 할아버지 목소리가 울먹거리고 있었습니다.
>
> "나, 영감님한테 용서해 줄 것 아무것도 없소."
>
> "내가 어제 할머니 아들(황새 아저씨)한테 들었소. 솔뫼골 골짜기에서 내가 쏘아 죽인 늑대들이 할머니 남편이고 자식들이라는 것을……."
>
> "……."
>
> "이렇게 만난 것 서로가 용서하고 용서받기 위한 자리니까 너그럽게 생각하고 용서해 주구려. 할 수만 있으면 내 눈알을 하나 빼 버리든지 코를 콱 깨물어 주든지 두 다리를 싹둑 자르든지 하시오."
>
> "……." (…중략…)
>
> "어쩌겠소? 난 지금 곧 숨을 거둘 텐데, 죽기 전에 한풀이를 해야지요. 그리고 용서도 하고……." (…중략…)
>
> "나, 용서했소!"[80] (강조는 인용자)

사냥꾼 할아버지는 늑대 할머니에게 용서를 빌고 용서를 받은 다음 숨을 거둔다. 사냥꾼 할아버지와 늑대 할머니의 모습은 우리가 우선적

80 『밥데기 죽데기』, 113~114쪽.

으로 해야 할 바를 보여준다. 사냥꾼 할아버지가 보살펴 달라고 부탁한 '끄트머리 병실'에 있는 할머니도 남다른 사연이 있다. 이 할머니는 열여섯 살 때 집에서 어머니를 도와 저녁밥을 준비하다가 일본 헌병한테 잡혀 버마에 위안부로 끌려갔는데 그 뒤로 다시는 고향에 돌아가지 못했다. 이렇게 여러 슬픈 사연을 지닌 사람들을 만나면서 늑대 할머니는 이제 그만 원래 살던 솔뫼골로 돌아가려고 한다. 그런데 황새 아저씨가 "어머니, 어머니는 아직 서울에서 할 일이 있"다며 늑대 할머니를 붙잡는다.

> "어머니!" (…중략…)
> "저는 이 세상 끝날 때까지 어머니라고 부를 거예요."
> "싫다, 얘! 늑대하고 사람하고는 절대 어미 자식 사이가 못된다."
> "아니에요. 저는 사람보다 늑대가 더 좋아요. 훨씬 착하게 살고 있잖아요."
> "자꾸 그런다고 내가 속을 줄 아니?"
> "정말이에요. 늑대도 그렇고 너구리도 오소리도, 산에 사는 짐승들은 사람들처럼 총도 안 만들고 폭탄도 안 만들고 전쟁도 하지 않잖아요. 자동차도 안 만들고 학교도 없고 교회당도 절간도 안 만들어도 절대 나쁜 짓을 하지 않잖아요."
> "……." (…중략…)
> "어머니께서 하실 수 있잖아요, 네에?"
> "내가 어떻게 한단 말이냐? 나는 아무것도 못 한다."[81] (강조는 인용자)

81 『밥데기 죽데기』, 141~142쪽.

할 수 있다느니 아무것도 못 한다느니 서로 옥신각신하다가 결국 늑대 할머니는 황새 아저씨에게 "그래, 내가 한 번만 속는 셈 치고 네 말을 들어주지"라고 허락을 한다. 그리고는 늑대 할머니는 여관방에 누워 곰곰이 생각을 한다. "세상 모두가 함께 살아가자면 사람들 마음을 고쳐놓아야 한다는 걸 잘 알고 있었기 때문에 할머니는 이렇게 잠 못 자고 애를 쓰는 것"이다.[82]

결국 늑대 할머니는 보리밥 먹고 눈 똥으로 그 일을 실행하는데, 그 과정이 익살스럽다. 늑대 할머니는 "한 사람이 열한 그릇씩 모두 마흔네 그릇"이나 되는 보리밥을 먹게 하고는 빨간 양동이에 똥을 한 무더기씩 누게 한다. 그리고는 주문을 외워 구린 똥을 향기로운 똥으로 만들어 그것으로 똥떡을 굽는다. 그리고는 석유로 똥떡을 태워 까만 숯덩이를 만든 다음, 모두 자기 똥떡 앞에 꿇어 앉아 고개를 숙이고는 눈을 감고 두 손을 가슴 앞에 꼭 모으고 기도를 하게 한다. 먼저 할머니가 "늑대들이 하는 말"로 된 기도문을 외우면 나머지 사람들이 따라하는 식이다.[83] 기도를 마치자 밥데기 죽데기 것은 "금빛 가루"로, 황새 아저씨 것은 "빨간 가루"로, 늑대 할머니 것은 "새하얀 가루"로 변해 있다.[84] 마법과 기도의 힘으로 똥이 신기한 가루로 변한 것이다. 이제 늑대 할머니는 죽데기와 황새 아저씨가 한 조가 되고, 밥데기와 늑대 할머니가 한 조가 되어 어두운 밤하늘을 날아다니며 똥가루를 뿌리도록 한다. "이곳저곳 구석

---

82 『밥데기 죽데기』, 143쪽

83 『밥데기 죽데기』, 156~157쪽. 늑대말로 된 이 기도문은 소리를 내어 읽으면 아주 재미있다. 이러한 말의 재미를 살리는 표현은 뒤에 출간된 『랑랑별 때때롱』에서 더욱 적극적으로 시도된다.

84 여기서 똥가루의 색은 옛이야기 「여우 누이」에서 나오는 호리병 색깔을 떠올리게 한다. 「여우 누이」에서는 파란색, 하얀색, 빨간색 병이 나온다.

까지 날아다니면서 고루고루 뿌"리게 하는 것이다. 그러고 나서 사흘 뒤 신기한 일이 일어난다. 그 날 아침 한국뿐 아니라 전 세계의 라디오, 텔레비전에는 다음과 같은 놀라운 소식이 전해진다.

"여러분, 드디어 세계 인류에게 평화가 찾아왔습니다. 지구에서 마지막 남아 있던 분단국인 코리아의 서울과 평양에서 집집마다 가게마다 달걀들이 병아리가 되어 깨어난 것입니다. (…중략…)

휴전선 철조망이 모두 녹아 내리고 모든 전쟁 무기가 하나도 남지 않고 다 녹아버렸기 때문입니다. 탱크도 장갑차도 대포도 유도탄도 심지어 군인들이 쓰고 있던 철모자도 다 녹아 없어져 버렸습니다.

전쟁 무기만 녹아 버린 게 아니라 사람의 마음까지 녹았습니다. 평양 주석궁에서는 지도자 장군님이 울면서 중앙 방송을 통해 북남통일을 선포했습니다. 남쪽의 서울 청와대 대통령도 동시에 눈물로 코리아의 통일을 온 나라에 선포했습니다. 휴전선 판문점에 남북 임시정부 위원회가 만들어지고 여섯 달 뒤에는 총선거를 실시한다고 합니다. (…중략…)

이제 코리아는 하나가 되었습니다. 그리고 이 아름다운 평화의 물결은 전 세계로 파도처럼 퍼져 나가고 있습니다.

아아! 세계는 이제 핵무기를 비롯해서 모든 전쟁 무기가 사라질 것입니다. 대체 이런 일이 어떻게 일어난 것일까요? 믿을 만한 소식통에 의하면 어느 외롭고 불쌍한 할머니가 오십 년 동안 정성을 다해 눈물로 기도를 했다고 합니다. 물론 한 할머니의 기도로 이런 일이 일어나지는 않았을 것입니다. (…중략…) 남북의 많은 할머니들이 긴 세월 피눈물을 흘리며 기도했을 것입니다.[85] (강조는 인용자)

마법 똥가루의 힘으로 휴전선 철조망과 더불어 온갖 전쟁 무기들이 다 녹아버린 것인데, 전 세계 방송에서는 이러한 사실을 자세히 모르니까 "한 할머니의 기도"에서 비롯한 "남북한 할머니들의 기도"가 이런 평화를 낳았다고 보도한다. 즉 기도의 힘으로 한반도 및 세계의 평화가 이루어졌다는 것인데, 이 일이 있고난 뒤 늑대 할머니는 죽고 만다. "마지막 힘을 다해 불쌍한 사람들을 위해 몸을 바"쳐 일했기 때문이다.

이러한 늑대 할머니는 자신의 죽음으로 다른 사람을 살린 예수의 이미지와 중첩된다. 여기서 우리는 기도가 간절한 마음으로 바라는 것만이 아니라 온몸과 마음으로 간절하게 실천하는 것까지를 가리킨다는 것을 알게 된다. 그것이 진정한 기도이고, 그런 기도만이 무엇인가를 변화시킬 수 있다고 권정생은 말하는 것이다. 여기서는 또 "서울과 평양에서 모든 달걀들이 병아리가 되어 깨어난 것"을 주목해야 한다. 『초가 삼간이 있던 마을』에서 6·25전쟁이 끝난 뒤 "대아 할머니의 암탉"이 "씨눈이 있는 알을 품어 병아리를 깨는 것"에서부터 죽음을 물리치고 다시금 생명이 자라기 시작하는 것을 보여주듯이, 이 작품에서도 달걀에서 깨어난 병아리들은 새롭게 태어난 평화의 모습, 아름다운 생명의 모습을 한눈에 보여주는 표지가 된다.

『밥데기 죽데기』에서 더러운 똥은 세상의 모든 전쟁 무기를 녹이는 강력한 힘을 발휘한다. 똥이 이러한 강력한 힘을 지니게 되기까지는 늑대 할머니, 밥데기와 죽데기, 황새 아저씨의 간절한 기도가 필요했다. 그렇다면 이것은 「강아지똥」에서 '강아지똥'이 '별'에 대한 간절한 그

---

85 『밥데기 죽데기』, 166~167쪽.

리움을 품고 있다가 민들레와 만나 민들레꽃을 피우는 것, 즉 별빛을 땅으로 가져오는 것과 동일한 상상력이라고 할 수 있다. 권정생은 30년 만에 그저 똥이 등장하는 작품을 쓴 것이 아니라 '똥'이 '별'이 되는 순간을 포착한 다른 이야기, 즉 '똥'이 '평화'를 만든 이야기를 쓰고 있는 것이다.

3) 『랑랑별 때때롱』 분석 - 생태적 판타지

권정생의 마지막 장편인 『랑랑별 때때롱』[86]은 한국판 '미지와의 우연한 만남'[87]이라고 할 수 있다. 한국에 사는 새달이와 미달이 형제가 어느 날 미지의 별 랑랑별에 사는 때때롱과 매매롱[88] 형제와 알게 되고, 랑랑별에 가서 때때롱 매매롱 형제와 만나 랑랑별의 현재와 과거를 경험하는 이야기를 담고 있다. 새달이는 9살, 미달이는 7살 때 동갑내기인 때때롱과 메메롱과 사귄다. 때때롱과 매매롱이 말을 걸어왔기 때문이다. 그런데 때때롱은 새달이가 숙제를 안 해가서 벌을 선 것을 안다. "우리 선생님이 어제 지구 별 한국에서 숙제 안 해 가지고 벌쓴 애 찾아오라고 해서 새달이 널 찾은 거"라고 한다. 그런데 이상하게도 때때롱과 매매롱

86 『랑랑별 때때롱』은 어린이잡지 「개똥이네 놀이터」(보리)에 2006년 1월부터 2007년 2월까지 연재되다가 2008년 4월에 책으로 출간된 권정생의 마지막 장편이다.
87 이는 〈미지와의 조우(영어명 Close Encounters of the Third Kind)〉라는 제목으로 1977년에 개봉한 미국 영화(감독 : 스티븐 스필버그)를 말한다. 외계인과의 만남을 소재로 했다는 점에서 이렇게 비유한 것이다.
88 '매매롱'이란 이름은 『밥데기 죽데기』에서 늑대 할머니가 외운 기도의 마지막 구절인 "매매매매 똥! 끝"에서 '똥' 대신에 '롱'이 들어갔다고도 볼 수 있다.

은 새달이 마달이가 한 일을 방귀 몇 번 뀐 것까지 모두 다 알고 있다. 새달이와 마달이가 믿기지 않아 하니까 때때롱과 매매롱은 자기들의 사진을 보내주기까지 한다. 또 때때롱은 자기 일기장을 보내주기도 한다. 때때롱의 일기장을 읽어보니 랑랑별은 지구별과 다른 점이 많다. 랑랑별의 학교에서는 공부 시간에 "떠들기 내기"도 있고, 바지가 떨어지면 기워 입고, 그곳 달력에는 15월도 있으며, 햇빛도 지구별과는 달리 푸른색일 때도 있고 노란색일 때도 있다. 또 학교에는 "별 보는 날"도 있고, 숙제도 지구별과 완전히 다르다.

> 3월 4일 햇빛이 푸른색이다.
>
> 오늘은 별 보는 날이다. 선생님께서 말씀하셨다.
>
> "너희들은 이젠 2학년이다. 좋은 숙제를 내겠다. 지구 별에 사는 동무들 가운데 부모님 말씀 안 듣는 아이, 학교 숙제 안 해 가서 벌 받는 아이, 아침에 세수 안 하는 아이, 이런 말썽꾸러기를 찾아오너라."
>
> "와아!"
>
> 아이들은 손뼉까지 치면서 좋아했다. 하지만 밤에 밖에 나가서 아무리 찾아도 지구 별을 못 찾았다.[89]

이러한 랑랑별 아이들의 학교생활은 한국 아이들의 학교생활을 반어적으로 비꼰 것이라 할 수 있다. 랑랑별 아이들은 학교에서 즐겁게 공부하고 나머지 시간에는 신나게 뛰논다. 그런데 지구별 한국에서는 숙제

89 『랑랑별 때때롱』, 49쪽.

를 안 해오면 벌을 선다. 또 새달이 아빠는 농약을 치지 않는 농사를 짓고 있지만, 주위에서는 여전히 농약을 치며 농사를 짓고 있다. 그렇기 때문에 물이 오염되고 물고기나 벌레들이 살 수가 없다. 아빠에게 새참을 가져다 주러가던 새달이와 마달이는 "나쁘다, 나쁘다, 사람들은 나쁘다!", "다 죽었다! 다 죽었다!"라는 커다란 왕잠자리의 목소리를 듣고 소스라치게 놀란다. 바로 그때 "랑랑별에서는 농약도 안 치고 쓰레기도 안 버린다. 왕잠자리야, 랑랑별에 오너라"라고 하는 때때롱의 목소리가 들린다. 랑랑별은 지구별과는 다르게 살아가는 별인 것이다. 그러자 새달이와 마달이도 크게 소리 지른다.

> "우리 아빠는 농약 안 친다! 우리 엄마도 쓰레기 안 버린다!"
> 새달이가 그러니까 때때롱도 더 큰 소리로 맞받아쳤습니다.
> "랑랑별엔 아무도 농약 안 친다! 아무도 쓰레기 안 버린다! 지구 별은 똥통 세상! 랑랑별은 착한 세상!"
> 그러자 새달이도 지지 않고 더 크게 소리쳤습니다.
> "뭐야! 랑랑별은 똥똥통 세상! 지구 별은 일등 착한 세상!"
> "지구 별은 똥통똥통 세상! 랑랑별은 일등 일등 착한 세상!"
> "랑랑별은 백 번 똥통 세상! 지구 별은 백 번 일등 착한 세상!"
> 그 때였습니다. 잠깐 동안 가만히 있던 왕잠자리가 또다시,
> "으왕!"
> 하고 소리쳐 울었습니다. 울면서 쫑알거렸습니다.
> "지구 별은 나쁘다, 지구 별은 나쁘다, 나쁘다, 나쁘다……."
> 그러더니 (…중략…) 새달이 마달이한테 덥석 달려들었습니다.[90]

이 작품에서 "농약"을 치고, "쓰레기"를 버리는 일은 "나쁜" 일로 그려진다. 지구 별 사람들은 대부분 이런 일을 하고 있기 때문에 "지구 별"은 "나쁜 별"이 된다는 것이다. 이러한 메시지를 때때롱과 새달이가 서로 말싸움하는 것으로 전달하고 있다. 두 아이는 날개 돋은 흰둥이[91]와 함께 랑랑별에 간다. 그곳은 사람들이 땀 흘려 농사를 지으며 한 끼에 세 가지 반찬을 먹고 호롱불을 켜고 산다. 그리고 구멍 난 양말을 신고, 아침이면 아이들이 일찍 일어나 마당 청소를 한다. 중요한 것은 랑랑별도 과거에는 과학문명을 구가하는 별이었고 사람들도 이렇게 살지 않았으나, 5백 년 동안 열심히 바꾸려고 노력해서 이렇게 소박하게 살게 되었다는 점이다.

새달이와 마달이, 때때롱과 매매롱, 때때롱의 엄마 아빠, 그리고 할머니는 때때롱네 할머니가 가져온, 5백 년 전에 만들었다는 '도깨비옷'을 가지고 5백 년 전 랑랑별로 간다. 그곳은 깨끗하고 아름다운 도시이다. 자동차며 심부름하는 로봇이 움직이는 곳으로 단추만 누르면 맛있는 음식이 나온다. 이곳에서 만난 아이 보탈은 때때롱에게 놀라운 이야기를 들려준다.

"왜 자꾸 나만 쳐다보니?"

"아냐, 너 아주 잘생겼구나."

"그래, 잘생겼지. 하지만 모두 가짜야."

---

90 『랑랑별 때때롱』, 74~75쪽.

91 최초의 작품인 「강아지똥」에서 '강아지똥'은 강아지 흰둥이가 눈 똥이다. 그런데 마지막 작품에서 '흰둥이'라는 같은 이름의 개가 나오는 것이 흥미롭다.

"가짜라니?"

"5백 년 뒤에서 온 너도 알지 않니? 우린 좋은 유전자만 골라다가 맞춰서 만든 맞춤 인간이야."

"모른다. 우리는 그런 거 안 배웠다." (…중략…)

"그래, 우리 맞춤 인간은 열 살만 되면 세상일을 다 알게 되는 걸."[92] (강조는 인용자)

편리함을 추구하던 인간은 결국 좋은 유전자만을 골라 "맞춤 인간"을 만들기에 이르렀다는 발상은 과학이 만들어내는 디스토피아의 실상을 보여준다. "맞춤 인간"은 "키 크고 잘 생기고 머리 좋고 얌전한 그런 사람"만 만들기 때문에 보탈은 놀 줄을 모른다. 또 희로애락의 감정을 느끼고 표현할 줄도 모른다. 이곳에서는 사람들끼리는 서로 교류가 없고 모든 일은 로봇이나 기계가 처리해준다. 그러나 이렇게 "할 일이 없기 때문에" 사람들은 즐겁지가 않은 것이다. 이곳에서 할머니, 엄마 아빠, 새달이와 마달이, 매매롱이 들판에서 오줌을 누었다가 "원시인들이 들판에다 오줌을 눴다"고 야단법석이 일어나 그만 로봇 경찰에게 잡히는 것이다. 그러나 할머니에게 '도깨비옷', 즉 투명망토가 있었기 때문에 무사히 탈출하게 된다.

나중에 지구 별로 돌아온 새달이와 마달이는 랑랑별 이야기를 엄마 아빠에게 들려준다.

---

92 『랑랑별 때때롱』, 147~148쪽.

"랑랑별에서는 로봇이 농사도 짓고, 공장에서 물건도 만들고, 자동차 운전도 하고 온갖 일을 다 해요."

"로봇이 일을 하고 사람은 놀기만 하는 건 좋은 일이 아니라고 했잖니."

아버지는 그래도 열심히 들어주십니다.

"맞아요, 일은요, 사람이 땀 흘리며 열심히 해야 해요." (…중략…)

"그래도 아기를 기계로 낳는다니까 아기 엄마들은 아주 편하겠다."

엄마는 아기 낳는 일이 너무 힘들었기에 그게 부러운가 봅니다.

"하지만 엄마, 기계 속에서 태어난 아기는 엄마가 엄마 같지 않고, 아기 엄마도 아기가 그렇게 귀엽지 않나 봐요. 보탈이는 엄마하고 떨어져 살아도 엄마가 보고 싶지 않대요. 이상하지 않아요?" (…중략…)

"이제는 랑랑별에 로봇은 하나도 없어요. 사람들이 열심히 일하면서 살아요. 모두 지구 별을 보고 크게 반성했대요." (…중략…)

새달이와 마달이는 랑랑별 이야기를 아무리 되풀이해도 싫증이 나지 않았습니다.[93]

'현재의 랑랑별'이야말로 '지구별의 바람직한 미래'이며, 새달이와 마달이가 '랑랑별'에 다녀오는 것을 그림으로써 권정생은 아이들에게 지구의 미래가 달려 있다는 것을 보여준다.[94] 『랑랑별 때때롱』은 오염으로 얼룩진 '현재의 지구별', 과학이 발달하여 맞춤형 인간을 만들고 로봇이 모든 일을 하는 '500년 전의 랑랑별', 호롱불을 켜고 농사를 짓

93 『랑랑별 때때롱』, 185~187쪽.

94 『또야 너구리가 기운 바지를 입었어요』(우리교육, 2000)에서도 아주 어린 '또야'를 주인공으로 '기운 바지'를 입는 가난한 삶이야말로 바람직한 삶이라는 것을 알려준다. 권정생에게는 '자발적 가난'이야말로 행복한 삶의 시금석이 되는 것이다.

고 평화롭게 사는 '현재의 랑랑별'을 각각 대비시켜 보여주면서 '과학 발달이 과연 인간을 행복하게 할 것인가?'라는 질문을 던지고 있다. 또 환경오염으로 지구의 물고기들과 곤충들이 죽어가는 것을 고발하면서 '사람부터 벌레까지 고루고루 잘 사는 세상', '땀 흘려 열심히 농사짓는 세상'을 대안으로 제시하고 있다.

그런데 『랑랑별 때때롱』은 이전의 판타지 작품과 다른 점이 몇 가지 있다. 『하느님이 우리 옆집에 살고 있어요』, 『팔푼돌이네 삼형제』, 『밥데기 죽데기』들은 '지금・여기'의 한국이라는 시공간에서 하느님과 아들 예수, 안동 톳제비 삼형제, 늑대 할머니나 '밥데기 죽데기' 같은 '마법적 존재'가 겪는 독특한 체험을 다루고 있다. 반면에 『랑랑별 때때롱』에서는 평범한 아이인 새달이와 마달이가 지구가 아닌 '랑랑별'을 다녀온다. 앞의 판타지 작품들은 마법적 존재가 '지금・이곳'이라는 시공간에 나타나 모험을 하는 데 비해, 『랑랑별 때때롱』에서는 평범한 존재인 새달이와 마달이가 다른 공간인 랑랑별에 가기도 하고, 랑랑별에 가서 거기 사는 때때롱과 매매롱과 함께 다른 시간대인 500년 전 랑랑별로 가서 '보탈'을 만나기도 한다.

『랑랑별 때때롱』에서 주인공들은 처음으로 다른 시공간으로의 이동을 경험하는 것이다. 어찌보면 『랑랑별 때때롱』은 독특한 형식의 SF일지도 모른다. 500년 전 랑랑별을 통해 과학 문명으로 인한 디스토피아를 그리고 있기 때문이다. 여기에서 권정생은 '선녀'가 랑랑별의 아가씨였다든가 '천도 복숭아'가 랑랑별의 복숭아였다든가 하는 흥미진진한 에피소드를 구사한다. 이렇게 전래 민담적 요소를 활용해 랑랑별과 지구별의 교류를 시사함으로써 더욱 풍부한 이야기를 만들고 있다.

권정생의 판타지는 근본적으로 '지금·여기'의 현실과 밀접한 관계가 있다. '마법적 존재'들의 체험과 모험은 '지금·여기'의 현실을 더욱 다각적으로 보여주며, 지구와는 다른 시공간인 '랑랑별'도 바람직하지 못한 현재의 '지구별'과 대비되는 '이상향'으로 제시하고 있는 것이다. 이 점에서 권정생의 판타지는 현실과 무관한 다른 세계가 아니라 '지금·여기'라는 현실을 더욱 잘 드러내고 표현하기 위한 세계를 담고 있는 것이다. 소년 소설에서 '기도'로 그치는 간절한 소망이 판타지에서는 직접 이루어지는 것이다.

판타지는 대개 작가가 간절히 바라는 세계를 상상력을 통해 구축한 세계다. 자신이 그리는 유토피아인 것이다. 판타지에서 권정생은 옛이야기 및 전래동요와 같은 구비문학적 요소를 적극 사용하고 있어 전하고자 하는 메시지를 효과적으로 전달하고 있다. 그러나 때로는 메시지를 전달하려는 의식이 강한 나머지 작가의 목소리를 직접 대변하는 '메가폰적 인물'이 등장(『밥데기 죽데기』에서 늑대 할머니, 『랑랑별 때때롱』에서 때때롱네 할머니)하거나 상투적인 플롯이 반복된다. 이것이 바로 권정생의 문학적 한계임을 지적하지 않을 수 없다.

이상에서 본 바와 같이 후기의 판타지는 그 주제를 크게 '지금·여기의 현실 비판' 및 '대안적 삶과 유토피아 의식'으로 나누어 볼 수 있다. 권정생에게 '지금·여기의 현실'은 온전한 삶을 억압하는 '죽음'의 현실이고, 그가 제안하는 '대안적 삶과 유토피아'는 생명의 모습임을 확인할 수 있었다. 『도토리 예배당 종지기 아저씨』, 『하느님이 우리 옆집에 살고 있네요』에서 권정생은 현재의 기성 기독교와 함께 현실사회를 비판한다. 급격히 파괴되어 가는 농촌의 공동체 삶을 근거로 하여 현대 문명사회를, 성서에 나오는 예수의 생애를 근거로 기성 기독교의 실태를 비판하고 있는 것이다.

또 『팔푼돌이네 삼형제』, 『밥데기 죽데기』, 『랑랑별 때때롱』과 같은 작품에서는 현실 비판과 더불어 대안적인 삶을 제시하고 있다. 대안적인 삶은 바로 '권정생의 유토피아'라고 할 만한데, 분단이 사라진 통일 조국에서 사람들이 땀 흘려 농사를 지으며 소박하게 산다. 특히 『팔푼돌이네 삼형제』를 주목할 만한데, 이 작품은 토마스 무어의 『유토피아』와 구성이 비슷하고, 권정생의 이상세계가 집약적으로 그려져 있기 때문이다.

이러한 유토피아적 전망은 초기 동화인 「똘배가 보고 온 달나라」나 「파란 눈의 아이」에서 이미 나타나고 있는바, 초기에 지니고 있던 문제의식이 장편 판타지에서 심화 · 확대되고 있음이 확인된다. 본고에서는 자세히 다루지 않았지만, 후기에 출간된 『또야 너구리가 기운 바지를 입었어요』나 『비나리 달이네집』의 메시지도 유사하다. 가난하고 소박한 삶이 바로 행복한 삶이라는 것이다. 권정생은 '가난하고 소박한 삶'이야말로 우리가 애써 택해야 할 삶이라고 거듭 강조하고 있다. 이러한 권정생 문학의 바탕에는 소농 공동체를 지향하는 톨스토이의 기독교 아나키즘과 함께 '하느님은 곧 자연'이라는 에코 아나키즘적 사유가 깔려 있다고 할 수 있다.

권정생 문학의 미적 특성

이제까지 권정생의 문학을 초기-중기-후기로 나누어 시기별로 주도적 문학 양식과 문학 사상이 변모하고 있음을 살펴보았다. 그런데 이와 함께 권정생 문학의 주도적인 미적 특성이 드러나고 있음에도 주목할 필요가 있다. 이러한 미적 특성은 그의 문학 전반에 걸친 특성으로도 꼽을 수 있지만, 미적 특성은 문학 양식과 불가분의 관계를 지니고 있으므로 더욱 주목을 요한다.

이를 대별해 보자면, 초기 동화의 가장 큰 특성은 알레고리(allegory)인데, 이러한 알레고리적 성격은 중기를 거쳐 후기까지도 이어진다. 중기 소년소설과 소설의 가장 큰 특징은 구술문화(orality)인데, 이러한 구술문화적 특성은 초기 동화와 후기 판타지에도 종종 나타나지만 가장 우세하게 나타나는 것은 역시 중기라고 할 수 있다. 그리고 후기 판타지의 가장 큰 특성은 선행 문학텍스트와의 연관성을 드러내는 상호텍스트성(intertextuality)이다. 이러한 상호텍스트성은 초기 동화에도 종종 나타나지만, 중기에는 상대적으로 약하게 드러나다가, 후기에 이르러 가장 활발한 양상을 보인다. 그러므로 권정생 문학에서는 중요한 미적 특성으로 알레고리, 구술문화, 상호텍스트성을 꼽을 수 있다.

1. 알레고리

1) 알레고리의 개념

권정생은 초기 동화에서 삶의 고통을 지닌 인물들을 '강아지똥', '똘배', '깜둥바가지 아줌마'들로 의인화하여 표현한다. 중기의 소년 소설에서도 고생하며 살아가는 어른과 아이가 등장한다. 후기 장편 판타지에도 '종지기 아저씨'나 '생쥐', '늑대 할머니'나 '밥데기 죽데기'처럼 고생스럽게 살아가는 어른과 아이가 등장한다. 그에게는 어른과 아이의 차이보다는 어른과 아이가 모두 고통받는 약자라는 측면이 더 중요한 것이다. 그는 약자의 입장에서 약자를 대변하는 문학을 해왔다고 할 수 있는데, 그에게 아이는 '약자 중의 약자'였고 자신과 동일시할 만한 존재였다. 초기 동화에서 주인공들은 어린 '아기'로 곧잘 표현되는데, 이것은 혼자서는 아무것도 할 수 없는 무력한 상태를 더욱 강조하는 의미일 것이다. 초기 동화들은 극한상황에 처한 실존의 문제를 종종 다루는데, 이는 아동 독자에게 상당히 난해하고 관념적인 주제이다. 그럼에도 불구하고 아동들이 그의 동화를 거부감 없이 받아들였던 것은 그의 동화가 알레고리의 성격을 지니고 있기 때문일 것이다.

알레고리(allegory)는 우의(寓意)나 풍유(諷喩)로 번역되는 개념인데, 그 어원은 "allegorein(다르게 말하다)으로 'allos(다르다) + agoreuein(말하다)'에서 온 말이다. 그리고 'agoreuein(말하다)'은 'agora(시장)'에서 유래되었는데, 이것은 시장 또는 '회합(assembly)'의 관습적인 장소를 말한다."[1] 알레고리의 어원에 회합의 장소가 있는 것으로 보아, 알레고리는 대중과의 소통이 주요 목적임을 짐작할 수 있다. 알레고리는 예술에서 보편적인 것을 특수한 예를 통해 기술함으로써 추상적인 것을 구체화시키는 문학 테크닉이다. 알레고리는 "표면적으로는 인물과 행위와 배경 등 통상적인 이야기의 요소들을 다 갖추고 있는 이야기인 동시에 그 이야기 배후에 정신적, 도덕적, 또는 역사적 의미가 전개되는 뚜렷한 이중 구조를 가진 작품"으로 "구체적인 심상의 전개와 동시에 추상적 의미의 층이 그 배후에 동반되는 것이 의식되도록 쓰여진 작품"[2]인 것이다. 그러므로 알레고리는 A를 말하면서 B를 지칭하는 것으로, B의 의미가 바로 작가가 의도하는 목적인 것이다.

본래 알레고리는 철학과 신학, 종교에 그 기원을 두고 있다.[3] 성서에도 알레고리가 풍부하다. '착한 사마리아 사람'이나 '탕자'의 비유 같은 비유담(parable)은 '설화적 알레고리'이며, 잠언 8장에서처럼 지혜가 의인화하여 등장하는 것은 '도형적 알레고리'이다. 또 '표상적 알레고리'가 있는데, 이것은 구약에 나오는 사건과 인물을, 신약의 복음과 그리스

---

1 J. Hillis Miller, *The Two Allegories, Allegory, Myth and Symbol*, Harvard University Press, 1981, 355쪽,
2 이상섭, 『문학비평용어사전』, 민음사, 1976, 193쪽.
3 존 맥퀸, 송낙헌 역, 『알레고리』, 서울대 출판부, 1979, 1쪽.

도의 계시를 예언하고 표상하는 것으로 이해하는 방법이다. 예를 들어, 믿음의 조상 아브라함이 아들 이삭을 희생양으로 모리아 산에서 번제로 바치는 것은 곧 하느님이 아들 예수를 인간의 죄를 대속하는 희생양으로 삼은 것과 같은 의미로 해석하는 것이다. 신약의 우화(parable)는 대개 '예언적 상황적 알레고리'인데, 이것은 이야기 자체보다 그 이야기가 어떤 상황에서 행해졌는가가 해석에 중요하다. 신약의 '씨 뿌리는 자의 비유'(마가복음 4장 3~8절)나 '몰래 자라는 씨의 비유'(마가복음 4장 26~29절)를 보면, 같은 '씨'에 관한 비유지만 앞의 것은 '하느님의 말씀'을 가리키고, 뒤의 것은 '하나님의 나라'를 가리킨다. 구약에 나오는 '포도원의 비유'(이사야서 5장 1~7절)도 '예언적 상황적 알레고리'이다.[4] 여기서 포도원은 이스라엘과 유다의 두 왕국이 차지하는 팔레스타인 전역이고, 포도나무는 유다의 왕국과 왕가이며, 들포도는 유다의 통치자들이 백성들에게 가한 압박과 압박받는 백성들의 부르짖음을 나타낸다. 여기에서 '예언적 상황적 알레고리'는 정치적 풍자의 수단이 된다.

또한 알레고리는 개인적이며 윤리적인 문제와 연결된다.[5] 즉, 올바른 생활태도가 무엇인가, 영혼이 마지막으로 가는 곳이 어디인가 하는 것을 문제 삼는 것이다. 의인화된 미덕과 악이 서로 영혼을 차지하기 위해 싸운다든가, 탐색과 순례, 다른 세상의 여행이 알레고리의 중요한 소재가 된다. 알레고리는 풍자와 연결될 경우가 많은데, 스위프트의 풍자인 『갈리버 여행기』도 분명히 알레고리라고 할 수 있다. 소인국, 대인국, 날아다니는 섬나라, 이성적인 말의 나라는 모두 인간 상황의 여러 측면

4 위의 책, 32~33쪽.
5 위의 책, 71쪽.

을 나타내는 알레고리이며, 이야기 형식 또한 딴 세상의 여행이기 때문이다.

2) 권정생 문학의 알레고리적 특징

권정생의 초기 동화가 대개 알레고리 성격을 띤 의인화 동화인 것은 그의 성서 체험과 관계가 깊다고 볼 수 있다. 권정생에게 구약과 신약에 등장하는 다양한 비유담은 그의 문학 수업에 중요한 텍스트가 되었을 것이다. 또 어린 시절에 읽었다는 오스카 와일드, 안데르센, 오가와 미메이의 작품들도 그의 창작에 영향을 미쳤을 것이다. 이들은 모두 알레고리성이 두드러진 의인화 동화이며 메시지가 뚜렷한데, 권정생의 초기 동화 역시 대개 알레고리성이 두드러진 의인화 동화이며 메시지가 뚜렷하다.

초기 동화들은 문자적으로는 '똘배', '강아지똥', '깜둥바가지 아줌마', '흙먼지 아이들', '오누이 지렁이', '난이', '남쇠'의 이야기지만, 알레고리로는 모두 고통스러운 현실 세계의 삶을 의미한다.[6] 이러한 해석은 이 작품들을 '설화적 알레고리'로 이해할 경우이다. 이 작품들을 '예언적 상황적 알레고리'로 해석하면, 그 배경으로 한국의 6 · 25전쟁을 떠올리지 않을 수 없다. 6 · 25전쟁 동안 남북한 모두 수많은 사람이 굶주림과 병으로 죽고, 불구가 되었다. 또 가족이 생이별을 하고, 고아가

---

6 권정생은 나중에 초기 의인화 동화와 동일한 주제인 소년소설들을 쓴다. 소년소설에서는 가난한 사람들, 병들고 불구가 된 사람들, 전쟁으로 집과 가족을 잃고 홀로 살아가는 사람들의 모습이 되풀이하여 등장한다.

생기고, 가옥과 전답, 공장을 비롯한 생산 시설도 크게 파괴되었다. 휴전 이후에는 분단이 고착화됨으로써 가족이 생이별을 한 채 다시는 고향에 돌아가지 못하고 가난하고 외로운 삶을 살아가는 사람이 많았다. 초기 동화의 주인공들은 갑작스런 사건으로 몸이 훼손되거나 죽음에 처하고 고향을 영영 떠나는데, 현실을 대입해서 살펴보면 삶을 이렇게 송두리째 무너뜨린 가장 큰 원인은 6·25전쟁이었다. 그러므로 「똘배가 보고 온 달나라」, 「흙먼지 아이들」, 「장대 끝에서 웃는 아이」, 「남쇠와 파란 눈의 아이」는 권정생의 실존적 문제의식은 물론, 그의 현실 비판이 어디에서 유래하는가를 확인할 수 있는 작품인 것이다.

권정생의 초기 동화의 주인공들은 모두 힘없고 보잘것없는 존재로, 실존적 문제에 맞서 온 힘을 다해 살아가고 있다. 작품의 배경인 시궁창, 들판, 부엌, 강물, 땅속, 서커스 등은 등장인물이 살아가야 하는 고통스러운 현실을 알레고리로 표현한 것이다. 작품에서 등장인물들은 대개 고통스러운 현실에도 불구하고 희망을 버리지 않는데, 권정생은 이것을 '별빛'을 바라보거나 별과 만나는 행위로 표현하고 있다. '똘배'는 아기별을 만나 달나라에 다녀온 다음에 시궁창에서 좋은 냄새를 풍기며 죽어가고, '강아지똥'은 그리운 별빛을 가슴에 품고 있다가 민들레를 만나 거름이 되어 꽃을 피우고, 금이 간 '깜둥바가지 아줌마'는 강물에 떠내려가면서도 별빛을 보며 '쬐그만 사기접시'를 떠올린다.

요컨대, '똘배', '강아지똥', '검둥바가지 아줌마'는 '별빛'으로 표상되는 영원성을 가슴에 품고서 삶의 유한성을 극복하는 존재인 것이다. 이들은 개체로서 죽을 수밖에 없지만, 허무하게 죽는 것이 아니라 최선을 다해 살고, 타인과 삶을 함께 하는 뜻 깊은 체험을 한다. '흙먼지 아이들'은 소나기 때문에 고향을 떠나 어딘지도 모르는 곳까지 떠내려 왔지만 그곳에서 함께 모여 땅이 되어 스스로 새로운 고향을 이루고, '오누이 지렁이'는 어두운 땅 속에서 함께 이야기를 나누며 답답한 삶을 견딘다. 이들 주인공들은 모두 힘없는 약자이지만, 주어진 운명을 회피하지 않고 감내하는 자세를 보이고 있다. 이른바 '운명애'에 가까운 모습을 보이는 것이다. 이것은 「눈길」에서 추운 겨울을 보내고 있는, 집도 없고 몸도 다친 '어린 짐승들'이 남쪽 나라 왕자의 초대를 거절하고 봄이 올 때까지 '우리 땅'에서 봄을 기다리겠다고 다짐하는 자세와 동일한 것이다.

힘도 없고 미약한 존재이지만 스스로의 의지와 힘으로 삶을 살아가겠다는 윤리적 자세는 초기의 동화뿐 아니라 중기의 소년소설에서도 동일하게 나타난다. 『점득이네』에서 독지가가 나타나 목소리고운 점득이에게 미국 유학을 시켜주겠다고 제안하나 거절하고, 점득이는 거리에서 노래하며 누나와 둘이서 통일이 되어 고향에 돌아가는 날을 기다린다. 이러한 점득이네 오누이의 모습은 초기 동화인 「오누이 지렁이」와 이미지가 중첩된다. 「오누이 지렁이」가 앞을 못 보는 이의 삶을 알레고리적 의인화 동화로 표현했다면, 『점득이네』는 구체적인 이름과 지명, 사실적인 스토리로 동일한 주제를 확장하여 표현한 것으로 볼 수 있다. 또, 자신이 거름이 되어 민들레꽃을 피우는 '강아지똥'이나 죽어가면서 주위에 좋은 냄새를 만드는 '똘배', 금이 가서 내버려진 존재이면서도 산산조각이 난 '쬐그만 사기접시'를 따뜻한 마음으로 생각하는 '껌둥바가지 아줌마'는 『몽실 언니』의 주인공 '몽실이'와 이미지가 중첩된다. 몽실이는 자신이 절름발이지만, 전쟁 통에 부모를 모두 잃은 배다른 동생들에게 삶의 버팀목이 되어준다. 또 『초가집이 있던 마을』에서 복식이는 입대하기 바로 전날, 아버지가 있는 북쪽을 향해 총을 겨눌 수 없다며 유서를 남기고 죽는다. 복식이는 자기 스스로의 의지와 힘으로 살고자 했음을 죽음을 통해 역설적으로 보여주고, 다른 사람에게도 그런 삶을 살아가기를 촉구했다고 하겠다. 중기 소년소설에 등장하는 몽실이, 점득이네 오누이, 복식이 등은 십자가를 진 '희생양 예수'를 표상하는 인물이다.

미약하고 보잘것없는 존재들이 주인공이 되어 자신을 둘러싼 세계를 탐색하고 자신의 견해를 다양하게 표출하는 것은 후기 판타지에서도 동일하다. 『도토리 예배당 종지기 아저씨』에서 주인공 '종지기 아저씨'는 마흔이 넘도록 장가를 못간 인물이고, 이야기 나누는 상대는 새앙쥐나 토끼, 개구리나 물고기 같은 존재들이다. '종지기 아저씨'는 이야기를 나눌 만한 사람이 주위에 없는 외로운 존재이다. 그러나 그렇기 때문에 도리어 '종지기 아저씨'는 자연과 우주, 하느님에 관해 질문하고 대답할 수 있는 것이다. 『팔푼돌이네 삼형제』에서 주인공인 톳제비 '팔푼돌이네 삼형제'는 이름에서도 알 수 있듯이 그다지 영리한 존재가 아니다. 그러나 소위 똑똑하고 영리한 사람들이 못 보거나 안 보고 지나치는 우리 사회의 그늘에 숨겨져 있는 다양한 사건들을 보고 듣고 체험하고 생각하는 것이다. 『하느님이 우리 옆집에 살고 있네요』에서 '하느님네 가족'은 나이 많아 노동력이 없는 아버지 하느님, 가난한 노총각인 아들 예수, 이산가족이자 과부인 과천댁 할머니, 고아인 공주, 이렇게 네 명이다. 이들은 모두 가족이 없는 사람들인데, 서로 가족이 되어주고 의지하며 살아간다. 통일이 되기를 기다리며 함께 살아가는 것이다. 『밥데기 죽데기』에서 휴전선을 무너뜨리고 통일을 이루는 데 큰 역할을 하는 것은 잘나고 똑똑한 사람들이 아니다. 사람으로 둔갑한 '늑대 할머니', 정체를 알 수 없는 '황새 아저씨', '늑대 할머니'가 마법을 써서 만든 달걀귀신인 '밥데기'와 '죽데기'가 자신의 몸을 움직여 통일의 밑거름이 된다. 『랑랑별 때때롱』에서 주인공 새달이와 마달이는 아빠와 엄마가 농사를 짓는데, 자기들도 부모처럼 농사짓는 농부가 되는 것이 꿈인 아이들이다. 이른바 영악하고 똑똑한 아이들과는 상당히 먼 인물이다. 후기 판타지 작품에서도 주인공들은 일반 사람들보다 조금 못나 보이는 이들인데, 권정생은 이들이야말로 자기 삶과 진지하게 마주하는 진정성을 지닌 존재로 표현하고 있다.

이상을 요약하면, 초기부터 중기, 후기에 이르기까지 권정생 문학에 등장하는 인물들은 기존의 가치를 전복하는 인물들이다. 가장 볼품없는 강아지똥이 별과 다름없는 존재가 되는 전복적 이야기인 것이다. 여기에는 가장 비천한 인물로 세상에서 살다가 자신의 죽음을 통해 인간이 세상 사람들을 죽음에서 생명으로 인도한 십자가의 예수가 음각화로 존재한다. 문학 양식의 측면에서 보면, 우리 근대 계몽기 문학에서는 사실주의에 가까운 신소설과 알레고리에 가까운 우화소설이 병존함을 알 수 있는데, 권정생의 문학은 이러한 특성과도 함께 견주어 살펴볼 수 있다. 초기와 후기의 문학이 알레고리적 성격이 짙다면, 중기의 소년소설은 사실주의적 성격이 강하다고 할 수 있을 것이다.

우리는 여기서 권정생 문학의 미적 특성의 하나로 동일한 주제나 소재가 시간을 두고 동심원적으로 확대되는 것을 꼽을 수 있다. 즉, 초기의 동화에서 표현된 주제가 중기의 장·단편소설, 후기의 장편 판타지까지 문학 양식을 달리하여 되풀이되고 있다는 것이다. 예를 들어, 동화 「토끼

나라」, 「남쇠와 파란 눈의 아이」, 「다람쥐 동산」, 「가엾은 나무」에서 권정생은 분단과 통일의 문제를 알레고리로 다루고 있는데, 이후 여러 단편 소설과 『점득이네』와 같은 장편 소설, 『팔푼돌이 삼형제』, 『하느님이 우리 옆집에 살고 있네요』, 『밥데기 죽데기』 같은 판타지에서 동일 주제를 반복하고 있다. 또한 「하느님의 눈물」에서는 토끼가 하느님과 대화를 하는데, 이후에 『도토리 예배당 종지기 아저씨』, 『팔푼돌이네 삼형제』, 『하느님이 우리 옆집에 살고 있네요』 같은 작품에서는 작중 인물이 하느님과 만나 서로 대화하거나 토론하는 모습이 종종 등장한다. 이처럼 권정생은 자신이 드러내고자 하는 주제를 표현하기 위해 무생물에서부터 하느님에 이르기까지 온갖 인물을 작품에 등장시키는데, 이것 또한 권정생 문학의 미적 특성 가운데 하나이다.

3) 권정생 문학의 '우언'적 성격

알레고리는 동양의 '우언'과도 가까운 개념이다. '우언(寓言)'이란 '우의(寓意)를 담은 이야기' 내지는 그러한 '이야기 방식(글쓰기 방식)'을 뜻한다.[7] 동양에서는 중국의 제자백가의 철학적 담론은 물론이고 당송 시대의 가전(假傳)이나 탁전(託傳), 몽유기(夢遊記)뿐 아니라 서구의 『이솝우화』도 우언이라 칭해 왔다. 우리나라에서는 설총의 「화왕계」를 비롯하여 조선 시대 역사적 혹은 정치적 사건을 암유(暗喩)한 몽유록은 말할 것도 없고, 이광정의 『망양록』, 김만중의 「구운몽」, 박지원의 『열하일

7 윤승준, 『우언의 재미와 교훈』, 월인, 2000, 9~13쪽 참조.

기』 등을 모두 '우언'이라 칭하여 왔다. 사실 20세기 이전에는 우리나라뿐만 아니라 중국이나 일본에서 모두 전통적으로 '우언'이라는 용어를 사용했는데, 1920년대 중반에 '우화'라는 용어가 등장하여 『장자』 이후 한자문화권에서 전통적으로 사용되어 온 '우언'이라는 용어를 밀어내고 그 자리를 대신하게 된 것이다.

우언은 이야기를 통해서 그것이 전달하는 표면적 의미 이외의 별도의 의미를 기탁하고 있다는 점에서는 우화와 유사하다. 그러나 우언은 민간의 여러 사람들에게 널리 이야기되는 것에 그치지 않고, 익히 알려진 이야기를 빗대어 특정한 개인이 새로운 우의를 담은 이야기로 재창작할 수 있을 뿐만 아니라 언제든 새로운 이야기를 창작해낼 수 있다. 따라서 우언은 우화를 포함하는 더욱 큰 범주의 용어인 것이다.

윤주필에 따르면, 우언은 우화보다 훨씬 다양하다. 동물뿐 아니라 식물, 역사적 인물, 자연현상, 추상물이 등장할 수 있고, 또 인간의 전형적 성격을 그리는 데 한정되기보다는 역사, 정치적 사건을 끌어들이거나 도덕적 이념을 비롯한 당대의 추상적 가치개념을 예증한다.[8] 따라서 우언은 전면적인 '뜻 겹침의 이야기'라고 할 수 있다. 우언은 더 큰 서술문맥에 삽화로 끼어들기도 하고, 하나의 예화로 동원되기도 하며, 다른 문학적 양식이나 갈래를 빌려 운영되기도 한다. 오늘날 현대문학의 관점에서 보면, 우언은 알레고리에 상응하며 패러디와도 유사하다. 또 주인공을 허구적으로 설정한다든가, 고전적 역사 상황을 현재화하여 사건을 중첩시킨다든가, 양측의 대화를 통해 주제를 드러낸다든가 하는 여러

---

8 윤주필, 『틈새의 미학』, 집문당, 2003, 14~15쪽 참조.

경우가 "의론(議論)과 서사(敍事)를 아우르는 복합 갈래"의 성격을 띠는 것이다.

우언이 지닌 특성을 염두에 두고 권정생의 문학을 살펴보면 더욱 풍부한 해석이 가능하다. 권정생은 우언이라는 동양 문학의 전통 속에서 자신의 문학 세계를 발전시켜 왔다고도 볼 수 있다. 예컨대 권정생 문학에서 '똥'이 어떻게 표현되고 있는지를 살펴보면, 권정생 문학이 지닌 알레고리적 특성이 확연히 드러난다. 그의 문학에서는 '똥'이라는 소재가 「강아지똥」 이후에 여러 번 등장한다. 권정생은 『밥데기 죽데기』의 머리말에서 자신이 "「강아지똥」을 쓴 지 꼭 30년 만에 다시 똥 이야기를 썼"다고 말한다. 권정생에게 본격적인 똥 이야기는 30년 만인지 몰라도, 권정생 문학에서는 작품 여기저기에서 똥, 오줌, 방귀가 자주 등장한다.[9] 얼핏 떠오르는 것만 해도 '돈으로 똥 닦기'(「만구 아저씨가 잃어버렸던 돈 지갑」), '대변 봉투 수거 소동'(「새앙쥐 귀신이 되어 돌아오다」), '방귀 뀌기 시합'(「용원이네 아버지와 순난이네 아버지」), '하늘에서 오줌 똥 누기'(「달구경」) 등이 있다. 또 『밥데기 죽데기』에서는 밥데기 죽데기의 탄생과 온갖 쇠붙이와 전쟁 무기를 없애는 데 똥이 큰 역할을 했고, 『랑랑별 때때롱』에서는 등장인물들이 들판에서 오줌을 누다가 큰 소동이 벌어진다. 그런데 작품마다 '똥'의 역할과 의미하는 바가 조금씩 다르다. 조금씩 다른 '똥'의 역할과 의미를 찾아 읽는 것은 마치 작품 속에서 숨은그림 찾기를 하는 것 같아 흥미롭다.

「강아지똥」에서는 참새가 "똥 똥 똥…… 에그 더러워!"[10] 하거나 흙덩

9 조은숙, 「권정생의 '똥'이야기」, 『어린이와 문학』, 2007.7, 45~46쪽.
10 「강아지똥」, 『강아지똥』, 83쪽.

이가 "똥 중에서도 제일 더러운 개똥이야"[11]라고 하는 것에서 알 수 있듯이, 똥은 남들이 불결하게 여기는 존재다. 또 병아리를 데리고 다니는 엄마 닭이 "너는 우리에게 아무 필요도 없어. 모두 찌꺼기뿐인 걸"[12] 하는 말에서 알 수 있듯이, 똥은 남에게 별 쓸모없는 존재다. 강아지 똥은 저 멀리 빛나는 별빛을 보며 "그리운 별의 씨앗"을 가슴 한 곳에 심는다. 영원히 변치 않는 가치를 동경하는 것이다. 그러다가 강아지 똥은 민들레를 만났을 때 기꺼이 거름이 되어 꽃을 피우는 것이다. 민들레는 자신이 꽃을 피우려면, "하나님께서 비를 내리시고 따뜻한 햇빛을 비추"셔야 하는데, 거기에 또 필요한 것이 '똥'이라고 말한다. 결국 참새나 흙덩이, 암탉의 눈에는 똥이 더럽고 쓸모없는 존재였지만, 민들레에게는 똥이 하느님만큼이나 중요한 일을 하는 존재인 것이다.

여기서 우리는 「강아지똥」이 전형적인 우언 문학적 특성을 지니고 있음을 확인할 수 있다. 똥은 더럽고 쓸모없는 것이라는 가치 판단에서 시작해서 결국은 하느님만큼이나 소중한 일을 하는 존재로 그 의미가 완전히 전복되고 있기 때문이다. 물론 여기에는 똥 자신이 지닌 삶의 자세, 즉 별을 보고 '그리움의 씨앗'을 품는 적극적 행위가 필요하다. 이런 적극적 행위가 있기에 강아지 똥이 거름이 되어 민들레꽃을 피운 것은, 강아지 똥 입장에서 보면 허무하게 죽는 것이 아니라, 별에 대한 '그리움의 씨앗'이 싹이 터서 마침내 꽃으로 피어난 것이 되는 것이다. 즉 똥은 더럽고 쓸모없어 보이지만, 그 속에는 별만큼이나 아름다운 꽃을 피우는 힘이 들어있는 것으로, 권정생은 똥을 통해 이른바 장자의 '무용(無

11 「강아지똥」, 『강아지똥』, 84쪽.
12 「강아지똥」, 『강아지똥』, 91쪽.

用)의 용(用)'에 육박하는 의미의 전복을 시도하는 것이다.

따라서 「강아지똥」은 '똥'과 '별'과 '꽃'의 변증법을 다룬 작품이라 하겠다. 그러나 근대 이전과 최근에 이르기까지 농촌에서 똥은 거름으로 아주 소중한 것이었고, 농사를 짓는 데 가장 필요한 것 중의 하나였다. 그렇기 때문에 권정생의 '강아지똥'은 우리가 잊고 있던 똥의 가치를 재발견하게 한 것이라고도 할 수 있다. 이 작품에서 작가는 똥을 통해 죽음과 삶의 의미를 그리고 있지만, 작품에 내재하고 있던 생태학적 사유 및 순환과 재생의 의미는 '하느님은 자연'이라고 하는 후기 권정생의 사유에까지 이어지는 소중한 단초가 된다.

또한 「만구 아저씨가 잃어버렸던 돈 지갑」에서는 똥이 돈과 함께 등장하여 둘 사이의 가치를 전복시킨다. 만구 아저씨는 고추 한 부대를 팔아 막걸리를 한 잔 마시고 집에 돌아오다가 골짜기에 들어가 똥을 눈다. "어이구, 속이 시원하구나"[13]는 만구 아저씨의 말로 미루어 보아 일단 똥은 시원한 배설의 의미를 나타낸다. 이것은 우리도 익히 알고 있는 일반적인 똥이 지닌 의미이다. 흥미로운 것은 그다음부터다. 만구 아저씨는 뒤를 닦다가 잠바 주머니에 있던 지갑을 흘린 채 집으로 돌아간다. 밤이 되자 이 골짜기에 사는 톳제비 식구들이 만구 아저씨의 지갑을 발견하고 열어본다. 지갑에는 주민등록증과 돈이 들어 있었는데, 돈을 보고는 "이 종이쪽은 뭐야?", "그것, 코푸는 휴지가 아니냐?"[14]라고 의견이 분분하다. 그러다가 제일 작은 손자 톳제비가 "이건 코푸는 거나 똥 닦는 걸 거예요. 나, 똥 마렵다"[15]라며 똥을 누고는 종이돈으로 똥구멍을

13 『바닷가 아이들』, 12쪽.
14 위의 책.

닦고 버린다. 그런데 아버지 톳제비가 "이건 사람들이 금이나 은 대신 쓰는 돈이라는 거야"라고 말하고는, 똥 묻은 데를 억새풀에 쓱쓱 닦아서 지갑 한가운데 넣어둔다. 한편 만구 아저씨는 잃어버린 돈 때문에 밤새 잠을 못 이루고, 날이 밝아오자 길을 되짚어 오다가 어제 똥 눈 곳에서 지갑을 발견하고 기뻐한다. 여기서 똥을 누면 사람이나 톳제비나 모두 배설의 시원함을 느끼는 데 비해, 돈은 그렇지 않다. 사람은 돈이 생기자 즐거워하고, 돈을 잃어버리자 걱정근심 때문에 잠을 이루지 못한다. 그렇지만 톳제비는 돈이 무엇인지도 몰라 휴지라고 생각해서 똥닦개로 쓰기까지 한다. 이 작품에서 똥은 돈을 다른 관점에서 바라보게끔 한다. 돈이 똥만큼이나 중요한가를 되묻는 것이다. 또 톳제비 똥이 묻어 '구린내가 나는 돈'은 돈에 의해 좌지우지되는 인간의 모습을 짐짓 풍자하는 물건이 된다.

오줌이나 방귀도 똥에 버금가는 것으로, 「달구경」, 「용원이네 아버지와 순난이네 아버지」란 작품에서 오줌과 똥, 방귀가 어떻게 표현되는지 살펴본다. 「달구경」[16]에서는 종지기 아저씨와 생쥐, 토끼 두 마리가 고무다라이를 타고 달구경을 가는데, 한참 구경을 하다가보니 똥도 마렵고 오줌도 마렵다. 먼저 꼬마 토끼가 "오줌 마렵다"라고 하자, 언니 토끼는 "하늘에선 방귀도 뀌어선 안 돼"라고 말한다. 조금 있다가 생쥐가 "똥 마렵다"라고 하자 종지기 아저씨는 "조그만 참"으라고 한다. 달구경을 하면서 동생 토끼와 생쥐는 "마려운 똥과 오줌을 참느라고 낑낑거려야" 한다. 결국 동생 토끼는 "똥도 오줌도 못 누는 하늘나라는 진짜 하늘나

15 위의 책.
16 『도토리 예배당 종지기 아저씨』, 43~45쪽.

라가 아니다"[17]라고 말하는데, 이때 생쥐는 "진짜진짜 바른 말이야"라고 맞장구치지만, 종지기 아저씨는 "시끄럽다! 그럼, 하늘나라가 토끼똥이나 쥐똥으로 지저분해져도 괜찮단 말이냐?"라고 야단친다. 그러나 언니 토끼와 아저씨까지도 오줌이 마려워지자 모두 한꺼번에 고무다라이 가장자리에 올라서서 오줌을 눈다. 이 작품은 기본적인 욕망인 배설을 억압하는 것은 곧 기본권을 억압하는 것임을 지적하고 있다. '오줌'과 '똥'을 통해 기본권의 억압 문제를 제기하고 있는 것이다. 그런데 이 작품을 보면, '오줌 마렵다'거나 '똥 마렵다'라는 말을 꺼내는 것은 꼬마 토끼와 생쥐이고, 언니 토끼와 종지기 아저씨는 이들에게 참으라고 한다. 자신들도 배설 욕구를 참고 있으면서 남들에게 참으라고 억압하는 역할을 하는 것이다. 그러나 동생 토끼와 생쥐의 저항에 직면하고 자신들도 배설 욕구를 참을 수 없게 되자, 짐짓 못 이기는 척하고 함께 배설하는 것이다. 이 작품은 작고 약한 존재와 크고 힘센 존재가 잠시 대치 상태에 있다가 결국 공통의 욕구를 만족시키기 위해 하나가 되는 과정을 풍자적으로 보여주고 있다.

또 「용원이네 아버지와 순난이네 아버지」[18]에서 용원이네 아버지와 순난이네 아버지는 솔개 마을의 방귀뀌기 대표선수들이다. 두 사람의 방귀뀌기 실력이 엇비슷하여 두 사람은 마을에서 읍내 장까지 걸어가면서 방귀뀌기 내기를 한 적도 있다. 그런데 6·25전쟁 때 용원이네 아버지는 인민군 앞에서 방귀를 뀌는 바람에 크게 치도곤을 치고 병이 난다. 순난이네 아버지도 국군 앞에서 방귀를 뀌는 바람에 끌려가서 엄청 맞

17 위의 책, 44쪽.
18 『벙어리 동찬이』, 197~221쪽 참조.

고는 병이 나서 시름시름 앓다가 죽는다. 순난이네 아버지가 죽자 용원이네 아버지는 곡기를 끊고 죽는다. 이 작품에서 '방귀뀌기'는 처음에 '방귀뀌기 내기'를 할 만큼 자연스럽고 유쾌한 행위로 등장한다. 그러나 인민군이나 국군 같은 권위를 앞세우는 이들 앞에서 방귀뀌기는 불경스러운 행위가 된다. 그래서 방귀뀌기 선수였던 용원이네 아버지와 순난이네 아버지는 혼쭐이 나고 죽기까지 하는 것이다. "그놈들, 인민군들은 인민을 위한다는 것 새빨간 거짓말이오"라거나 "국군도 마찬가지요. 나라와 백성을 위한다는 것은 핑계밖에 안 되었소"[19]라는 용원이네 아버지와 순난이네 아버지의 대화에서 알 수 있듯이, 이 작품에서 '방귀'는 자유를 억압하는 권위적 사회 및 권위적 인간을 풍자한다. 자연스러운 욕구와 표현을 억압하는 사회에서는 '방귀'도 이전과는 다른 의미를 지니게 된다. 이 작품에서 '방귀'는 『장미의 이름』에서의 '웃음'처럼 권위적인 사회를 조롱하고 인간을 해방시키는 의미가 있는바, 그렇기 때문에 이들은 자신도 의식하지 못한 채 권위적인 사회와 권위적인 인간에게 타격을 가했던 것이며, 그로 인한 대가를 치룰 수밖에 없었던 것이다.

장편 판타지 『밥데기 죽데기』와 『랑랑별 때때롱』에서도 '똥'과 '오줌'의 역할은 지대하다. 두 작품은 권정생의 미래에 관한 전망, 즉 '통일을 이룬 삶'과 '농사지으며 사는 삶'을 보여주는데, 먼저 『밥데기 죽데기』에서 똥이 지닌 의미를 살펴보기로 한다. 이 작품에서 늑대 할머니는 달걀을 뒷간 똥통에 한 달 동안 담아둔다.[20] "모든 목숨은 가장 밑바닥에

---

19 위의 책, 210~211쪽.

20 『밥데기 죽데기』, 11~15쪽 참조. 늑대 할머니는 달걀 두 알을 똥통에 한 달, 깨끗한 개울물에 한 달, 꽃나무 밑에 한 달 묻어 두었다가 달걀귀신인 밥데기 죽데기를 만든다. 늑대 할머니는 죽데기 밥데기에게 똥통 같은 세상을 이해하고 헤쳐 나가며, 물처

서 엉망진창으로 견뎌봐야" 하고 "똥통에 들어가 보지 못하면 똥통 같은 세상을"을 이해하고 헤쳐 나갈 수 없기 때문이다. 이처럼 똥은 달걀을 달걀귀신인 '밥데기 죽데기'로 바꾸는 데 중요한 물질이 된다. 자기 자신과 황새 아저씨, 밥데기 죽데기가 보리밥 먹고 눈 똥을 늑대 할머니는 마법 똥가루로 만든다. 이 마법 똥가루를 뿌리고 나서 사흘 뒤에 달걀에서 병아리가 깨고, 휴전선이 무너지고, 온갖 전쟁 무기가 녹아내리고, 남북한의 지도자는 마음을 열고 통일을 이루는 것이다.[21] 늑대 할머니는 똥으로 만든 마법 똥가루를 뿌린 다음에 죽는데, 늑대 할머니의 역할은 「강아지똥」에서 '강아지똥'이 한 역할과 유사하다. '강아지똥'이 거름이 되어 민들레꽃을 피운 것처럼, 늑대 할머니는 밥데기 죽데기와 함께 마법 똥가루를 뿌려 남북 통일을 이루고 죽는 것이다. 늑대 할머니는 통일의 밑거름이 된 것이다. 「강아지똥」은 개체에 초점을 둔 작품이고 『밥데기 죽데기』는 민족이라는 공동체에 초점을 둔 작품이다. 그렇지만 '똥'이야말로 진정한 변화를 일으키며 이러한 변화를 가져오기 위해서는 전적인 헌신이 필요함을 역설한다는 점에서 두 작품은 공통점이 있다. 이러한 공통점이 있기 때문에 권정생은 자신이 30년 만에 똥 이야기를 다시 썼다고 했을 것이다.

『랑랑별 때때롱』에서 주인공들은 과학이 발달한 500년 전의 랑랑별에 가서는 들판에서 오줌을 누다가 로봇에게 붙잡혀 큰 소동이 일어난다.[22] 여기서는 '오줌누기'란 모티프를 통해 인간의 자유로운 욕구와 의사 표

럼 맑고 깨끗하고 정직하며, 꽃처럼 아름다운 마음씨를 가진 귀신이 되라고 말한다.

21 위의 책, 158~167쪽 참조.

22 『랑랑별 때때롱』, 152~165쪽 참조.

현을 규제하고 억압하는 500년 전의 랑랑별 문명을 비판하는 것이다.

요컨대 권정생은 '똥'과 '오줌', '방귀'라는 소재를 통해 죽음과 마주한 실존 상황(「강아지똥」), 기본권 억압 실태(「달구경」), 관공서의 행정편의주의 및 정부의 검열(「새앙쥐 귀신이 되어 돌아오다」), 돈에 좌우되는 인간 세계 풍자(「만구 아저씨가 잃어버렸던 돈 지갑」), 권위주의 폭로(「용원이네 아버지와 순난이네 아버지」), 통일 문제(『밥데기 죽데기』)와 과학 문명 비판(『랑랑별 때때롱』)까지 다루고 있다. 그런데 하나의 소재를 가지고 어떻게 이렇게 폭넓은 비판과 풍자가 가능했을까. 그것은 바로 땅에 있는 '똥'과 하늘에 있는 '별'을 대비시키거나, '똥오줌'이 마려운 쪽과 '똥오줌'을 참으라고 하는 쪽을 대비시켜 엉뚱한 상황을 과장하거나, 인간이 등장하는 현실 세계와 동물・귀신・톳제비・우주인 들이 등장하는 비현실 세계를 대비시켜 주제도 뚜렷하게 부각시키고 재미도 부여했기 때문이다. 특히 '똥'을 통해 실존 상황을 표현한 작품을 제외한 그 밖의 비판적인 작품에서는 유머와 풍자가 두드러지는데, 이러한 특성은 '대비원리'에 의한 '돌려하는 소리'인 우언의 특성과도 일맥상통한다.[23] 우언은 속내를 감추어 두고 짐짓 줄거리를 꾸며 말을 하는데, 그 결과 앞세운 말과 속에 붙인 말이 은연중 조응하여 전체가 이중구조를 이룬다. 겉말과 속말(=우의(愚意))이 다르면서도 호응하여 전체를 새겨듣게끔 만드는 것이다. 우언은 '모방원리'에 의해 '엉뚱하게 본뜨는 말'이다. 그것이 동물이든 식물이든, 아니면 어떤 일이든, 누구나 알 만한 사물을 엉뚱한 이야기로 만들어 기존 통념을 강화하거나 뒤바꾸는 것이다.

---

23 이하의 내용은 윤주필, 『틈새의 미학』, 집문당, 2003, 11~12쪽 참조.

또 우언은 '가상원리'에 의한 '가상의 이야기'다. 현실의 경험이나 추상적 인식을 가상의 이야기를 만들어 놓고 근사치를 탐구한다. 우언에서 이러한 세 원리는 맞물려 있고 지속적으로 작용한다. 모방에 의한 대비, 대비에 의한 가상이 동시적으로 연관되어 여러 층위의 작품적 의미를 창출한다. 그 여러 겹의 의미가 지니는 이질성, 변환성이 바로 작품의 틈새라고 할 수 있는데, 이것이 바로 우언의 '층위 원리'이다. 그런데 권정생 문학의 구조를 살펴보면, 그는 우언의 여러 특성들을 작품 창작에 활용하여 한 가지 소재인 '똥'의 의미를 다양하게 확장해 가고 있는 것이다.

여기서 우리는 권정생의 알레고리가 풍자, 역설, 아이러니를 동반함을 알 수 있다.[24] 알레고리는 인간의 정황을 인간 이외의 동물이나 신 또는 사물들 사이에 벌어지는 일로 꾸며 말할 때 자주 등장하는 수사법인데, 권정생 동화나 판타지에 알레고리의 소재로 등장하는 것들은 우리 주변에서 자주 볼 수 있는 매우 친근한 것들이다. 또한 풍자가 자주 등장하는데, 이것은 그가 정신적·도덕적으로 우월한 입장에 서서 그러한 문제들을 바라보고 있음을 보여준다. 또한 겉으로는 모순되고 부조리하게 보이지만 안으로는 근거가 확실하다든지 진실한 모습을 감추고 있는 진술방법인 역설과, 겉으로 하는 말이 내용적으로 의도한 것과는 괴리를 보여주는 아이러니, 극적 효과를 높이기 위한 과장법과 함께 인물의 성격을 효과적으로 전달하고 사건을 박진감 있게 진행시키는 데 기여하는 대화법과 비유 등 여러 가지 수사법을 사용하여 독자의 공감을 불러

24 이하의 내용은 김영, 『망양록 연구』, 집문당, 2003, 52~54쪽 참조.

일으키고 있다. 이러한 수사법은 구술문화적 성격과도 연관되어 작품의 문학성을 한층 풍부하게 한다.

2. 구술성

1) '이야기꾼'으로서 작가 권정생

이번에는 권정생 문학의 특성 중의 하나인 구술문화(구술성, orality)에 대해 살펴보고자 한다. 그는 『한티재 하늘』의 머리말에서 이 작품이 본래 어머니에게서 들은 이야기에 바탕을 둔 것이라는 말을 하고 있다.

> 어머니는 많은 이야기를 들려 주셨습니다. 등을 돌린 채 혼잣말처럼 조용조용, 산에 가면 산나물을 뜯으면서, 인동꽃을 따면서, 밭에 가면 글조밭을 매면서, 집에서는 물레실을 자으면서, 바느질을 하면서, 서럽고 고닯았던 우리네 백성들의 이야기를 아름다운 사투리로 들려 주셨습니다.
> 그 이야기를 여기 옮겨 적었습니다.[25] (강조는 인용자)

자신이 스스로 창작한 이야기가 아니라 어머니에게서 들었던 이야기를 "옮겨 적었"다는 것인데, 여기에서 우리는 권정생의 창작방법의 하나

25 『한티재 하늘』 1, 4쪽.

를 확인할 수 있다. 「편지대필」에서처럼 주변 사람들이 겪은 갖가지 체험이나 어머니를 비롯한 자신보다 연배가 위인 어른들이 살아온 이야기가 작품 소재가 되는 것이다. 바꿔 말하자면, 동시대의 경험을 담은 이야기도 있고, 더욱 윗대에서 경험한 이야기도 있다는 것이다. 특히 사실주의적 성향이 농후한 소년소설 및 소설들은 구술문화적 성격을 풍부하게 지니고 있다. 권정생은 구술문화와 문자문화가 만나는 지점에 있는 '이야기꾼'적 요소를 지닌 작가라고도 볼 수 있는 것이다.

그런데 여기 말하는 '이야기'란 과연 무엇을 말하는가? 본래 살아온 이야기는 삶의 이야기다.[26] 사람이 보고 듣고 느끼고 겪은 모든 경험은 살아온 이야기로 구성될 수 있다. 삶의 경험은 단편적이고 제각각 존재하는 것이지만, 의식의 세계에서 이야기의 세계로 이행하는 과정에서 일정한 원리에 의해서 살아온 이야기로 재구성된다. 이 과정에서 별로 흥미롭지 않은 사점(死點)[27]으로 가득한 개인의 경험은 흥미진진한 문학으로 자리하게 된다. 살아온 이야기를 이야기하는 행위는 삶의 사연을 선택하고 확인하는 과정으로 삶에 근거한 창조적 구술행위라고 할 수 있다. 이러한 구술행위를 바탕으로 한 이야기를 "옮겨 적었"다는 것은 권정생의 문학이 구술문화와 문자문화가 만나는 지점에 있다는 것을 보여준다.[28]

26 김예선, 「'살아온 이야기'에 나타난 파격의 상상력—여성의 살아온 이야기를 중심으로」, 한국구비문학회 편, 『2009학년도 하계학술대회 발표논문집』, 99~112쪽 참조.

27 그림에서 사점(死點, dead spots)은 색이 약하거나 흥미롭지 않다거나, 또는 형식이 적절하지 않거나 차가운 경우를 말한다. 경험은 사점으로 가득 차 있는데, 예술은 그것에 생명을 부여하여 인생 전체를 생생하게 만든다는 것이다. 어윈 에드만, 박용숙 역, 『藝術과 人間』, 문예출판사, 1984, 13~14쪽 참조.

28 월터 J. 옹, 이기우·임명진 역, 『구술문화와 문자문화』, 문예출판사, 1995 참조.

여기서 '이야기꾼'의 성격에 관해 살펴보도록 하자. 발터 벤야민은 '이야기꾼'에 관해 다음과 같이 언급하고 있다.

> 모든 이야기꾼들이 끄집어내는 얘기의 원천은 입에서 입으로 전해지는 경험이다. 얘기를 기록했던 얘기꾼들 중에서 위대했던 얘기꾼들은 이름도 없는 무명의 숱한 얘기꾼이 하는 얘기와 조금도 다를 바가 없는 얘기를 쓴 사람들이다. 그런데 이들 무명의 얘기꾼들 중에는 두 가지 유형의 그룹이 있는데, 이 두 그룹은 물론 여러 면에서 서로 중복된다. (…중략…) "누군가 여행길에 오르면 그는 무언가 얘기할 거리가 있다"라고 독일 속담은 말하고 있고, 또 이때 사람들은 으레 얘기꾼을 먼 곳으로부터 온 사람으로 생각하였다. 그러나 이에 못지않게 사람들은 또한 정직하게 생업을 꾸려가면서 고향에 눌러앉아 자기 고향의 얘기와 전설을 잘 알고 있는 사람의 얘기를 듣는 것도 좋아하였다.[29] (강조는 인용자)

우리는 권정생의 어머니가 숱한 무명의 이야기꾼 가운데 하나이며, 권정생은 어머니의 이야기꾼적 소질과 그 이야기를 이어받은 탁월한 이야기꾼이라고 유추해볼 수 있다. 물론 말로 하는 이야기와 글로 쓰는 이야기 사이에는 큰 간극이 있다. 그렇지만 그 또한 안동 조탑마을에서 오래 살았기 때문에 "고향에 눌러 앉아 자기 고향의 얘기와 전설을 잘 알고 있는" 유형의 이야기꾼이자 그 이야기들을 기록한 이야기꾼이기도 한 것이다.

---

29 발터 벤야민, 반성완 역, 「얘기꾼과 소설가」, 『발터 벤야민의 문예이론』, 민음사, 1983, 167쪽.

2) 권정생 문학의 문체적 특징 - 구술성과 대화법

유려한 문체는 권정생 문학의 특징 가운데 하나다. 권정생은 간결하고도 아름다운 우리말, 자주 쓰지 않아서 사라져가는 고유한 우리말을 살려 쓰곤 했다. 『똘배가 보고 온 달나라』의 서두를 예로 들어 문체의 특징을 살펴본다.

> 똘배가 가지마다 휘어지게 열렸읍니다.
>
> 조롱조롱 얼굴을 맞대고 밝은 햇님을 쳐다보며 도란도란 꿈 얘기를 속삭이고 있었읍니다.
>
> "잔칫상에는 껍질을 깎고 하얗게 발가숭이로 올라 앉는다지? 꼭 갓난 아가처럼."
>
> "참 재미있네. 올라가서는 아주 얌전하게 앉아 있어야 한단다."
>
> "맞았어, 까딱하면 떽떼굴 굴러 떨어져 창피를 당한다나."
>
> "창피만 당하면 다행이야. 버릇 없는 짓이라고 두 번 다시 못 올라가게 한대."
>
> 산들산들 가지 사이로 바람이 지나갔읍니다. 똘배들은 눈을 살포시 감았읍니다.
>
> "서울 갈 땐 뺑뺑- 기찰 타고 간다지?"
>
> "아냐, 요사이는 고속버스를 타고 간다더라 뭐."
>
> "고속버스가 다 멋지니?"
>
> "그럼, 씽씽 굉장히 빠르단다."
>
> 똘배들은 들먹들먹 벌써 자동차를 탄 기분이었읍니다.

머리빼기마다 초록 이파리들이 양산처럼 그늘을 지워 줍니다. 아예 홀딱 맨 머리로 쨍쨍 햇볕에 나온 애도 있습니다.

"난 말이지, 어딜 가서 무얼 하더라도 고분고분 말을 잘 들겠어."

"하지만, 고분고분 따른다고 다 훌륭하게 되는 것도 아니라더라. 옳고 그른 것을 가릴 줄 알아야 한 대."

"참말이야, 그러니까 아무도 자기의 운명을 미리 알 수가 없단다."

햇볕이 따끔따끔 쪼여, 똘배들은 노랗게 익어갑니다.[30] (강조는 인용자)

권정생의 문장은 간결하고 리듬감과 속도감이 있어 읽는 사람에게 즐거움을 준다. 또한 대화체 문장이 많은데, 대화체 문장은 지루하지 않게 진행되는 사건을 보여준다. 또 의성어와 의태어를 자주 사용하여 묘사하는 대상의 이미지를 뚜렷하게 살리고 생동감과 리듬감을 살리고 있다. 이러한 문체상의 특성은 이른바 구비전승 문학의 특성과 흡사하여 주목된다. 권정생 문체의 이러한 특징은 그가 구비전승 문학 내지는 '구술문화(orality)'에 관심을 갖고 해왔던 작업을 염두에 두어야만 이해할 수 있다.

이와 관련하여 권정생의 작업을 살펴보면, 동화작가 이현주와 함께 『남북어린이가 함께 보는 전래동화』 5권(6~10권, 사계절, 1991)을 작업한 바 있다. 또 그림책 『훨훨 날아간다』, 『눈이 되고 발이 되고』(국민서관, 1993)는 옛이야기를 바탕으로 재화한 작품이다. 이 두 그림책은 권정생 자신이 다시 재화하여 『훨훨간다』(국민서관, 2003), 『길 아저씨 손 아

30 「똘배가 보고 온 달나라」, 『강아지똥』, 11~12쪽.

저씨』(국민서관, 2006)로 다시 펴낸 바 있다.[31] 또 그가 사망한 이후에 출간된 『닷발 늘어져라』, 『똑똑한 양반』(한겨레아이들, 2008)도 옛이야기를 재화한 작업들이다.[32]

또 아직 공식적인 출판물로 출간되지는 않았지만, 권정생은 민들레교회의 소식지 「민들레교회 이야기」 제 182호(1988.10.2)부터 제 208호(1989.10.22)까지 22회에 걸쳐 '권정생의 옛날이야기'라는 제목으로 그동안 자신이 모은 옛이야기를 게재한 바 있다. 또 199호(1989.6.18)부터 229호(1990.10.7)까지 29회에 걸려 '권정생의 구전동요'란 제목으로 구전동요를 게재하기도 했다. 『깐치야 깐치야』(실천문학사, 2015)는 「민들레교회 이야기」에 실렸던 구전동요와 신문이나 잡지에 실렸던 권정생의 구전동요를 모아 출간한 것이다. 그리고 「민들레교회 이야기」 231호(1990.11.4)에는 "우리 구전동요는 이번 주에 찾지 못했"다는 말과 함께 '아이누 민요'를 두 편 소개하고 있다. 그런데 권정생은 '아이누 민요' 한 편만 소개한 것이 아니라 아이누의 옛이야기를 우리말로 옮겨 「민들레교회 이야기」에 실었던 적도 있다. 권정생은 「민들레교회 이야기」 제

---

31 1993년도 판이나 2003년, 2006년도 판 모두 옛이야기에 바탕을 둔 그림책이나, 내용은 차이가 있다. 초판본은 옛이야기를 그대로 재화하고 있지만, 재판본에서는 자신의 해석을 담아 재화하고 있다. 특히 『손이 되고 발이 되고』는 '몸이 불편한 두 사람이 서로 도우며 욕심 없이 산다'는 내용이지만, 『길 아저씨 손 아저씨』는 '몸이 불편한 두 사람이 서로 힘을 모아 일을 해서 자립한다'는 내용이라 상당한 차이가 있다. 권정생이 직접 글을 쓴 그림책에 대해서는 본서의 보론 「그림책 글, 다시 쓰기와 새로 쓰기」를 참조할 것.

32 본래 이 책은 한겨레통일문화재단과 한겨레출판사가 주관하고 남북의 글 작가와 그림 작가가 공동으로 작업하여 출판하기로 했을 때 권정생이 5편의 원고를 써주었다고 한다. 그런데 순조롭게 진행되지 않아 그 가운데 4편을 2권의 책으로 출간했다고 한다. 이재복, 「남과 북의 어린이들에게 남겨 주신 우리 옛이야기」, 권정생, 『닷발 늘어져라』, 한겨레출판사, 2009 참조.

209호(1989.11.19)부터 제233호(1990.12.2)까지 1년간 23회에 걸쳐 '아이누 동화'란 제목으로 아이누의 옛이야기를 소개하고 있는데, 이를 통해 소수 민족으로서 자신만의 말과 문화를 잃어가고 있는 아이누 민족과 그들의 옛이야기를 함께 나누고 싶었던 것으로 생각된다.

월터 J. 옹은 『구술문화와 문자문화』에서 '구술문화'의 특성을 다음과 같이 꼽고 있다. 구술문화에서는 "생각해 낼 수 있어야 알 수 있"기 때문에 기억술이 중요하다. 또 복잡한 문제를 생각해내려고 할 때는 반드시 이야기 상대가 있어야 하고, 대화가 필수적이다. 이때 기억한 것을 재현하기 위해서는 "강렬하게 리드미컬하고 균형 잡힌 패턴이거나, 반복이나 대구이거나, 두운과 유운(類韻)이나, 형용구와 그 외의 정형구적인 표현이나, 표준화된 주제적 배경(집회, 식사, 결투, 영웅의 조력자 등)이거나, 누구나가 끊임없이 듣기 때문에 힘 안 들이고 생각해내고 그 자체도 기억하기 쉽고 생각해내기 쉽게 패턴화된 격언이나, 혹은 그 밖의 기억을 돕는 형식을 따라야만"[33] 한다. 특히 리듬이 중요한데, 리듬은 무엇인가를 환기해내는 것을 돕기 때문이다. 또한 월터 J. 옹은 구술문화에 입각한 사고와 표현의 특징으로 종속적이 아니라 첨가적이고, 분석적이 아니라 집합적이고, 장황하고 다변적이고, 보수적이거나 전통적이고, 인간의 생활세계에 밀착되어 있고, 논쟁적 어조가 강하고, 감정이입적이거나 참여적이라는 특성을 꼽고 있다.

그런데 구술문화에서 이야기의 독창성은 "새로운 이야기 줄거리를 생각해내는 데 있지 않고, 그때그때 청중들과 어떤 특별한 교류를 만들

33 월터 J. 옹, 『구술문화와 문자문화』, 문예출판사, 1995, 57쪽.

어 내는데 있다"[34] 고 한다. 이 점을 염두에 두고 권정생의 중기 단편소설을 살펴보면, 내용이 조금씩 다른 비슷비슷한 이야기들임을 알 수 있다. 또 장편일 경우에도 기승전결 플롯이 강한 것이 아니라 여러 단편들이 짜임새있게 모여 있는 듯한 경우가 많다. 그만큼 에피소드성이 강한 것이다. 또 작품이 등장인물의 행장을 표현하는 경우가 많기 때문에 대개의 문장이 시간의 흐름에 따른 "첨가적" 문장이다. 『도토리 예배당 종지기 아저씨』처럼 대화가 중심인 작품에서는 "장황하고 다변적"이거나 "논쟁적 어조가 강"할 경우도 종종 있다. 이처럼 권정생의 문학은 구술문화의 영향을 크게 받고 있는바, 그 자신도 자기 작품을 '이야기'라고 했으면 좋겠다고 한다든지, 자신은 주위 사람들의 이야기를 작품으로 쓰고 있다고 한다든지 하는 데서도 이를 확인할 수 있다. 또 권정생이 「편지 대필」이란 글에서 밝혔듯이 그의 주위에는 글자를 쓸 줄 모르는 이들도 많았던 것 같은데, 이러한 여러 가지 이유로 인해 권정생은 '구술문화' 전통에 깊게 젖어 있었던 것으로 보인다.

권정생의 작품에서 일관되게 나타나는 문체적 특징의 하나가 바로 대화법이다. 권정생의 작품에서는 자주 생각이 서로 다른 등장인물들이 입장을 달리하여 대화를 나누는데, 대화 이후에는 대화 이전과는 다른 새로운 인식에 도달한다. 대화 과정이 곧 사유과정인 것으로, 대화를 통해 올바른 인식에 도달하는 '사유의 산파법', 즉 '소크라테스식 대화법'이라고도 할 수 있겠다. 권정생의 이른바 '소크라테스식 대화법'은 초기 동화에서부터 중기 소년소설을 거쳐 후기 장편 판타지에 이르기까지 여

34 위의 책, 68쪽.

러 작품에서 나타난다. 초기부터 권정생은 이러한 대화법을 중요하게 사용해 왔거니와, 풍자적 성격이 두드러진 후기의 『도토리 예배당 종지기 아저씨』와 『팔푼돌이네 삼형제』에 이르면 그 같은 문체적 특징이 더욱 뚜렷해진다.

① (아, 나는 이제 그만이다.)
흙덩이는 저도 모르게 흐느끼고 말았습니다.
"강아지 똥아, 난 그만 죽는다. 부디 너는 나쁜 짓 하지 말고 착하게 살아라."
"나 같은 더러운 게 어떻게 착하게 살 수 있니?"
"아니야, 하나님은 쓸 데 없는 물건은 하나도 만들지 않으셨어. 너도 꼭 무엇엔가 귀하게 쓰일 거야."[35]

② "너는 뭐니?"
강아지 똥이 내려다보고 물었습니다.
"난 예쁜 꽃이 피는 민들레란다."
"예쁜 꽃이라니! 하늘에 별 만큼 고우니?"
"그럼!" (…중략…)
"네가 어떻게 그런 꽃을 피울 수 있니?" (…중략…)
"그건 하나님께서 비를 내리시고 따뜻한 햇빛을 비추시기 때문이야." (…중략…)
(역시 그럴 거야. 나하고야 무슨 상관이 있을라고….) (…중략…)

35 「강아지똥」, 『강아지똥』, 88쪽.

"그리고 또 한 가지 꼭 필요한 게 있어." (…중략…)

"……?"

"네가 거름이 되어 줘야 한단다." (…중략…)

"내가 거름이 되다니?"

"너의 몸뚱이를 고스란히 녹여 내 몸 속으로 들어와야 해. 그래서 예쁜 꽃을 피게 하는 것은 바로 네가 하는 거야."

강아지 똥은 가슴이 울렁거려 끝까지 들을 수가 없었습니다.

(아, 과연 나는 별이 될 수 있구나!)[36]

③ "내가 꿈을 꾸는 걸까?" (…중략…)

"아냐, 넌 똑똑히 눈을 뜨고 있어."

반짝반짝 귀여운 아기 별이 곁에서 방실 웃으며 일깨워 주었습니다.

"하지만 여긴 시궁창이잖니?"

"시궁창이니까 어떻다는 거니?"

"너무너무 더러운 곳인데, 이렇게 아름다운 별님들이 찾아온 게 이상하단다." (…중략…)

"더럽긴 무엇이 더럽니?" (…중략…)

"뭐야! 이제 보니까 날 놀리고 있구나."

"절대로 놀리는 게 아냐. 이런 시궁창도 가장 귀한 영혼이 스며 있는 세상의 한 귀퉁이란다."

(…중략…)

36 「강아지똥」, 『강아지똥』, 93~94쪽.

"친절은 고맙다만, 아까번에 난 전부 듣고 보고 했는걸. 시궁창은 곪아터져 죽어버리는 지옥이야. 지독한 냄새가 나는 세상 끝이야. 나도 여기서 퉁퉁 곪았다가 죽게 될 거야." (…중략…)

"이 세상에 죽지 않는 데가 어디 있니? 괜히 울지 말고 나하고 오늘 밤 하늘나라 구경이나 하자꾸나."[37]

위의 ①과 ②는 「강아지똥」에서, ③은 「똘배가 보고 온 달나라」에서 가려 뽑은 문장들이다. ①에서 강아지 똥은 흙덩이를 만나 "하나님은 쓸데 없는 물건은 하나도 만들지 않"았다는 것, "강아지 똥, 너도 꼭 무엇엔가 귀하게 쓰일 거"라는 말을 듣는다. 이러한 흙덩이의 말을 통해 강아지 똥은 자신이 아무 쓸데가 없는 무가치한 존재라는 생각을 떨쳐버릴 수 있는 단초를 마련한다. 그러던 중에 강아지 똥은 민들레를 만나고, 자신의 몸을 녹여 민들레의 거름이 되면 하늘의 "별만큼 고"운 꽃을 피울 수 있다는 사실을 알게 된다. ③에서도 똘배는 아기별을 만나 "이런 시궁창도 가장 귀한 영혼이 스며 있는 세상의 한 귀퉁이"라는 말을 듣게 된다. 아기별의 이러한 말은 죽음을 앞둔 똘배에게 새로운 경지를 열어주는 말이 아닐 수 없다. 게다가 아기별은 "이 세상에 죽지 않는 데가 어디 있"냐고 되물으며, 죽음이란 모든 살아있는 것들에게 피치 못할 운명이라는 것을 깨우쳐준다. 나아가 이런 운명에 대해 "괜히 울지 말고" "하늘나라 구경"을 하자고 권한다. 현재의 처지에 절망하지 말고, 새로운 관점으로 현재를 바라볼 것을 권하는 것이다. 이처럼 강아지 똥은 흙덩

37 「똘배가 보고 온 달나라」, 『강아지똥』, 17~19쪽.

이와 민들레와의 대화를 통해, 똘배는 아기별과의 대화를 통해 자신의 처지와 가치에 대해 새로운 인식을 갖게 되는 것이다.

④ "왜 그러니?"

"국군하고 인민군하고 누가 더 나쁜 거여요? 그리고 누가 더 착한 거여요?"

"……." (…중략…)

인민군 여자가 누운 채 말했다.

"몽실아, 정말은 다 나쁘고 다 착하다."

"그런 대답이 어디 있어요?"

"국군 중에도 나쁜 국군이 있고 착한 국군이 있지. 그리고 역시 인민군도 나쁜 사람이 있고 착한 사람이 있어."

"그래요, 아까 낮에 태극기를 불태워 준 인민군 아저씨는 착한 분이셨어요." (…중략…)

"그런 거야, 몽실아, 사람은 누구나 처음 본 사람도 사람으로 만났을 땐 다 착하게 사귈 수 있어. 그러나 너에겐 어려운 말이지만, 신분이나 지위나 이득을 생각해서 만나면 나쁘게 된단다. 국군이나 인민군이 서로 만나면 적이기 때문에 죽이려 하지만 사람으로 만나면 죽일 수 없단다."

몽실이는 무슨 말인지 잘 알아듣지 못했다. 다만 사람으로 만나면 착하게 사귈 수 있다는 것만 얼마쯤 알 수 있었다.[38]

인용 ④는 『몽실 언니』의 한 문장이다. 몽실이는 인민군 여자와 대화를 하면서 그 이전에는 알 수 없었던 새로운 사실을 깨닫는다. 몽실이가

38 『몽실 언니』, 115쪽.

아이답게 국군과 인민군 가운데 "누가 더 나쁜가" 혹은 "누가 더 착한가"를 묻자, 인민군 여자는 누가 더 나쁘고 누가 더 착하다고 말할 수 없다고 대답한다. '국군이냐, 인민군이냐'가 '착한 사람이냐, 나쁜 사람이냐'를 가르는 기준이 될 수 없다는 것이다. '신분이나 지위나 이득'을 생각하지 않고 '사람'으로 만나면 서로 죽일 수 없다는 인민군 여자의 말을 몽실이는 어리기 때문에 완전히 이해할 수는 없다. 그러나 '사람'으로 만나면 모두 착하게 사귈 수 있다는 것을 몽실이는 인민군 여자의 말을 통해 깨닫게 된다.

⑤ 준이는 자기 집, 선반 위에 어머니가 대접에다 물을 떠다 놓고 오랫동안 눈을 감고 있던 것을 생각했다. 청송댁은 초하루와 보름마다 깨끗한 냉수를 떠다 놓고 손을 비비며 빌었다. 한국말로 무엇이라 중얼거렸지만, 준이는 하나도 알아 듣지 못했다.

"엄마, 왜 그렇게 비는 거야?"

준이가 물을라치면 청송댁은 분명히 가르쳐 주었다.

"일본이 전쟁에서 져 달라고 비는 거야." (…중략…)

"큰 언니는 언제 한국 나라를 도루 찾아와요?"

"일본이 지면, 한국 나라는 금방 찾을 수 있단다."

"엄마, 한국 나라를 찾거든, 우리가 제일 많이 갖자, 응?"

청송댁은 가볍게 웃기만 했다.[39]

39 『꽃님과 아기 양들』, 125쪽.

인용 ⑤는 『꽃님과 야기양들』의 한 문장이다. 준이는 어머니가 정한수를 떠다 놓고 비는 모습을 보고 그것이 무엇이냐 묻는다. 그러자 어머니는 그것이 나라를 다시 찾게 해달라는 기도라고 알려준다. 준이는 큰언니가 한국 나라를 찾으러 싸우고 있다는 것을 알고 있기 때문에 큰언니가 "한국 나라를 찾거든, 우리가 제일 많이 갖자"는 말을 하는 것이다. 어린 아이인 준이는 '나라'를 어떤 물건처럼 오해한 나머지 이렇게 엉뚱한 말을 하게 되고, 이러한 엉뚱한 말로 인해 심각하고 진지한 상황에서도 돌연 웃음이 유발된다. 대화를 통해 새로운 인식을 얻게 함과 동시에 예기치 않은 유머를 구사하여 긴장을 풀게 하는 것이다.

⑥ "그러니까, 날 훔쳐가겠단 말이니?"

점박이 송아지가 육푼돌이한테 걱정스레 물었습니다.

"훔친다고 하지 말어. 그냥 데리고 가서 나하고 같이 살자는 거야."

"하지만 난 돈에 팔려 와서 이 집 주인의 재산이니까 마음대로 갈 수 없잖니?"

"그건 사람들이 자기들 마음대로 너희들을 붙잡아다 길을 들여 사고팔고 했기 때문이지. 본래 너희들 모두는 자유로운 몸이야."

육푼돌이는 어느 용감한 혁명가처럼 주먹을 쥐고 설명했습니다.

"본래는 그랬지만 지금은 그렇지 않잖니? 그러니까 나는 못 따라가겠어."

"원래 선구자란 남의 모범이 되어야 한단다. 점박아, 네가 자유의 몸이 되면 다른 소들도 너의 뒤를 따라 사슬을 풀고 압박과 설움에서 벗어날 거야."

"……."

"그렇게 되면 이 세상 소들이 모두 자유롭게 넓은 풀밭에서 뛰어다니며 즐겁게 살아갈 수 있지 않겠니? 너는 씩씩하게 선봉장이 되어 너희 민족을 위해 투쟁해야 해!"

육푼돌이는 지난번 노동자 시위대 앞에서 부르짖던 누구 말을 이것저것 흉내내며 자꾸 구슬렀습니다.

"내가 앞장서면 다른 소들도 모두 해방이 된단 말이니?" (…중략…)

"그래, 한 알의 밀알이 땅에 떨어져 죽으면 많은 열매를 맺지만 한 알 그대로 있으면…… 있으면…… 그담엔 뭐라더라……. 그래 그래, 한 알 그대로 영원히 열매를 맺지 못하는 거야."

"그럼, 내가 땅에 떨어져 죽으란 말이니?"

점박이 송아지 눈에는 눈물이 그렁그렁 맺혔습니다.[40] (강조는 인용자)

위의 ⑥ 예문에서도 육푼돌이와 점박이 송아지는 사유의 수준이 동일하지 않다. 육푼돌이는 모든 짐승이 "자유로운 몸"이지만 "사람들이 붙잡아다 길을 들여 사고 팔고" 했다며 점박이 송아지를 의식화한다. 점박이 송아지는 자신이 선구자가 되어 해방이 되면, "다른 소들도 해방이 된"다는 말에 솔깃하지만, "한 알의 밀알이 땅에 떨어져 죽으면"이란 육푼돌이의 말을 곧이곧대로 듣고 "나보고 죽으란 말이니?"라며 슬퍼하는 것이다. 이러한 두 인물의 대화를 보면, 대화 자체가 하나의 사유의 과정인 것을 알 수 있고, 이러한 대화를 통해 대화 이전과 대화 이후의 사유가 달라지는 것을 확인할 수 있다.

이상과 같이 예문 ①부터 ⑥까지를 보면, 각각 대화하는 두 인물은 서로 사유의 수준이 다르며, 이들은 대화를 통해 서로의 견해를 솔직하게

40 『팔푼돌이네 삼형제』, 105~106쪽.

드러내고, 서로 견해차를 좁히지 못했을 때에는 엉뚱한 말을 하여 웃음을 유발하는 것을 알 수 있다. 즉 권정생의 유머는 작중 인물이 상황을 오해하여 엉뚱한 말을 함으로써 생겨나는 것임을 알 수 있는 것이다.[41] 이러한 유머가 비판 정신과 함께 할 때 그 작품은 풍자의 성격을 띠게 된다.

3) 권정생 문학의 구성적 특징 - 명명법, 캐릭터와 플롯

다음으로 권정생 작품의 구성적 특징을 살펴보자.

우선 권정생은 명명법(appellation)[42]에서 몇 가지 특성을 보여준다. 첫째, 대개의 동화에서 작중 인물에 특별한 이름을 붙이지 않는다. 강아지똥, 똘배, 흙먼지 아기들, 장대, 오누이 지렁이, 사슴, 먹구렁이, 토끼, 아기 소나무, 다람쥐, 까마귀, 굴뚝새, 부엉이, 아기 산토끼, 고추짱아, 두꺼비, 가재 형제, 찔레꽃잎, 늑대 세 남매, 개구리, 황소 아저씨, 오소리네 등등 사물이나 동물의 이름, 즉 보통명사가 그대로 작중인물의 이름이 된다. 이 동화들은 대개 의인화 동화인데, 동물이나 식물의 생김새나 성격이 그대로 등장인물의 성격이 되고, 등장인물의 성격이나 생김

41 이것은 「새앙쥐 귀신이 되어 돌아오다」(『바닷가 아이들』 소재(所載))에서 '대변 봉투'를 맛있는 과자라고 오해하고 종알대는 산토끼들의 대화가 빚어내는 웃음과도 동일한 맥락이다.

42 '명명(命名, appellation)'에 대해서는 R. Wellek · A. Warren, *Theory of Literature*, Penguin Books, 1966, p.219를 참조할 것. "The simplest form of characterization is naming. Each 'appellation' is a kind of vivifying, animizing, individuating."(성격화의 가장 단순한 형태는 이름 붙이기이다. '명명'은 일종의 생명을 불어넣는 일, 생기를 주는 일, 개성을 부여하는 일이다)

새, 대화를 통해 주제가 표현된다. 이러한 특징은 옛이야기(「바리데기」, 「반쪽이」 등)나 성서의 비유담, 안데르센(「성냥팔이 소녀」의 성냥팔이 소녀, 아버지, 할머니 등)이나 오스카 와일드의 동화(「행복한 왕자」의 왕자, 제비, 갈대 등), 『이솝 우화』(「개미와 베짱이」의 개미, 베짱이 등)와도 작품 형식 및 메시지 전달 방식이 유사함을 알 수 있다.

둘째, 일부 동화나 판타지 작품에서는 작중 인물에게 성격을 직접적으로 드러내는 이름을 붙인다. 이를테면 6·25전쟁이나 남북 분단을 다룰 때면, '곰이'와 '오푼돌이 아저씨'(「곰이와 오푼돌이 아저씨), '남쇠'와 '북쇠'(「남쇠와 파란 눈의 아이」) 같은 식으로 하는 것이다. 「곰이와 오푼돌이 아저씨」는 죽어 귀신이 된 '곰이'와 '오푼돌이 아저씨'가 나누는 이야기를 통해 6·25전쟁의 비극과 의미를 드러내는 작품인데, 여기서 '곰이'는 웅녀의 자손인 한민족을 의미하며, 오푼돌이는 이른바 '반푼이', 즉 똑똑하지 않고 모자란 사람 내지 평범한 사람을 의미한다고 볼 수 있다. 다시 말해 이 작품의 등장인물은 남북한의 평범한 사람, 즉 일반 사람이라는 의미이며, 이들이 겪은 체험은 남북한의 평범한 사람 모두에게 해당된다고 보아도 무방할 것이다.

그런데 권정생이 『팔푼돌이네 삼형제』에서 자신의 '명명법'에 관해 언급한 구절이 있어 눈길을 끈다.

> 팔푼돌이네 삼형제라니까 어느 바보 같은 사람 삼형제로 잘못 알지 모르겠습니다. 바르게 말하면 이 이야기에 나오는 팔푼돌이네 삼형제는 사람이 아닌 '톳제비'라고 부르는 도깨비의 한 패거리입니다. (…중략…)
>
> 제일 맏이를 팔푼돌이, 둘째를 칠푼돌이, 막내를 육푼돌이라 부르기로 했습니다.

그냥 톳제비라 하면 셋 중에 누가 누군지 구별이 안 되기 때문에 이름을 붙이기로 한 것입니다.

물론 이 이야기를 시작한 제가 톳제비들과 직접 의논을 해서 붙인 이름입니다. 처음엔 그냥 팔푼이, 칠푼이, 육푼이라 하자니까 금방 얼굴에 울상을 짓더군요. 그건 진짜 모자라는 등신 같아서 기분이 상했다고 합니다. 그래서 팔푼돌이, 칠푼돌이, 육푼돌이로 고친 것입니다. 그랬더니 금방 또 '해해해' 웃으며 좋아했습니다.[43] (강조는 인용자)

여기서 보듯이 화자는 톳제비들이 "팔푼이, 칠푼이, 육푼이는 모자라는 등신 같다고 해서 팔푼돌이, 칠푼돌이, 육푼돌이라고 바꾸었다"라고 말하고 있다. 이처럼 화자가 작품 속에 등장하는 것도 구비문학적 특징의 하나라고 할 수 있는데, 이를 통해 우리는 이름의 유래가 무엇인지 알 수 있다. '오푼돌이'는 물론이거니와 '팔푼돌이, 칠푼돌이, 육푼돌이'는 모두 똑똑하고 잘난 인물이 아니라 어딘가 모자란 데가 있는 평범한 인물임을 가리키는 것이다.

그리고 이 작품에서는 주인공들뿐 아니라 등장인물의 이름도 그 성격을 드러내는 경우가 종종 있다. 늘 자신과 가족에게 복을 내려달라고 하느님께 기도하는 아주머니는 이름이 '만복 아주머니'인데, 작중 인물이 이러한 이름을 지님으로써 '만복 아주머니'의 행동은 풍자성을 띠게 한다. 또 북쪽의 수령님을 만나러 간 남쪽의 목사님은 이름이 '문동주'인데, 이것은 문익환과 윤동주에서 유래한 이름이라는 것을 알 수 있다.

43 『팔푼돌이네 삼형제』, 10~11쪽.

이들은 둘 다 기독교인으로서 어린 시절 친구 사이이기도 하며 자신의 양심에 따라 시대의 아픔을 함께 한 이들인데, 작품 속에 이들을 떠올리게 하는 사건과 이름을 사용하여 이야기의 의미를 확장하고 있다.

또한 『밥데기 죽데기』에서처럼 늑대 할머니, 황새 아저씨, 밥데기와 죽데기는 같은 작품에 등장하지만 '명명법'의 급이 다른 경우가 있다. 즉 늑대 할머니나 황새 아저씨는 '늑대+할머니'이고 '황새+아저씨'로 앞부분은 정형화된 성격을 드러내고, 뒷부분은 연령대나 성별을 드러내는 것이다. 반면에 달걀귀신인 두 아이에게는 사람이 살아가는 데 꼭 필요한 '밥'이나 '죽'이라는 음식 이름에 '데기'란 접미사를 붙여 만들었다. 흔히 '데기'란 접미사는 '어떤 명사 뒤에 붙어 그와 관련된 일을 하거나 그런 성질을 가진 사람'을 뜻하는데, 그렇다면 '밥데기'나 '죽데기'는 밥이나 죽에 관련된 일을 하거나 밥이나 죽 같은 성질을 지닌 사람이 되라고 붙인 이름인 셈이다. 또 '부엌데기', '구박데기'에서 알 수 있듯이 '데기'는 어떤 일을 하는 사람을 낮잡아 부르는 것이기도 한데, 작품에서 '밥데기'와 '죽데기'는 늑대 할머니가 시키는 대로 해서 '남북통일'이라는 대단한 일을 이루는 데 큰 몫을 한다. 낮은 자리에 있는 보잘것없는 인물이야말로 사실은 대단한 일을 하는 소중한 존재라는 것을 이러한 명명법에서 드러내고 있는 것이다.

셋째는 소년소설에서의 명명법이다. 여기서 권정생은 몽실이, 점득이, 유준이, 복식이 식의 평범하고 구체적인 이름을 사용하며 사건이 일어나는 곳도 지명을 명확하게 드러낸다. 이 경우 이름 자체에서는 특별한 성격이 발생하지 않고, 그들이 작품 속에서 행하는 대화나 행동, 사건을 통해 그들의 성격을 드러낸다. 즉 동화나 판타지의 인물은 이름 자체에서 일정한 성격을 드러내는 데 비해, 소년소설의 인물은 그렇지 않다.

그런데 소년소설 속에서도 등장인물들은 처음부터 마지막까지 성격이 그다지 변하지 않는다. 입체적 인물(round character)이라기보다는 일면적 인물(flat character)인 것이다. 그러나 대개의 인물들은 주어진 상황을 감내하고 실존적 상황에서 윤리적인 자세를 취하는 공통점을 보여준다. 캐릭터 면에서 볼 때, 권정생의 작품에서는 악한 인물이 그다지 등장하지 않는다. 작중인물들은 어쩔 수 없는 상황에 의해 나쁜 짓을 하거나 바람직하지 못한 일을 할 수밖에 없는 것이 대부분이다. 그는 이러한 인물들을 통해 사회나 제도가 바뀌지 않으면 악행과 범죄가 근절되지 않을 것이며, 사회나 제도야말로 범죄를 양산하는 기제라는 것을 보여준다.[44]

이상에서 보았듯이 권정생 문학에서 캐릭터의 특징을 요약하면, 동화나 판타지에서는 역사나 정치적 사건을 끌어들여 '도덕적 이념이나 추상적 가치 개념을 예증'하기 위해 알레고리적인 상황과 그에 걸맞는 이름을 사용하지만, '역사적 증언'을 띤 소설에서는 다양한 인물이 등장하여 그에 얽힌 에피소드를 그려내고 있다고 할 수 있다.

이러한 캐릭터의 특징을 통해 이제 권정생 문학에서 플롯의 문제를 검토해보자. 그는 단편소설에서 주로 극심하게 가난한 사람들, 몸에 병이나 장애가 있는 사람들, 전쟁으로 이산가족이 되거나 몸에 병이나 장애가 생겨 고통받는 사람들의 모습을 다양하게 그리고 있다. 그는 이러한 작품을 '이야기'라고 칭하는데, 이는 창작한다는 자세보다는 자신이

44 이러한 관점은 권정생이 필독서로 꼽았던 빅토르 위고의 『레미제라블』의 세계와도 일맥상통하는 것이라고 할 수 있다.

'있었던 사실을 그대로 증언한다'라는 독특한 작가 의식에서 기인하는 것으로 보인다. 그는 인물을 그릴 때 외면과 더불어 내면을 파고드는 입체적 캐릭터로 표현하기보다는 '사건 체험의 담지자'로서의 인물을 그리는 데 주력한다. 이것은 아마도 인물을 통해 '있었던 사실 그 자체'를 드러내려는 태도에서 비롯된 것으로 보인다. 그는 장편소설에서도 인물을 복합적이고 입체적으로 그리기보다는 주인공을 중심으로 다양한 인물들을 포진시켜 그 인물 하나하나가 얼마나 핍진하게 살아가는가를 주목하게 한다. 즉 주인공이더라도 작품의 중심 고리가 되는 것이지, 주인공을 중심으로 모든 사건이 배치되지 않는 것이다. 이러한 창작 태도로 말미암아 그의 장편소설은 주인공을 중심으로 사건이 시작되고 완결되기는 하지만, 그래서 시간의 흐름에 따른 '점진적 플롯(progressive plot)'이기는 해도 마치 다양한 에피소드가 모여 구성되는 '에피소드적 플롯(episodic plot)'과도 비슷한 성격을 띠게 되는 것이다.

특히 그의 장편에서 드러나는 캐릭터와 플롯 문제를 구체적으로 살펴보자. 『꽃님과 아기 양들』, 『몽실 언니』, 『점득이네』, 『하느님이 우리 옆집에 살고 있어요』, 『밥데기 죽데기』, 『랑랑별 때때롱』을 보면, 작품 속에서 주인공들은 중심인물로서, 주인공의 등장과 퇴장으로 이야기가 시작되고 끝난다. 그러나 이들이 겪는 체험은 작품 속의 다른 인물들의 체험과 질적으로 다르지 않다. 주인공은 여타의 인물들과 비슷한 체험을 하지만, 주인공들의 궤적을 따라 작품이 시작되고 끝나기 때문에 주인공이 되는 것이다.

게다가 『초가집이 있던 마을』, 『한티재 하늘』에는 특별한 주인공조차 없다. 이 작품들은 몇몇 인물들을 중심으로 해서 이들이 경험한 삶을 그리고 있는데, 작가는 이러한 다수의 주인공을 등장시킴으로써 그 시대를 살아가는 사람들의 전형적인 모습을 드러내고자 한 것으로 보인다. 『초가집이 있던 마을』은 6·25전쟁을 중심으로 전쟁 이전과 전쟁 중, 그리고 전쟁 이후에 마을 사람들이 살아가는 모습을 그리고 있다. 시간의 흐름과 더불어 변모하는 마을 사람들의 모습을 '점진적 플롯'에 담고 있는 것이다. 『한티재 마을』 또한 동학농민항쟁을 전후로 몇몇 가족들이 긴 세월 동안 살아가는 모습을 그리고 있는데, 이 작품 역시 시간의 흐름과 함께 사람들이 어울려 살아가는 모습을 '점진적 플롯'으로 담고 있다. 이 두 장편에서는 그 시대를 살아가는 인간 다수의 삶을 핍진하게 그려내는 것이 중요하지, 어떤 한 개인의 내면을 그려내는 것은 그다지 중요하지 않았던 것으로 보인다. 그렇기 때문에 수많은 에피소드, 즉 이야기들이 모여 하나의 작품을 이루고 있다.

『도토리 예배당 종지기 아저씨』, 『팔푼돌이네 삼형제』는 주인공인 '종지기 아저씨'나 '팔푼돌이네'가 목격하거나 생각하는 것을 다양한 방식으로 보여준다. 이 작품들은 권정생 자신이 살아가는 동시대의 문제들은 다루고 있는데, 그는 작중 인물을 통해 현실에 대해 강도 높은 비판과 논평을 하고 있다. 이 두 작품에서 각각의 에피소드는 서로 그다지 연관성이 없어 각기 다른 단편으로 취급해도 좋을 만큼 완결성이 강하다. '에피소드적 플롯'을 사용하고 있는 것이다. 그런데 권정생의 장편은 '점진적 플롯'이거나 '에피소드적 플롯'이거나간에 인물의 성격이 처음부터 끝까지 변하지 않는다. 즉 정적이고 일면적 인물이지만, 그럼에도 불구하고 자기의 삶을 회피하지 않고 감내함으로써 감동을 안겨주는 것이다.

그러면 이처럼 권정생 문학에서 '에피소드적 성격'이 강하고, '일면적 인물'이 자주 등장하는 것은 무슨 까닭일까? 첫째, 권정생은 소위 '보통 이하의 사람들'의 삶을 소중하게 여겼기 때문에 작품에 '보통 이상의' 특별한 주인공을 내세우지 않았다. 그래서 주인공이 겪는 체험과 다른 인물들이 겪는 체험 사이의 질적인 차이가 존재하지 않는다. 둘째, '보통 이하의' 평범한 사람들의 체험을 다양하게 다루다보니, 작품은 각 인물의 개성보다 그들이 겪은 사건에 초점이 맞추어진다. 그렇기 때문에 그의 작품은 단편집이나 장편이거나 간에 다양한 에피소드 모음집 같은 성격을 띠게 된다. 셋째, 일반적으로 대부분의 소설에서는 인물들 사이의 성격의 차이에서 기인한 갈등이 사건의 핵심을 이루는 데 비해, 권정생의 소설에서는 전쟁이나 불치병 같은 불가항력적인 사건이 인물들 사이에 갈등을 일으킨다. 즉 사건의 원인이 인물 내부가 아니라 외부에 존재하고, 악이나 폭력은 공동체 내부가 아니라 외부에 존재하는 것이다. 이것은 권정생의 세계관, 즉 "악한 사람이 따로 있는 것이 아니라 사회나 제도가 범죄와 범죄인을 만든다"는 세계관과도 밀접한 연관이 있다고 하겠다. 넷째, 구비문학과의 연관성이 있다. 구비문학에서 하나의 이야기는 대개 어떤 등장인물의 경험을 담고 있다. 증언적 성격을 띤 중기 사실주의 소설들은 마치 구비전승 이야기처럼 등장인물의 인생 역정을 들려주는 형식으로 되어 있는데, 이러한 작가의 관점이 인물이나 문체에도 투영된 것으로 보인다.

그런데 월터 J. 옹에 따르면, 구술문화에서는 이야기들이 대부분 '삽화식 플롯'을 활용하며, 우리가 익숙한 기승전결이 뚜렷한 클라이맥스 구조는 인쇄문화에 바탕을 둔 문자문화에서의 특성이라고 한다.[45] 또 구술문화의 영향을 받은 언어 표현은 '행위'에 관심을 두지, 사물이나 장면, 인물의 시각적 외견에 관심을 두지 않는다고 한다. 권정생이 자신의 중기 문학에서 가장 큰 관심을 둔 것은 어떤 인물의 행장인 것으로 보아 '구술문화'의 영향이 지대했음을 확인할 수 있다.

3. 상호텍스트성

상호텍스트성(intertextuality)의 개념은 러시아의 비평가 미하일 바흐친에 기원을 두고 있으며, 줄리아 크리스테바가 이를 서구에 소개했다. 바흐친은 '상호텍스트성'이라는 용어 대신에 '대화체'라는 용어를 사용했다.[46] 이는 문학과 예술이 창조자들 간에 끊임없는 대화 속에 창조된다는 것을 의미하는데, 모든 새 작품은 또 하나의 대화가 되는 셈이다. 보통 후기에 생성된 텍스트는 선행 텍스트로부터 모티브, 패턴 또는 아이디어를 발달시킨 방식을 수용하는데, 상호텍스트성의 지지자들에 의하면, 어떠한 예술적 텍스트도 텍스트들 간의 조우 없이 만들어지지 않는다고 한다. 텍스트 속 대화에서는 모든 행이 이전 텍스트를 되돌아볼 뿐 아니라, 아직 쓰이지 않은 새 텍스트로 나아가기 때문에 상호텍스트

45 월터 J. 옹, 『구술문화와 문자문화』, 문예출판사, 1995, 221쪽.
46 상호텍스트성에 관한 이론적 정리는 츠베탕 토도로프, 최현무 역, 『바흐찐 : 문학사회학과 대화이론』, 까치, 1987 참조.

성은 역동적인 것이다.

특히 아동문학의 텍스트들은 수많은 담론의 교차로에 있기 때문에 철저히 상호텍스트적일 수 있다. 상호텍스트성은 놀이 및 놀이성과도 관련이 있는바, 이로 인해 아동문학은 놀이마당이 되는 것이다. 그러므로 옛이야기나 신화를 비롯한 바탕으로 하는 시, 새로운 창작 옛이야기, 판타지 등은 상호텍스트성을 논할 만한 중요한 텍스트가 된다. 성서를 바탕으로 한 작품도 논의할 만한데, 가령 『나니아 연대기』 같은 것은 성서에 바탕을 둔 대표적인 작품이다.

권정생은 동화나 판타지에서 기존 작품의 구조나 내용을 변형시켜 사용하거나 옛이야기나 전래동요, 성경 구절 등을 인유의 방식으로 작품에 삽입하여 구성상 재미를 주고 그 의미를 부각시키는데, 이러한 상호텍스트성은 그의 문학이 지닌 미적 특성의 하나이다.

초기 동화에서는 여러 작품이 상호텍스트성을 보여준다. 「똘배가 보고 온 달나라」에서는 '견우직녀' 이야기와 '달나라의 옥토끼'가 인유되고 있다. 「남쇠와 파란 눈의 아이」에서는 성서의 '새 하늘과 새 땅', 즉 낙원 이미지가 인유되고, '파란 눈의 아이'는 예수와 같은 인물로 그려진다. 여기에는 성서와 더불어 오스카 와일드의 「저만 아는 거인」도 모티프로 인유되고 있다. 또 「강아지똥」이나 「눈길」의 아저씨는 모티프로 볼 때 예수를 인유하고 있는 인물들이다. 「슬픈 여름밤」은 원죄로 인한 고통을 그리고 있는데, '에덴 동산'에서의 아담과 하와, 형제살해를 범한 카인과 아벨의 이야기가 인유로 나타난다.

이 중에서도 상호텍스트성이 두드러진 작품으로는 「똘배가 보고 온 달나라」, 「곰이와 오푼돌이 아저씨」, 『팔푼돌이네 삼형제』, 『꽃님과 아기 양들』, 『밥데기 죽데기』, 『랑랑별 때때롱』 등을 들 수 있다. 보통 A라는 작품이 B라는 작품과 상호텍스트성을 보일 때, B텍스트를 밑텍스트(hypotext)라고 하고 A 텍스트를 윗텍스트(hypertext)라고 한다.[47] 이런 관점에서 보면, 「똘배가 보고 온 달나라」는 안데르센의 「완두콩 꼬투리 속의 콩 다섯 개」가 밑텍스트다. 두 텍스트를 비교해 보면, 서두에서 여럿이 미래에 대한 기대를 서로 이야기하는 점, 장난꾸러기 남자 아이에 의해 완두콩과 똘배가 의외의 장소로 내던져진다는 점을 공통점으로 꼽을 수 있다. 그런데 「완두콩 꼬투리 속의 콩 다섯 개」에서는 하수도에 빠진 완두콩의 몸이 퉁퉁 붓는 데서 이야기가 마친다. 이에 비해 「똘배가 보고 온 달나라」에서는 똘배가 시궁창에 떨어진 뒤 몸이 퉁퉁 붓는 데서부터 또 다른 이야기가 시작된다. 두 작품의 서두를 비교해 본다.

① 똘배가 가지마다 휘어지게 열렸읍니다.

조롱조롱 얼굴을 맞대고 밝은 햇님을 쳐다보며 도란도란 꿈 얘기를 속삭이고 있었습니다.

"잔칫상에는 껍질을 깎고 하얗게 발가숭이로 올라 앉는다지? 꼭 갓난 아가처럼."

"참 재미있네. 올라가서는 아주 얌전하게 앉아 있어야 한단다."

"맞았어, 까딱하면 떽떼굴 굴러 떨어져 창피를 당한다나."

"창피만 당하면 다행이야. 버릇 없는 짓이라고 두 번 다시 못 올라가게 한대."

47 마리아 니콜라예바, 조희숙 외역, 『아동문학의 미학적 접근』, 교문사, 2009, 57쪽.

산들산들 가지 사이로 바람이 지나갔습니다. 똘배들은 눈을 살포시 감았습니다.

"서울 갈 땐 뿡뿡— 기찰 타고 간다지?"

"아냐, 요사이는 고속버스를 타고 간다더라 뭐."

"고속버스가 다 멋지니?"

"그럼, 씽씽 굉장히 빠르단다."

똘배들은 들먹들먹 벌써 자동차를 탄 기분이었습니다.

머리빼기마다 초록 이파리들이 양산처럼 그늘을 지워 줍니다. 아예 홀딱 맨머리로 쨍쨍 햇볕에 나온 애도 있습니다.

"난 말이지, 어딜 가서 무얼 하더라도 고분고분 말을 잘 들겠어."

"하지만, 고분고분 따른다고 다 훌륭하게 되는 것도 아니라더라. 옳고 그른 것을 가릴 줄 알아야 한대."

"참말이야, 그러니까 아무도 자기의 운명을 미리 알 수가 없단다."

햇볕이 따끔따끔 쪼여, 똘배들은 노랗게 익어갑니다.[48]

② 어느 완두콩 꼬투리 속에 다섯 개의 콩이 살고 있었다. 그들은 자신들은 물론, 완두콩 꼬투리도 초록색이어서 온 세상이 초록색이라고 믿었다. 그것은 당연한 생각이었다. 완두콩 꼬투리가 자람에 따라 콩도 자랐다. 완두콩들은 꼬투리 속을 잘 정돈하고 일렬로 앉아서 살았다. 따스한 해님이 비출 때는 콩 꼬투리가 따뜻해졌으며, 비가 올 때는 안이 들여다보일 만큼 맑고 투명했다. 콩 꼬투리 안은 낮에는 쾌적하고 온화했으며, 밤에는 어디나 그렇

48 「똘배가 보고 온 달나라」, 『강아지똥』, 11~12쪽.

듯이 어두웠다. 완두콩들은 점점 자람에 따라 뭔가 자신들이 할 일이 있을 거라고 생각했다.

"언제까지 이렇게 앉아만 있을 수는 없어. 오래 앉아 있으면 몸이 굳어져 버리지 않을까? 밖에 나가면 뭔가 할 일이 있을 거야. 틀림없어." 완두콩 하나가 말했다.

그렇게 몇 주가 지나갔다. 완두콩들은 점차 노랗게 변했고 완두콩 꼬투리도 노랗게 변했다.[49]

'아무도 자기의 운명을 미리 알 수가 없'다는 것이 두 작품 모두의 메시지라고도 할 수 있다. 그런데 두 작품은 이러한 '알 수 없는 운명'을 대하는 상이한 자세를 보여주고 있다. 「완두콩 꼬투리 속의 콩 다섯 개」는 다섯 완두콩의 운명을 '팔자소관'이라는 식으로 보여준다. "잡을 테면 잡아 봐라"고 하면서 멀리 날아간 완두콩도 비둘기 밥이 되고, "우린 어디에 닿게 되든 그곳에서 잠을 잘 거야"라던 게으른 두 완두콩도 비둘기 밥이 된다. "정해진 대로 되겠지"라고 한 콩은 창턱 틈새에 있다가 싹이 트게 되고, "태양까지 날아갈 테야"라고 했던 콩은 하수구에 빠져 몸이 퉁퉁 분다. 몸이 퉁퉁 분 완두콩은 하수구에 영원히 갇히면서도 "몸이 아름답게 불었네. 아무도 나만큼 멀리 오지 못했을 걸. 난 꼬투리 속에 같이 있던 완두콩 중에서 제일 뛰어나!"[50]라고 말한다. 자기 처지를 파악하지 못한 채 지나치게 낙관적으로 생각하는 것이다. 안데르센은 이 작품에서 주어진 운명에 순응해야 행운을 얻으며, 자만하거나 게

49 안데르센, 윤후남 역, 『어른을 위한 안데르센 동화전집』 II, 현대지성사, 1997, 489쪽.
50 위의 책, 491~492쪽 참조.

으르면 불운해진다는 아주 상투적이며 교훈적인 메시지를 전해 준다.

반면 권정생의 「똘배가 보고 온 달나라」는 시궁창에 떨어진 존재를 주인공으로 하여 전복적 메시지를 전하는 작품이다. 권정생은 「똘배가 보고 온 달나라」에서 더러운 시궁창이야말로 밤이면 별들이 내려앉는 꽃밭이며, 시궁창에서 죽음을 앞둔 똘배의 존재가 무가치하고 무의미한 게 아니라는 것을 보여준다. "시궁창도 생명이 숨 쉬며 살아가는 삶의 한 귀퉁이"라는 것을 역설적으로 보여주는 것이다. 이러한 삶에 대한 적극적인 긍정, '운명애'라고도 할 만한 삶의 긍정이 이 작품에는 담겨 있다. 이러한 메시지는 '운명에 순응하라'든가 '자만하지 말라'와 같은 단순한 교훈과는 거리가 먼 것이 아닐 수 없다.

또 이 작품에서는 '견우직녀' 이야기와 '달나라 계수나무 아래에서 방아를 찧는다는 옥토끼' 이야기를 인유하여 확장하고 있다. 각기 다른 두 가지 옛이야기를 변용시켜 사용함으로써 작품의 밀도를 높이고 중첩적인 의미를 창출하는 것이다. 토끼들이 모여 사는 초가 집 마을은 '계수나무 아래에서 떡방아를 찧는' 옥토끼 이야기가 새롭게 각색된 것이라고 할 수 있는데, 권정생은 토끼들이 오순도순 모여 사는 마을까지 그리고 있다. 똘배가 달나라에서 본 옥토끼 마을은 권정생의 이상향이라고 할 만한데, 그 부분을 살펴본다.

> 조금 내려가 보니, 하얀 목화밭이 보였습니다. 연분홍 꽃송이가 방글방글 피어난 사이사이에 하얗게 부푼 목화가 흰 구름처럼 깨끗했습니다. 엄마 토끼, 누나 토끼들이 버들 바구니를 끼고 목화를 따 담고 있었읍니다.
>
> "저긴 벌써 햇벼를 거두고 있구나."

아빠 토끼, 오빠 토끼들이 노오란 벼이삭들이 휘어진 나락논에서 열심히 일을 하고 있었습니다.

"어서 추수를 끝내야만 추석에 떡방아를 찧을 것 아냐."

아기 별은 여전히 웃음지어 말했습니다.

초가 집 마을이 옹기종기 모여 있었습니다. 골목길엔 샛빨간 까틀복숭아를 들고 아기 토끼들이 얌얌 먹고 있었습니다. 술래잡기를 하며 뛰어노는 아기 토끼들도 있었습니다. 노르스름한 단풍이 든 밤나무 가지에 걸터 앉아서 노래를 부르는 아기 토끼들도 있었습니다. 모랫강변에 두꺼비집을 짓는 꼬마 토끼들도 보였습니다.[51]

권정생은 마지막 작품인 『랑랑별 때때롱』에서 호롱불을 켜고, 한 끼에 세 가지 반찬을 먹고, 땀 흘려 농사짓고 사는 '랑랑별' 사람들의 모습을 그리고 있는데, 이는 「똘배가 보고 온 달나라」의 일부를 인유한 것이라고도 할 수 있다. 권정생의 이상향은 이미 초기의 이 작품에서 예견되고 있다고 보아도 좋을 터인데, 이러한 이상향은 『팔푼돌이네 삼형제』에 나오는 「꿈길」에서 다시 한 번 인유가 된다. 즉, 권정생은 자신의 작품 내에서도 상호텍스트성을 보이고 있는 것이다. 「똘배가 보고 온 달나라」를 보면, 하늘에서 견우가 소 몰고 농사지으며 직녀가 김쌈하며 살아가듯이, 달나라의 토끼 마을에서 남자들은 농사짓고 여자들은 목화 따고 길쌈하면서 살아간다. 같은 작품 안에서도 '견우직녀' 이야기와 '토끼 마을 이야기'가 상호텍스트성을 보여주고 있는 것이다. 이곳 달나

51 「똘배가 보고 온 달나라」, 『강아지똥』, 22쪽.

라의 아기 토끼들은 아무도 슬프거나 외롭지 않다. 아기토끼들은 까틀복숭아를 먹고, 노래를 하고, 술래잡기나 모래놀이를 하며 논다. 그런데 이러한 '달나라'는 똘배가 현실에서 처해 있는 '시궁창'과 정반대의 곳이다. 시궁창이 죽음의 장소라면, 달나라는 이상적인 삶의 장소인 것이다. 구성 면에서 보면, '시궁창'과 '달나라'는 정반대쪽에 있는 '거울상'이라고 할 수 있다. '지금·여기'의 현실을 알레고리적으로 표현한 '시궁창'과는 정반대쪽에 있는 이상적인 삶의 모습이 바로 '달나라의 토끼 마을'인 것이다.[52]

이 작품에서 달나라는 두 눈으로 보면 초가집이 있는 아름다운 마을이지만, 한 눈으로 보면 모래투성이 사막일 따름이다. 여기서 '한 눈으로 본다는 것'은 '이성의 눈'이자 '과학의 눈'으로 세계를 파악한다는 의미일 것이다. 이에 비해 '두 눈으로 본다는 것'은 '상상의 눈'이자 '예술의 눈'으로 세계를 파악한다는 의미일 것이다.[53] 똘배는 아기별과 함께 달나라를 보고 와서 시궁창과 달나라가 본질적으로 다르지 않다는 것을 깨닫는다. 시궁창에는 죽어가는 것만 있는 것이 아니라 이곳도 역시 생명이 숨 쉬며 살아가는 곳이고, 밤이면 별들이 꽃밭처럼 내려앉는 곳이기 때문이다. 즉 '지금·여기(now-here)'의 '시궁창'이야말로 '아무데도 없는(no-where)' '달나라'이기도 한 것이다. 권정생의 이러한 사유는 그의 현실비판과 운명애에 가까운 삶의 긍정이 어디에 바탕을 두고 있

52 권정생은 현실의 거울상으로서의 이상향을 다른 작품에서도 보여주고 있다. 『팔푼돌이네 삼형제』에서는 팔푼돌이네들의 꿈을 통해 남북한이 통일된 뒤의 모습을 보여주는데, 그때 그곳에서는 모두 땀 흘려 농사를 짓고 자발적으로 공동체에 필요한 일을 하며 살아간다.

53 자세한 것은 졸고, 「권정생의 문학과 사상—기독교 아나키즘을 중심으로」, 원종찬 편, 『권정생의 삶과 문학』, 창비, 2008 참조.

는지 잘 보여준다. 이곳이 바로 '유토피아'라고 보는 것이며, '지금 · 여기'의 삶을 제외한 또 다른 곳에 이상적인 삶이 있을 수 없다고 보는 것이다. 이러한 사유는 「떠내려간 흙먼지 아이들」에서 고향을 떠나온 흙먼지 아이들이 모이고 모여서 스스로 새로운 고향을 이루어 살아간다는 것, 「눈길」에서 아저씨와 어린 동물들이 스스로 봄이 빨리 오도록 노력하며 기다리겠다는 것과 동일한 사유라 하겠다.

「곰이와 오푼돌이 아저씨」에서는 치악산 골짜기에 달이 뜨자 삼십 년 전에 죽은 곰이와 오푼돌이 아저씨가 일어나 자신이 경험한 6 · 25전쟁에 대해 이야기를 나눈다.[54] 오푼돌이 아저씨는 인민군으로 남쪽으로 내려왔다가 죽었고, 곰이는 어린 나이에 피난을 나왔다가 죽었다. "왜 그랬어요? 왜 서로 죽였어요?"라고 묻는 곰이에게 오푼돌이 아저씨는 "인민을 위해 싸운 건데, 죽은 것 모두가 가엾은 인민들뿐이었어", "마찬가지로 나라를 위해 싸운 국군도 제 나라만 쑥밭으로 만들었고……"라고 말한다. 그러자 곰이는 할머니에게 들은 옛이야기를 들려준다. 어느새 곰이와 오푼돌이 아저씨의 대화가 사라지고, 갑자기 호랑이의 사나운 울음소리가 들린다. 그러더니 호랑이 두 마리가 가난한 할머니 앞에 나타나 할머니의 바구니에 든 음식과 할머니를 잡아먹고는 오누이가 있는 집으로 간다. 호랑이 두 마리는 각각 앞문과 뒷문으로 가서 "해순아, 달순아, 엄마 왔다, 문 열어라"라고 말한다. 오누이는 "뒷문의 것이 진짜 호랑이야", "앞문 쪽이 진짜 호랑이야"라며 다투다가 그만 앞문과 뒷문을 열어주고 만다. 그러자 호랑이 두 마리가 들어와 누나와 동생을 하나씩 물고

54 「곰이와 오푼돌이 아저씨」, 『바닷가 아이들』, 63~80쪽 참조.

사라지는 것이다. 이 광경 앞에 오푼돌이 아저씨는 연거푸 한숨을 내쉬고, 곰이는 "아저씨, 누나하고 동생은 영원히 만나지 못할까요?"라고 묻는 것이다. 그러다가 새벽이 되자 두 사람의 모습은 사라지고 만다.

이 작품은 옛이야기 「해님달님」의 인유를 보여주지만, 김시습의 『금오신화』와도 상호텍스트성이 있다. 잘 알려져 있듯이 『금오신화』의 작품 5편은 각각 산 사람과 죽은 사람, 이승과 저승, 현실과 꿈이 대립되는 두 세계의 인물이 만나는 모습을 보여준다. 물론 「곰이와 오푼돌이 아저씨」의 두 인물은 모두 죽은 사람이지만, 남과 북, 아이와 어른이라는 점에서 대비되는 인물이 나와 서로 대화하면서 남과 북의 실상을 보여준다. 두 인물은 서로 묻고 대답하면서 6·25전쟁의 실태와 원인을 진단하는데, 여기서 「해님달님」은 작품의 메시지를 드러내는 데 중요한 역할을 한다. 곰이네 할머니가 들려준 옛이야기에서는 오누이가 힘을 합쳐 도와 둘 다 살 수가 있었다. 그런데 이 작품 속에 나오는 오누이는 서로 고집을 부리고 싸우다가 모두 호랑이밥이 되고 만다. 여기서 오누이는 서로 다투다가 고, 그로 인해 전쟁에서 죽고 만 남쪽과 북쪽의 사람들을 의미한다. 또 호랑이는 자신들의 이익을 위해 대리전을 일으킨 미국이나 소련, 중국 같은 강대국을 의미한다. 이처럼 권정생은 기존의 작품을 인유하여 자신의 작품에 활용함으로써 새로운 형식과 의미를 창출해 낸다. 또 힘을 합해 호랑이를 물리친 오누이와 서로 다투어 호랑이밥이 된 오누이의 모습을 대비시킴으로써 작품의 주제를 뚜렷하게 드러낸다.

『꽃님과 아기 양들』에서는 그림 형제의 동화 「이리와 아기 양들」이 작중 인물들이 처한 상황을 알레고리적으로 보여주는 밑텍스트가 되고 있다. 「이리와 아기 양들」은 우리나라의 「해님달님」과 비슷한 옛이야기다. 엄마 양이 나들이 간 사이에 이리가 엄마인 체하고 집에 들어와 아기 양 여섯 마리를 다 잡아먹고, 시계 속에 숨은 가장 작은 막내 양만 살아남는다. 한참 뒤에 엄마 양이 돌아오자, 막내 양은 엄마 양과 함께 배가 불러 자고 있는 이리의 배를 가위로 가르고 형제 아기 양들을 구한다. 그리고는 이리 뱃속에 돌멩이를 가득 넣는다. 잠에서 깬 이리는 냇가에 물을 마시러 갔다가 배가 너무 무거워 빠져 죽는다. 그러자 엄마 양과 아기 양들이 모두 기뻐했다는 이야기이다.

그런데 이 작품 속의 「21.이리는 누구일까?」[55]를 보면, 준이를 비롯한 동네 아이들이 「이리와 아기 양들」을 갖고 "동화 놀이"(연극 놀이)를 한다. 준이와 아이들은 배역을 바꿔가며 되풀이해서 "동화 놀이"를 하는데, 각자 처지에 따라 이 이야기를 달리 해석한다. 준이는 "바다 건너 빼앗긴 저희 나라"가 "나쁜 이리 뱃속에 있는 아기 양들 같다"고 생각하며 "하지만 엄마 양이 와서 구해 줄 거야"라고 안심한다. 그리고는 "엄마 양이 누구일까", "미국이 엄마 양이 될 수 있을까" 라고 생각한다. 양부모에게 버림받고 준이네 집에 얹혀사는 꽃님은 "수만 마리의 이리떼가 닥쳐와도 잡혀 먹으면 안 된다"라고 생각한다. "그 어느 곳엔가 나들이를 간 엄마 양이 돌아와서 살려줄 때까지 입술을 깨물고 살아서 기다려야 하리라"고 마음먹는 것이다. 또 준이는 전쟁터에 나간 걸이 형과 히로시 형을 생각하며 "온 세상이 이리의 뱃속에 들어가 있다", "'이리의 뱃 속에서 새끼 양들이 서로 자기들의 힘으로 배를 가르려고 피를 흘리고 있다. 아, 엄마 양이 어서 와야 한다"[56]라고 진심으로 기도한다. 이 작품에

55 『꽃님과 아기 양들』, 205~213쪽.

56 위의 책, 221쪽.

서 「이리와 아기 양들」은 주제를 집약적으로 드러나는 이야기가 된다. 그리하여 부모 없는 꽃님과 나라 없는 준이, 전쟁에 나가 목숨을 내놓고 싸워야 하는 조선의 젊은이 걸이와 일본의 젊은이 히로시, 전쟁으로 인해 고통스러운 삶을 살아가는 모든 사람들, 즉 전쟁을 겪고 있는 '온 세상'이 '이리의 뱃속에 있는 아기 양'과 같은 상황에 처해 있다는 것을 깨닫게 한다. 권정생은 상호텍스트를 활용하여 효과적으로 전쟁의 참혹상을 고발하고 있는 것이다.

『팔푼돌이네 삼형제』는 톳제비인 팔푼돌이 삼형제가 현실-꿈-현실 순서로 현실 세계와 꿈의 세계를 돌아다니며 이들이 보고 듣고 경험한 내용을 50편의 에피소드로 담아내고 있다. 이 작품은 맨 처음 에피소드와 맨 마지막 에피소드에 독자에게 직접 말을 거는 화자가 등장하고, 그 사이에 있는 나머지 에피소드에서는 주로 톳제비 삼형제의 모험을 담고 있다. 액자형 플롯을 취하고 있는 것이다. 그런데 이렇게 직접 등장하여 말을 거는 화자는 옛이야기와 상호텍스트성을 보여준다고 할 수 있다. 이러한 화자로 인해 독자는 직접 이야기를 듣는 듯한 상상을 하게 되고, 작중 인물이나 사건에 쉽게 빠져들 수 있게 된다. 그래서 톳제비 같은 비현실적인 인물이 등장함에도 불구하고 작품 속의 사건에 쉽게 감정이입을 할 수 있게 된다. 작품에서 톳제비 삼형제는 시공간을 자유자재로 이동하는 존재임에도 불구하고, 작품 속 현실을 완전히 바꾸거나 하는 초현실적 힘을 발휘하지 않는다. 이들은 현실에서 벌어지는 온갖 사건들을 가까이에서 목격하는 '목격자'로서의 역할을 한다. 또 여러 가지 사건이 있을 때 이것들에 대해 반응하고 논평하는 역할을 한다.

앞에서 잠깐 언급했지만, 이 작품에서도 현실 세계와 꿈의 세계는 거울상을 이루고 있다. 에피소드 50편 가운데 대부분은 '지금·여기'의 현실을 담고 있다. 이 부분은 「똘배가 보고 온 달나라」의 '시궁창'에 상응하는 것이다. 또 「꿈길」, 「걷혀 버린 휴전선」, 「고루고루 잘 살고」, 「버스 타는 대통령」, 「즐거운 학교」, 「교장 선생님은 대장간 일군」, 「시장님도 청소를 하고」, 「전국 체육 대회」(「다시 고향으로」) 등 8편의 에피소드는 툿제비인 팔푼돌이 삼형제가 경험한 유토피아라고 할 수 있는데, 이것은 「똘배가 보고 온 달나라」의 '달나라'에 상응하는 것이다. 시궁창에 있는 똘배가 한밤중에 아기별을 따라 달나라에 가서 초가집 마을에서 사는 토끼들을 보고 왔듯이, 팔푼돌이네 삼형제는 아기 굴뚝새를 따라 초록기차를 타고 꿈길을 따라 간다. 작품 속의 작품인 두 이야기는 모티프, 패턴, 아이디어가 아주 유사하다. 상호텍스트성을 드러내고 있는 것이다. 그곳은 휴전선이 무너져 남북통일이 되어 있고, 땀 흘려 부지런히 농사를 지으며, 사람은 물론 모든 생명체가 조화를 이루어 사는 곳이다. 또 대통령도 권력자가 아니라 보통 사람 가운데 하나이며, 학교는 아동의 자발성을 길러내는 즐거운 곳이고, 교장 선생님은 가르치는 일만 하는 것이 아니라 방학이면 좋아하는 육체노동을 한다. 이곳에서는 대통령이나 시장을 아이들이 선출하는데, 모든 사람이 자발적으로 일을 찾아 하는 곳에서 정치는 그다지 전문성이 필요한 일이 아니기 때문일 것이다. 그리고 남북이 통일된 마당에 반쪽짜리가 아닌 이름 그대로 '전국 체육대회'를 여는 곳이다. 팔푼돌이네 삼형제는 통일된 모습을 보고 놀라기도 하고 기뻐하기도 하는데, 알고 보니 이 모든 것이 꿈이었고 현실은 여전히 변함없다는 것이다. 이 작품에서 통일세상을 '꿈길'로 가서 보았다는 것은 그만큼 '통일을 간절하게 바란다'는 의미일 것이다. 또 '꿈길'에서만 통일이 이루어졌다는 것은 그만큼 '통일이 쉽게 이루어지지 않는다'는 의미일 것이다. 이 작품에서 권정생은 성서의 산상수훈에서 비롯된 '팔복'이나 전래 민요 '타박네' 등을 여러 번 인유하고 있는데, 이러한 상호텍스트성으로 인해 작품의 서정성을 높이고 메시지를 효과적으로 전달한다.

이 작품에서 또 하나 주목할 것은 「하룻밤 동안의 천국」이란 에피소드이다. 이 에피소드는 앞에서 언급한 8편 에피소드와 모티프, 패턴, 아이디어상으로 상호텍스트성을 지닌다. 즉, 작품 안에서는 「하룻밤 동안의 천국」과, 작품 밖에서는 「똘배가 보고 온 달나라」가 상호텍스트성을 보여주고 있는 것이다. 이 에피소드는 점박이 송아지와 돗제비 육푼돌이를 중심으로 사건이 진행되는데, 권정생 문체의 특징도 살펴볼 수 있어 흥미롭다. 점박이 송아지를 좋아하는 육푼돌이는 고사리를 꺾어 팔아 점박이 송아지를 사려고 하나, 그것만으로는 송아지 값을 마련할 수가 없다. 어느 날 밤 육푼돌이는 못골 외양간에 사는 점박이 송아지를 찾아가 스스로 해방되기를 권유한다. 이 에피소드는 사유재산을 부정하는 아나키즘적 사유를 보여주고 있는데, 문장의 구성 방식이 상당히 흥미롭다. 처음에 육푼돌이는 점박이 송아지에게 자기하고 나가서 자유롭게 살자고 권한다. 그런데 점박이 송아지가 자신은 "돈에 팔려온 이 집 재산"이어서 그럴 수 없다고 하자, 육푼돌이는 "본래는 모두 자유로운 몸"이라고 하면서 점박이 송아지에게 "해방"의 "선구자"가 되라고 독려한다. 육푼돌이의 독려 과정은 마치 혁명가나 운동가의 모습처럼 실감나게 그려져서 흥미진진하다. 그런데 육푼돌이가 "한 알의 밀알이 땅에 떨어져 죽으면 많은 열매를 맺는다"라며 점박이 송아지에게 선구자로서 모험과 희생을 요구하자, 그만 점박이 송아지는 "그럼, 내가 땅에 떨어져 죽으란 말이니?"라고 되묻고, 그러자 대화는 갑자기 차원을 달리하게 되는 것이다. 육푼돌이가 상징적 차원에서 언급한 말을 점박이 송아지가 그만 축자적 차원에서 그 말을 해석하고 있어 마치 육푼돌이가 점박이 송아지에게 죽음을 강요하는 것처럼 되기 때문이다. 결국 점박이 송아지는 육푼돌이와 함께 외양간을 나와 돌징이 계곡에 와서 팔푼돌이네들을 비롯한 여러 짐승들과 춤추며 해방을 만끽하는데, 그다음 날에는 주인이 찾는 것을 알고 다시 외양간으로 돌아간다. 그야말로 점박이 송아지가 경험한 '하룻밤 동안의 해방'을 다룬 에피소드인데, 전체 작품을 놓고 보면 「꿈길」을 비롯한 8편의 에피소드가 바로 이 '하룻밤 사이의 천국'과 다름없다는 것을 보여준다. 즉 「하룻밤 사이의 천국」이 점박이 송아지의 해방을 다루고 있다면, 「꿈길」을 비롯한 8편의 에피소드는 한국에 사는 사람들의 해방을 다루고 있는 것이다. 작품 속에서 이 에피소드가 특별한 의미가 있는 것은 사유재산의 부정과 함께 인간만이 아니라 동물을 비롯한 생명체 모두에게 해방이 필요하다는 메시지를 담고 있기 때문이다.

이밖에도 『밥데기 죽데기』에서는 「단군신화」와의 상호텍스트성을 언급할 수 있다. 늑대 할머니는 달걀 두 개로 '밥데기'와 '죽데기'를 만들 때 가장 먼저 쑥과 마늘을 사용한다. 쑥과 마늘을 먹고 시련을 이겨낸 곰이 사람으로 변해 '널리 인간을 이롭게 한' 단군을 낳은 것처럼, 쑥과 마늘의 힘을 빌려 아이 모습의 달걀귀신이 된 '밥데기'와 '죽데기'는 대단한 일을 할 만한 인물임을 짐작하게 하는 것이다. 또 『랑랑별 때때롱』에서는 옛이야기 「나뭇군과 선녀」라든가 「도깨비 감투」와의 상호텍스트성을 지적할 수 있다. 「나뭇군과 선녀」에 나오는 '선녀'는 바로 '랑랑별'의 아가씨인데, 옛날에 물이 맑은 지구별의 한국에 와서 종종 목욕을 했다는 사연을 첨가하여 '랑랑별'과 지구별이 서로 오랜 인연이 있는 사이로 만들고 있다. 또, 보이지 않는다는 투명 망토는 '도깨비 감투'를 떠올리게도 하고, 『해리 포터』의 투명망토를 떠올리게도 한다. 권정생은 기존의 작품이나 옛이야기, 성서의 구절, 전래 민요 등을 가져와서 새로운 맥락으로 사용하여 작품의 밀도를 높이는데, 이것도 권정생 문학이 지닌 미적 특징의 하나라 하겠다.

마무리 권정생 문학 연구의 의의와 과제

본고는 1960년대부터 2000년대까지 활동했던 아동문학가 권정생(權正生, 1937~2007)의 삶과 문학을 전반적으로 조망하기 위해 쓰였다. 그의 아동문학은 '아동'이야말로 힘없는 약자라는 측면에서 접근한 것인바, 그의 작품에서 가난하고 힘없는 어른이 주인공으로 유독 많이 등장하는 것은 이를 확인하게 해준다. 그의 작품 세계는 여타의 아동문학 작가들과 상당히 다른 면모를 지닌다. 작품의 소재가 그렇고, 작품의 형식이 그러하다. 또 그는 한국의 역사와 현실에 대해 줄곧 비판적이었고, 기독교인임에도 불구하고 기성 기독교에 대해 혹독하게 비판했다. 그의 문학에서는 현실 사회 비판과 기성 기독교 비판이 거의 동시에 이루어지고 있다.

권정생에 관한 선행 연구들은 그의 문학적 특성들을 거의 다 짚어낸 바 있다. 즉 내용적인 면에서는 소외된 인물과 밑바닥 인생을 표현하였으며, 형식적인 면에서는 특히 (단편)동화나 장편 판타지 동화에서 구비문학적 특성이 발견되고, 사상적으로는 기독교 사상을 비롯한 현실 비판 의식, 문명 비판과 더불어 생태주의자이자 평화주의자로서의 면모를 지니고 있음을 두루 밝히고 있다. 그러나 이러한 성과의 논리적 타당성에도 불구하고, 그의 문학 전체를 관통하면서 각각의 개별 작품들을 잇는 연결고리(이것이 권정생 문학의 핵심을 푸는 키워드이다)를 찾는 일에 소홀함으로써, 권정생 문학의 총체적인 상을 구축하는 데 일정한 한계가 있었다.

본고는 권정생 문학의 핵심어가 '죽음'임을 작품 분석을 통해 증명하고자 했다. 권정생 문학을 초기, 중기, 후기로 대별하여 그 내용과 형식, 메시지 면에서 뚜렷한 차이를 보여주는 동화, 소년소설과 소설, 판타지라는 세 가지 주도적 문학양식을 중심으로, '죽음'이라는 키워드가 어떻게 양상을 달리하여 드러나는지를 살펴보았다. 또 이 '죽음'에 대한 작가의 인식이 그의 문학 사상과는 어떤 관련이 있으며, 작가로서 그만이 가지는 특성은 어디에 있는 것도 살펴보았다. '죽음'의 문제는 그의 문학적 출발 지점인 「강아지똥」에서부터 나타나기 시작하여 거의 모든 작품을 관통하여 흐르고 있다. 그에게서 죽음은 원초적인 문학 충동인바, 기존의 아동문학에서는 거의 다루지 않았던 '죽음'의 문제를 전면에 등장시키고 그것에 깊이 천착해 감으로써, 그의 문학은 기존의 아동문학과 궤를 달리하는 독자적인 영역을 구축하였던 것이다.

그의 초기 작품을 보면, '죽음'이라는 상황이 반복해서 등장한다. 이 '죽음'의 문제는 초기 동화뿐 아니라 그의 문학 전반에 걸쳐 줄곧 다양한 형태로 변주된다. 초기 동화에서는 삶을 위협하는 존재로 '죽음'이 등장하고, 중기의 소년소설과 소설에서는 극빈과 전쟁과 질병 및 장애의 모습으로 '죽음'이 등장하며, 후기의 장편 판타지 동화에서는 약자의 삶을 위협하는 자본과 권력의 모습으로 '죽음'이 등장한다. 즉 그의 문학 활동은 삶을 위협하는 '죽음'을 자각하고, '죽음'을 비판하고, '죽음'을 넘어서는 대안을 제시하는 행위였던 것이다.

권정생은 기존의 아동문학에서는 거의 다루지 않던 강아지똥, 똘배, 깜둥바가지 등의 소외되고 버려진 것들을 작품에 등장시킴으로써, 기존 아동문학의 동심천사주의적인 경향을 벗어나 아동문학의 외연을 크게 확장시켰다. 그는 밑바닥 인생의 다양한 모습은 물론 귀신이나 톳제비, 달걀귀신, 하느님이나 예수까지 작품에 등장시켜 아동문학의 소재를 크게 넓혔다. 이러한 소재상의 새로움은 지금도 여전히 권정생 문학이 지닌 독자적 영역이라 할 수 있다.

또한 그는 자신이 직접 체험한 사실, 주변 사람들의 체험, 어머니를 비롯한 주변 사람들에게서 들은 이야기를 작품에 담음으로써 사실성과 함께 풍요로운 서사성을 확보할 수 있었다. 그의 작품의 특징으로 꼽히는 유려한 문체, 다양한 의성어와 의태어, 풍부하면서도 적실한 사투리의 구사, 수많은 동식물들의 이름 등은 그만의 독특한 창작방법과도 긴밀한 관계가 있다. 그는 구술문화와 문자문화가 만나는 지점에 서 있는 작가로서, 다양한 형식의 '이야기'류들을 적절히 활용함으로써 구체적인 창작적 실천[1]을 이루어냈다. 즉 그는 근대문학의 규범적 테두리 안에 갇히지 않고 전통적인 여러 양식—가령 옛이야기, 전래동요, 성서의 비유, 성서의 구절, 몽유록이나 논쟁적인 대화소설 양식 등—을 적절하게 활용함으로써 아동문학사에 형식적 새로움을 부여했다. 특히 성서는 사

1 권정생은 픽션과 논픽션을 망라한 다양한 글을 썼는데, 그의 창작물들이 가진 특징을 굳이 대별하자면 다음 표와 같다.

상적으로나 형식적으로 그에게 중요한 문학적 서브텍스트로 작용했다. 성서는 온갖 '이야기'의 창고였으며, 그 성서의 예언자들과 예수의 생애는 그가 자신의 삶과 세계를 이해하고 해석하는 데 중요한 잣대가 되었기 때문이다.

이러한 문제의식과 평가 위에서 전개된 본고의 내용을 요약하면 다음과 같다.

'권정생의 삶과 문학'이란 글(본서 27~42쪽)에서는 권정생의 삶과 문학이 과연 어떠한 관계가 있는지를, 그의 생애를 통하여 개괄하여 보았다. 그의 삶은 극빈, 전쟁, 불치의 질병, 이 세 가지로 요약할 수 있다. 또 '목생'형과 예수의 죽음, 어머니의 존재가 그의 인생관과 종교관에 큰 영향을 미쳤다. 이처럼 권정생의 삶은 '죽음'과 매우 긴밀한 관계에 놓여 있음을 확인할 수 있었다.

이어서 본서의 뼈대를 이루고 있는 권정생의 문학과 사상을 다룬 글들(본서 43~276쪽)에서는 그의 문학 작품에 대한 분석을 통해 권정생 문학과 사상을 시기별로 나누어 다루었다. 즉 권정생의 문학을 초기(1969~1980), 중기(1981~1990), 후기(1991~2007)로 대별하여 그 시기의 주도적 서사 양식인 단편 동화, 소년소설과 소설, 장편 판타지를 중심으로 '죽음'의 문제가 어떻게 다양하게 변주되어 드러나는가를 살펴보았다.

〈표 2〉 권정생 창작물들의 특징

허구성	장르	양식	특징
픽션	동화, 시	서정 양식	주관성-실존 상황과 자세 표현-순간성, 무시간성
	소설	서사 양식	객관성-기억하는 현실과 증언-시간성(과거)
	판타지	복합 양식	주객관성-체험하는 현실과 소망-현재(혹은 미래)
	그림책	복합 양식	* 텍스트는 주로 동화 및 옛이야기임
논픽션	수필, 편지글	교술 양식	사상의 직접적 표현-『오물덩이처럼 딩굴면서』(1986), 『우리들의 하느님』(1996)

첫째(본서 43~107쪽), 환성성이 두드러지는 초기 단편 동화에서는 죽음과 원죄의식, 죽음에 대한 실존적 자각과 자기결단, 현실 지평의 확대가 확인된다. 죽음이라는 실존의 문제를 자각하고 자기 결단을 통해 타자와의 연대를 꿈꾸며, 이를 통해 삶의 지평이 현실로 확대되어 가는 모습이 초기의 동화에서 잘 드러나고 있다. 단편 동화는 자신의 실존적 체험을 주로 다루고 있어 '나의 이야기'라고도 할 만한데, 여기에서는 키르케고르적 기독교 실존주의의 영향이 뚜렷하게 확인된다. 본고에서는 이전의 연구에서 밝히지 못했던 권정생 문학과 기독교 실존주의와의 연관성을 처음으로 밝히고, 성서가 그의 문학의 서브텍스트로서 중요한 역할을 하고 있음을 작품 분석을 통해 확인하였다. 또 초기 동화에서 드러난 문제의식이 이후 소년소설과 소설, 장편 판타지 동화에서 반복하여 드러나고 있음도 확인할 수 있었다.

둘째(본서 109~192쪽), 중기에는 사실성이 지배적인 소년소설과 소설을 통해서 역사적 증언의식, 반전의식과 체제 비판(제도 및 이데올로기 비판, 관료제 비판), 상부상조와 생명존중 사상 등을 보여준다. 특히 민중의 삶을 갖가지 에피소드를 통해 파노라마적으로 보여주고 있음을 확인할 수 있었다. 작가는 이러한 작품들을 통해 극빈, 질병과 장애, 전쟁으로 나타나는 죽음의 구체적이고도 다양한 면모를 고발하고 비판하며, 이렇게 모질고 고통스러운 삶에도 불구하고 면면히 이어지는 민초들의 삶을 그려냄으로써 궁극적으로 '생명'이 '죽음'을 이겨내는 모습을 표현하고자 했다. 소년소설 및 소설은 자신과 자신을 둘러싼 '우리의 이야기'라고도 할 만하다. 여기에서는 함석헌의 '씨알사상'과 더불어 성서의 '지극히 작은 자', 즉 보잘것없는 밑바닥 인생이야말로 바로 '하느님'이라는, 톨스토이적 기독교 아나키즘적 사상이 드러난다. 또한 권정생이 자신의 경험 및 주변 사람들의 체험, 그리고 어머니를 비롯한 윗세대에서 전해 오는 이야기들을 자신의 작품에 대폭 수용함으로써 '이야기꾼'의 면모를 지닌 작가임을 확인할 수 있었다.

셋째(본서 193~276쪽), 후기의 판타지에서는 '지금 · 여기'의 현실 비판, 기성 기독교 비판, 대안적 삶과 유토피아 의식을 보여준다. 권정생은 '지금 · 여기'의 현실에서 자본과 권력이 곧 인간의 삶을 억압하는 '죽음'이라고 비판한다. 이에 대해 이 땅의 분단을 종식하고 통일과 평화를 가져오며 농사지으며 소박하게 사는 삶을 그 대안으로 제시하고 있다. 평화롭고 소박한 삶이 마침내 '죽음'을 이겨내고 풍요로운 유토피아에 이르는 것으로 제시되고 있다. 또 권정생의 기성 기독교에 대한 비판은 '지금 · 여기'의 현실비판과 동시에 이루어지고 있음이 특징적인데, 성서 중심의 신앙을 지녔던 그는 밑바닥 인생들이 살아가는 이 세상이야말로 더 큰 교회였기 때문이다. '어머니 같은 모성적 하느님'과 '이 세상 끝까지 고통받는 사람들과 함께 하는 하느님'이라는 카톨릭 작가 엔도 슈사쿠의 예수상, '기독교인은 예수처럼 살아야 하며 사회 문제를 절대 외면하면 안 된다'는 목사이며 빈민운동가이며 기독교사회주의자인 작가 가가와 도요히꼬의 예수상이 권정생 문학에 지대한 영향을 미쳤음을 처음으로 밝힌 것은 본고가 얻어낸 또 하나의 수확이다. 또한 한국적 기독교를 주장했던 신학자이자 기독교 다원주의자였던 변선환과의 사상적 공통점도 확인할 수 있었다.

한편 권정생은 모순된 현실에 대한 대안적 삶의 형태로 '통일'과 '농업'을 제안한다. 이것은 곧 모든 인간과 동식물이 함께 평화롭게 사는 낙원을 지향하는 유토피아 사상이기도 하다. 다시 말해 이것은 성서의 다시 찾은 '새 하늘과 새 땅'과도 유사한 사유인 바, 장편 판타지 동화를 통해 그는 기독교 아나키즘을 거쳐 에코 아나키즘으로 사상적 전화(轉化)의 면모를 보여주고 있다. 또한 형식적인 면에서도 구비전승된 여러 문학형식을 가장 적극적으로 활용하고 있음을 알 수 있었다. 그러나 주제의식이 승한 나머지, 작가의 의견을 직접 개진하는 메가폰적 인물이 등장하거나 화자가 당위적인 주장을 되풀이하는 경우가 점차 많아지면서 미적 균형이 깨지는 경우가 종종 있었다는 사실을 확인할 수 있었다.

그리고 '권정생 문학의 미적 특성'이란 글(본서 277~335쪽)에서는 제목 그대로 권정생 문학에서 두드러지게 나타나는 미학적 특징들에 주목하였다. 그의 문학에는 알레고리(allegory), 구술성(orality), 다양한 서브텍스트에 의한 상호텍스트성(intertextuality)이 발견된다. 이러한 특성들은 모두 구술문화와 긴밀한 관계가 있는바, 이것들을 통해 권정생이 구술문화와 문자문화가 만나는 지점에 서 있는 '이야기꾼'적인 작가임을 밝혀낼 수 있었다. 그의 '이야기꾼'으로서의 탁월성은 에피소드적 플롯과 일면적(flat) 캐릭터, 대화를 통한 사유의 전개, 대조와 대비를 통한 유머와 풍자, 유려한 문체, 다채로운 전승 문학 양식의 활용 등 구술문화적 특성을 통해 두루 발견되는바, 그의 문학이 지닌 새로움과 풍요로움 역시 이 같은 구술문화와 문자문화의 경계에서 발생하고 발전하고 있음을 확인할 수 있었다.

이상과 같이 본고는 권정생이 평생 '죽음'이라는 화두를 붙잡고 문학활동을 해왔음을 밝혔는데, 그것은 역설적으로 그가 '죽음'에 맞서 '생명'을 추구했음을 의미하는 것이다. '죽음'을 화두로 출발한 그의 문학은 원초적으로 종교성을 띠고 있는바, 그것은 바로 '부활'과 '구원'의 종교인 기독교 사상이었다. 그러나 그에게 종교는 단지 기독교 신앙으로 그친 것이 아니라 작품을 통해 그만의 고유한 문학 사상으로 발전해 갔다.

문학 사상의 측면에서 보자면, 그는 기독교의 실존주의 사상에서 출발하여 기독교 아나키즘, 생태 아나키즘으로 나아갔다. 그러나 이것은 서로 따로 떼어져 있는 것이 아니라, '죽음'에 관한 실존적 자각과 더불어 '지극히 작은 자'에 대한 애정으로 발전하고, '지극히 작은 자'가 바로 '하느님'이라는 사상으로, 그리고 나아가 사람만이 아니라 천지만물 속에 하느님이 있다는 생각으로 발전해 나가는 계기(繼起)적 과정을 이루고 있음을 확인할 수 있다. 그리하여 그는 '하느님과 자연은 하나'라는 사유에 최종적으로 도달한 것이다. 이러한 하느님 사상은 '도가 바로 자연'이라는 노장사상과도 이어진다고 볼 수 있으며, 또 "예수님이 이 사람들 속에 내가 있고 내 속에 하느님이 계신다"[2]고 한 언급은 삼라만상 가운데 부처가 미만하고 있다는 불교의 화엄사상과도 상통하는 것이다.

또한 권정생의 현실 비판 의식과 기독교 사상은 따로 있는 것이 아니다. 권정생의 사상은 인간다운 삶을 막는 것에 현실에 대해 근본적인 비판을 하는 '성서의 예언자 사상'과 잇닿아 있다.[3] 이 예언자 사상은 함석헌이나 톨스토이에게서도 보이듯이 기독교 아나키즘에 닿아 있다. 나아

---

2 『우리들의 하느님』, 20쪽.

3 이현주 · 최완택, 『이름값을 하면서 살고 싶다』, 당그래, 1998 참조. 이것은 권정생의 벗이자 동화작가이며 목사인 이현주의 사상과도 어느 정도 일치한다고 하겠다. 이현주 목사도 사람 개개인의 삶이 바로 예수의 삶이며, 노장사상에 바탕을 두어 성서를 해석하고 있어 자연이 바로 하느님이라는 생각을 피력하고 있다. 또한 한살림 공동체 운동을 전개했던 장일순의 사상과의 친연성도 엿보인다고 할 수 있다. 장일순, 『나락 한알 속의 우주』, 녹색평론사, 1997 참조.

가 이러한 아나키즘적 요소는 무소유와 생명 중심의 생태 아나키즘으로 발전한다. 권정생에게서 행복한 삶이란 발전된 문명 속에 있지 않다. 오히려 행복은 서로 사랑하며 소박하게 살아가는 가난한 삶, 농사를 짓고 살아가는 삶 속에 있다. 가능한 한 자연을 훼손하지 않고, 생명을 소중히 여기며 자연과 함께 살아가는 삶 속에 있다고 보는 것이다.[4] 이처럼 권정생은 나쁜 제도를 근절하고자 하는 좋은 제도를 말하지 않는다. 나쁜 권력을 대체할 좋은 권력도 말하지 않는다. 다만 사람이 사람답게 되고, 자연이 자연답게 되어 아름답게 사는 삶을 이야기하고 있을 따름이다.

그런데 그의 작품에 나타난 죽음이 오로지 부정적인 것만은 아니라는 점을 지적해 둘 필요가 있다. 대개 그의 작품에서 '죽음'은 삶을 억압하는 모습으로 나타나지만, 역설적이게도 이러한 '죽음'을 극복하는 것 역시 '죽음'이기 때문이다. 즉 자신의 목숨을 기꺼이 내던져 '죽음'으로써 타인에게 온전히 새로운 '생명'을 가능하게 하는 형태로 나타나는 바, 「강아지똥」에서 강아지똥의 죽음, 『한티재 하늘』에서 여종 오월이의 죽음, 『밥데기 죽데기』에서 늑대할머니의 죽음은 이러한 사유를 극명하게 보여주는 좋은 사례이다. 이러한 사유의 밑바탕에는 자신의 죽음을 통해 인류를 구원하고자 했던 '희생양 예수의 죽음'이 음각화로 존재하고 있음을 알 수 있다. 그만큼 '십자가의 예수'는 그의 문학에 지대한 영향을 미치고 있었던 것이다.

권정생 문학은 시기별, 작품별로 종종 도식적 인물과 플롯, 평화로운

4 이러한 점은 시인 신동엽의 '전경인 사상'과도 맥을 같이 한다고 할 수 있다. 신동엽 또한 농사짓고 살아가는 소박한 삶이야말로 가장 행복한 삶의 전형이라고 보았던 것이다. 신동엽, 「시인정신론」, 『신동엽전집』, 창작과비평사, 1975 참조.

공동체를 훼손하는 전쟁과 폭력 등 선과 악의 선명한 대비, 강한 교훈성과 계몽성 등이 그 한계로 지적되기도 하지만, 삶과 죽음이라는 실존적 화두로부터 출발한 문제의식을 사회와 역사의 지평으로 확대시키며 기존의 아동문학의 관습적 틀을 훌쩍 뛰어넘어 전근대 / 근대적 양식과 현실 / 판타지의 경계를 넘나들며 아동 / 어른의 인식과 사상의 벽을 허물어뜨린 점에서 동심천사주의적 경향에 강박되어 있던 한국아동문학의 외연을 확장시키고 사상과 내용의 깊이를 확보했다고 평가할 수 있다.

본고는 위에 언급한 몇 가지 점에서 기존 연구와 차별성을 지닌다고 생각한다. 그러나 권정생 문학을 총체적으로 새롭게 조망하려는 목적에서 수행된 연구임에도 불구하고 몇 가지 점에서 한계를 지니지 않을 수 없다.

시와 그림책 분야를 미처 다루지 못함으로써 온전한 의미에서의 총체적 작가론에 미달한 감이 없지 않다. 특히 시는 서정적 양식으로 실존적 의식이 강한 초기 동화와 주제 및 소재, 작가의식 면에서 상당한 친연성이 있다고 보이지만, 아무래도 권정생 문학에서 본질적인 장르는 아니라는 점에서 차후의 과제로 돌린다. 그러나 온전한 권정생론의 완성을 위해서는 향후 이에 관한 별도의 고찰이 필요하다.

권정생의 글이 담긴 그림책에는 창작 그림책과 옛이야기 그림책이 있는데, 그림책이란 장르는 문학의 영역에만 속하는 것이 아니고 미술 영역과의 관계 속에서 파악해야 한다는 점에서 역시 본고에서 함께 다루기 어려웠다. 창작 그림책의 글과 원래 동화의 글을 비교하여 그림책과 동화라는 다른 매체가 지닌 성격을 규명해 보는 것은 앞으로의 흥미로운 과제이기도 하다. 또 옛이야기 그림책을 살펴보면 처음에 쓴 글과 새롭게 펴낸 그림책의 글이 달라지고 있는데, 이것은 시간을 두고 작가의 사유가 변모한 것과 일정한 연관이 있지 않을까 추정해 볼 수 있을 것이다. 이같이 두 가지 판본을 비교하여 사유의 변모를 확인하는 작업이나, 양은 그다지 많지 않으나 그림책을 위해 쓴 글에 대한 탐구 역시 추후 다루어야 할 숙제이다.[5]

또한 권정생의 문학사상이라는 측면에서도 충분하다고는 할 수 없을 것이다. 작가가 관심을 두고 있던 노장사상이나 화엄사상, 동학사상 같은 우리의 전통적인 사상에 대해서도 거의 밝히지 못했다. 그리고 우리 역사와 문학에서 산견되는 아나키즘적 전통과의 관련성도 추후 더 치밀하게 연구되어야 할 주제이고, 한국의 아동문학사의 흐름 속에서 방정환, 현덕, 이원수 등의 문학사상과의 비교 연구도 역시 남은 과제라 할 것이다. 이 점에서 본고는 방대한 '권정생론'의 완성을 향한 도정의 출발점이라고 봐도 좋을 것이다.

5 이후에 이에 대한 글을 발표한 바 있어 본서의 보론으로 실었다. 보론 「그림책 글, 다시 쓰기와 새로 쓰기」 및 보론의 각주들에서 제시한 논문들을 참조할 것.

보론 그림책 글, 다시 쓰기와 새로 쓰기

권정생의 그림책을 중심으로

1. 머리말

일반적으로 그림책은 그림과 글이 일정하게 배치된 화면 전개에 의해 구성되는 독특한 서사 양식이다.[1] 흔히 그림책에서 그림이 무엇보다도 중요하다고 여기지만, 글 또한 그에 못지않게 중요하다. 특히 글이 먼저 존재하고 그것을 바탕으로 그림책을 만드는 경우, 글은 영화의 시나리오와 같은 역할을 하므로 글을 중심으로 그림책을 살펴보는 일[2]도 매우

* 이 글은 『창비어린이』, 2011년 겨울(통권 35호)에 「그림책 글, 다시 쓰기와 새로 쓰기-권정생의 그림책을 중심으로」라는 제목으로 발표되었던 것을 수정・보완한 것이다.

1 그림책의 기본 개념 및 양식적 특징에 대해서는 옌스 틸레의 「그림책 이해하기」(지광선 외역, 『그림책의 새로운 서사 형식』, 마루벌, 2010) 및 페리 노들먼, 『그림책론』(김상욱 역, 보림출판사, 2011)을 참조할 것. 대부분의 그림책에는 글과 그림이 함께 배치되지만, 간혹 글은 없고 그림만 존재하는 그림책도 있다. 글이 없고 그림만으로 구성되어 있다고 해서 그림책에 내재되어 있는 서사적 상황까지 소멸하는 것은 아니다. 달리 말하면 무언극(無言劇)처럼 이 경우도 그림만 있고 글은 생략된 셈이다.

필요하고도 유용한 것이지 않을 수 없다.

한국의 대표적인 동화작가인 권정생의 경우, 그의 글로 만들어진 그림책은 2011년 현재 개정판을 포함하여 총 13권이다.[3] 그것을 출간된 순서대로 열거하면 다음과 같다.

1993년 : 『훨훨 날아간다』(김용철 그림, 국민서관)
『눈이 되고 발이 되고』(백명식 그림, 국민서관)
1996년 : 『강아지똥』(정승각 그림, 길벗어린이)
1997년 : 『오소리네 집 꽃밭』(정승각 그림, 길벗어린이)
2001년 : 『황소 아저씨』(정승각 그림, 길벗어린이)
『아기 너구리네 봄맞이』(송진헌 그림, 길벗어린이)
2003년 : 『훨훨 간다』(김용철 그림, 국민서관)[4]
『또야와 세발자전거』(벵상 그림, 효리원)[5]
2006년 : 『길아저씨 손아저씨』(김용철 그림, 국민서관)[6]
2007년 : 『곰이와 오푼돌이 아저씨』(이담 그림, 보리)
2008년 : 『꼬부랑 할머니』(강우근 그림, 한울림출판사)

---

2 필자는 이 문제에 대해 깊은 관심을 기울여 온바, 다음의 글들을 발표한 적이 있다. 「한국 옛이야기 그림책에서의 재화유형과 시각표현」, 『논문집—한국의 그림책』, 大阪, 國際兒童文學館, 2006; 「옛이야기 그림책의 재화유형별 작품 분석」, 『한국전통문화연구』 14호, 2014.11.

3 2012년 이후에 나온 권정생의 그림책은 『강아지와 염소새끼』(권정생 시, 김병하 그림, 창비, 2014) 1권에 불과하다. 이는 '우리시그림책'이라는 기획으로 출간된 15권 중의 하나로서, 한국전쟁 직후 권정생이 열다섯 살 즈음에 쓴 시를 약간 각색하여 만든 그림책이다. 이에 대해서는 이 글의 맺음말을 참조할 것.

4 이 책은 『훨훨 날아간다』(김용철 그림, 국민서관, 1993)의 수정본이다.

5 이 책은 2008년에 같은 출판사(효리원)에서 박요한 그림으로 재출간하였다.

6 이 책은 『눈이 되고 발이 되고』(백명식 그림, 국민서관, 1993)의 수정본이다.

『엄마 까투리』(김세현 그림, 낮은산)

2009년 : 『용구 삼촌』(허구 그림, 산하)

위 13종의 그림책은 글의 성격에 따라 ① 기존 작품을 개작한 그림책 –『강아지똥』, 『오소리네 집 꽃밭』, 『황소 아저씨』, ② 옛이야기를 재화한 그림책–『훨훨 날아간다』, 『눈이 되고 발이 되고』, 『훨훨 간다』, 『길 아저씨 손아저씨』, 『꼬부랑 할머니』, ③ 창작 그림책–『아기 너구리네 봄맞이』, 『또야와 세발자전거』, 『엄마 까투리』, ④ 기존 작품을 그대로 텍스트로 쓴 그림책–『곰이와 오푼돌이 아저씨』, 『용구 삼촌』 등으로 나눌 수 있다. 여기에서 ①과 ②는 권정생이 자신의 작품이나 옛이야기를 그림책에 알맞게 재화한 것이고, ③은 권정생이 그림책을 염두에 두고 새로 글을 쓴 것이고, ④는 원래 텍스트와 동일하게 그림책에 그대로 가져다 쓴 것을 말한다.

현재 한국 그림책의 글은 대체로 이 네 가지 범주를 벗어나지 않거니와, 특히 ① 기존 작품의 개작이나 ② 옛이야기의 재화 작업은 우리 아동문학 텍스트의 유산을 되살리려는 의도와 함께 최근 아주 활발하게 이루어지고 있다. 따라서 그림책 글의 재화 양상을 살펴보는 일은 그림책 연구에서 매우 긴요한 부분이라 아니할 수 없다. 본고에서는 위 ①과 ②의 경우를 중심으로 권정생의 그림책을 살펴보고, 그림책 글에 나타나는 재화(再話, retold)[7]의 특성을 밝히고자 한다.

---

7 '재화'에 대한 자세한 논의는 졸고, 「옛이야기 그림책의 재화유형별 작품 분석」, 『한국전통문화연구』 14호, 2014, 317~318쪽 참조.

2. 기존 작품의 개작—그림책에 맞게 글 다시 쓰기

권정생이 자신의 기존 작품을 그림책에 알맞게 개작한 책으로는 『강아지똥』(1996), 『오소리네 집 꽃밭』(1997), 『황소 아저씨』(2001)가 있다. 기존의 글을 그림책으로 개작할 경우 텍스트를 해석하는 개작자의 관점에 따라 작품이 크게 달라질 수 있다. 그러나 이 그림책들은 작가가 자신의 작품을 개작한 것이기 때문에 관점의 변화보다는 그림책 매체의 특성이나 대상 독자를 고려한 개작이라고 볼 수 있다.

그림책 『강아지똥』의 첫 화면의 글을 원작과 비교하여 살펴보자.

> 돌이네 흰둥이가 누고 간 똥입니다.
>
> 흰둥이는 아직 어린 강아지였기 때문에 강아지똥이 되겠습니다.
>
> 골목길 담 밑 구석자리였습니다. 바로 앞으로 소달구지 바퀴자국이 나 있습니다.
>
> 추운 겨울, 서리가 하얗게 내린 아침이어서 모락모락 오르던 김이 금방 식어 버렸습니다. 강아지똥은 오들오들 추워집니다.[8]

> 돌이네 흰둥이가 똥을 눴어요.
>
> 골목길 담 밑 구석 쪽이에요.
>
> 흰둥이는 조그만 강아지니까
>
> 강아지똥이에요.[9]

8 「강아지똥」, 『강아지똥』, 83쪽.

위에서 본 것처럼 줄거리와 등장인물은 원작과 같지만, 그림책으로 다시 쓰면서 문장이 원작보다 간결해졌고, 상황 및 등장인물에 대한 묘사나 서술이 대폭 줄어든 점이 눈에 띈다. 그림에서 보여 주는 부분을 굳이 글에서 묘사할 필요가 없기 때문이기도 하고, 그림책의 주 독자인 유년의 어린이들의 가독성을 배려한 것이기도 하다. 그런데 이는 기존의 아동문학 텍스트를 그림책으로 개작할 때 흔히 나타나는 특징이다.

한편 원작에서는 나중에 등장할 흙덩이를 염두에 둔 탓에 소달구지 바큇자국에 관해 초반에 언급하는데, 그림책에서는 생략된 점도 주목된다. 무엇보다 그림책 『강아지똥』에서 주목할 것은 원작의 '별' 모티브가 사라진 점이다. 봄날 어미닭과 병아리들이 강아지똥을 보고 '모두 찌꺼기뿐'이라며 그냥 스쳐 지나간 뒤의 일이다.

> 봄날의 하루해가 무척 지루합니다.
>
> 느리게 그 하루가 지나갔습니다.
>
> 밤이 되자, 하늘에 수많은 별들이 나왔습니다. 반짝반짝 고운 불빛은 언제나 꺼지지 않았습니다. 바람이 불고 비가 내려도 다음 날이면 역시 드높은 하늘에서 아름답게 반짝이고 있습니다.
>
> 강아지똥은 눈부시게 쳐다보다가 어느 틈에 그 별들을 그리워하게 되었습니다.
>
> '영원히 꺼지지 않는 아름다운 불빛.'

9 권정생, 정승각 그림, 『강아지똥』, 길벗어린이, 1996, 화면 1. 본고에서는 그림책 본문을 인용할 때는 면수 대신 '화면수'를 밝혔다. 화면 1은 속표지 바로 다음에 나오는 그림책의 첫 화면이다.

이것만 가질 수 있다면 더러운 똥이라도 조금도 슬프지 않을 것 같았습니다.

강아지똥은 자꾸만 울었습니다. 울면서 가슴 한 곳에다 그리운 별의 씨앗을 하나 심었습니다.[10]

원작에서 강아지똥은 "하느님은 쓸데없는 물건은 하나도 만들지 않으니, 너도 꼭 무엇엔가 귀하게 쓰일 것"이라는 흙덩이의 말을 듣고 난 뒤, 하늘의 별을 보며 그것을 그리워하게 된다. 그러한 과정을 겪은 뒤에야 강아지똥은 민들레가 '별처럼 고운 꽃'을 피우도록 거름이 되기로 결심한다. 원작에서 이처럼 중요한 '별' 모티브가 그림책에서는 빠져 있다는 것은 작품 해석에 있어 결정적인 차이라 할 수 있다. 강아지똥을 유년 독자와 비슷한 연령대의 주인공으로 상정하다 보니, '별' 모티브 같은 형이상학적인 모티브가 적절치 않다고 여겨 과감히 생략한 것으로 보인다. 그런데 별 모티브는 결국 강아지똥이 기꺼이 민들레의 거름이 되는 데 결정적인 계기이므로, 이것을 생략한 것은 원작의 의미를 너무 단순화한 것이라 하겠다.

비슷한 예는 그림책 『황소 아저씨』에서도 나타난다.

그날부터 황소 아저씨와 아기 새앙쥐들은 한식구가 되었습니다. 덩치가 너무 커서 산더미만 한 황소 아저씨의 겨드랑이는 포근하고 따뜻했습니다. 엄마랑 아빠가 없어 쓸쓸하던 것이 깨끗이 가시었습니다.[11]

---

10 「강아지똥」, 『강아지똥』, 92쪽.

11 「황소 아저씨」, 『벙어리 동찬이』, 1985, 125쪽. 이 작품은 『기독교교육』(1979.2)에 처음 발표되었는데, 당시 제목은 「아기 새앙쥐와 황소 아저씨」였다.

새앙쥐들은 아저씨 목덜미에 붙어 자기도 하고 겨드랑이에서 자기도 했어요.

겨울이 다 지나도록 따뜻하게 따뜻하게 함께 살았어요.[12]

원작에서 아기 새앙쥐들은 황소 아저씨와 이야기를 나누면서 겨울이 지나면 봄이 온다는 것, 봄이 오면 황소 아저씨는 밭을 갈고 농사를 짓는다는 것, 황소 아저씨도 자기들처럼 부모형제와 뿔뿔이 헤어져 혼자라는 것을 알게 되고, "왠지 황소 아저씨가 불쌍해"진다. 즉 아기 새앙쥐들과 황소 아저씨가 함께 추운 겨울을 나면서 서로 어려운 처지를 공감하게 되는 것이다. '같은 처지에 있는 이들끼리의 공감과 연대'는 권정생의 작품에서 되풀이되는 주제[13]이기도 하다. 그런데 그림책에서는 이 부분을 생략하고, 황소 아저씨와 엄마 아빠를 잃은 아기 새앙쥐들이 외양간에서 함께 겨울을 나는 것으로 끝맺었다. 복잡한 주제를 생략하여 나이 어린 독자들이 쉽게 이해할 수 있게 하였고, 그림을 장면별로 표현하기 쉽게 사건 중심으로 글을 다시 쓴 것이다.

그림책 『황소 아저씨』의 글에서 또 한 가지 눈여겨볼 점은 공간 표현 방식을 원작과 달리 단순화한 것이다.

바람이 씽씽 부는 추운 밤이었습니다. 황소 아저씨가 누워 있는 외양간까지 찬바람이 불어와, 등어리옷을 입었는데도 썬듯썬듯 추웠습니다. 하지만

12 권정생, 정승각 그림, 『황소 아저씨』, 길벗어린이, 2001, 화면 16.

13 이 주제는 특히 「쌀 도둑」(『벙어리 동찬이』), 「눈 덮인 고갯길」(『교사의 벗』, 1981.4), 「어느 섣달 그믐날」(『교사의 벗』, 1982.1) 등의 작품에서 두드러진다.

황소 아저씨는 역시 덩치가 큰 만큼 꾹 참고 주둥이를 보릿짚에 파묻고는 잠이 들었습니다.

한밤중, 하늘에는 둥그런 보름달이 높이 떠서 은빛을 쏟아 내리고 있었습니다. 하얀 달빛은 외양간 문틈을 비집고 들어와 꼭 감은 황소 아저씨 눈언저리에 빤히 비추었습니다. 쌕쌕 숨소리가 들릴 만큼 고요한 외양간이었습니다.[14]

한밤중이에요.
황소 아저씨네 추운 외양간에 하얀 달빛이 비치었어요.
둥그런 보름달님이 은가루 같은 달빛을 쏟아 놓은 거예요.

황소 아저씨는 보릿짚에 주둥이를 파묻고 쌕쌕 숨소리를 내며
잠들어 있었어요.[15]

원작에서는 도입 부분에서 황소 아저씨를 등장시키면서, 외양간 안-밖-안 순서로 공간을 오가며 묘사했다. 그런데 그림책에서는 달빛이 환한 외양간 밖을 먼저 보여 준 다음, 추운 외양간 안에서 자는 황소 아저씨를 묘사하고 있다. 그림책의 글은 그림과 나란히 놓여 있으므로 외양간 안과 밖을 넘나들며 그리기가 쉽지 않다. 그러므로 화면 전개에 의해 서사를 구축하는 그림책의 특성을 염두에 두고 글을 다시 쓴 것이다.

한편 『강아지똥』, 『황소 아저씨』에서 주요 모티브나 장면을 생략한

14 「황소 아저씨」, 『벙어리 동찬이』, 118쪽.
15 권정생, 정승각 그림, 『황소 아저씨』, 길벗어린이, 2001, 화면 1~2.

것과는 다르게, 반대로 『오소리네 집 꽃밭』에서는 원작에 없는 글이 첨가된 장면이 있다. 오소리 아줌마가 시장에 간 장면이다.

정신을 차려 보니 사람들이 와글와글 시끄럽게 떠들며 온갖 물건을 사고팔고 있었습니다.[16]

"아이구, 엉덩이야!"
오소리 아줌마가 정신을 차려 보니
사람들이 와글와글 시끄럽게 떠들며 온갖 물건을 사고팔고 있었어요.

고무신도 팔고, 운동화도 팔고, 반바지도 팔고, 사탕도 팔고,
떡도 팔았어요.[17]

그림책에서 오소리 아줌마가 시장에서 본 물건들(고무신, 운동화, 반바지, 사탕, 떡)을 구체적으로 나열하고 있는데, 이는 원작에 없는 내용이다.

오소리네 집 둘레엔 온갖 산꽃이 여기저기 피어 있었기 때문입니다.
"여보, 대체 밭을 일구라 해 놓고 안 된다 그러니 어떻게 하란 거요?"
아저씨 오소리는 참으로 답답했습니다.
"꽃이 안 핀 곳을 쪼면 되잖아요?"
"여기도 저기도 다 꽃이 피었는데 어디 틈 난 데가 있어야지."

---

16 「오소리네 집 꽃밭」, 『할매하고 손 잡고』, 205쪽.
17 권정생, 정승각 그림, 『오소리네 집 꽃밭』, 길벗어린이, 1997, 화면 4~5.

그러고보니 아주머니 오소리도 할말이 없었습니다.[18]

그러고 보니 오소리 아줌마도 할 말이 없었어요.
오소리네 집 둘레엔 온갖 꽃들이 여기저기 피어 있었으니까요.
모두 그대로 꽃밭이었어요.
잔대꽃, 도라지꽃, 용담꽃, 패랭이꽃……[19]

여기서도 그림책의 내용은 원작과 같지만, 꽃 이름(잔대꽃, 도라지꽃, 용담꽃, 패랭이꽃)을 구체적으로 들고 있는 점이 다르다. 이것은 앞서 살펴본 '생략'과는 정반대의 방식이지만, 작가가 그림책 독자를 유년의 아이들로 상정했다는 점에서는 일맥상통한다. 물건이나 꽃에 대해 잘 모르는 어린 독자에게 구체적인 사물을 열거하여 보여 줌으로써, 그것들을 관심있게 보게 하려는 의도로 보인다.

3. 옛이야기 다시 쓰기와 새로 쓰기

권정생은 많은 옛이야기를 수집하고 재화했는데,[20] 그중 그림책으로

18 「오소리네 집 꽃밭」, 『할매하고 손 잡고』, 207쪽.
19 권정생, 정승각 그림, 『오소리네 집 꽃밭』, 길벗어린이, 1997, 화면 15.
20 권정생은 옛이야기를 민들레교회 소식지인 『민들레교회이야기』에 '권정생의 옛날이야기'라는 이름으로 1988년 10월 2일자(182호)부터 1989년 10월 22일자(208호)

다시 쓴 것은 『훨훨 날아간다』와 『훨훨 간다』, 『눈이 되고 발이 되고』와 『길 아저씨 손 아저씨』, 『꼬부랑 할머니』, 이렇게 5권이다. 그중에서 『훨훨 간다』는 『훨훨 날아간다』의 개정판으로서 이 둘은 옛이야기 「도둑 쫓는 이야기」를 재화한 것이고, 『길 아저씨 손 아저씨』는 『눈이 되고 발이 되고』의 개정판으로서 둘 다 옛이야기 「지성이와 감천이」를 재화한 것이므로, 사실상 권정생이 그림책으로 재화한 이야기는 모두 3편인 셈이다.

「도둑 쫓는 이야기」는 '이야기의 힘'을 보여 주는 해학적인 내용이다. 권정생은 이 이야기를 그림책으로 다시 쓰기 전에 「훨훨 온다 이야기」라는 제목으로 『민들레교회이야기』에 실은 적이 있다. 옛이야기 「도둑 쫓는 이야기」와 권정생의 「훨훨 온다 이야기」를 비교해 보자.

> 옛적으 어떤 디 늙은 두 내우가 사넌디 늙은 두 내우만 상개 심심허구 히서 망구가 영감보고 우리 심심히서 그러니 어디 가서 이애기나 한 자루 사다가 서루 히감서 살어 봅시다 헝개 영감도 그거 좋겄구만 허고 이애기 사로 집얼 나섰다. 집얼 나서서 들판으로 가봉개 논두럭에 앉어서 쉬고 있넌 사램이 있어서 그 사람 젙이로 가서 이애기 하나 파시요, 힜다. 그 사람언 그럽시다 허고 대답힜넌디 대답은 힜지만 헐 이야기가 있어야지.[21]

까지 22회에 걸쳐 연재했다. 이 밖에도 권정생이 재화한 옛이야기책은 이현주와 함께 엮은 『남북어린이가 함께 보는 전래동화』 6~10(사계절, 1991)과 『닷 발 늘어져라』(한겨레아이들, 2009), 『똑똑한 양반』(한겨레아이들, 2009) 등이 있다.

21 임석재, 「도둑 쫓는 이야기」, 『임석재 전집 8 : 한국구전설화－전라북도편 II』, 평민사, 1991, 45쪽.

옛날에 어느 산골 외딴 집에 할방이하고 할망이하고 살았는데, 할망이가 하도 이야기를 좋아해서 밤마다 할방이한테 이야기를 해달라 했지. 그런데 할방이는 이야기를 잘 할 줄 몰라서 어느 날 할망이가 베 한 필을 주면서 "장에 가서 이 베 한 필하고 이야기 한 자리하고 바꿔 와요" 했거든. 할방이는 베를 가지고 장에 가서 "베 사소! 베 사소!" 하니까 "얼마요?" 그래서 "이야기 한 자리요" 하니까 모두가 본척만척 지나가 버리는 거야. 해가 빠지도록 아무도 사지 않아서 할방이는 베를 도로 싸 가지고 돌아오는데 농부 한 사람이 논둑에 앉아 있었지. 그래서 가까이 가서 "베 한 필 사시오" 하니까 "얼마요?" "이야기 한 자리요." "그럼 좋소. 내가 이야기 한 자리 하지요." 그래서 할방이 좋아서 농부한테 베를 팔기로 했지.[22]

「도둑 쫓는 이야기」는 할머니의 청을 듣고 이야기를 사러 나선 할아버지의 이야기인데, 「훨훨 온다 이야기」는 상황을 훨씬 더 구체적으로 그리고 있다. 할머니에게 훨씬 더 적극적인 역할을 부여하고, 할아버지가 이야기를 사러 '장'에 간다는 구체적인 상황을 첨가하여 사건의 개연성을 높였다.

「도둑 쫓는 이야기」나 「훨훨 온다 이야기」의 재미는 인물들의 행동과 상황이 딱 맞아떨어지면서 완성되는 '이야기'에 있다. 농부가 논에 날아든 황새의 모습을 보고 의태어를 써서 몇 마디 말로 표현하고, 할아버지가 집에 돌아와 할머니에게 그 이야기를 들려주는데, 마침 집에 든 도둑

22 권정생, 「훨훨 온다 이야기」, 『민들레교회이야기』, 1989.7.20. 「도둑 쫓는 이야기」는 이것 말고도 다양한 각편이 있다. 임석재, 『임석재 전집 : 한국구전설화』, 평민사, 1987~1993 참조.

의 동작과 방 안에서 나누는 할아버지 할머니의 이야기가 겹치면서 재미있는 상황이 반복된다. 이렇듯 반복되는 이야기의 재미가 『훨훨 날아간다』와 『훨훨 간다』에서는 각각 어떻게 표현되었을까.

그때 방 안에서 할아버지가 도둑이 하는 짓을 다 아는 듯이
"예끼 이놈!"
하고 손뼉을 딱 쳤습니다.
도둑은 깜짝 놀라 아예 멀리멀리 달아났어요. (…중략…)
"아이구 영감, 어디서 이렇게 재미있는 이야기를 바꿔 왔수?"
"어느 마을에서 농부하고 바꿨지."
"그러셨군요."
할아버지와 할머니는 큰 소리로 "하하하하." "호호호호." 즐겁게 웃었어요.

다음 날 아침, 할머니가 부엌에 나가 보니 부뚜막에 놓아 둔 누룽지가 없었습니다.
"에그, 그놈의 생쥐가 물어 가 버렸네."
할머니는 으레 그러려니 생각했습니다. 할아버지와 할머니는 감쪽같이 도둑을 쫓은 거예요. 그게 모두 할아버지가 재미있는 이야기를 바꿔 온 덕택이지요.

그 뒤에도 할아버지 할머니는 둘이 마주 앉아 옛날 이야기를 주고받으면서 재미있게 살았대요.[23]

마침 할머지가 부뚜막에 누룽지 뭉치를 놓아 둔 것이 보였어요.

배가 고팠던 도둑이 누룽지를 콕 집어 입에 넣었어요.

"콕 집어 먹는다."

"콕 집어 먹는다."

도둑은 그만 간이 콩알만 해졌어요.

누군가 다 보고 있다고 생각했거든요.

방 안에서는 또 다시 할아버지의 큰 목소리가 들렸어요.

"예끼, 이놈!"

"예끼, 이놈!"

할머니도 따라 했어요.

도둑은 그만 날 살려라 담을 훌쩍 넘어 달아났어요.

그러자 방 안에서 또 큰 소리가 들렸어요.

"훨훨 간다."

"훨훨 간다."

도둑은 혼쭐나게 멀리 멀리 달아났어요.

아무것도 모르는 할아버지와 할머니는 그렇게 재미있게 이야기를 주고받았어요.

할머니가 물었어요.

"아이구 영감, 어디서 이렇게 재미있는 이야기를 바꿔 왔수?"

---

23 권정생, 김용철 그림, 『훨훨 날아간다』, 국민서관, 1993, 화면 13~15.

"어느 마을 앞 정자나무 밑에서 빨간코 농부한테서 바꿨지."

"그러셨군요."

할아버지와 할머니는 큰 소리로 "하하하하." "호호호호." 즐겁게 웃었어요.[24]

둘 다 반복되는 이야기의 재미를 세 장면에 걸쳐 보여주고 있다. 그런데 『훨훨 날아간다』가 글 중심인 데 비해 『훨훨 간다』는 그림과 글을 한 단위로 하는 화면 구성을 염두에 두고 다시 쓴 점이 돋보인다. 또 이야기를 판 농부 아저씨를 '빨간코 농부 아저씨'라고 함으로써, 시각적 요소를 강조하는 동시에 술 좋아하고 장난기 있는 성격을 부여한 점도 주목할 만하다.

한편 『눈이 되고 발이 되고』와 『길 아저씨 손 아저씨』는 옛이야기 「지성이와 감천이」를 재화한 것인데,[25] 그 줄거리는 다음과 같다. 앞을 못 보는 지성이와 앉은뱅이인 감천이는 함께 구걸을 다니다가 산 너머 절에서 재를 올린다는 소식을 듣고 절로 향하던 중 샘에서 금덩이를 발견한다. 두 사람은 금덩이를 서로 양보하다가 결국 도로 샘에 넣고 절에 가는데, 마침 절에서 부처상에 입힐 금이 모자란다는 사실을 알고는 샘에 금덩이가 있다는 것을 알려준다. 중 하나가 가서 보니 금덩어리는 없고 구렁이가 입을 벌리고 있어 칼로 두 동강을 내고 돌아온다. 지성이와 감천이가 다시 가 보니 금 두 덩이가 있어서 그것을 절로 가져와 시주하

24 위의 책, 화면 13~15.

25 필자는 옛이야기 그림책의 재화유형을 네 가지로 나누어 고찰하면서 『눈이 되고 발이 되고』를 '화소변형형 재화'로, 『길 아저씨 손 아저씨』를 '창작형(화소무관형) 재화'로 구별하여 설명한 바 있다. 졸고, 「옛이야기 그림책의 재화유형별 작품 분석」, 『한국전통문화연구』 14호, 2014, 346~349쪽.

고, 절에서는 두 사람을 위해 불공을 드려준다. 그 때문인지 지성이는 눈을 뜨고 감천이는 다리가 펴지는 기적을 맞이한다.[26] '지성이면 감천' 이라는 속담을 떠올리게 하는 기적담(奇蹟譚)이다.

그림책 『눈이 되고 발이 되고』는 원래 이야기와 조금 다르다. 두 사람이 금덩어리를 발견하고 서로 양보하느라 옥신각신하다가 샘에 금덩어리를 도로 던져 넣기까지는 옛이야기와 같다. 그런데 샘에 금덩어리를 던지자마자 두 개가 되고, 두 사람은 서로 "하느님이 착한 자네 마음씨에 감동해서 상을 주신 것"이라며 기뻐한다. 이후 구걸을 그만두고 금덩어리를 팔아 가축도 키우고 농사도 지으며 정답게 살아간다. 우연히 얻은 금덩어리를 밑천 삼아 형편이 어려웠던 두 사람이 자립하는 이야기인데, 옛이야기와 달리 눈이 떠지고 다리가 펴지는 기적은 일어나지 않는다. 또 특정 종교인 불교를 배경으로 하는 대신 '하느님'을 언급하는데, 이는 기독교적인 유일신(하나님)이 아니라 자연이나 천지신명(한울님)에 가까운 존재이다.[27] 이처럼 그림책 『눈이 되고 발이 되고』는 옛이야기 「지성이와 감천이」를 '다시 쓰기'한 작품인 것이다.

그러나 이 같은 이야기는 그림책 『길 아저씨 손 아저씨』에 와서는 '새로 쓰기'에 가까운 변화를 보인다. 윗마을 길 아저씨는 다리가 불편하고 아랫마을 손 아저씨는 앞이 보이지 않는다. 둘 다 부모님이 살아계실 때는 괜찮았지만, 부모님이 돌아가시고 나서는 어려운 상황에 처한다. 그러던 어느 날 손 아저씨는 구걸하러 나갔다가 방 안에서만 사는 손 아저

26 임석재, 『임석재 전집 : 한국의 구전설화—전라남도 편, 제주도 편』 9, 평민사, 1992, 115~16쪽 참조.
27 권정생의 '하느님 관'은 『우리들의 하느님』(녹색평론사, 1996) 참조.

씨 이야기를 듣고 그를 찾아간다. 이후부터 손 아저씨가 길 아저씨를 업고 함께 구걸을 다니다가 두 사람은 차츰 마을의 일손을 돕게 되고, 그렇게 몇 년을 보낸 뒤 점차 자립하여 장가도 가고, 나란히 집을 짓고 행복하게 살게 된다.

이 그림책에서는 금덩어리를 발견하는 것도, 두 눈이 떠지고 다리가 펴지는 기적도 일어나지 않는다. 다만 불구인 두 사람이 외롭게 따로 살다가 서로 돕고 살게 되는 과정을 그리고 있을 뿐이다. '서로 돕는 장님과 앉은뱅이'라는 모티브는 옛이야기에서 가져왔지만, 이야기에서 그리는 시간도 훨씬 길어지고, 주제도 '같은 처지에 있는 이들끼리의 공감과 연대'로 바뀌면서 '서로 돕는 것'이야말로 금과도 같고 기적과도 같은 일이라는 것을 강조하는 새 이야기로 거듭났다. 미담에 그쳤던 옛이야기를 그림책으로 다시 쓰는 과정에서 독자들에게 무엇을 보여 주고 들려줄 것인가를 고민하게 되었고, 그러다 보니 자연스레 '다시 쓰기'에서 '새로 쓰기'로 나아간 것으로 보인다.

4. 맺음말

본고는 권정생의 그림책을 '다시 쓰기'(재화)의 측면에서 살펴보았다. 그림책에서 그림을 빼고 논한다는 것은 불충분한 논의임에 틀림없다. 그러나 그림책은 화면(그림 + 글)에 의한 서사 양식이고, 글은 서사의 한

축을 담당하고 있기 때문에 별도로 논의할 만한 가치가 있다. 또 여전히 많은 그림책이 기존 작품이나 옛이야기의 재화를 통해 만들어지고 있기 때문에 이러한 고찰 방식도 의미 있는 일이라 하겠다.

마지막으로, 앞에서 언급하지 않았던 권정생의 그림책 두 권에 대한 간단한 소개를 덧붙여 권정생의 그림책에 관한 전체적인 면모를 이해하는 데 도움을 주고자 한다.

『곰이와 오푼돌이 아저씨』(이담 그림, 보리, 2007)[28]

이 작품은 1980년대에 발표한 동명의 동화를 어떠한 재화도 없이 그대로 그림책으로 만든 것이다. 즉 머리말에서 밝힌 권정생 그림책의 유형 중 네 번째, 즉 "④ 기존 작품의 텍스트를 그대로 쓴 그림책" 유형에 속한다. 이 작품은 원작을 그대로 살렸기에 그림책치고는 글이 많은 편이지만, 화면의 구성과 전개를 통해 그림책의 묘미를 잘 드러냈다. 표지에는 치악산을 배경으로 곰이와 오푼돌이 아저씨가 서 있다. 그런데 곰이와 오푼돌이 아저씨는 살아있는 사람이 아니다. 함경도 사람인 곰이는 피난 가다가 아홉살 때 비행기 폭격으로 죽었고, 평안도 사람인 오푼돌이 아저씨는 인민군으로 국군과 싸우다가 총에 맞아 숨졌기 때문이다.

이 그림책은 이미 30년 전에 죽은 두 사람이 어느 달밤에 깨어나 동이 트기까지 나누는 이야기를 담고 있다. 곰이와 오푼돌이 아저씨가 나누는 현재 이야기 속에 죽기 전의 과거 회상이 끼어들고, 여기에 옛이야기

28 졸고(서평), 「전쟁의 회상과 통일의 꿈」, 『창비어린이』 33호, 2011년 여름 참조.

호랑이와 오누이 이야기가 변형되어 삽입된다. 여기서 호랑이는 외세인 강대국들로, 오누이는 자기 의견만 내세우는 남북한으로 볼 수 있는 알레고리이다.

현재의 이야기, 고향과 전쟁에 관한 회상, 변형된 옛이야기라는 세 차원의 이야기가 각각 다른 색조와 화면구성을 통해 표현된다. 현재의 화면에서는 곰이와 오푼돌이 아저씨가 봄의 달밤을 배경으로 등장하므로 화사한 색감이 느껴진다. 그러나 회상 화면은 내용에 따라 색감이 달라진다. 평온한 고향 마을은 밝은 갈색으로, 전쟁이 할퀴고 간 마을은 어두운 갈색으로 표현되고, 전쟁 회상 장면은 주로 눈 내리는 겨울로 표현된다. 또 인용된 오누이와 호랑이의 이야기는 차가운 느낌의 파란색으로 그려져 갈색이 주조인 두 사람의 현재 및 과거 회상과는 일정한 차이를 드러낸다.

화면구성도 눈여겨볼 만한데, 인민군과 국군이 싸우는 장면은 글을 가운데에 놓고 화면 양쪽의 등장인물이 모두 가운데를 향해 총구를 겨누고 있어 서로 죽고 죽이는 전쟁의 참상을 보여준다. 또 옛이야기 삽입 화면에서는 글을 가운데에 두고 곰이와 오푼돌이 아저씨가 그 장면을 직접 보는 것처럼 구성하고 있는데, 이는 한반도의 전쟁이 여전히 현재 진행 중임을 보여주는 것이다.

『강아지와 염소새끼』(김병하 그림, 창비, 2014)[29]

이 작품은 한국전쟁 직후 권정생이 열다섯 살 즈음에 쓴 시를 약간 각색하여 만든 그림책이다. 이 책은 '우리시그림책'이라는 기획으로 출간된 전 15권 중의 하나로, 시를 텍스트로 삼아 만들었다는 점에서 특별한 의미를 가진다고 하겠다.

원작인 시에서는 강아지와 염소 새끼가 마치 장난꾸러기 아이들처럼 그려진다. 강아지가 염소 새끼에게 집적대자 염소 새끼는 골이 나서 강아지와 다투던 중, 갑자기 제트기가 나타나자 그 소리에 놀라 강아지는 달아나고 염소 새끼는 놀라 하늘을 쳐다보며 골낸 것마저 잊는다는 내용이다.

그림책에서도 글은 원작인 시와 크게 다르지 않다. 그러나 그림은 등장인물과 시공간을 변화시켜 표현하고 있다. 시에 "누가 이기나아? / 누가 이기나아?" 하고 반복하는 구절이 나온다. 그림을 보면 한 화면에서는 염소 새끼가 화가 나서 강아지를 쫓아가지만, 그다음 화면에서는 둘이 웃으면서 쫓기고 쫓아간다. 그런데 배경을 보면, 앞 화면과 뒤 화면의 색채가 다르다. 시간이 꽤 흐른 것이다. 그러므로 처음에는 염소 새끼가 화가 나서 강아지를 쫓아갔지만, 시간이 흐르자 어느덧 즐거운 놀이가 된 것을 보여주는 셈이다. 그러다가 제트기 소리가 난다. "쐬—ㅇ 우르르릉 / 요놈들아— / 제트기가 숨었다가 / 갑자기 호통치며 나왔다." 이 장면에서 '쐬—ㅇ 우르르릉 / 요놈들아—'는 그림 글자로 표현

29 졸고, 「그림책에서 글과 그림의 관계—글의 각색과 그림의 표현을 중심으로」, 『작가들』, 인천작가회의, 2014년 겨울(통권 51호), 231~232쪽 참조.

되어 마치 철없는 아이를 혼내는 어른의 목소리처럼 느끼게 한다. 시각언어의 역할까지 하는 것이다. 그러자 강아지는 염소 새끼한테 가서 숨고 염소 새끼는 하늘을 쳐다본다.

그림책의 마지막 장면은 원작에 약간의 변화를 주어 주목을 끈다. 시는 "골대가리 다 잊어버렸다"로 끝나는데, 그림책에서는 글이 "골대가리 다 잊어버렸다 / 골대가리 다 잊어버렸다 / 다 잊어버렸다"로 끝난다. 2행이 증가한 것이다. 이러한 각색은 작품에 여운을 남기는 효과를 준다. 또 장면도 '강아지와 염소 새끼가 하늘을 쳐다보는 화면→강아지와 염소 새끼가 소년과 함께 즐겁게 귀가하는 화면→어두워진 집 마당에 있는 화면'으로 확장된다. 지금까지는 화면에 강아지와 염소 새끼만 나왔는데, 글이 두 행 늘어난 것과 함께 사람이 등장하고, 사람 사는 집이 등장한다. 등장인물이 증가하고, 시공간이 확장된 것이다. 또 이러한 각색과 그림을 통해, 강아지와 염소 새끼를 낮에는 밖에서 놀다가 저녁이면 집으로 돌아가는 아이들처럼 느끼게끔 한다. 요컨대 시를 일부 각색한 경우에 그림책에서 전체적인 상황은 크게 변하지 않는다. 작가의 시세계가 그대로 유지되기 때문이다. 그러나 이러한 각색을 통해 그림작가는 자신이 강조하고 싶은 부분을 강조하고 용이하게 시각언어로 표현할 수 있는 것이다.

참고문헌

1. 기본자료

권정생, 『강아지똥』, 세종문화사, 1974.
______, 『꽃님과 아기양들』, 성서교재사, 1986(초판은 대한기독교서회, 1975).
______ 외, 『똘배가 보고 온 달나라』, 창작과비평사, 1977.
______, 『사과나무밭 달님』, 창작과비평사, 1978.
______, 『까치 울던 날』, 제오문화사, 1979.
______, 『하느님의 눈물』, 인간사, 1984.
______, 『몽실 언니』, 창작과비평사, 1984.
______, 『초가집이 있던 마을』, 분도출판사, 1985.
______, 『달맞이산 너머로 날아간 고등어』, 햇빛출판사, 1985.
______, 『도토리예배당 종지기 아저씨』, 분도출판사, 1985.
______, 『벙어리 동찬이』, 웅진출판주식회사, 1985.
______, 『어머니 사시는 그 나라에는』, 지식산업사, 1988.
______, 『바닷가 아이들』, 창작과비평사, 1988.
______, 『점득이네』, 창작과비평사, 1990.
______, 『할매하고 손잡고』, 도서출판올바름, 1990.
______, 『짱구네 고추밭 소동』, 웅진출판, 1991.
______, 『팔푼돌이네 삼형제』, 현암사, 1991.
______, 『하느님이 우리 옆집에 살고 있네요』, 산하, 1994.
______, 『내가 살던 고향은』, 웅진출판, 1996.
______, 『우리들의 하느님』, 녹색평론사, 1996.
______, 『한티재 하늘』 1·2, 지식산업사, 1998.
______, 『밥데기 죽데기』, 바오로딸, 1999.
______, 『또야 너구리가 기운 바지를 입었어요』, 우리교육, 2000.
______, 『비나리 달이네집』, 낮은산, 2001.
______, 『슬픈 나막신』, 우리교육, 2002.

______, 『랑랑별 때때롱』, 보리, 2008.
______, 『닷발 늘어져라』, 한겨레아이들, 2008.
______, 「똑똑한 양반」, 한겨레아이들, 2008.

권정생 · 이철지 편, 『오물덩이처럼 딩굴면서』, 종로서적, 1986.
권정생 · 이현주, 『남북어린이가 함께 보는 전래동화』 6~10, 사계절, 1991.
권정생, 「당선 소감—끝없는 사랑을」, 『기독교교육』 35집, 대한기독교교육협회, 1969.6.
권정생 · 원종찬, 「인터뷰—저것도 거름이 돼가지고 꽃을 피우는데」, 『창비어린이』 11호, 2005년 겨울호.

2. 학위 논문 및 일반 논문

강민경, 「『몽실 언니』에 나타난 고통의 양상과 그 극복 방식」, 『아동청소년문학연구』 8호, 한국아동청소년문학학회, 2011.06.
강예슬, 「권정생 아동문학 연구」, 충남대 교육대학원, 2011.8.
김미화, 「권정생 삶과 문학 연구—내 · 외적 경험중심으로」, 경북대 과학기술대학원, 2013.8.
김상임, 「권정생 『한티재 하늘』 연구」, 한국교원대 교육대학원, 2009.
김성진, 「아동청소년 문학의 정전과 권정생의 '한국전쟁 3부작'」, 『문학교육학』 25호, 역락, 2008.
김성혜, 「권정생 동화 연구—판타지를 중심으로」, 고려대 인문정보대학원, 2009.
김순진, 「권정생과 황춘밍 동화 비교」, 『中國語文論譯叢刊』 34집, 中國語文論譯學會, 2014.1.
김예선, 「'살아온 이야기'에 나타난 파격의 상상력—여성의 살아온 이야기를 중심으로」, 한국구비문학회 편, 『2009학년도 하계학술대회 발표논문집』, 2009.
김윤태, 「신동엽 문학과 '중립'의 사상」, 『한국 현대시와 리얼리티』, 소명출판, 2001.
김효민, 「문학관 전시를 위한 공간스토리텔링 연구—권정생 동화문학관 기본전략 구상을 중심으로」, 안동대 한국문화산업전문대학원, 2012.8.
남우희, 「권정생 문학에 관한 기독교적—탈기독교적 비평」, 성공회대 신학전문대학원, 2013.2.

노연경, 「권정생 소년소설 연구」, 계명대 교육대학원, 2000.
류명옥, 「권정생 문학에서 경험과 형상화 관계 연구」, 동아대 대학원, 2008.
류진상, 「케스트너와 권정생의 사회적 아동문학」, 『헤세연구』 28집, 한국헤세학회, 2012.12.
류해리, 「중학교 국어교과서 학습활동 분석-7학년 개정교과서에 수록된 성장소설 단원을 중심으로」, 전남대 교육대학원, 2012.2.
박경미, 「진리를 향한 순례자, 톨스토이」, 『녹색평론』 105호, 2009.3~4.
박금숙, 「권정생 초기 동화 연구」, 고려대 인문정보대학원, 2008.
박미옥, 「권정생 동화의 리얼리즘 구현 양상과 문학교육적 의의」, 공주교대 교육대학원, 2005.
박산향, 「권정생의 『몽실 언니』로 본 여성에 대한 폭력」, 『인문사회과학연구』 15권 2호, 부경대 인문사회과학연구소, 2014.08.
박성민, 「안동 아동문학가 권정생 유적 보전 및 활용 계획」, 서울대 환경대학원, 2009.
박수경, 「권정생 동화에 나타난 생태학적 상상력 연구」, 금오공대 교육대학원, 2005.
박주희, 「러시아 문학에 구현된 농민 유토피아-차야노프와 톨스토이의 유토피아상을 중심으로」, 『외국문학』 54호, 1998.
박준영, 「권정생 단편동화에 내포된 배려적 사고 분석」, 동덕여대 대학원, 2012.2.
박준영 · 정대련, 「권정생 단편동화에 내포된 배려적 사고 연구」, 『생활과학연구』 17권, 동덕여대 생활과학연구소, 2012.02.
박혜숙, 「『마당을 나온 암탉』과 『강아지똥』의 초월성」, 『동화와 번역』 24집, 건국대 동화와번역연구소, 2012.12.
백영현, 「권정생 동화연구」, 동아대 교육대학원, 1991.
변주환, 「가지 관계의 자기됨-키에르케고어의 『죽음에 이르는 병』을 중심으로」, 『해석학연구』, 2008.
성갑영, 「권정생 동화의 교육적 가치 연구」, 대구교대 교육대학원, 2003.
성현주, 「한국현대동화의 나르시시즘 양상 연구」, 명지대 대학원, 2006.
손 미, 「權正生『몽실 언니(夢實姐姐)』的韓譯漢研究」, 동의대 대학원, 2013.2.
안상학, 「권정생, 가난한 이웃과 함께 가난해지는 삶을 선택한 사람」, 『사목정보』 4권 1호(통권 37호), 미래사목연구소, 2011.01.
양소리나, 「권정생 아동문학 연구-인물을 중심으로」, 중앙대 대학원, 2010.8.
양연주, 「권정생 연구」, 단국대 대학원, 2010.8.

엄혜숙, 「그림책에서 글과 그림의 관계—글의 각색과 그림의 표현을 중심으로」, 『작가들』 제51호, 인천작가회의, 2014년 겨울.
______, 「옛이야기 그림책의 재화유형별 작품 분석」, 『한국전통문화연구』 14호, 2014.11.
______, 「한국 옛이야기 그림책에서의 재화유형과 시각표현」, 『論文集—韓國の繪本(한국의 그림책)』, 大阪 : 國際兒童文學館, 2006.
오경임, 「권정생 동화의 생태주의 세계관 연구」, 제주대 대학원, 2012.2.
오길주, 「권정생 동화연구」, 카톨릭대 대학원, 1997.
우지영, 「누가 쌀도둑인가?—「쌀도둑」(권정생) 읽고 안건 정하여 토론하기」, 『어린이와 함께 여는 국어교육』 통권 17호(2008년 가을), 전국초등국어교과모임, 2008.09.
위기철, 「올바른 가치관을 심어주는 아동문학」, 『창작과비평』 통권 57호, 1985.10.
유수산나, 「애니메이션의 기독교교육적 활용방안에 대한 연구—〈강아지똥〉 애니메이션을 중심으로」, 한일장신대 아시아태평양국제신학대학원, 2007.
윤석문, 「권정생의 삶과 문학 그리고 신앙—생태주의를 중심으로」, 성공회대 신학전문대학원, 2007.
윤소희, 「한국 아동문학의 가족 서사 연구」, 중앙대 대학원, 2010.
윤신원, 「초등학교 저학년 동화 문체 분석—권정생의 「강아지똥」을 중심으로」, 『어린이문학교육연구』 12권 2호, 한국어린이문학교육학회, 2011.12.
이가연, 「권정생 문학에 나타난 사랑의식 연구」, 고려대 인문정보대학원, 2007.
이건화, 「동화 「강아지똥」 개작 양상 연구」, 한국교원대 교육대학원, 2007.
이계삼, 「권정생 문학 연구」, 고려대 교육대학원, 2000.
______, 「자연의 삶, 고통의 의미—권정생 선생의 『한티재 하늘』에 대하여」, 『녹색평론』 100호, 2008.5~6.
이수연, 「권정생의 소설 『한티재 하늘』에 나타난 모성성 연구」, 울산대 교육대학원, 2009.
이옥금, 「권정생 문학 연구」, 건양대 교육대학원, 2003.
이주현, 「권정생의 리얼리즘 동화와 판타지 동화 연구」, 대전대 대학원, 2006.
임성규, 「권정생 아동문학의 흐름과 연구 방향」, 『문학교육학』 제25호, 역락, 2008.04.
______, 「사랑과 구원을 바라는 실존적 자아의 내면—권정생 초기 작품론」, 『어린이문학』 74호(2008년 가을), 한국어린이문학협의회, 2008.09.

______, 「시간 여행으로 읽는 자연 친화적 삶의 철학—권정생의 「랑랑별 때때롱」」, 『어린이문학』 73호(2008년 여름), 한국어린이문학협의회, 2008.06.
장경혜, 「권정생 단편동화의 문체 연구」, 부산대 대학원, 2009.
______, 「권정생 단편동화의 문체 연구」, 『문창어문논집』 46집, 문창어문학회, 2009.12.
장수경, 「한국현대성장소설연구—1980년대 이후 청소년 소설을 중심으로」, 성균관대 대학원, 2006.
장여옥, 「권정생 동화 연구—민중신학적 관점에서」, 조선대 대학원, 2008.
장영애, 「권정생 동시 연구」, 경인교대 교육대학원, 2007.
장지혜, 「권정생 동화에 나타난 도깨비 연구」, 인하대 대학원, 2014.2.
전명옥, 「많이 읽혀지는 아동소설 분석—『몽실 언니』와 『마당을 나온 암탉』을 중심으로」, 전주교대 교육대학원, 2004.
정설아, 「권정생 문학 연구—중・단편 동화를 중심으로」, 중앙대 대학원, 2005.
정우철, 「대상의 의미화 과정과 태도의 연관성 고찰—권정생 동화 「강아지똥」의 의미화 과정을 중심으로」, 『국어교육연구』 44집, 국어교육학회, 2009.2.
정지훈, 「권정생 문학의 현실인식 연구」, 한국교원대 교육대학원, 2005.
정진희, 「한국 도깨비 동화의 형성과 변형 양상 연구」, 한양대 대학원, 2010.
정혜영, 「똥 속의 하늘—문학과 신학의 대화를 통해서 본 구원의 의미」, 이화여대 대학원, 2013.8.
조경아, 「권정생 동화의 페미니즘적 읽기」, 경인교대 교육대학원, 2005.
조항순, 「권정생 소설 연구—주제의식을 중심으로」, 국민대 교육대학원, 2012.8.
지현배, 「권정생 시에서 '소'의 코드 연구—동화와의 비교를 중심으로」, 『문학과언어』 30집, 문학과언어학회, 2008.05.
최남미, 「권정생의 판타지 동화 연구」, 관동대 대학원, 2008.
최유진, 「중등학교 국어 교과서 수록 작품의 개작 양상 연구」, 광주여대 사회개발대학원, 2011.2.
최지아, 「권정생 동화에 나타난 생태의식 연구」, 부경대 대학원, 2014.2.
최하영, 「권정생 성장소설 연구」, 영남대 교육대학원, 2010.8.
최희구, 「권정생 소년소설 연구—전쟁수용 작품 『몽실 언니』, 『점득이네』, 『초가집이 있던 마을』을 중심으로」, 명지대 대학원, 2004.
한양하, 『권정생 서사문학 연구—'시련'을 중심으로』, 경상대 대학원, 2012.2.
허난희, 「권정생 아동문학의 모성성 연구」, 이화여대 대학원, 2009.

홍진영, 「권정생 문학 연구—작품 구조의 변모양상을 중심으로」, 안동대 교육대학원, 2008.
황 티 타인 화, 「한・베 전쟁배경 소년소설 배경 연구」, 인하대 대학원, 2010.2.
황경숙, 「권정생 동화 연구」, 부산교대 교육대학원, 2003.
황선열, 「소박하게 살다간 이 시대의 성자—권정생의 삶과 사상」, 『신생』 41호, 전망, 2009.12.
山析哲雄, 「抑壓された賀川思想-M.ガンディ—を超えるもの」, 「季刊 あっとat」 15호, 2009.4.

3. 국내 논저

구승회 외, 『아나키・환경・공동체』, 모색, 1996
________, 『한국 아나키즘 100년』, 이학사, 2004.
구자억 외, 『동서양 주요국가들의 새로운 학교』, 문음사, 2005.
김상욱, 『숲에서 어린이에게 길을 묻다』, 창비, 2002.
김 영, 『망양록 연구』, 집문당, 2003.
김영원, 『효선리 농부의 세상사는 이야기』, 종로서적, 1994.
김용휘, 『우리 학문으로서의 동학』, 책세상, 2007.
김우규 편저, 『기독교와 문학』, 종로서적, 1992.
김은석, 『개인주의적 아나키즘』, 우물이 있는 집, 2004.
김종철, 『시적 인간과 생태적 인간』, 삼인, 1999.
김윤식・김현, 『한국문학사』, 민음사, 1973.
단재신채호선생기념사업회 편, 『丹齋申采浩全集』, 형설출판사, 1972.
대한성서공회 편, 『성경전서』, 1997.
마해송, 『떡배단배』, 신구미디어, 1992.
민병산, 『똘스또이』, 창작과비평사, 1985.
박경미 외, 『서구 기독교의 주체적 수용—유영모・김교신・함석헌을 중심으로』, 이화여대 출판부, 2006.
서남동 외, 『일하는 사람들을 위한 성서연구』, 웨슬레, 1984.
서인석, 『성서의 가난한 사람들』, 분도출판사, 1979.
서중석, 『사진과 그림으로 보는 한국 현대사』, 웅진지식하우스, 2005.

소재영 · 권영진 · 한승옥 · 조규익, 『기독교와 한국문학』, 대한기독교서회, 1990.
신동엽, 『신동엽전집』, 창작과비평사, 1975.
신헌재, 『한국 현대아동문학 작가작품론』, 집문당, 1997.
안동문화연구소 편, 『안동문화의 수수께끼』, 지식산업사, 1997.
안병무, 『갈릴래아의 예수—예수의 민중운동』, 한국신학연구소, 1990.
안병무 박사 고희기념논문집 출판위원회 편, 『예수 · 민중 · 민족』, 한국신학연구소, 1992.
원종찬 편, 『권정생의 삶과 문학』, 창비, 2008.
윤승준, 『우언의 재미와 교훈』, 月印, 2000.
윤주필, 『틈새의 미학』, 집문당, 2003.
이병담, 『한국근대 아동의 탄생』, 제이앤씨, 2007.
이상섭, 『문학비평용어사전』, 민음사, 1976.
이오덕, 『어린이를 지키는 문학』, 백산서당, 1984.
______, 『삶 · 문학 · 교육』, 종로서적, 1987.
이원수, 『아동문학입문』, 한길사, 2001.
이재철, 『세계아동문학사전』, 계몽사, 1989.
이재복, 『우리 동화 바로 읽기』, 한길사, 1995.
이주형 · 류덕제 · 임성규, 『한국 아동청소년문학 연구』, 한국문화사, 2009.
이현주, 『사람의 길 예수의 길』, 삼민사, 1982.
______, 『한송이 이름 없는 들꽃으로』, 종로서적, 1984.
이현주 · 최완택, 『이름값을 하면서 살고 싶다』, 당그래, 1998.
____________ 외, 『한국인의 예수체험』, 다산글방, 1990.
이호룡, 『한국의 아나키즘—사상편』, 지식산업사, 2001.
임석재, 『임석재 전집—한국구전설화』, 평민사, 1987~1993.
임영천, 『기독교와 문학의 세계』, 대한기독교서회, 1991.
장일순, 『나락 한 알 속의 우주』, 녹색평론사, 1997.
전우익, 『혼자만 잘 살믄 무슨 재민겨』, 현암사, 1995.
______, 『호박이 어디 공짜로 굴러옵디까』, 현암사, 1995.
______, 『사람이 뭔데』, 현암사, 2001.
정재서 외, 『한국문학에 나타난 유토피아 의식 연구』, 한국학논집 28집, 한양대 한국학연구소, 1996.2.
정호경, 『밥도 먹고 말도 하고』, 분도출판사, 1994.

조현, 『울림-우리가 몰랐던 이 땅의 예수들』, 詩作, 2008.
차은정, 『판타지와 아동문학과 사회』, 생각의 나무, 2009.
최완택, 『자유혼』, 다산글방, 1991.
최원식, 『한국근대소설사론』, 창작과비평사, 1986.
_____, 『한국근대문학을 찾아서』, 인하대 출판부, 1992.
최지훈, 『한국현대아동문학론』, 아동문예, 1991.
표재명, 『키에르케고어 연구』, 지성의 샘, 1995.
하승우, 『아나키즘』, 책세상, 2008.
한국신학연구소 편, 『한국민중론』, 한국신학연구소, 1984.
함석헌, 『뜻으로 본 한국 역사』, 한길사, 1998.

4. 국외 논저

Andersen, H.C., 윤후남 역, 『어른을 위한 안데르센 동화전집』 II, 현대지성사, 1997.
Aries, Philippe, 문지영 역, 『아동의 탄생』, 새물결, 2004.
Avrich, Paul, 하승우 역, 『아나키스트의 초상』, 갈무리, 2004,
Bakhtin, M., 전승희 · 서경희 · 박유미 역, 『장편소설과 민중언어』, 창작과비평사, 1988.
Benjamin, Walter, 반성완 편역, 『발터 벤야민의 문예이론』, 민음사, 1983.
Edman, Irwin, 박용숙 역, 『예술과 인간』, 문예출판사, 1984.
Forster, E. M., 이성호 역, 『소설의 이해』, 문예출판사, 1975.
Frye, N., 임철규 역, 『비평의 해부』, 한길사, 1982.
Hugo, Victor, 송면 역, 『레 미제라블』, 동서문화사, 1973.
Kaputo, John D., 임규정 역, 『키르케고르』, 웅진지식하우스, 2008.
Kierkegaard, S. A., 손재준 역, 『공포와 전율 · 철학적 단편 · 죽음에 이르는 병 · 반복』, 삼성출판사, 1982.
_______________, 임규정 역, 『죽음에 이르는 병』, 한길사, 2007
Kropotkin, P. A., 김영범 역, 『만물은 서로 돕는다-크로포트킨의 상호부조론』, 르네상스, 2005
Lavrin, Janko, 『톨스토이』, 한길사, 1994.
MacQeeen, John, 송낙헌 역, 『알레고리』, 서울대 출판부, 1980.

Miller, J. Hillis, *The Two Allegories, Allegory, Myth and Symbol*, Harvard University Press, 1981.
Nikolajeva, Maria, 조희숙 · 지은주 · 신세니 · 안지성 · 이효원 역, 『아동문학의 미학적 접근』, 교문사, 2009.
Nodelman, Perry, 김상욱 역, 『그림책론』, 보림출판사, 2011.
Ong, Walter J., 이기우 · 임명진 역, 『구술문화와 문자문화』, 문예출판사, 1995.
Pollard, Arther, 송낙헌 역, 『풍자—Satire』, 서울대 출판부, 1979.
Thiele, Jens et al., 지광선 외역, 『그림책의 새로운 서사 형식』, 마루벌, 2010.
Todorov, Tzvetan, 최현무 역, 『바흐찐—문학사회학과 대화이론』, 까치, 1987.
Tolstoi, L. N., 조윤정 역, 『국가는 폭력이다—평화와 비폭력에 관한 성찰』, 달팽이, 2008.
Wellek, R. · A. Warren, *Theory of Literature*, Penguin Books, 1966.
Wild, Oscar, 지혜연 역, 『행복한 왕자』, 시공주니어, 2003.
Wills, Garry, 권혁 역, 『예수는 그렇게 말하지 않았다』, 돋을새김, 2006.
Woodcock, G., 하기락 역, 『아나키즘—자주인의 사상과 운동의 역사』, 형설출판사, 1972.
Zipes, Jack, 김정아 역, 『동화의 정체』, 문학동네, 2009.
賀川豊彦, 趙信一 譯, 『基督教와 그 眞理』. 京城鐘路朝鮮耶蘇教書會, 1931.
가가와 도요히꼬, 한영철 역, 『한 알의 밀알』, 기독지혜사, 1988.
賀川豊彦, 이영재 역, 『死線을 넘어서』, 청한, 1989.
가가와 도요히코, 홍순명 역, 『우애의 경제학』, 그물코, 2009.
김려춘, 이항재 외역, 『톨스토이와 동양』, 인디북, 2004
魯迅, 허세욱 역, 『아큐정전 외』, 범우사, 1983.
안도 다다오, 이규원 역, 『나, 건축가 안도 다다오』, 안그라픽스, 2009.
엔도 슈사쿠, 김윤성 역, 『침묵』, 성바오로출판사, 1973.
遠藤周作, 김병걸 역, 『예수의 생애』, 삼민사, 1983.
엔도 슈사쿠 외, 『일본 기독교 문학선』, 小花, 2006.
엔도 슈사쿠, 유숙자 역, 『깊은 강』, 민음사, 2007.
하야시 게이스케, 김승추 · 김재일 역, 『사선(死線)을 넘는 믿음으로』, 흙과 생기, 2008.